상아탑을 쌓아라

서울대 학문의 개척자들

상아탑을 쌓아라
서울대 학문의 개척자들

서울대학교 대학원동창회 기획

최종고 외 지음

경인문화사

서문 　서울대 학술사의 초석을 위하여

　본서가 단행본으로 출간된다는 소식을 듣고 나는 무척 기쁘고 감회를 느낀다. 아는 이는 알지만, 본서의 내용은 〈서울대학교 대학원동창회보〉에 2011년부터 연재된 〈서울대학문의 기초와 계승〉이란 기획물의 집합이기 때문이다. 당시 회직을 맡고 있던 나는 서울대학교가 뭐니 뭐니 해도 한국 최고의 학문 공동체인데, 그 학문세계의 내용이 어떻게 기초되어 지금에 이르렀는지를 알려주어야 한다는 생각을 하였다. 말이 서울대 학문이지 엄청 넓은 세계이고, 그것이 어떤 과정으로 형성되었는지를 아는 것 자체가 학술사(Wissenschaftsgeschichte) 내지 학자사(Gelehrtengechichte)이다. 세상의 모든 것이 인간을 통하여 이루어지듯이 학문도 학자의 두뇌를 통하여서만 이루어지는 것임은 말할 필요도 없다. 그런데도 가끔 우리는 이 사실을 잊어버리고, 어떤 이론과 도식에만 매달릴 때 불필요한 소모와 분쟁이 일어날 수 있다.

　다행히 동창회 임원진들의 전폭적 이해로 매호마다 몇 분야씩 연재할 수 있었는데, 그것이 그렇게 쉬운 일은 아니었다. 분야마다 적지 않은 학자들이 있는데 다 포함할 수는 없고 최초로 그 분야를 연구한 개척자를 한분씩만 뽑아서 후배학자가 그 분의 생애와 학문적 업적, 특히 서울대학교 학문의 형성에 기여한 바를 서술하게 하였다. 분야에 따라서는 그것이 쉽게 보이지 않는 분야도 있고, 선배학자에 대해 쓰기를 조심하는 면모도 보였다. 젊은 학자들은 직접 배우지 않은 할아버지 같은 대스승에 대해

감히 쓸 수 없다고 하니 자연히 필자들이 이미 정년퇴임하신 원로교수들이 되었다. 그만큼 서울대 학술사가 연륜이 깊다는 얘기이다. 그런데도 이런 작업을 이전에 한 일이 없어 이 책이 최초의 시도이자 기획이 되었다. 어떤 분야는 필자를 도저히 물색할 수 없어, 내가 평소 서울대 학술사에 관심을 가졌다는 이유로 두세 분야를 대신 쓰기도 했다. 이런 얘기를 하는 것은 이 책이 선구적인 업적이지만 완전한 것은 아니라는 사실을 말하는 것이고, 앞으로도 계속 보완되어야 할 것이란 뜻이다.

다시 말하지만, 학문공동체인 서울대학교의 역사는 여기에 수록된 선구적 학자들의 생애와 학문연구를 파악하지 않고는 이해할 수 없다. 이런 학술사의 시각이 앞으로도 계속되어 최고원로 한분에만 그치지 아니하고 더욱 확대될 수 있기를 바란다. 지성은 차갑다는 말도 있지만, 학자들이 학자들을 사랑하고 기록으로 남기지 않으면 남이 해줄 사람은 없다.

이런 어려운 일을 단행본으로 출간해주시는 정인섭 대학원 동창회장님과 경인문화사에게 깊이 감사드린다.

2019년 7월 25일
최 종고(崔鍾庫)

기획의 말

　서울대학교가 광복 후 개교 70주년을 기념한지도 엊그제 같은데, 벌써 3년 가까운 세월이 더 흘렀다. 초창기에 비하면 서울대학교는 외형적으로나 학문적 내실에 있어서 많은 변화와 발전을 거듭했다. 서울대학교의 역사는 곧 대한민국 학문발전의 역사요 국가 발전의 역사이기도 하다. 세월의 흐름에 따라 이제 동숭동 대학본부 시절 입학했던 세대는 교수로서 모두 정년을 맞게 되었고, 초기 구성원들이 서울대학교의 학문 공동체 형성을 위해 어떠한 헌신과 기여를 기울였는지에 대한 기억도 점점 사라지고 있다. 그런 의미에서 대학원동창회가 이문한·최종고 두 전임회장 시절부터 서울대학교의 학문적 뿌리가 어떻게 착근하게 되었는가를 조명해 보는 기획물을 마련한 일은 매우 뜻 깊은 시도였다.

　준비과정의 가장 큰 고충은 학문분야별로 한 명의 대상자만을 선정해야 하는 어려움이었다. 사실 어떤 학문분야도 한 사람의 노력에 의해 개척되고 자리 잡았을 리는 없다. 그런 점에서 각 분야별 대상자의 선정에는 집필자나 기획자의 주관이 어느 정도 작용했음을 부인할 수 없다. 기획상 또 다른 현실적 고충은 서울대학교 모든 학과를 하나하나 다 조명하기 어려웠다는 점이다. 특히 이공계 분야가 너무 적게 선정된 불균형은 부인할 수 없다. 가급적 많은 분야를 대상으로 하고 싶었으나, 사실 필자 확보가 쉬운 일이 아니었다. 예정된 원고가 제출되지 않은 분야도 여럿이었다. 그럼 점에서 이 책에 수록된 40개 분야, 40명의 교수는 무슨 절대적 평가를 통해 선정된 것은 아니라는 점을 강조하고 싶다. 이 책자는 단지 오늘의 서울대학교의 학문적 뿌리를 큰 부담 없이 반추해 볼 수 있는 기회를 마련하기 위해 준비된 교양서 정도로 읽어 주기 바란다.

2019년 8월 5일
서울대학교 대학원동창회 회장
정인섭

목차

서문 서울대 학술사의 초석을 위하여

기획의 말

제1편 인문학

제2편 사회과학

제1편

인문학

이희승(국어학)

차상원(중국문학)

권중휘(영문학)

이휘영(불문학)

곽복록(독문학)

김선기(언어학)

이병도(국사학)

고병익(동양사학)

민석홍(서양사학)

김원용(고고학)

박종홍(철학)

신사훈(종교학)

박의현(미학)

이희승 _ 현대 국어학의 개척자

심재기 | 서울대학교 명예교수

일석(一石) 이희승(李熙昇) 선생님은 1896년 6월 9일에 경기도 광주군 의곡면 포일리(현 의왕시 포일동)에서 태어나 1989년 11월 27일에 별세 하시니 향년이 94세였다. 선생의 생애는 대략 네 기간으로 나누어 볼 수 있다. 제1기는 태어 나서 경성제대에 입학하기 전까지의 30년이고, 제2기는 나이 30세에 경성제대에 입학한 후 8·15광복을 맞아 함흥형무소에서 나이 50세에 목숨을 보전하여 출옥한 때까지이며, 제3기는 50세에 국립서울대학교 교 수가 되어 65세 정년을 하기까지의 서울대학교 재직기간 16년이다. 그리 고 제4기는 정년을 지내고 더욱 더 왕성한 사회봉사 활동을 펼치신 만년 의 29년이다.

제1기 30년은 역경을 딛고 학문의 길에서 일생을 걷겠다는 외로운 청년의 방황과 모색의 여정이었다. 10세까지는 그 시대의 일반적인 교육풍토에 따라 향리에서 서당 공부를 하시다가 신학문에 뜻을 두고 13세에 상경하여 한성외국어학교 영어부에 입학하셨다. 그 곳을 졸업하고 경성고등보통학교 2학년에 편입하여 공부하던 중 일본어를 모르는 조선학생에 대한 차별대우에 의분을 느껴 3학년 1학기에 자퇴를 결행하셨다. 이 사건은 선생의 일생을 관통하는 지조높은 항일 자세 확립에 결정적 계기가 되었다. 그 후 양정의숙 전문학교 법과에 입학하였으나 그 학교가 고등보통학교로 개편되자 자퇴하여 고향으로 돌아갔다. 실의에 빠져 지내다가 우연히 주시경 선생이 지은 『국어문법』을 읽고 국어 공부에 헌신할 것을 다짐하고 서울행을 결행하니 이것이 선생의 18세 때였다. 그러나 학자금도 생활비도 막막한 시골 청년의 서울 생활은 글자 그대로 풍찬노숙의 연속이었다. 한때는 소학교 교원도 하였고 총독부 토지조사국의 직원으로도 일하였다. 어찌어찌하다가 중등학교 야간부를 거쳐 중앙학교(현 중앙고등) 3학년에 편입한 때가 선생의 나이 21세 때였다. 22세에 중앙학교를 졸업하고 또 다시 경성방직 회사에 취직하여 얼마간 생활의 안정은 찾았으나 국어 공부를 하겠다는 일념을 접을 수 없어 독학으로 전문학교 검정고시에 합격하기에 이른다. 이것이 선생 27세 때의 일이었다. 그리고 드디어 경성제대 예과에 입학하니 이때가 선생의 나이 30세였다.

제2기는 경성제대 법문학부 조선어문학과 시절에서 8·15광복을 맞은 50세까지의 기간이다. 1930년 35세의 나이에 대학을 졸업하고 즉시 경성사범학교 교유로 취임함과 동시에 조선어학회에 입회하여 그동안 어문정리 사업의 꿈을 맹렬히 펼치셨다. 37세 때에 이화여자전문학교(현 이화여대)로 자리를 옮겨 조선어학회 사건으로 피검되기까지 재직하셨다. 1942년 10월 1일 거검되어 1945년 8월 17일 8·15광복으로 풀려나기까지 3년 간의 옥고를 치르셨다.

제3기는 1945년 12월 경성대학 법문학부 교수가 되고 학제 개편으로 1946년 10월 국립서울대학교 교수가 되어 1961년 정년 퇴임을 하기까지의 16년이다. 이 기간 중에 선생의 학문은 영글고 꽃피어 현대 국어학의 기초를 다져 놓으셨다.

제4기는 동아일보 사장, 대구대학 대학원장, 성균관대학교 대학원장, 현정회 이사장, 한국어문교육연구회 회장, 단국대학교 동양학연구소 소장 등을 역임하시며 한국 지성인이 말년을 어떻게 보내는 것이 올바른 길인가를 조용히 그리고 당당하게 보여주신 기간이었다. 선생의 일생을 추적하는 것만으로도 후학들은 20세기 한국의 역사적 문화적 의미를 깊이 있게 반성할 수 있을 것이다.

선생의 학문 세계를 한 마디로 표현한다면 민족·문화주의에 바탕을 둔 연구저술과 사회운동이라고 압축할 수 있다. 교수로서 연구업적을 내놓으며 현실사회에도 때에 맞춰 봉사하는 것이 대학교수의 범상한 활동이기는 하지만 선생의 경우는 일제 식민지 기간과 8·15와 6·25를 거치는 숨찬 근대화와 민주화 과정에서 진실로 조용하게 그러나 단호하게 대쪽 같은 선비정신을 실현하셨다는 점에서 그 시대를 살다간 그 어느 국학자도 근접할 수 없는 위대한 공로를 쌓으셨다.

선생의 저술 업적은 크게 세 부류로 나뉜다. 첫째는 선생의 핵심 과제인 국어학 관련 저술이며, 둘째는 국어학과 표리를 이루는 국문학 관련 저술이고, 셋째는 선생의 문학적 향취와 사회비평 및 시대적 고뇌를 담은 시와 수필이다.

첫째, 국어학 관련 주요 저술은 크게 보아 『한글 맞춤법 통일안 강의』(1946), 『조선어학 논고』(1947), 『국어학 개설』(1955), 『국어대사전』(1961)이다. 물론 여러 편의 교육용 문법 교과서와 수십 편의 논문이 있으나 일일이 거론할 수 없다. 『한글 맞춤법 통일안 강의』는 선생이 경성제대를 졸업하고 경성사범학교 교유가 되시자마자 입회한 조선어학회(현 한글학회)에서 그 무렵의 일류 어학자들이 거의 망라되어 심혈을 기울여 갈고 다듬은 맞춤법이 어떤 이론 근거와 합리성을 갖고 제정되었는가를 일반국민에게 알리는 해설서이다. 개화기와 일제 식민지 기간을 거치면서 어문생활의 걸림돌이었던 한글 표기 체계의 정비는 1930년대 국어학자들의 초미의 과제였다. 선생께서 조선어학회 간사를 맡아 이 일에 몰두하신 것은 선생의 학문이 일상생활에 뿌리를 둔 실용주의를 출발점으로 하고 있음을 보여 주는 좋은 예이다.

선생의 저서를 한 권만 뽑으라면 그것은 『국어학 개설』이다. 이것은 1950년대 한국 국어학의 금자탑으로 깊이 기억될 업적이기 때문이다. 오늘날 수십 명에 이를 국어학자들은 모두 선생의 『국어학 개설』이 깔아 놓은 학문적 토양 위에서 성장하였다. 감히 일컬어 서울대학교 국어학 학풍의 발원처라고 해도 결코 과언이 아니다. 『국어학 개설』은 '제1편 서설, 제2편 음운론, 제3편 어휘론, 제4편 문법론'으로 구성되었는데 그 중의 백미는 어휘론과 문법론이다. 우리나라의 어휘론 어휘의미론은 어떻게 말하건 이 어휘론을 남상으로 하여 퍼져 나갔으며, 오늘날 후학들은 예외 없이 단어의 형성과 단어 의미의 구조 문제를 선생이 깔아놓은 이론에 출발점을 두고 정교화 작업을 진행시키고 있다. 한편 문법론은 1950년대까지 간행된 모든 국어 문법서를 면밀히 검토 분석하고 또한 1950년대까지의 언어학·이론을 집약하여 국어 문법체계 전반을 서술한 것으로 적어도 1950년대 국어학의 위치는 이 문법론 하나로 정리되었다 하여도 과언이 아닌 업적이다. 이 문법론 분야에서 오늘날까지 크게 영향을 끼치고 논의의 대상이 되는 과제가 여럿 있으나 그 중에 가장 중요한 것 몇 가지만 지적하기로 한다. 그 첫째는 어절이요 둘째는 존재사의 설정이고 셋째는 결어법과 공대법이다. 선생은 단어와 문장 사이에 '어절'이란 단위를 설정하였다. 어휘론이나 품사론의 단위는 단어(낱말)이지만 문장론의 단위는 '어절'이라 하였다. 어절은 쉽게 말하여 오늘날 띄어쓰기에서 한 단위로 묶이어 쓰는 것으로 체언과 조사가 결합된 형태, 용언의 어간과 활용어미가 결합된 형태 및 독립적으로 쓰이는 관형사형 부사형 등을 가리키는 것인데 이 어절이론이 토대가 되어 오늘날 현대 국어의 전산처리가 효율적으로 운용되고 있다. 앞으로도 이 '어절'의 개념은 국어학의 문장론 발전에 중요한 역할을 할 것으로 보인다. 품사론에서 존재사(있다, 없다, 계시다)를 설정한 것은 다른 이의 문법체계에는 없는 독특한 것이다. 선생의 용언 분석 태도와 방법론이 이룩한 성과로서 국어의 서술어로 동사와 형용사의 두 가지로만 분류하는 통례에 선생의 존재사는 두고두고 음미의 대상이 되어 있다. 또한 결어법과 공대법은 오늘날 학교 문법에서 문장 종결법과 상대 높임법의 두 범주를 아우르는 것인데 선생의 체계를 따르면 문법을 기술하는 데 더 많은 이득이 있을 것이라고 논의되고 있다. 여기에 빼놓을 수 없는 커다란 업적 하나는『국어대사전』(1961)의 간행이다. 이처럼 선생의 업적은 현대 국어학이 걸어가고 있는 거의 모든 분야에 디딤돌이 되고 있거니와 선생의 학문을 이야기하면서 반드시 언급해야 할 항목이 있다. 그것은 선생께서는 외국 이론을 받아들이되 국어의 본질에 맞게 응용할 것을 주장하시면서 동양언어를 중심으로 한 언어학이 구상되어야 하지 않겠느냐고 제안하신 말씀이다. 외국 이론의 분별없는 적용으로 국어의 참모습이 변질될 수 없다는 선생의 충고는 21세기 국어학 진로에 비추는 횃불이 아닐 수 없다.

둘째 국문학 관련 주요 저술로는『역대조선문학정화(상)』(1938),『조선문학연구초』(1946),『국문학 개관(고전편)』(1953)을 꼽을 수 있다. 이 업적의 대부분은 1930년대에 이화여전에서 국문학 과목을 담당했던 인연으로 생산된 것이요, 그 내용이 고전시가 작품의 주석과 감상에 치우친 것이기

일석기념관

는 하지만 그것이 선생의 핵심 주제인 국어학에서 벗어난 것은 아니었다. 언어의 형식을 주 대상으로 하는 언어학적 탐색은 자칫 정서의 고갈에 연결되어 학문의 분위기를 무미건조한 것으로 만들기 쉬운데 오히려 선생은 시가류(詩歌類)의 주석(註釋)과 감상을 통하여 전통 문학을 계승하여 민족적 자부심을 고취하고 잘못 표기되고 빠진 부분을 바로잡으며 어학적 소양을 기르는 효과를 거두고 있기 때문이다. 선생의 문학 연구는 심오한 문학이론을 추구하는 것이 아니었다. 그것은 차라리 생활 중심이요, 전통 옹호요, 생활 문화로서의 살아 숨쉬는 문학이었다. 더구나 근자에 국어국문학과가 국어학 전공, 고전문학 전공, 현대문학 전공의 세 갈래로 쪼개어져서 같은 과 안에 있으면서도 학문적 교류가 없는 상태로 치닫고 있는 터에 선생이 일찍이 자연스럽게 어문학 통합 차원의 업적을 내놓으셨다는 것은 참으로 놀라운 선견지명의 행보이셨다. 그 연장선상에서 세 번째 업적인 시·수필 관련 저술이 주목된다. 선생은 평생에 두 권의 시집과 다섯 권의 수필집을 내놓으셨다. 시집은 『박꽃』(1947), 『심장의 파편』(1961)이요, 수필집은 『벙어리 냉가슴』(1966), 『소경의 잠꼬대』(1962), 『딸깍발이 정신』(1971), 『먹추의 말참견』(1975), 『메아리 없는 넋두리』(1988) 등이다. 시집 『박꽃』에는 경성제대 예과 시절에 지은 시조도 여러 편 실려 있다. 선생은 문학을 전문으로 하는 시인도 수필가도 아니었으나 상당량의 시와 수필을 남기셨다. 옛날 성리학이나 실학을 궁리하던 선비들이 여흥을 즐기듯이, 선생은 그렇게 선비로서의 생활을 시로 수필로 적어나갔다. 그러나 선생의 문학작품은 옛날 선비들의 여흥과는 사뭇 다른 것이었다. 그것은 생활을 소재로 한 체험의 문학이면서 또한 준엄한 시대의 증언이었다. 선생은 일제에 무력으로 항거한 독립투사는 아니었으나 어문 운동을 소신있게 펼침으로써 선각자의 길을 걸으셨고, 수필을 통하여 한 시대의 역사적 증언을 담담하게 기록하셨다. 어느 비평가는 선생의 수필을 다음과 같이 평하고 있다.

"이런 잔잔한 글을 읽고 재미있는 일화에 취하면서 웃음을 짓다가 어느 대목에 가서 마침내 뜨거운 응어리 같은 것이 가슴 속에서 울컥 치밀어 오르는 것을 느끼게 된다. 문장의 행간 속에 감춰져 있는 긴 세월의 아픔과 함께 거짓이 전혀 없는 문장의 정직성 때문이다."

선생의 수필은 감정도 언어도 절제된 지성인의 시대적 증언이었다. 절개 있는 선비 정신이 무엇인가를 보여준 한 스승의 발자취였다. 그 수필들은 겸손하지만, 단호하고 온건하지만, 추상같은 어조를 지니고 지금도 우리 후학들의 가슴 속에 메아리치고 있다.

지금까지의 논의는 민족문화주의에 바탕을 둔 선생의 저술 활동의 개관이었다. 그것은 선생이 어문학자로서 민족어문의 연찬이라는 과업을 수행한 것인데 여기에 맞서는 또 한가지는 사회사상가로서 민족사상을 고취한 사회운동의 면모이다. 선생은 72세이던 1967년에 현정회를 창립하고 그 이사장에 취임하여 돌아가실 때까지 그 직함을 지니셨다. 민족정기를 바로 세우고 현양하기 위하여는 단군 경모 사상을 널리 펼치고 그 경모 사업을 확충하여야 한다고 굳게 믿으셨기 때문이다. 그리고 74세이던 1969년에는 한국어문교육연구회를 창립하고 그 회장에 취임하여 국한혼용이 지속되어야 함을 주장하셨다. 그 무렵 군사정권이 한글전용을 전면적으로 실행할 기미를 보이자 그 부당성을 예견하시고 이 연구회를 통하여 국한 혼용을 실현하기 위한 다각적인 방안을 강구하셨다. 선생의 선각자적 혜안을 짐작하게 하는 대목이다. 금년으로 선생이 가신 지 어느새 스물두 해째에 접어든다. 지금 이 시대에 선생이 생존하셨다면 어떤 모습으로 행동하는 지성의 모습을 보여주실까? 선생의 생애와 업적을 회상할 적마다 우리 후학들의 모습이 자꾸만 부끄러움으로 다가선다. 선생은 진정 20세기의 작은 거인이셨다.

차상원 _ 중국문학 연구의 대들보

김학주 | 서울대학교 명예교수

1. 차상원 선생과 서울대 중국어문학과

1952년 3월에 필자는 6·25사변으로 부산에 피란 내려가 있던 서울대학교 문리과대학 중국어문학과에 입학하였다. 그때 서울대학교는 부산 동대신동 구봉산의 산기슭 거친 땅에 천막을 여러 개 친 가교사였다. 그 시절 우리나라 전국 대학에는 중국 관련 학과로 중국어문학과가 오직 서울대학 한 곳 뿐이었다. 그리고 전국에 유일한 그 서울대 중문과에 전임교수도 차상원(車相轅, 1910-1990) 선생님 한 분 뿐이었다. 6·25사변이 일어나기 이전에는 김구경(金九經) 교수와 이명선(李明善) 교수 두 분의 선생님도 계셨는데 9·28 수복 뒤에 북한으로 가시고, 부임한 지 얼마 되지 않고 서열도 가장 낮은 차상원 선생님 홀로 남아 중문과를 지키고 계셨다.

　당시 학교에 나오던 중문과 선배 학생은 모두 합쳐 3~4명뿐이었으나, 우리가 입학한 뒤로는 해마다 학과의 정원 수 대로 15명 정도의 학생이 입학하였다. 차상원 선생님은 그처럼 어려운 시기에 우리 학과의 학생들을 상대로 강의와 학생 지도를 홀로 책임지고 중문과를 이끌어갔다. 그때 선생님이 모셔온 우리 학과의 강사로는 경성제국대학의 중국문학 전공 제1회 졸업생이신 최창규(崔昌圭) 선생님과 우리 학과 대선배이신 장심현(張深鉉) 선생님의 두 분이었다. 최 선생님은 중국문학사 강의를 담당하고, 장 선생님은 중국어 강의를 담당하셨다. 차상원 선생님과 최창규 선생님은 강의시간이면 다 낡아빠진 대학 노트를 한 권 들고 들어와 읽어주면서 학생들에게 그것을 받아 적도록 하셨다. 한 시간 내내 열심히 노트에 받아 적어 보았자 몇 줄 되지도 않는 분량일뿐더러 무슨 말인지 내용도 이해하기 어려웠다. 제국대학의 일본인 교수들이 그런 방식의 강의를 많이 하여 그 방법을 따른 것이라 한다. 중국어 강의를 담당하셨던 장심현 선생님은 차상원 선생님 말씀으로는 북경 사람들 못지 않은 표준 중국어를 구사하는 분이라는데, 그분이 중국어를 하거나 중국 문장을 읽는 것을 들은 기억이 별로 없다.

　6·25사변 통에 없어질 뻔한 우리나라 유일한 서울대 중국어문학과가 차상원 선생님 덕분에 겨우 명맥만 유지하였던 것이다. 학교가 서울로 수복한 뒤 1955년에 와서야 전임교수가 세 분 더 보강되고 1학년으로부터 4학년에 이르는 학부 전 학년의 학생 수도 갖추어져 학과의 모양새가 제대로 이루어 졌다. 그리고 중국어문학과는 발전을 거듭하여 서울대학교가 관악으로 옮겨오고 선생님이 정년퇴직을 하신 1975년 무렵에는 인문대학에서도 가장 성적이 우수한 학생들이 입학하는 중요한 학과의 하나로 발

전하였다. 그리고 1960년대부터 우리나라의 다른 대학에도 중국어문학과가 설치되기 시작하고 1980년 무렵에 와서는 전국의 거의 모든 대학에 중문학과를 설치하게 되어 한국의 중국어문학계도 무척 거대한 규모로 발전하였다. 그것은 차상원 선생님이 서울대 중문과를 유지하며 많은 대학의 교수요원을 양성하였기에 가능한 일이기도 하였다. 여하튼 나라가 어려운 시기에 홀로 전국에 유일하던 중국어문학과를 유지하여 마침내는 전국 대학에 중문과가 없는 대학이 없을 정도로 발전하는 바탕을 마련한 차상원 선생님의 공로는 위대하다고 칭송할 수 있을 것이다. 만약 선생님이 계시지 않았더라면 한국에는 중국어문학과라는 학과가 유지되지 못하였을 것이다. 선생님 덕분에 6·25사변 통에도 이 학과가 지탱되고 다시 해마다 급속한 발전을 이룰 수가 있었던 것이다.

그리고 선생님이 이끄신 중국어문학 연구 분야는 지금에 와서는 연구요원의 수나 그들이 만들어 내는 연구 업적의 양에 있어서 우리나라 외국어문학 학계 중에서 가장 풍부하고 가장 훌륭한 수준으로 발전하고 있다.

2. 차상원 선생과 한국의 중국어문학 연구

우리나라 중국어문학계의 본격적인 연구업적은 1960년대에 들어와서야 차상원 선생님의 선도로 나오기 시작한다. 일제 강점기에 중국어문학을 전공하신 우리 대선배님들이 계시고, 6·25사변 이전에 공부한 선배님들도 여러 분 계시기 때문에 필자의 이 말을 의아하게 여길 분들이 있을 것이다. 따라서 그 선배님들의 연구 성과에 대하여 먼저 설명하려 한다.

1960년대 이전 선배님들의 연구 성향을 종합해 보면 몇 가지 특징이 드러난다. 첫째, 조선문학에 대한 관심이 많았다. 많은 분들이 중국문학 전공을 바탕으로 하여 우리나라 한문학(漢文學) 연구에 많은 힘을 기울인 것

이다. 둘째, 중국문학에 있어서 정통적인 시보다도 시정적(市井的)인 성격
이 두드러진 소설과 희곡에 대한 관심이 컸다. 셋째, 중국문학과 중국어
학 연구에 있어서는 중국 현대문학과 어법(語法)에 비교적 많은 관심을 보
이고 있다. 소설과 희곡 및 현대문학 분야에 있어서는 연구보다는 번역과
소개 비평 정도의 글을 많이 썼다. 전체적으로 볼 때 본격적으로 문학과
어학 연구에 손을 대지 못하였다고 할 수 있다. 이를 증명하기 위하여 아
래에 이전 주요 선배님들의 연구업적을 살펴보기로 한다. 학부의 졸업 논
문이나 석사학위 논문은 여기에서 논외로 한다.

우선 경성제국대학 법문학부에서 지나어학급지나문학과(支那語學及支那
文學科)를 거친 선배는 모두 아홉 분인데 그중 학계와 인연을 맺었던 분들
은 제1회(1929) 졸업생이신 최창규(崔昌奎) 선생님을 비롯하여, 제3회 김태
준(金台俊) 선생님, 제8회 차상원 선생님, 제12회 이명선(李明善) 선생님, 제
16회 박노태(朴魯胎) 선생님의 다섯 분이다.

최창규 선생님은 1929년부터 1930년대 초기에 이르는 기간에 경성제
국대학의 조선인 학생들이 모여 내었던 『신흥(新興)』이라는 잡지 1권 1호
(1929. 7.)에 소설도 싣고 있으나, 2호(1929. 12.)에는 「원곡(元曲) 설자고(楔子
考)」, 3호(1930. 7.)에는 「관한경(關漢卿) 작 두아원(竇娥冤) 일고찰(一考察)」이
란 논문을 싣고 있을 정도로 고전 희곡에 관심이 있으셨다.* 그러나 선생
님은 대학보다도 중고등학교 교육에 진력하여 한국의 명 교장으로 이름
을 알렸지만 연구업적은 별로 많지 않다.

김태준(1905~1949) 선생님은 김재철(金在喆)의 『조선연극사』와 쌍벽을
이루는 『조선소설사』(청진서관, 1932)의 저자로 잘 알려져 있다. 1931년 경

....

* 김용직, 『김태준평전』(일지사, 2007. 7. 25.) pp. 62~69 참조.

문리대 교정에서 동료 교수들과
환담하는 차상원 교수(서 있는 분)

성제대를 졸업하는 해 말에
『조선한문학사』(조선어문학회)
를 내고 있는데, 동아일보에 연
재한『조선소설사』도 졸업 전
에 연재를 마치고 있다. 이어
여러 편의 논문을 발표하면서
또『조선고가요집성』(조선어문
학회, 1934), 『청구영언(青丘永
言)』과『고려가사(高麗歌詞)』의
교주(校註)를 내고(학예사, 1939),
『조선민란사화』(1936)와『조선

가요개설』(1938)을 신문에 연재하였다. 이런 업적이 높이 평가되어 1939
년에는 조선 사람으로는 처음으로 경성제국대학에서 조선문학 강의를 담
당할 강사로 위촉된다. 그러나 1940년에 들어와서는 조선남로당 활동에
적극 가담하여 검거 투옥되기도 하고 1944년에는 중국공산당의 마오저뚱
(毛澤東) 주석이 있는 옌안(延安)으로 가다가 1945년 제2차 세계대전이 끝
나 중도에 귀국하여 다시 공산주의 활동을 하다가 1949년 체포되어 한창
나이에 처형된다.*

　이명선(1914~1951) 선생님은 1940년 졸업논문으로「루신연구(魯迅研究)」
를 쓰고 해방 후 1946년에 서울대 중문과 조교수로 취임하지만 적극적으
로 좌익 활동에 가담하다가 결국 1949년에는 서울대를 떠났다. 1950년 한
국전쟁이 일어난 직후 북한군이 서울을 점령하자 서울대 교수로 복귀한

24　* 김용직 교수 역저『김태준 평전』(2007, 일지사)이 있으니 참고 바람.

뒤 다시 서울대학교 교책(校責)으로 활동하다가 서울이 국군에게 수복되자 이북으로 가다가 37세의 나이로 일생을 마감한 것 같다. 그러나 이명선 교수는 이토록 짧았던 학계 생활에도 불구하고 적지 않은 업적을 남기고 있다. 1946년에는 『중국현대단편소설집』, 1947년에는 『조선고전문학독본』(선문사), 1948년에는 유물사관에 입각한 『조선문학사』(조선문학사)와 『임진록(壬辰錄)』(국제문화관)의 교정을 내고 있다. 그리고 『문학』, 『문학비평』 같은 잡지에 논문과 글을 싣고 있다. 뒤에 순천향대학의 김준형 교수가 『이명선전집』 4권을 냈다고 하는데 나는 그 책을 아직 보지는 못하고 있다.

1943년에 제16회로 졸업한 박노태 선생님은 성균관대학 총장도 역임하셨다. 「중국신문학운동의 회고」(『사상계』 5-2호), 「당대소설연구」(성균관대 『논문집』), 「루신론(魯迅論)」(『지성』 3) 등 몇 편의 논문이 있으나 모두 평론과 소개의 성격을 벗어나지 않은 업적들이다.

해방 뒤 문리과대학을 졸업한 선배로 학계에서 크게 활약한 분은 이경선 교수와 문선규 교수이셨다. 이경선(李慶善, 1923~1988) 선생님은 뒤늦게 한양대학교 국문과 교수로 뵙게 되었다. 6·25사변 전에 우리 학과 교수를 역임하신 이명선(李明善) 교수의 계씨이다. 선생님은 전공이 중국문학이지만 국문과에 계시며 국문학 강의를 담당한 때문에 특히 국문학과 중국문학을 바탕으로 하는 비교문학적인 연구에 많은 관심을 갖게 되었던 것 같다. 「가사(歌辭)와 부(賦)의 비교연구」, 「삼국지연의의 한국 전래와 정착」, 「한국의 군담소설(軍談小說) 및 구운몽(九雲夢) 옥루몽(玉樓夢)과 삼국지연의의 비교」, 「한국문학 작품에 끼친 삼국지연의의 영향」 등 논문과 함께 『비교문학: 이론과 자료』(국제신보사 출판부, 1957), 『비교문학 논고』(일조각, 1976), 『삼국지연의의 비교문학적 연구』(일지사, 1976) 등의 저서를 내고 있으니 우리 학계에 있어서 비교문학 연구의 선구자라고 할 수 있을 것이다. 그리고 『전등신화(剪燈新話)』, 『임진록(壬辰錄)』, 『박씨전(朴氏傳)』 등을 우리말로 번역하여 국문학 연구에 기여한 것도 특기할 일이다. 그리고 우리나라와 중국문학 사이의 비교문학에 관한 업적이지만 1960년 전에 이룩한 본격적인 중국문학 관련 연구임을 부정할 수 없는 논문과 저서를 남기고 있는 것이다.

문선규(文璇奎, 1925~1987) 선생님은 전북대학 국문과 교수로 계시다가 전남대학 중문과로 옮겨가 만년을 보내셨다. 선생님도 중국문학을 전공하였지만 먼저 우리 한문학에 관심을 두시어 여러 편의 논문과 함께『한국한문학사』(정음사, 1961), 『한국한문학 : 개론과 사(史)』(이우출판사, 1979), 『조선관역어연구(朝鮮館譯語研究)』(경인문화사, 1972) 등의 저서와 함께『화사(花史)』,『주생전(周生傳)』(이상 통문관, 1961) 등의 역주서(譯註書)를 내시기도 하였다. 중국에 대하여는 문학 쪽보다도 어학에 더 많은 관심을 기울여 여러 편의 논문과 함께『중국언어학개론』(세운문화사, 1977),『중국언어학』(민음사, 1990),『한어음운론집』(신아사, 1994) 등의 저서를 남기셨다. 본격적인 중국어학 연구는 1960년대 이후에 하신 셈이다. 중국 고전과 문학작품의 번역도 여러 가지 남기셨다.

학위 논문을 제외하고 보면 우리 중국문학계에서 본격적으로 중국어문학 연구 결과가 나오기 시작한 것은 차상원 선생님이『중국문학사』(동국문화사, 1954)를 내신 뒤 1960년대에 들어와서의 일이다. 선생님께서 「육기(陸機)의 문학이론」(『중국학보』2집, 1964), 「문심조룡(文心雕龍)과 시품(詩品)에 나타난 문학이론」(『중국학보』3집, 1965)을 비롯한 중국문학론에 대한 논문 10여 편을 연이어 발표하면서 부터이다. 선생님은 이 논문들의 성과를 종합 정리하여 1974년에는 국판 590쪽에 달하는『중국고전문학평론사』(범학도서, 한국중국학회 중국학술총서 제1권)라는 대저를 이룩하셨다. 학생들의 교육을 위하여 편찬한 교재인『대학한문』(문리사, 1958) 같은 저서도 있다. 그리고 선생님은 퇴임하시기 직전에 이전의 문학사를 크게 수정 보충

한『신편중국문학사』상·하(과학사)의 대저를 내시고, 다시 퇴임 직후에는 이전의 중국문학평론사를 보충 개편하여『중국 고전문학의 이론과 비평』(문리사)이라는 방대한 저술을 출간하였다.

다시 1971년 6월에 발행된 선생님 회갑 때 낸『연파차상원박사송수논문집(淵坡車相轅博士頌壽論文集)』앞 면의 선생님 '주요저작목록'을 보면 이미 간행된 저서 이외에 조판중인 것으로『유가사상사(儒家思想史)』(장원사)와『신해천자문(新解千字文)』(명문당)이 있는데 앞의 책만은 출간된 것을 보지 못하였다. 다시 중국의 고전 번역으로『한비자(韓非子)』와『소학(小學)』의 두 책은 출판사 명문당과 출판 계약을 하고 출간 준비 중이라 하였으나 이들 번역본은 출판되지 못하고 만 것으로 안다.

선생님은 1953년에『중국문학사』를 집필하시면서 본격적인 연구를 준비하셨는데, 차주환 교수와 장기근 교수님도 이 책의 집필을 도우면서 선생님과 중국어문학 연구에 본격적으로 착수하려는 뜻을 함께 하였다. 선생님을 따라서 차주환 교수의 「종영시품교증(鍾嶸詩品校證)」(『아세아연구』6-7호, 1960-1), 「문심조룡소증(文心雕龍疏證)」(『동아문화』6-7호, 1966-7)과 장기근 교수의 「한어(漢語)의 기본구조적 파악」(『문리대학보』10호, 1962), 「한어 통사론(統辭論)의 기본문제」(『아세아연구』9호, 1963), 「한어 계사(繫辭)에 대하여」(『동아문화』2호, 1965) 등의 연구업적이 나왔다. 차주환 교수는 남북조(南北朝) 시대에 나온 문학이론서의 교감(校勘)을 하는 작업으로, 장기근 교수는 중국어 어법의 연구로 각각 연구작업에 착수하였다. 이러한 논문이 발표되면서 우리 학계는 중국어문학에 대한 본격적인 연구에 자신을 얻어 이 뒤에 이병한(李炳漢), 최완식(崔完植), 김시준(金時俊) 교수와 필자 등이 연구 작업에 합세하게 된다. 이경선 선배님과 문선규 선배님의 중요한 연구업적들도 이 무렵 이후에 나온 것이 대부분이다. 한편 차상원 선생님은 본시 전공을 희곡이라 내세우시면서 학과에서는 「중국희곡」, 「중국소설희곡사」, 「배월정(拜月亭)」, 「근세희곡사」 같은 강의를 하셨다.

차상원 선생님의 이 시기 문학론 연구를 차주환 선생님과 이병한 교수 등이 계승 발전시켜 지금까지 우리 중국문학계에 뚜렷한 중국고전문학 연구의 흐름 줄기를 이루고 있다. 차상원 선생님이 이 시기 이전에 보인 희곡에 대한 관심도 김학주를 거친 뒤 양회석 교수와 오수경 교수 등이 본격적으로 연구에 달려들어 우리 학계에 또 다른 연구의 큰 흐름의 맥을 이루고 있다.

선생님은 중국어문학회 창설과 발전에도 중심 역할을 하셨다. 1965년 전후 우리 학과의 강사들은 모이기만 하면 이제는 중국어문학 관련 학회를 만들어야 할 때라고 의견이 합치되었으나 차상원 선생님을 제외한 선생님들의 반응이 냉담하였다. 1965년 12월 이병한(李炳漢), 김용섭(金容燮), 이한조(李漢祚), 최완식(崔完植), 김시준(金時俊), 이석호(李錫浩), 공재석(孔在錫)의 7인과 필자가 모여 학회에 관한 의견을 교환한 끝에 학회의 결성을 결의하였다. 그러나 윗분들이 호응을 안 하셔서 차선책으로 우리끼리 중우회(中友會)라는 연구회를 만들어 그 달부터 매월 연구발표회를 개최하고 발표한 논문을 모아 『중우』라는 연구잡지를 우리 손으로 내기로 결정하였다. 우리는 1966년 1월부터 학술발표회를 시작하여 그 해 4월까지 매달 충실히 그 발표회를 진행하면서 그 결과물을 모아 4월에는 우리 손으로 직접 등사판을 긁어 『중우』 창간호를 내고 다시 계속하여 7월에는 『중우』 제2호를 발간하였다. 그러나 이로 말미암아 우리 학과 내부의 사정이 복잡해져서 이 연구 모임은 그 이후 더 이상 이어갈 수가 없었다.

1969년에는 한양대학의 이경선 선배님이 적극적으로 차상원 선생님을 설복하여 선생님을 회장으로 모시고 한국중국어문학회를 창립하게 된다. 학회 창립 발기인이 차상원, 이경선, 이병한과 필자였다. 필자가 차기 회장이 되자 곧 학보 발간에 착수하여 1973년 4월에 『중국문학』 창간호를 내었다. 차상원 선생님에게 창간사를 써줄 것을 부탁드렸으나 선생님 자신은 창간사보다도 논문을 싣겠다고 하며 내게 창간사를 쓰라고 하셨다. 이 학술지가 지금은 제70호를 넘어서 출간되고 한국의 중국어문학 연구를 뒷받침하고 한국의 중국어문학계를 대표하는 학술지로 자리 잡고 있다.

선생님은 한국의 동란 기간 전국 대학에 유일한 중국문학과를 홀로 지탱하여 크게 발전시켰을 뿐만 아니라 한국에 본격적인 중국문학 연구의 길도 여셨고, 한국의 중국어문학계를 대표하는 학회도 만들어 놓으신 것이다.

3. 차상원 선생의 풍도(風度)

선생님의 아호는 연파(淵坡)이다. 중국 동진(東晉)시대의 전원시인(田園詩人)으로 유명한 도연명(陶淵明, 365~427)과 북송(北宋)시대의 대문호 소동파(蘇東坡, 1036~1101) 두 분의 아호로부터 한 글자씩 따가지고 합쳐 이루어진 아호이다. 도연명은 동한 말에 중국문학사상 본격적인 시의 창작이 전개된 이래 동진(東晉) 시대(317~429)에 개성적인 새로운 풍격의 시를 지어 중국시의 발전을 이끈 대가이고, 소동파는 중국시의 발전이 정점에 이르렀던 북송 시대(960~1127)에 시사(詩詞)와 고문(古文) 모든 면에서 가장 빼어난 대문호이다. 선생님은 이들의 문학정신을 이어받아 우리나라에 새로운 중국문학 연구의 학풍을 이룩하려는 뜻에서 그러한 아호를 썼을 것이다. 일제 아래 어렵고 혼란한 시대에 공부를 하고 해방 뒤 6·25 때에는 같은 학과의 동료들이 모두 희생당하고 홀로 남아 한국 유일의 중국어문학과를 지탱하여 결국은 완전한 중국어문학과를 이룩해 놓고 한국에 본격적인 중국어문학 연구의 길을 열어놓았으니 선생님은 아호가 암시하는 목표를 달성한 셈이다.

선생님은 약주 드시는 풍도도 도연명과 같았다. 때문에 도연명의 시를 읽으면 선생님 모습이 떠오른다. 도연명의 시 중에서 「음주(飮酒)」(其七) 시를 한 수 골라 아래에 번역과 함께 소개하여 선생님의 풍도의 일면을 알리려 한다.

가을 국화 아름다운 빛깔 지녔으니	秋菊有佳色,
이슬 적시며 그 꽃을 따다,	裛露掇其英.
이 시름 잊게 하는 술에 띄워	汎此忘憂物,
세상 물정으로부터 나를 멀어지게 하네.	遠我遺世情.
한잔 술을 홀로 들고는 있지만	一觴雖獨進,
잔이 다하면 술병은 알아서 다시 기울어지네.	盃盡壺自傾.
해 져서 모든 움직임 쉬게 되자	日入羣動息,
깃드는 새도 숲속으로 울며 날아가네.	歸鳥趨林鳴.
동쪽 툇마루 아래 휘파람 불며 거니노라니	嘯午東軒下,
다시 이 삶을 얻은 것만 같네.	聊復得此生.

선생님이 그토록 약주를 좋아하셨던 것은 극도로 어지러운 시대에 마음의 갈등을 극복하려는 방편이기도 하였을 것이다. 도연명처럼 명리에 초탈하고 세상일에 초연한 자세로 자신의 생활을 즐기며 술을 드셨다. 그러나 많은 약주를 드시면서도 강의를 하시는 틈틈에 수많은 논문을 써서 발표하시고 『중국문학사』와 『중국고전문학평론사』 같은 대저를 남겼으니 언제나 자신의 중심은 올바로 잡고 계셨음을 알 수 있다. 1976년에 선생님은 『중국고전문학평론사』로 대한민국 학술원상을 수여받았다.

선생님이 오랜 세월을 보내신 동숭동 캠퍼스의 연구실은 선생님의 사랑방이기도 하였다. 선생님은 남쪽 창문 앞에 대나무를 심었는데 서울의 추위에도 불구하고 잘 자랐다. 필자는 그 대나무를 분양 받아 장위동(長位洞) 우리 집 서재 창 앞에 심었는데 굉장히 무성하게 우거져 결국은 그 동리의 명물이 되었다. 나뿐 아니라 다른 여러 명의 제자들이 선생님의 대나무를 분양 받아다가 자기 집에 잘 길렀던 것으로 안다. 선생님의 학문과 풍도는 대나무처럼 제자들에게도 전하여져 서울대 중국어문학과의 풍격을 형성한 것으로 안다.

필자가 서울대 중국어문학과에 입학하여 많은 것을 배우고 크게 영향을 받은 것은 학교 교실의 강의가 아니라 교수님과 선배들이 모여 담소하는 술자리였다. 부산 시절의 중문과는 교수도 한 분이고 학생 수도 적어 교수와 학생들이 함께 가족처럼 늘 어울리는 분위기였다. 선생님의 풍도는 학문과 관련된 일에는 소동파처럼 임하시면서도 한편 세속적인 일로부터는 도연명처럼 초연하셨다. 선생님의 이러한 풍도는 우리 중문과에 입학하여 공부한 모든 사람들에게도 영향을 끼치어 우리 학과 동학(同學)들을 모두 군자(君子)로 이끌어주셨다. 때문에 우리 중문학과의 분위기는 언제나 선후배들이 형제들 같이 어울리어 다른 어떤 모임보다도 깨끗하고 우애(友愛)가 넘쳤다. 그러기에 필자는 대학교수를 정년퇴임한 지금 학교생활을 회고하면서 "나는 이처럼 어지러운 사회 속에서도 지극히 바르고 청정한 지역에서 살아온 행운아였다"고 늘 생각하고 있다.

만약 선생님이 계시지 않았다면 우리나라 대학에 중국어문학과는 1980년 무렵에야 다시 생겨나기 시작했을 것이고 한국의 중국어문학계는 발전이 지금보다 30년 이상 뒤져 있을 것이다. 현재와 같은 중국어문학계가 우리나라에 발전하고 있는 것은 선생님의 은덕이라 해도 과언이 아닐 것이다.

권중휘 _ 영문학계의 결곡한 선비

이경식 | 서울대학교 명예교수

한산(閑山) 권중휘(1905~2003)는 일반에게는 아마도 이양하 교수와 함께 낸『포켓 영한사전』의 저자로, 아니면 1960년대 초의 서울대학교 총장으로 기억되고 있을 것이다. 그리고 원체 조용한 생애를 사셨기 때문에 그 외의 사실은 잘 알려지지도 않았고, 2003년 작고 후 어언 10년이 넘게 되었다. 그러나 뛰어난 영문학자로 서울대에서 많은 후학을 양성하였기 때문에 서울대학교의 학맥과 함께 학문적 개척자로서의 명예가 영원히 살아남을 것이다. 필자는 생전에 학은을 많이 입은 제자의 하나로 스승의 생애와 업적을 간략히 정리해보고자 한다. 실은 선생님의 서거 후에 발간한『한산 권중휘선생 추념문집』(2004)에 필자가 만들어 실은 연표를 기초로 요약하는 것임을 밝힌다.

1. 생애

선생님은 1905년 음력 3월 8일에 경북 안동군 북후면 연곡동 선비의 집 6
남매의 막내로 출생하셨다. 어릴 적 이름은 명원(命源)이었다. 1911년 음력
6월 부친을 여의었으나 타고난 재능이 탁월하여 1912년엔 한문만이 아닌
신학을 지도하기 위하여 신설된 연계서숙(蓮溪書塾)에서 산술, 한문, 역사,
주산, 일어를 학습하였고 1914년엔 연계서숙이 폐쇄되어 10월에 안동읍에
있는 군내 유일의 공립보통학교 제2학년에 편입, 생후 처음 집을 떠나 하숙
생활을 하며 공부에 매진하였다. 1917년에 4년제 보통학교를 졸업하였으나
결국 경제적 사정으로 인하여 더 이상의 진학은 포기하고 가사를 도우며 안
동군청에 취직한 백형 밑에서 『고문진보』, 『맹자』, 『시경』 등을 학습하였다.

1919년 3월 1일에 기미독립 만세운동이 터졌고, 3월 8일엔 상급생들을
따라 시위에 합류하여 대한독립만세를 부르며 대구시내로 진출하는 기
백을 보였다. 어느덧 당시로서는 혼인하기 적합했을 정도로 나이가 차서
음력 3월에 진주 강씨와 결혼하였다. 슬하에 1녀 3남을 두셨는데, 태준은
서울법대를 졸업하고 행정대학원 교수와 원장을 지냈다. 결혼 이듬해인
1920년엔 호적상의 이름이었던 명원을 중휘(重輝)로 개명하였다. 1922년
엔 4년제 대구고등보통학교를 졸업함과 동시에 신학제로 개편된 동교 5
학년에 편입하여 미처 다 펼치지 못했던 진학의 꿈을 다시 펼쳤다.

1923년 3월엔 신제 고등보통학교 졸업예정자의 자격을 갖고 동급생 2
명과 함께 일본 교토 제3고등학교 문과 갑류(영어를 제1외국어로 함)에 응
시하여 혼자 합격하였다. 이 합격 소식은 대구 지역의 신문에 대서특필되
었다. 1926년엔 조선인으로서 교토 제3고등학교를 수석 졸업하는 영예를
차지하였다. 이어 동경제국대학에 입학하여 1931년 3월 동대학 문학부마
저 수석으로 졸업하였다.

학사학위를 받은 후 같은 해 5월에 부산 제2상업학교 영어교원으로 취직하였다. 1935년엔 동래고등보통학교로 전임하였다. 이 시기 일제의 창씨개명에 불응함으로써 자녀교육을 포함한 여러 가지 사회생활에 압박을 받았다. 1939년엔 순천(順天)중학교로 '고등관(高等官)'에 오르기도 했다. 하지만 일제 말기의 생활고와 창씨개명 압박으로부터의 탈출을 위해 1941년 10월에 '만주국' 신경(新京)공업대학 영어과 교수로 전임하였다. 1944년엔 전쟁이 일본의 패전으로 끝나가고 있다는 판단 하에 가족의 건강문제도 고려하여 귀국 준비를 하였다.

1945년 7월 서울의 사립 광신(光新)상업학교 교감으로 부임하였는데, 부임 직후 마침내 찾아온 해방 정국 아래서 정치로 공사다망했던 교장의 사임으로 잠시 교장직에 취임하였다. 1946년엔 경성대학 영어과, 경제전문학교, 약학전문학교 등에 출강하였으며, 8월말에 광신학교 교장을 사임하고 고려대학교 문과대학 교수로 취임하여 영어영문학 과목들을 담당하였다. 1947년엔 서울대학교 문리과대학, 연희대학교 대학원에 출강하였고, 1949년 2월 16일에 장남을 가슴에 묻는 아픔을 겪었으나 심기일전하여 3월에 서울대학교 문리과대학 영어영문학과 교수로 전임하였다. 서울대학교 문리과대학 문학부장을 겸임하였다. 『중학영작문교재』(李仁秀 공편)와 『스쿨 영어사전(School English-Korean Dictionary)』(李敭河 공편)을 출판하여 한국 영어교육의 기초를 닦았고, 『현대문호(現代文豪)의 민주주의관(民主主義觀)』을 발표하고 『고등영문법』 조판도 이 시기에 착수하였다.

1950년, 선생이 신장염으로 요양 중이었을 때 한국전쟁이 발발하였다. 12월 14일에 청량리에서 중앙선 열차 편으로 고향인 안동 연곡으로 피난하였다. 1951년엔 고향마저도 위협받자 트럭 편으로 황망히 부산으로 내려갔다. 이 시기에 부산 제2상업학교 제자들이 협력하여 도움을 주었다. 동란 중에도 신임 최규남(崔奎南) 총장에 의해 서울대학교 학생처장 발령

을 받아 강의에 더하여 학생들의
제반 문제들과 대학신문, 단과대
학들의 종합화와 후원회연합회 구
성 문제 등을 돌보았다. 이 시기에
선생의 결단들이 서울대학교의 기
틀을 다지는 데 크게 기여하였다.

영문과 석사 졸업생들과 함께한 권중휘 교수
(1959. 3. 28)

1952년엔 고등고시위원으로
위촉되었고, 중학영어 교과서
『*Modern English*』 편찬 작업을
완수하였다. 1953년 7월 27일에
마침내 휴전협정이 체결되어 단
행된 환도(還都)에 따라 대학교가
10월에 서울로 돌아왔을 때 학교
가까이에 있는 동숭동 사택에 입주하였다. 1954년에서 1961년까지 지속
된 미국의 해외활동본부(FOA, 이후 국제협조처[ICA]로 개칭)의 이른바 '미네
소타 프로젝트'에 따라 1천만 달러가 넘는 시설과 교육기자재 및 인사교
류 등의 원조를 받아낼 수 있었으며, 4억여 원의 정부지원을 받아내는 데
도 성공하여 큰 도약의 발판을 마련하였다. 선생이 학자로서뿐 아니라 보
직교수로서도 대학에 크게 이바지하였음을 부정할 수 없게끔 하는 훌륭한
업적이라 하겠다. 이 시기에 대한민국 학술원 종신회원으로도 위촉되었다.
1957년 8월엔 「셰익스피어의 세계」라는 논문을 발표하였다.

1961년 1월에 한국외국어대 학장으로 취임하였다. 하지만 이내 5·16
군사 쿠데타가 발발하였다. 선생은 군부가 전권을 장악한 정국은 학장직
을 계속할 상황이 아닌 것으로 판단하여 사표를 재단에 제출하고 출근하
지 않았다. 이사장의 사퇴번복 종용이 있었으나 응하지 않은 채 한 달 여

경과했을 무렵 숙명여자대학교 이사회에서 총장 교섭이 와 승낙을 고려하였다. 그때 문교부장관이 의외로 서울대학교 총장직을 제의하였다. 12월 초순에 국가재건최고회의 의장실로 와달라는 기별을 받았고, 첫 대면의 박정희 의장으로부터 문교부 장관직을 제의 받았으나 사양하자 서울대학교 총장직을 다시 제의 받았다. 숙명여대 건이 진행 중이므로 난처하다 말하고 나왔는데 다음날 조간신문을 통해서 총장 발령이 난 것을 알게되었다. 결국 1961년 12월 7일에 제7대 서울대학교 총장으로 부임하였다. 비록 자발적으로 택한 부임은 아니었으나 선생은 이왕 수행하게 된 직분은 성실하게 수행해야만 할 것이라 방향을 잡고서 일단 어학연구소를 서울대학교 부설기관으로 인수하였다.

1962년 6월엔 고려대학교에서 명예문학박사 학위를 받고 1963년 8월엔 학술부문 문화포장을 수령하였다. 12월엔 황조소성훈장(黃條素星勳章)을 수령하였다. 1964년, 평소 병약했던 몸에 이상이 생긴 데다 보다 유능한 젊은 분에게 자리를 물려줄 양으로 한두 사람 외는 모르게 문교부에 사표를 제출하였다. 6월 3일에는 6·3 대규모 시위가 벌어져 비상계엄령이 선포되었고 6월 9일자로 사표가 수리되어 총장직을 사임하였다.

이제는 완전히 사바세계의 권력관계와 정치의 속박으로부터 자유로워진 선생은 늘 꿈꿔왔던 일들을 실행에 옮기기 시작하였다. 우선 1964년 9월 27일에 한국셰익스피어협회를 정식으로 결성하였다. 1965년 1월엔 수필집 「무위(無爲)의 변(辯)」을 출판하여 그간 못 다했던 이야기들을 담아냈고, 1966년 2월엔 성균관대학교 법인이사, 대학교수연구회 위원으로 위촉되었다. 8월엔 후학들과 제자들이 27편의 논문으로 구성된 화갑논문집을 봉정하였다.

1967년엔 셰익스피어 전공자라면 누구나 직접 저술해보기를 꿈꿀 〈Hamlet〉 주석본을 출판하여 연구단계의 원숙미를 유감없이 드러내었고, 1969년 4월엔 「셰익스피어의 시대적 배경」 논문을 발표하여 평생에 걸쳐 진행해온 연구들이 서로 이어져 엮이는 경지를 보였다. 1969~1978년에 International Shakespeare Association의 상임이사(Executive Committee Member) 직분을 맡기도 하였다.

1972년엔 문교부의 권유를 받아 교육시찰 차 일본을 방문하였는데, 청년기 내내 일인들 틈바구니에서 치열하게 공부하며 이겨내고자 고군분투해야만 했던 선생으로서는 만감이 교차하지 않을 수 없었다. 1974년엔 영어영문학 분야의 대가로서 「한국에서의 영어영문학과 효용」 논문을 발표하여 근원적인 질문들에 대해 답하였다. 1975년 1월엔 수필집 『낙엽(落葉)』(박영사)을 출판하였다. 같은 해 10월엔 한국언어학회 창립 모임에서 명예회장으로 추대되었다. 1980년에 상처하였으나 후학들을 위한 노력을 기울이길 그치지 않았다. 1990년엔 장서 1,200여 권을 서울대학교 중앙도서관에 기증하였다. 2003년 9월 8일 밤 8시가 좀 지난 시간에 99세를 일기로 서거하였다. 9월 12일 8시 서울대병원 영안실에서 필자의 이력 낭독과 여석기 교수의 조사로 간단한 영결식을 마치고 남양주의 모란공원 양지 바른 언덕 위 23년 전에 먼저 가신 사모님 곁에 영면하였다.

2. 추모와 전승

선생님은 가셨지만 후학과 제자들은 스승을 영원히 떠나보낼 수 없다. 선생님은 영어를 빌린다면 a man of principle이셨다. 일단 정한 원칙은 고수하시고 여간해서는 예외를 두지 아니하셨다. 이런 선생님을 처음 뵙는 분들은 '지성은 차다'는 금언을 실감하기 십상이다. 선생님은 매우 세밀하시고 빈틈이라고는 하나도 없으셨지만 결코 날카롭거나 비판적은 아니셨다. 사리판단은 언제나 냉철하고 정확한 것이었으되 남에게 보다는 자신에게 더 가

총장 취임식의 권중휘 교수

혹했으며, 언제나 교육적이었다. 이 점은 내가 근 50년간의 사제관계를 통한 체험을 바탕으로 내린 결론이다. 적어도 나는 선생님의 넓은 도량과 포근한 정을 여러 차례 접한 바 있다.

제자들은 선생을 '결곡한 동양의 선비', '곧고 높은 오벨리스크', '고고한 학'으로 표현하는데 이 모든 표현들의 공통점은 선생이 결코 옳음을 굽혀 그름에 굴하지 않는 학자정신을 지녔음을 표상한다. '사전 뒤지는 법', '감사할 줄 알기', '미소 짓기'처럼 기본적이면서도 인생을 관통하는 가장 중요한 덕목들을 늘 강조하였고, 제자들은 서구 지성의 총본산격인 영어와 영문학을 익히는 동시에 동양적 정신의 웅고함이 집약되었다고 표현할 수 있을 선비정신도 내면화하여 결과적으로 한 사람의 완전한 인간으로 성장할 수 있었다. 선생은 본인은 늘 선비로서 살아가면서도 완전히 동도(東道)에 매몰되지 아니하고 사모님도 학문적 소양을 쌓을 수 있도록 배려한 데서 선생의 진취적으로 널리 진심으로 사랑하는 기상을 느낄 수 있다. 강의실에서는 추상같이 엄격하셨다. 격랑에 시달리는 와중에도 선생은 누가 뭐라 하든 첫 시간에도 정시에 강의실에 나타나 출석을 꼼꼼히 부르고 주어진 시간을 꽉 채워 강의하였는데, 이 수칙정신과 강직성이 당시 영문과 학생들의 사고와 생활에 산 규범이 되었다. 댁을 찾은 제자들에겐 자상한 아버지 같았고, 구수한 사투리로 정치한 영어 문장들을 정독하여 파해하는 수업을 들으며 제자들은 한국인으로서 서구 학문을, 그것도 문학을 해내는 것에 대해 지니고 있던 일말의 의구심이나 위화감을 완전히 떨쳐버릴 수 있었다.

2004년 4월 25일 유족과 문하생들이 묘비를 세워 제막하였다. 그리고 그해 9월 8일에는 1주기를 기하여『한산 권중휘 선생 추념문집』이 발간되었다. 여기에는 선생의 유고 가운데 시조와 수필, 논문과 논설 등을 비롯하여 40인의 후배 제자들의 글이 실려 있다. 영어영문학자이시지만 한글도 얼마나 사랑하셨는지 시조를 보면 알 수 있다. 여기 시조 몇 수를 싣는다.

묘비 제막식을 마치고 난 문하생들(2004. 4. 25)

봄에는 꽃이 되어 님의 손에 꺾이리다
가을엔 바람 되어 님의 귀에 들리리다
야속다 하시리잇까 야속다사 하렷까

고을손 이 꽃송이 님의 눈에 보이고저
외로운 이내몸 님의 품에 안기고저
기나긴 하기찬 설음 굽이굽이 펴리라.

가난이 죄라더냐 가난이 죄로이다
돌틈에 생긴 꽃을 애처로이 보나이다
여위고 굽어진채 이를 물고 살리라

만리에 구름없는 하늘이 그리워서
병든 육체를 양지쪽에 옮겼더니
잠자리 나무만 여겨 머리위에 앉더라.

선생은 1969년에 낸 수필집 『낙엽』에, "문학유산을 이야기책이나 가사, 시조만으로 알고 매일 보고 읽는 것이 신문잡지뿐인 오늘날 우리나라 젊은이들이 글쓰기를 쉽게 알고 말하는 대로 기록하면 사상 감정의 전달이 된다고 믿는 실정은 안타까운 일이다"라고 적으셨다. 이렇게도 적으셨다. "옛날 주로 사상문학에 관심이 많았던 탓인지 늙어서는 일기, 전기, 역사, 기행문 따위에 더 흥미를 갖게된다. 우리나라 책으로는 열하일기, 미록, 음청기, 난중일기, 징비록이 재미있었고, 외국 것으로는 처칠의 1,2차 세계대전 회고록, 트루만의 회고록, 토인비나 모옴의 자서전 비슷한 저술도 재미있었다. 전기, 역사, 나아가서는 인류학, 고고학에 관계되는 저술도 직접 경험한 이야기이면 더욱 재미있다"(『한산 권중휘선생 추념문집』, 53쪽). 이런 표현도 보인다. "책을 여러 권 읽은 일이 있는 사람이 다같이 경험하는 바이지만 어떤 책이 가장 자기에게 영향 깊었는가를 추정하기란 쉽지 않다. 물론, 전연 기억에도 없는 책도 있지만 그렇다고 전연 흔적을 남기지 않았으리라 할 수도 없고 가장 재미있게 읽었다 해서 얼마만한 영향을 받았을지도 알 길 없다. 기억에 남아있다는 것이 한 책의 가치와 독자에 미친 효과에 큰 상관이 있을 것 같진 않다. 우연한 기회에 우연히 읽은 한 권의 책, 한 줄의 글, 한 편의 시가 한 사람의 정신에 불멸의 흔적을 남기는 수도 있고, 측량할 수 없는 힘을 공급할 수도 있다"(1965. 9 『낙엽』).

선생님의 서거를 접한 미국의 제자 동문들은 2003년 9월 16일 로스앤젤레스에서 모여 추모좌담회를 가졌다. 김문한 동문은 말하기를 "한국의 도덕적 기반은 유교사상이라고 믿고 있다는 이양하 교수님의 말씀에 전적으로 동의하신 걸로 알고있습니다. 두 분 다 영문학자이면서 한국의 도덕이 유교사상에 기반을 두고 있다고 믿는 측면이 재미있습니다. 권교수님은 나중에 시간이 있으면 공자와 충무공을 좀더 연구하고 싶다고 말씀하셨지요"(『추념문집』, 387쪽). 이상옥 교수도 이렇게 썼다. "권선생의 교수법은 '꼼꼼히 읽기'의 모범이라 할만했다. 그래서 선생의 강의는 언제나 아주 인기가 높았고 영문학도들만 아니라 타과생들도 많이 수강했다……. 권 선생은 내가 알기로 우리나라 영문학계에서 영어학과 영문학을 학문적으로 겸비한 학자로는 처음이자 마지막이 아니셨던가 싶다. 말하자면 선생께서는 어학 쪽으로 치중하시지 않았을 뿐, 동경대학 시절의 은사 이치가와 산키(市河三喜)의 학문적 전통을 어느 정도 전습하고 계시지 않았나 싶다. 오늘날 우리나라의 모든 영어영문학과 속에서 사실상의 언어학과가 독살림을 차리고 있다든지 어학과 문학 사이의 소통이나 상호이해가 완전히 단절되어버린 것을 조금이나마 안타깝게 여기는 사람이라면, 권선생께서 가르치시던 시대의 영어학에 대한 향수를 버릴 수 없을 것이다"(『추념문집』, 286쪽).

이휘영 _ 불어불문학계의 큰 스승

원윤수 | 서울대학교 명예교수

1. 생애

서농(西儂) 이휘영(李彙榮) 선생은 1919년 평양에서 출생하셨다. 고향에서 고등보통학교를 마치시고 1937년에서 1944년까지 일본으로 유학을 떠난 선생님은 명치대학(明治大學)에 입학하여 수학하시는 한편, 도쿄에 있는 아테네 프랑세(Athénée français de Tokyo)에서 프랑스어와 프랑스 문학 및 문화를 공부하셨다. 아테네 프랑세는 하나의 사설 프랑스어 교육기관이자 연구소(Institut)로서 입문 과정에서 심화연구 과정에 이르기까지 다양한 과정을 두어 단계적으로 높은 수준의 프랑스어를 습득하여 익히게 하는 한편, 고전어 등을 가르치는 실용적인 어학 교육 뿐 아니라 문화, 역사, 철학, 지리 등 프랑스의 문화(civilisation française) 전반에 걸친 강좌를 통해 문화어로서의 프랑스어를 터득하게 하는 문화센터의 역할도 담당하는 곳이었다.

이어서 1942년에서 1944년까지 선생께서는 아테네 프랑세 도서관 사서를 겸하여 담당하셨다. 그 유학시절에 선생께서는 일본 프랑스어학계의 대가인 나카히라 사토루(中平 解) 교수에게 사사하여 프랑스어를 폭넓고 깊게 공부하시는 한편 나카히라 교수가 저서를 쓰는 데 도움을 드렸다. 훗날 나카히라 교수는 제자이던 이휘영 선생에게 크게 의지하였다는 것을 자신의 두 번째 저서에서 밝힌 바 있다. 그러한 가운데 선생께서는 일본 정부 문부성이 주관하는 고등학교 프랑스어 교수 자격시험에 합격하셨다. 이는 프랑스의 교수 자격시험인 아그레가시옹(Agrégation)에 해당되는 것이었다.

1945년 해방 후 귀국하신 선생님께서는 혼란 중에도 프랑스어 강습소를 개설하시고 그 보급에 노력을 하셨다. 이어 다음 해 경성사범대학 전임으로 취임하셨다가 서울대학교 문리과대학 조교수로 초빙되셨다. 그리하여 프랑스어 및 프랑스 문학 교육의 체계를 세우시고 서울대학교 불어불문학과 창설을 주도하시게 되었다.

1950년 한국전쟁이 발발하자 향후 일 년 동안 유엔군 참전국인 프랑스군의 지휘관이던 몽클라르(Ralph Monclar) 장군을 수행하며 최전선의 격전장을 누비셨다. 특히 6·25전쟁사에 기록된 주요 대첩 중의 하나인, 저 유명한 지평리(砥平里) 전투에도 직접 참가하셨다.

　그와 같은 전쟁의 와중에서도 선생께서는 프랑스어 및 프랑스 문학 교육에 대한 관심과 노력을 멈추지 않고 여러 가지 교재를 편찬하시는 한편, 번역에도 심혈을 기울이셨다. 선생님의 번역은 일본어로 된 번역의 중역이 아닌, 프랑스어 텍스트를 직접 우리말로 옮긴 번역의 첫 시작이었다. 당시 우리의 사정은 전문적인 번역의 개념이 정립되지 못한 형편이었다. 예를 들어 노르망디 출신 작가의 단편들을 번역할 때, 저자가 그 지방인이었으므로 번역 역시 우리나라의 지방어로 옮기는 것이 좋다는 주장이 나올 정도였다. 그것도 일본어 번역을 옮긴 중역인 터에…… 이런 상황에서 1951년에 출판된 카뮈의 『이방인』의 경우 그 옮긴 내용의 정확성과 유려한 문체는 새로운 문학적인 풍미와 함께 우리가 여태껏 겪어보지 못했던 신선한 문학적 흐름을 전달하는 것이었다. 카뮈가 노벨상을 타기 훨씬 전에 이 책이 번역된 것을 보면 문학가로서의 카뮈의 진면목을 일찍이 선생님이 꿰뚫어 보셨다는 것을 알 수 있다. 지금 읽어도 크게 감명을 주는 선생님의 논문 「몽테뉴와 카뮈」는 이 같은 선생님의 혜안을 충분히 가늠케 한다. 선생님의 번역은 6·25전쟁 후 우리 지성계가 가졌던 논의의 큰 주제 가운데 하나였던 실존주의를 이해하는 데 크게 기여했다.

　1951년부터 일 년 간 선생님께서는 프랑스 정부장학금 지원을 받아 도불하여 파리 소르본(Sorbonne) 대학에서 프랑스어 및 프랑스 문학을 수학하셨다. 귀국 후에는 서울대학교 문리과대학 불어불문학과의 기틀을 다지는 데 진력하셨다. 당시 문리과대학은 대학 중의 대학으로 자부하는 분위기로 가득 차 있어, 학생들은 활기에 차 있었고 용솟음치는 향학열에 불타고 있었다. 그리하여 불문과 학생뿐 아니라 인문사회계열 학생과 이공계, 의예과 학생, 심지어는 법대, 상과대학 학생들까지도 불문과 강의실을 가득 매우곤 했다. 이런 분위기에서 성장했던 문리과대학 불어불문학과 출신 학생들은 학교를 졸업한 후 사회 각 방면에서 활동을 하여 모교와 학과의 위상을 넓히고 다지는 데 크게 이바지하였는 바, 이는 오늘날에도 그리고 앞으로도 계속되리라 생각한다. 불어불문학과에서는 작가, 시인, 비평가, 언론인, 외교관, 금융인, 출판인, 번역가, 교수, ― 불어불문학과 교수는 물론이고 철학과, 정치학과, 외교학과, 사회학과 교수 ― 법조인, 그리고 기업인들도 많이 배출하고 있다. 이는 선생께서 각고의 노력으로 일구어내신 불어불문학이 지니고 있는 인문학적인 정신적 토양이 얼마나 깊으며 넓고 풍요로운 것인가를 보여주고 있는 점이라 할 것이다.

2. 학문활동

선생께서는 50년대 초반에 교육기관으로서의 모습을 제대로 갖추게 되는 〈불문화연구소(Centre d'études françaises)〉를 강화하기로 하셨다. 앞에서 말한 바 있는 문리대의 분위기, 즉 향학열과 열정으로 불타오르던 분위기가 충만했지만 그 당시의 책들은 대부분 일본 책이었고 미군부대에서 나온 페이퍼백 책들이었다. 그러한 것들만으로는 용솟음치는 문화적 욕구를 채울 수 없는 것이 현실이었다. 외국어를 배워 좀 더 적극적으로 외래문화를 받아들이고 시야를 넓히는 한편, 사고를 깊게 하고자 하는 정신적 움직임은 당시 젊은이들에게 공통된 경향이었다. 따라서 서울에는 사방에 외국어를 가르치는 곳이 붐을 이룰 수밖에 없었다. 그중에 이휘영 선생께서 세운 〈불문화연구소〉는 장안의 명소가 되었고, 약자로 CEF라 불리던 연구소에는 참으로 많은 사람들이 몰려들었다. 그 수강생들은 대학생뿐만 아니라 대학교수, 문학 지망생, 그리고 화가 및 음악인을 위시한 예술인, 언론인, 외교관 그리고 기업가들로 구성되어 있었다.

선생님은 프랑스어뿐만 아니라 프랑스 문화에 대한 소개도 해야 한다는 신념 아래 「Ici France」라는 프로그램을 CEF 내에 창설하셨다. 프랑스 문학, 미술, 음악, 영화 등 다양한 분야의 국내외 전문가들을 초대하여 한 달에 두세 번씩 소개하는 방식으로 진행되었던 이 모임은 큰 성황을 이루었는데, 당시 중요 일간지의 문화란이 그에 대한 정기적인 보도를 할 정도였다. 당시 CEF는 서울의 아테네 프랑세라 할 수 있을 정도로 많은 지성인들이 모여 지적 교류를 하던, 화려한 정신적 활동의 장이었다. 그곳에서는 데카르트의 '코기토(Cogito)', 파스칼의 '팡세'(Pensées), 사르트르의 '실존주의(existentialisme)', 카뮈의 '반항(révolte)' 같은 철학적, 문학적 개념들이 프랑스어로 된 텍스트로 논의되던 곳이었기 때문이다. 이렇듯 선생님은 낮에는 대학에서 강의를 끝낸 후 문리대 연구실에서 사전 편찬에 몰두하시고 저녁에는 CEF에서 강의를 하셨다. 그야말로 불철주야 프랑스어와 프랑스 문화의 불모지라 할 수 있었던 우리나라에 그것을 구체적으로 받아들이는 터전을 마련하느라 여념이 없으셨다.

1960년에 선생께서는 『신불한소사전』을 발간하셨는데, 이는 우리나라 최초의 불한사전으로서 거의 20여 년에 걸친 노고의 결실이다. 그러나 보다 완벽하고 방대한 불한사전을 만드시려는 선생님의 꿈은 단절 없는 작업과 노력으로 끊임없이 이어졌다. 이어 1960년부터 십여 년 동안 한국불어불문학회 회장, 한불문화협회 회장을 역임하시며 불어불문학의 진흥과 발전에 기여하시며 후진들을 돕고 키우는 데 진력을 하셨다.

선생님은 연극에도 관심이 크시어 프랑스 고전극 내지 현대 희곡도 강의실에서 많이 소개하시고 읽게 하셨다. 1964년 여름에는 카뮈의 『정의의 사람들(Les Justes)』을 제자들과 함께 연출하고 출연한 프랑스어 연극을 선보여 큰 성과를 올리셨고 수많은 사람들의 열렬한 호응을 얻은 바 있다.

1980년에는 〈나의 불어불문학 노오트〉라는 부제를 가진 『거부와 애착』을 발간하셨다. 이 책은 몽테뉴에서 지드, 카뮈, 사르트르를 거쳐 누보로 망에 이르는 여러 작가들, 문체론에서 최신 구조주의 이론 등 다양한 문학 방법론에 관한 논문, 사전 편찬과 번역에 관한 성찰 등으로 이뤄져 있어 선생님의 학문의 깊이와 폭을 명료하게 보여주고 있다.

그 외에도 불어불문학회의 학술지인『불어불문학연구』16호(1981)에 실린「보들레에르의 '상응'에 있어서의 음악적 암시」라는 논문은 선생님이 시에 있어서 학문적으로 얼마나 깊고 폭이 넓으신가를 알 수 있게 한다. 불문학자 정명환 교수가 서농 이휘영 선생 20주기 추모문집에서 그 논문에 관해 다음과 같이 쓴 것은 주목할 만하다.

"… 시를 의미와 이미지와 소리의 유기적 구조로서의 음악으로 이해하려는 노력이 없었던 것은 참으로 이상한 일이었다. 그런 점에서, 내가 이 자리에서는 상론할 수 없는 선생의 논문은 비단 대가(大家)로서의 풍모를 보여줄 뿐 아니라, 세계적인 중요성을 띠는 것이며, 동서양을 막론하고 보들레르를 공부하는 사람이라면 결코 빼놓아서는 안 될 문헌이다."

선생님은 1984년에는『엣센스 불한사전』을 발간하셨는데, 그것은 1960년에 간행된『신불한소사전』을 개편할 것을 목표로 시작된 작업의 결과물이었다. 그러나 그 작업은 어휘 수만 해도 80% 이상이 증가된 크나큰 작업이었다. 게다가 각각의 어휘마다 어원(語源)을 밝혀서 첨가하는 획기적인 작업이기도 했다. 특히『엣센스 불한사전』이 갖고 있는 어원풀이는 프랑스어로 된 텍스트를 정

西農 李彙榮敎授 華甲 紀念論文集　民音社

확하고 깊이 있게 파악하는 훌륭한 길잡이가 되는 한편, 사전 편찬에 있

어서 새로운 방법론의 도입이라는 점에서 기억할 필요가 있다. 무엇보다도 1970년대 이후 류머티즘으로 수차례 수술을 받아 오른손이 불편하신 와중에도 멈춤이 없이 거의 20여 년 동안 각고의 노력을 기울이셨다는 점은 참으로 존경스러운 일이 아닐 수 없다. 그런 노력의 결실을 이룬 다음에도 만족하지 않으시고 선생께서 좀 더 완벽한 새 사전을 계획하셨다는 사실은 사전과 불어불문학에 대한 선생님의 무한한 정열과 학문적 엄격성을 증거하고 있다. 지금도 우리는 선생님의 『엣센스 불한사전』을 머리맡에 두고 독서를 하는 데 있어 없어서는 안 될 동반자로 삼고 있다.

3. 서울대 불어불문학의 초석

1985년 2월 선생님은 서울대학교 인문대학 불어불문학과에서 정년퇴임을 맞으셨고, 1986년 1월 6일 심장마비로 별세하셨다. 1988년 10월 29일 고인이 잠들어 계신 경기도 가평군 경춘공원묘원에 제자들이 추모비를 세웠다.

2006년 선생님께서 서거하신 20주년을 기념하여 제자들이 선생님의 추모문집 『불어불문학의 큰 스승 서농 이휘영 선생 20주기 추모문집』을 간행하였다. 이 책은 3부로 구성되었다. Ⅰ부에서는 선생님의 학문과 교육, 삶의 발자취를 객관적으로 밝히는 글을 모았고, Ⅱ부에서는 선생님에 대한 추억의 글들을 엮었으며, Ⅲ부에는 선생님의 저서인 『거부와 애착』이후에 쓰신 논문을 수록하였다. 추모문집 간행위원회의 간행사를 요약하여 소개하는 것으로 이 글을 마무리하고자 한다.

한국불어불문학의 선구자이자 큰 스승이셨던 이휘영 선생님은 이 땅에 프랑스 말과 문학 그리고 문화를 심는 데 일생을 바치셨던 분이다. 선생님의 열정적 교육과

깊이 있는 시대적 사명과 개인적 의지가 조화롭게 결합하지 못했다면 결코 이루지 못했을 엄청난 일이었다. […] 어느 분야에서건 선구자의 역할이 그렇듯이 선생님은 어느 한 방면에만 정통한 전문가로서 보다는 불어불문학 모든 방면에 걸친 광범위한 관심과 지식의 바탕 위에서 외국문학 연구자의 귀감이 될 수 있는 열린 정신과 정확한 이해, 변함없는 학문적 정열과 주체적 판단력을 두루 갖추셨다. 선생님은 문학과 어학의 구분을 떠나서 고전주의 불문학으로부터 현대의 구조주의 비평에 이르기까지, 불문법으로부터 문체론에 이르기까지 폭넓게 관심을 갖고 연구하셨다. […] 많은 지식을 밖으로 표현하는 데 급급하지 않으셨고, 모든 것을 아는 체하길 싫어하셨으며, 또한 과장되거나 감성적인 문체보다는 함축적이고 절제된 문체를 선호하셨다. 선생님의 에세이나 연구논문이 오랜 세월이 지나서도 후학들에게 생각을 깊게 하고 많은 깨달음을 갖게 하는 까닭은 바로 그와 같은 단아하고 절제된 문체로 쓰였기 때문일 것이다.

곽복록 _ 한국 독문학의 개척자

안삼환 | 서울대학교 명예교수

밤에 눈이 많이 내린 날 새벽에 시골길을 걸어 읍내로 나가는 사람은 자신이 맨 처음 걷게 된 새벽 눈길이 무척 외롭고 적잖이 위태로움을 실감한다. 이렇게 이미 길이 나 있던 곳도 눈이 뒤덮여 있는 길이라면 그 길을 처음 가기가 쉽지 않은 법인데, 하물며 길이 아직 나 있지도 않은 전인미답의 길을 자신이 처음으로 길을 내어가면서 가야 한다는 것은 참으로 외롭고 고달픈 노릇이다.

한국 독문학계에서 이렇게 새 길을 내시며 외로운 길을 걸어가신 분이 - 용아(龍兒) 박용철, 청천(聽川) 김진섭 같이 일제시대에 독문학을 하신 분을 논외로 친다면 - 곽복록(郭福祿) 선생님이시다. 선생님은 1922년 2월 28일 함경북도 성진(城津)에서 태어나셨고, 국립 서울대학교의 전신인 경성제국대학 문리과대학 독어독문학과에 입학하셨다. 곽선생님은 1948년 서울대 문리과대학 2회 졸업생으로서 현재 기록에 남아 있는 독문과 졸업생들 중에서 가장 선배이시다. 참고로, 현재 생존해 계시는 원로 독문학자이신 강두식 교수님은 문리과대학 5회, 지명렬 교수님은 6회이시며, 필자는 20회이다.

곽복록 선생님은 1948년에 서울대 문리과대학 독어독문학과를 졸업하신 뒤에는 미국으로 가셔서 1955년 시카고대학에서 독문학 석사학위를 받으시고, 이어서 1956년에 독일 프라이부르크대학으로 건너가셔서 공부하시다가 1960년에 뷔르츠부르크대학에서 문학박사 학위를 받으셨으며, 1961년 귀국하신 후에는 성균관대학 교수를 거쳐 1964년에 서울대 문리과대학 교수로 부임하셨다. 선생님은 현 한국괴테학회의 전신인 한국괴테협회의 초대 회장으로서 한국에서의 괴테 연구를 위한 초석을 놓으셨고, 한국독어독문학회의 회장도 역임하셨다. 또한, 곽선생님은 한독협회 총무이사와 국제펜클럽 한국본부 사무국장으로서도 봉사하셨다. 박정희 대통령의 방독 시, 그리고 뤼브케 대통령의 방한 시에는 통역을 맡아 양국간의 외교에도 기여하셨다.

내가 곽선생님을 처음 뵙고 선생님의 강의를 듣는 영광을 누릴 수 있었던 것은 1964년 서울대 독문과 3학년 때였다. 그때 선생님께서는 마침 독일에서의 문학연구 경향들에 대해 소개하는 강의를 하셨는데, 내가 정신과학(Geisteswissenschaft)의 창시자로 유명한 빌헬름 딜타이(Wilhelm Dilthey)나 괴테 연구로 유명한 프리드리히 군돌프(Friedrich Gundolf), 방대한 문화사적 저술『괴테시대의 정신(Geist der Goethezeit)』의 저자 헤르만 아우구스트 코르프(Hermann August Korff), 동독의 독문학자 겸 비평가 한스 마이어(Hans Mayer) 등 쟁쟁한 독문학자들의 이름과 그들의 주요 저서들에 주목하게 된 것도 모두 곽선생님께서 독문학 연구의 이정표를 대강 짚어 주신

1964년 독일 뤼프케 대통령 방한 시
박정희 대통령의 통역을 담당한 곽복록 교수

덕분이었다.

그러던 어느 날, 곽 선생님은 내가 공부에 뜻을 둔 학생임에 주목하시고 당시 동부연구실 한 구석에 있던 선생님의 연구실로 나를 부르시고는 장래희망, 가정환경 등 나의 신상과 생활 여건에 대해서도 이것저것 자상하게 물어보신 뒤에, 후고 폰 호프만스탈의 조그만 희곡책 한 권을 선물로 주시며 이 작품을 우리말로 한번 번역해 볼 것을 권면해 주셨다. 그런데 나는 아마도 그 당시에는 이 작품의 내용과 형식, 그리고 이 작품의 의의에 대해 그다지 큰 감동을 받지 못했던 것인지, 또는 학업과 아르바이트에 쫓겨 미처 그럴 여가까지는 내지 못했던 것인지, 지금은 기억이 희미하지만, 차일피일 미루다가 끝내 이 작품을 우리말로 옮기지는 못하고 그만 학교를 졸업하게 되었다. 내가 1966년에 육군 병장으로 만기 제대를 하고 서울대 대학원 과정에 다시 돌아와 보니, 곽선생님은 서강대 독문과 창건자로 명예로운 초빙을 받아 서강대로 옮겨가셨다 하고, 동부연구실 바로 그 방에는 구기성(丘冀星) 교수님께서 새로 교수로 부임하셔서, 5~6명의 대학원 학생들을 당신의 연구실에 앉혀놓고 독일문학의 최신 연구 방법론에 대해 열강을 하고 계셨다.

　똑같은 연구실에서 두 분의 가르침을 받아서 그런지는 몰라도, 나는 가끔 대학교수로서의, 그리고 내 스승님으로서의 이 두 분을 비교하게 되는데, 구기성 교수님은 매우 총명하시고 학문적 이치를 어디 한 군데 어두운 구석이 없도록 소상히 설명해 주시는 편이셨는 데에 반하여, 곽복록 교수님은 늘 자애가 넘치는 분으로서 학생들을 다그치지 않으시고 인간적으로 훨씬 더 폭넓게 지도해 주셨으며, 학문에 대해서는 큰 봉우리라 할 것들만 대강 짚어 주시고 그 사이에 있을 법한 사소한 언덕들이나 골짜기들에 관해서는 제자들의 판단과 계속적인 탐구에 맡기시는 편이셨다. 조선시대의 선비로서 부자(父子)가 다 문묘(文廟)에 배향된 사계(沙溪) 김장생(金長生)과 신독재(愼獨齋) 김집(金集) 부자의 일화가 생각난다. 사계는 일찍이 율곡 이이와 구봉(龜峰) 송익필 두 스승에게 사사한 바 있었는데, 율곡은 제자들에게 사물의 이치를 구석구석까지 소상하게 잘 밝혀 설명해 주었고, 구봉은 대강 대강 큰 것만 짚어 주고 나머지는 제자들이 스스로 깨우치게끔 도와주었는데, 후일 사계는 자신의 아들 집(集)을 율곡이 아닌 구봉의 문하에 보내어 수학하게 했다는 것이다. 이 이야기로 미루어 보자면, 아마도 사계는 구봉의 교수법이 율곡의 그것보다 더 나은 것으로 인식했던 것 같다. 나로서는 지금도 그 좋고 덜 좋음을 속단해서 단정할 수 없지만, 적어도 여기서 말할 수 있는 것은 곽복록 교수님께서는 구봉과 같이 대국적으로 짚어주시는 스승이셨다는 것이다.

　곽복록 선생님의 공적이라면, 제자들에게 이렇게 자애와 큰 믿음을 주

프라이부르크(Freiburg) 유학 시절
이문호, 강신호, 고영주와 함께(1956)

심으로써 수많은 후학들을 길러내신 것이겠지만, 한국괴테협회장과 한국독어독문학회장 등을 역임하시며 한독 학술문화교류에 헌신하신 공로를 아울러 언급하지 않을 수 없다. 이런 공로를 인정받아 곽 선생님은 독일연방대통령으로부터 독일십자공로훈장을 받으시기도 했다. 『독일문학의 사상과 배경』(1968), 『현대독어독문학연구』(1973) 등 훌륭한 저서도 많이 남기셨지만, 선생께서는 한국 독문학자의 가장 중요한 임무를, 외국인으로서 잘 판단이 되지 않는 자료들을 근거로 해서 책들을 저술해 내는 것보다는 우선 주요 독문학 작품들을 우리말로 잘 번역해서 후학들과 일반 독자들에게 소개하는 일이 급선무라고 생각하셨던 것 같다. 따라서, 나는 선생님의 생애를 통틀어 선생님께서 남기신 가장 중요한 공적은 번역가로서의 업적이었다고 생각하며, 선생님께서 한국펜클럽의 한국번역문학상(1977)을 수상하신 사실을 특히 강조해 두고 싶다. 선생님께서는 괴테의 『파우스트』와 『젊은 베르터의 슬픔』, 테오도르 폰타네의 『사랑의 미로』, 토마스 만의 『마의 산』과 『선택된 인간』, 헤르만 헤세의 『수레바퀴 밑에서』, 카프카의 『변신』, 『성』, 『심판』, 『아메리카』, 하인리히 뵐의 『아담, 너는 어디 가 있었나?』, 입센의 『인형의 집』, 『유령』, 『민중의 적』, 쇼펜하우어의 『의지와 표상으로서의 세계』, 니체의 『차라투스트라는 이렇게 말했다』 등 수많은 주요 독일문학 및 독일철학 작품들을 한국에 번역 소개하심으로써 한국 문화 발전에 크게 기여하셨다.

곽선생님께서는 서강대에서 정년퇴임을 하시고 난 뒤에도 번역 일에서 손을 떼지 않으시고 꾸준히 번역작업을 계속하셔서 후학들에게 큰 모범이 되셨다. 돌아가시기 몇 년 전의 일로 기억되는데, 어느 날 서울대 임종대 교수와 내가 선생님을 점심 식사에 모신 적이 있었는데, 선생님께서 그 동안 "심심풀이로 번역"하신 것이라며 괴테의 『빌헬름 마이스터의 방랑시대』 등 두툼한 책들을 몇 권씩 갖고 나오셔서 선물로 나눠주시던 인자하신 모습이 지금도 눈에 선하고, 인문학 전반의 위기, 특히 독문학의 위기에 처해 대학 현장에서 겪는 우리 두 후배의 어려움을 따뜻이 위로, 격려해 주시던 모습이 지금도 눈에 선하다.

아, 늘 자애로우시고 우리 제자들을 대하시는 마음이 하해와 같이 너그러우셨던 정석(靜石) 곽복록 선생님 – 선생님의 신사다우신 풍모와 인자하신 모습이 무척 그립다. 선생님께서는 2011년 5월 28일 심장질환으로 돌아가셨는데, 향년 89세이셨다. 선생님께서 남기신 크신 발자취 덕분에 오늘 우리 후학들은 앞서 가시며 내어주신 길을 따라 독문학이란 결코 만만찮은 길을 인내와 끈기, 그리고 사명감을 갖고 계속 걸어가고 있다.

한편, 곽선생님의 1주기를 기하여 제자들과 프라이부르크대학 한국동창회에서 주선하여 『곽복록 교수 유고집 : 독일과 한국 사이– 체험과 증언』(최종고·한일섭 편, 유로서적, 2012)이 발간되었다. 여기에는 서울대 지명렬 명예교수님의 추모사도 실려 있다.

곽복록 선생님의 유족으로는 부인 추일화 씨 외에 두 따님 인아, 정아 씨가 미국에 거주하고 계시며, 성균관대, 서울대, 서강대에서 선생님의 가르침을 받은 수많은 후학들이 선생님의 학풍을 뒤따르고 있는데, 특히 서강대에 재직 중인 장순란, 김연신 교수 등이 선생님의 뒤를 계속 이어받아 갈 것으로 기대된다.

김선기 _ 말소리의 문을 열다

이현복 | 서울대학교 명예교수

젊은 시절의 김선기 교수

무돌 김선기 선생을 처음 뵌 것은 1955년 2월이었다. 서울대 문리과대학 언어학과를 지원한 나는 면접고사장에서 무돌 선생을 만났다. 주임 교수 金善琪라고 한자 문패가 달린 연구실로 안내를 받아 들어가니 무돌 선생이 콧등에 낮게 걸린 안경 너머로 날 쳐다보시다가 앉으라 하신다. "언어학과에 왜 지원하였나?" "여러 언어를 배우고 언어의 원리를 배우려고 지원하였습니다"라고 답하였다. "그런가. 세상에 어떤 언어가 있나?" "네. 아주 많습니다." "어떤 언어가 있는지, 말해 보게." 나는 "한국어, 일본어, 중국어, 영어, 독일어, 프랑스어, 러시아어, 이태리어, 스페인어…" 하다가 잠시 주춤했다. "또 어떤 언어가 있나?" 무돌 선생은 집요했다. 잠시 후 "아랍어, 스위스어도 있습니다"라고 간신이 답했다. 그러자 만면에 웃음을 띠시며, "그런가. 스위스어가 있다고?"라고 되물으시는 것이 아닌가. 섬뜩했다. 내가 대답을 잘 못한 것일까. 말문이 막혔고 아무 생각도 나지 않았다. 당황한 나에게 무돌 선생은 뜻밖에도 "여기를 읽어 보게" 하며 낡고 작고 얇은 영문으로 된 책 한 권을 집으시더니 어떤 페이지를 열어 보이신다. 나중에 알았지만 그것은 스칸디나비아어에 관한 비교언어학 서적이었다. 나는 영어 책 읽는 데는 어느 정도 자신이 있었으므로 뜻을 알 듯 모를 듯한 책을 촬촬 읽어 내려갔다. 한 페이지의 반 이상을 읽었을까. 선생은 되었네 하고 내 어깨를 가볍게 잡으시더니 환한 웃음을 머금은 얼굴로 "꼭 앵키 새끼 같군. 내가 한 석 달 끼고 가르치면 참 좋겠다"라고 하셨다. 표정이나 말씀으로 보아 칭찬으로 보였기 때문에 아까의 실수를 만회할 수 있겠구나 하는 생각이 들었다. 다행히도 나는 문리대 언어학과에 합격하여 무돌 선생의 가르침을 받게 되었을 뿐 아니라 선생의 발자취를 따라서 런던대학 음성학과에 유학을 하였고, 귀국 후에는 언어학과에서 무돌 선생의 뒤를 이어 음성학, 언어학을 강의하게 되었다.

무돌 선생은 당당한 풍모에 가방이 아닌 책보에 책 등 자료를 넣어 들고 문리대 교정을 활보하셨고 때로는 단장을 멋지게 들고 다니는 모습에 학생들은 영국 신사라는 별명을 붙여 부르기도 했다. 카랑카랑한 음성으로 강의하시는 영어 음성학 시간에는 언어학과뿐 아니라 영문과 불문과 등의 인문계 학생들은 물론이고 정치학과 등의 사회계열 그리고 물리학과 화학과 등의 자연계열의 수강생도 다수 있었다. 무돌 선생 혼자만이 원서 교재를 갖고 강의하시다 보니 학생들은 받아쓰기를 하기에 바빴다. 더구나 영국식 영어로 진행하는 강의에서 학생들은 첫 시간부터 고통이 시작되었다. 'Organs of speech'(발음기관)이란 말을 듣고 첫 단어 Organs 를 제대로 받아 쓴 학생이 50여 명 중 한 사람도 없었다. 서로 옆 사람의 노트를 기웃거렸으나 모두 허사. 문제는 organs라는 낱말의 발음이 미국식 영어에 익숙한 한국인에게는 생소하게 들렸기 때문이다. 이런 단어에서 [r] 발음을 전혀 안하는 영국식 영어의 organs[오:건스]를 도무지 알아들을 수가 없었던 것이다. 나 역시 이해를 못하였다. 어려서부터 한국어의 표준말과 사투리, 일본어, 그리고 고교에서 독어, 대학에서 프랑스어, 러시아어 등을 배우며 언어에 큰 흥미를 느끼고 한국전쟁 중에는 미군과도 같이 생활을 한 경험이 있는 나로서는 상당한 충격이었다. 그리고 내가 평소에 큰 흥미를 느낀 언어의 발음을 전공하는 음성학이라는 학문이 독립되어 있다는 것을 알게 된 나는 바로 무돌 선생의 그 첫 강의 시간에 음성학을 전공하겠다는 결심을 하게 되었다.

무돌 김선기 선생이 떠나신 지 올해로 25년이 된다. 음성언어학자요 영어교수였던 무돌 선생은 일제 통치 시기 조선어학회에서 조선어 연구에 몰두하시다가 선진 언어학을 배우기 위해 1935년 유럽으로 떠났다. 빼앗긴 우리의 독립을 쟁취하기 위해서는 무엇보다도 우리의 말과 글을 바르게 다듬고 지켜내야 하고, 그러기 위해서는 선진 유럽의 언어학을 먼저 받아들여 그 바탕 위에서 우리말 연구와 정리를 해야 한다는 학계 지도층의 판단 아래 유능한 젊은 학자를 찾아서 해외로 파견하기로 하였고, 결국 소장 학자인 김선기 선생이 낙점되어 인촌 김성수 선생의 지원으로 유럽에 가신 것으로 알려져 있다.

무돌 선생은 초기에 한글학자와 음성학자로 알려져 있었으나 사실은 학문 영역이 넓고 다양하다. 한국어와 영어의 음성학에 해박하실 뿐 아니라, 그 후 노년기에는 향가 연구와 우리말의 어원 연구에도 많은 연구 업적을 쌓으셨다. 무돌 선생의 영어가 영국의 표준영어, 즉 상류층의 RP 영어를 구사하신다는 사실을 나는 런던에서 유학할 때에야 확실하게 깨달았다. 그 가치, 그 위상을 미국 영어가 널리 퍼져 있는 한국에서는 알 수가 없다. 음성학을 이론적으로 이해할 뿐 아니라 자신의 입과 귀로 말소리와 운율을 정확하게 실현하고 기술할 수 있는 음성학자가 진정한 음성학자임을 무돌 선생은 몸소 확실하게 보여주신 분이다. 다음에 무돌 선생의 업적 중에서 몇 가지만을 골라서 소개하기로 한다.

1. 유럽 유학 : 파리와 런던

선생은 먼저 프랑스 파리에서 언어학과 음성학을 수학하시다가 1936년에 프랑스의 저명한 음성학자인 Paul Passy 교수의 추천으로 런던대학의 University College London 음성학과로 옮겼고, 거기서 당시 유명한 Daniel Jones 교수의 지도를 받게 되었다. University College London은 런던대학의 단과대학 중에 최초로 설립된 핵심 대학으로 우리나라로 치면 옛 서울대 문리과대학에 해당한다. 최근에 세계 대학의 순위 조사 결과를 보면 이 대학은 선두 5~6위에 올라 있다. 그리고 Jones

학회장에서의 김선기 교수

교수는 바로 이 대학에 음성학과를 영국 최초로 창설하여 런던 음성학과의 본산으로 육성 발전시켰다.

1938년 무돌 선생은 이 음성학과에서 Jones 교수의 지도로 「Phonetics of Korean」(한국어의 음성학)이라는 제목의 논문을 제출하여 석사학위를 받았다. 이 논문은 우리나라의 말소리를 서구 음성학의 이론과 방법론으로 작성한 우리나라 최초의 학위논문으로 기록된다.

우리말의 말소리를 청각적인 판단만으로 기술한 것이 아니고 당시의 실험음성학 기구인 kymograph(자음의 기식 여부 등을 정밀하게 분석하는 기구)와 palatograph(발음할 때 입천장과 혀 표면의 접촉 부위를 판별할 수 있는 기구)를 사용하여 한국어의 자음과 모음의 소리값을 분석하고 기술할 수 있었다.

2. 무돌 선생 런던대학 논문의 귀환

그런데 무돌 선생의 이 학위논문은 1970년 초까지 국내에서 볼 수가 없었다. 무돌 선생이 런던에서 귀국 시에 한 부를 가져 오셨겠으나 6·25동란을 겪는 과정에서 사라졌기 때문이다. 더구나 컴퓨터가 없던 당시에는 논문을 수동 타자기로 찍는 시절이었으므로 먹지를 대고 기껏해야 한 번에 4~5부밖에 쳐낼 수가 없었다. 이는 30년대 뿐 아니라 필자가 런던에서 논문을 작성하던 1960년대에도 마찬가지였다. 1967년 필자가 앞서 말한 Jones 교수를 댁으로 찾아가 만났을 때 무돌 선생의 이야기가 나왔고, 자신이 무돌 선생을 지도하여 작성한 석사논문을 한 부 보관하고 있다가 정년퇴임 할 즈음 런던대학의 한국학 강사였던 스킬런드 박사에게 전했노라는 말을 들었다. 그리고 필자가 유학을 마치고 귀국할 당시인 1970년 초 스킬런드 교수가 자기가 보관하는 것보다는 전공자가 보관하는 것이 옳다며 나에게 전해주었다. 제본도 하지 않은 채 가철한 상태의 논문이었다. 그리하여 나는 이 논문을 가지고 서울에 왔고, 이 소식을 성백인 교수에게서 전해들으신 무돌 선생은 대단히 반가워하시며 빌려 가셔서 이를 영인 출판하셨다. 당신의 런던대학 학위논문을 34년여 만에 손에 넣으셨으니 죽은 자식 다시 만난 듯 감회가 무척 크셨으리라. 그리고 나 또한 옛 스승의 논문을 찾아서 전해 드리고 이를 널리 펼 수 있게 한 것에 가슴 뿌듯하였다. 그러나 그 논문은 약속과 달리 다시 나에게 돌아오지 않았다.

그리고 나 또한 그 논문의 옛 주인인 스승에게 돌려드린 것에 만족할 따름이다. 이 논문이야 말로 한국의 음성학 그리고 한국어 말소리의 연구를 한 단계 높여준 귀중한 자료이다.

3. 무돌 선생의 스승인 Daniel Jones 교수를 만나다

1967년 가을, 스웨덴 웁살라대학과 스톡홀름대학에서 한국어와 음성 언어학을 1년간 강의하고 다시 런던으로 돌아온 나는 무돌 선생의 옛 지도교수인 Jones 교수를 만나 뵙게 되었다. 먼저 편지를 보내 선생님의 중요 이론인 기본모음(Cardinal Vowels) 체계에 이견이 있어서 논하고 싶다고 하였더니 런던 교외에 사시는 선생이 전화를 해오셨다. 그러나 통화가 자꾸 끊기고 말씀을 이어가기 힘들어 하시다가 드디어 전화로는 안 되겠으니 집으로 오면 좋겠다는 말씀을 하셨다.

약속된 날, 기차를 타고 Gerrards Cross란 역에 내려서 선생의 댁을 찾

존스 교수와 함께 한 필자

아갔다. 음성학의 세계적인 대부로 불릴 만큼 명성이 자자한 Jones 교수를 동양의 작은 나라 한국의 30세 청년 학도가 마주하게 된 것이다. 건강 상태가 좋지 않으셔서 의료진이 곁에 있을 정도였으며 필자가 자택에 도착하자마자 면담시간을 15분 안에 끝내달라는 의료진의 주문이 있었다. 알았노라고 대답을 하고 실제로 그리 하려고 하였으나, 그렇게 되지가 않았다. 김선기 교수의 서울대 제자라고 나를 소개하고 김선기 선생은 Jones 선생님의 제자이니 나에게는 할아버지 스승이 되시는데 이렇게 만나 뵙는 것은 내 일생의 영광이라고 하였더니 빙그레 웃으셨다. 그리고는 30년 전의 제자를 회상하는 듯, 침묵 끝에, "똑똑한 청년 학자였다"고 하셨다. 드디어 본격적인 대화가 시작되었다. Jones 선생의 기본모음 체계는 언어 교육과 연구에 대단히 유용한 도구이나 문제가 있다고 본다고 하니, 어떤 점이 그러냐고 물으신다. 전설 모음 4개 후설 모음 4개를 설정하여 기본모음 8개를 정하시면서 이 8개 모음은 인간이 낼 수 있는 가장 극한적인 모음이라고 주장하셨으나, 본인 생각으로는 후설 모음 4개는 인간이 발음할 수 있는 극한 모음이 아니고 그보다 더 후방에서 발음되는 모음이 있다고 하였다. 그러자 선생은 큰 관심을 보이시면서, "그럼 어떤 모음이 그런지 발음해 보라"고 하셨다. 나는 Jones 교수가 주장하시고 녹음 자료로도 남기신 후설 모음 4개보다도 더 후방에서 나는 모음을 자신 있게 발음하였다. 재차 발음할 것을 두어 차례 요청하시던 선생은 한참만에야, 내가 발음한 모음은 자신이 주장하는 기본모음보다 더 아래에서 나는 것 같다고 평을 하셨다. 그렇다면 혀가 가장 낮은 상태에서 발음되는 기본 모음 5번은 더 아래로 혀를 낮추어 발음할 수 없다고 정의된 모음인데 어찌 설명할 수 있단 말인가. 이렇게 대화가 진행되는 동안 간호사는 여러 차례 문을 노크하고 들어와 '대화를 그만 해 달라'고 요청하였고, Jones 교수는 그 때마다 '아니 괜찮다'고 하였다. 자신의 필생의 이론이 비판받는 대화이니 쉽게 접을 수는 없는 일이 아닌가. 결국 면담은 1시간 반 동안 지속되고야 끝이 났다. 나는 뵙게 되어 감사하다는 인사와 함께 무돌 선생께 소식을 전하겠다는 말씀을 드리고 하직하였다. 그리고 그로부터 몇 달 후 12월에 Jones 교수는 세상을 떠나셨으니, 나는 아마도 그 분이 이 세상에서 마지막으로 면대한 사람이 아닌가 한다.

4. 한국언어학회 창립

무돌 선생은 1956년 가을 내가 2학년 때에 문리대에서 언어학회를 창설하셨다. 대학본부에서 가까운 문리대 강의실에서 연구 발표를 직접 하신 다음에 학회 창립 취지 설명을 하시고 창립을 선언하시었다. 당시에 언어학회라는 단체가 없었으니 한국 최초의 언어학회를 만드신 것이다. 그러나 그 이후에 실제로 학회 행사나 연례 발표회 같은 정기적인 모임은 별로 없었던 것으로 기억한다. 더구나 그 이듬해에 무돌 선생은 문교부 차관으로 발탁되어 서울대학을 떠나셨기 때문에 언어학회를 이끌 겨를도 계제도 없었다고 생각한다. 그리고 그때는 6·25전쟁을 겪고 난 어려운 시기였으므로 학회 활동이 원활할 수가 없었다. 그러다가 서울대가 관악으로 이전한 1975년 이후에 다시 활성화되어 김방한 선생이 회장을 맡으시고 필자가 총무이사가 되어 새로운 출발을 하게 된 것이다. 그리고 회지 『언어학』을 발간하고 발표회 등 활발한 학회 활동을 하게 되었다. 김방한 교수는 우리나라 최초의 극작가인 김우진 선생의 유복자로, 6·25 직전에 서울대 언어학과를 졸업하고 고향인 광주로 내려가 노모와 함께 집안을 돌보고 있었으나, 언어학과에 비교언어학 분야를 육성 발전시켜야 한다는 원대한 포부를 품은 무돌 선생이 일부러 호남선을 타고 내려 가서서 김방한 선생과 그 노모를 힘들게 설득하여 언어학과로 불러 올리셨다는 일화가 전해온다. 무돌 선생의 구상은 그대로 실현되어 언어학과에는 김 방한 선생과 성백인 선생이 주도하는 알타이 언어 중심의 역사비교언어 학 연구가 더욱 활기를 띄게 되었다.

또한 필자는 1976년 "대한음성학회"라는 음성학 연구 전문 학회를 창 설하여 무돌 선생을 고문으로 모시고 학회 주최 음성학 연수회에서는 무 돌 선생이 몇차례 직접 특강을 해주시곤 하였다. 1990년 런던대학에서 개 최된 AKSE(유럽한국학 연합회) 회의에 참가한 북한 사회과학원 언어학연 구소 최모 부소장은 나를 만나자, "남쪽의 음성학은 런던대학 학파가 대 를 이어가는군요. 김선기 교수에 이어 이제 현복 선생이 활동하시니…" 라고 하셨다. 서구식으로 말하자면 "음성학 런던학파"(London School of Phonetics)가 학풍을 이어간다는 뜻이다.

5. 한글의 로마자 표기법

김선기 선생의 업적 중에 한글의 로마자 표기법, 즉 한국어의 로마자 표 기법을 빼놓을 수 없다. 1956년 선생은 문교부 주관으로 한글의 로마자 표기법 개정을 주도하시고 최종 안을 마련하여 대한민국의 공식 로마자 표기법을 완성한 업적을 이루셨다. 우리나라 로마자 표기법은 19세기 말 Hulbert 박사의 안을 비롯하여 많은 로마자 표기법이 있었으나 그중에서 가장 많이 알려진 것은 맥큔 라이샤우어 표기법으로 알려진 미국식 표기 법이었다. 그런데 이 표기법은 초성에서 / ㅂ/과 / ㅍ/, / ㄷ/과 / ㅌ/, / ㄱ/과 / ㅋ/ 그리고 / ㅈ/과 / ㅊ/을 명확히 구별하여 표기하지 못하는 문제가 있 는 안이다. 가령, 발/팔 을 pal/p'al로 적으면 영미인들은 이 두 낱말을 모 두 "팔"로 발음하기 마련이다. 영어의 /p/는 우리말의 / ㅍ/ 즉 유기음에 대응되기 때문이다. 이리 되면 한국인들은 이 두 낱말을 모두 "팔"로 인식할 수밖에 없으니, "발"이란 말은 없어지는 것과 같다. 이는 우리말의 파괴 행위이다.

6·25한국전쟁 당시 미국식 로마자 표기로 된 한국의 군사지도를 사용하던 미군 전투기 조종사가 평안도 〈정주〉를 폭격하라는 명령을 받고 출격하여 충북 〈청주〉를 폭격하여 많은 민간인이 사망한 사건이 발생하였다고 한다. 미국식 표기법인 정주〈cheongju〉와 청주〈ch'eongju〉를 혼동하여 정주 아닌 청주를 폭격한 결과이다. 혹자는 주장한다. 〈ch〉와 〈ch'〉는 다르지 않느냐고. 그러나 어깨점 하나의 기능은 너무나 미약하다. 더구나 이를 발음하는 영미인은 정주〈cheongju〉도 청주〈ch'eongju〉와 똑같이 발음하는 것이 큰 문제인 것이다. 이 같은 한국어의 중요한 음운 대응을 무시하는 미국 안의 결함을 직시한 무돌 선생은 〈ㅂ/ㅍ〉을 〈b/p〉으로 명확하게 분리하여 적어야 하며 이것이 바로 우리말의 특성을 살리는 길이라고 주장하셨다. 따라서 문교부 안에 따라 〈정주/청주〉를 〈jeongju/cheongju〉로 표기하였더라면 조종사의 오폭은 일어나지 않았을 것이다. 그리고 한 걸음 더 나아가 무돌 선생은 모음의 표기에서도 어깨점 같은 복잡한 구별 부호도 제거하고 대신 모음을 겹쳐 적는 방안을 도입하여, 〈어〉는 〈eo〉로 〈으〉는 〈eu〉로 적도록 주창하였다. 1957년부터 공식 로마자 표기법으로 30여 년간 잘 정착되어 가던 이 문교부 로마자 표기법은 1986년 아시안게임과 1988년 올림픽을 앞두고 군사정권 하에서 폐지되고 다시 이전의 미국 안으로 돌아가는 어이 없는 폭거를 맞은 바 있다. 무지한 군사정권의 주장은 이러했다. "로마자 표기는 외국인용이니 미국인이 선호하는 안을 쓰는 것이 옳다. 그리고 이 문제는 올림픽이 끝난 후 필요하면 다시 논할 수도 있다." 우리말을 말살하는 안임을 모르는 무지한 군사독재는 미국이 좋다는 대로 따르라니 이는 바로 사대적인 근성의 발로가 아니고 무엇인가. 이 과정에서 엄청난 논란이 있었고, 필자는 그 당시의 로

후배 학자와 함께(좌측 성백인, 우측 이현복)

마자 표기법 개정 심의위원회에서 엄청난 투쟁을 해야 했다. 그것은 나의 스승인 무돌 선생의 안이기 때문이 아니라 음성·언어학도로서 그 문교부 안이 학리적으로나 실용적으로나 합당하기 때문이었다. 88올림픽이 끝난 후에 문교부 등에는 사람이 다 바뀐 상태여서 아무도 책임지는 사람이 없다가, 10여 년 후에야 다시 로마자 표기법 개정 움직임이 일었고 드디어 상당 부분이 무돌 선생의 안인 문교부 표기법으로 되돌아가 오늘날까지 쓰이고 있다.

무돌 선생님이 떠나신 지 25년이 되었다. 선생은 가셨으나 그 학풍과 학맥은 살아서 계속 숨 쉬고 있다. 나 자신이 근 반세기에 걸쳐서 선생님의 학풍을 이어받아 강의와 학회 활동을 통해 발전시키려 노력하였고, 이제 나의 여러 제자와 후학들이 간접적으로나마 지금도 그러한 노력을 기울이고 있다. 1996년 제1회 서울 국제음성학 학술대회(The 1st Seoul International Conference of Phonetic Sciences)가 서울대학에서 개최되었다. 한국 최초의 국제음성학 학술대회이다. 개회사를 하면서 제일 먼저 떠오른 얼굴은 4년 전에 타계하신 무돌 선생이었다. 생존하셨으면 당연히 참석하여 축사를 해주실 분이 아니신가! 그 밖에도 한국 최초의 음성·음향 실험실의 언어학과 설치, 1976년의 대한음성학회 창설, 학회지『말소리』창간, 전국적인 음성학 연수회 개최, 음성학 자격시험 제도 도입 등은 모두 무돌 선생의 가르침이 있었기에 가능한 활동이었다.

그리고 2008년 무돌 선생의 따님 김보희 씨는 선친의 탄신 100주년을 기념하여 5권의 유고집을 펴내고 기념 세미나를 열 수 있도록 중추적인 활동을 하였다. 참으로 고맙고 훌륭한 일이었다. 무돌 선생이 1938년에 우리나라에서 퍼뜨리신 "음성학 런던학파" 중심의 음성학은 이제 런던대학보다도 한국에서, 그리고 일본 등 세계 각처에서 더 활발한 뿌리를 키워가고 있음을 보시고 지하에서나마 기뻐하실 것으로 믿는다.

이병도 _ 문헌사학의 정통

한영우 | 서울대학교 명예교수

1930년대 역사학계에서 가장 높은 수준의 학문활동을 벌인 인사들은 진
단학회(震檀學會)를 이끌어가던 학자들이었다. 두계 이병도(斗溪 李丙燾,
1896~1989)를 비롯하여 동빈 김상기(東濱 金庠基), 상백 이상백(想白 李相佰)
등이 이에 속한다. 대부분 일본 와세다대학(早稻田大學)에서 역사학이나
사회학을 전공하고 귀국한 이들은 독립운동의 수단으로써 역사를 한 것
이 아니라 학문 그 자체를 위해서, 그리고 일본인 학자들과 당당하게 경
쟁한다는 입장에서 역사 연구에 전념했다. 따라서 이들의 학문은 역사학
을 독립된 근대학문으로 키우는 데 결정적으로 기여했다.

　진단학회 인사 가운데서도 가장 주도적인 위치에 있었던 분은 두계 선
생이었다. 1896년에 출생하여 1989년에 타계하실 때까지 94세를 장수하
면서 임종 직전까지 논문을 발표하여 후생들을 놀라게 했다. 경기도 용인
(龍仁)에서 명문 우봉이씨(牛峰李氏) 집안에서 출생한 선생은 집에서 한학
을 공부하다가 12세 되던 1907년에 서울로 올라와 보광학교와 불교고등

학교를 졸업하고 이어 1912년에 보성전문학교 법과에 입학했다가 다시 일본 와세다대학으로 유학하여 사학 및 사회학과를 1919년에 졸업했다. 여기서 선생은 동경제대 교수 이케우치 히로시(池内宏)와 와세다대학 강사로서 독일의 랑케사학을 받아들여 고등문헌비평적 역사학을 발전시킨 쓰다 쇼오키치(津田左右吉)의 지도를 받으며 엄격한 문헌고증학의 기초를 닦았다.

두계 이병도 선생

1919년에 귀국한 선생은 중앙학교에 재직하면서 『폐허(廢墟)』 잡지 창간에 참여하고, 1925년에 설치된 조선총독부 산하 조선사편수회(朝鮮史編修會)에서 비정규직인 촉탁으로 일하면서 『조선사(朝鮮史)』 편수작업을 도왔는데, 이때 경성제국대학 도서관에 소장되어 있던 규장각 자료를 열람할 수 있는 기회를 갖게 되었다. 이때의 경험이 있었기에 선생은 고대사 분야뿐 아니라 고려시대 사상사와 조선시대 유학사에도 큰 업적을 내는 계기가 되었으며, 광복 후 서울대학교 초대 도서관장을 맡게 된 이유도 여기에 있었다.

두계 선생이 조선사편수회에서 촉탁으로 일한 것을 두고 마치 일본 식민사학에 동조하여 친일 행각을 한 것처럼 오해하고 음해하는 사람들이 있으나, 이는 역사학을 독립운동의 수단으로 해야 한다는 시각을 가진 사람들의 편견일 뿐이다.

물론, 민세 안재홍(民世 安在鴻) 선생처럼 일제강점기에 투옥생활을 반복하면서 역사학을 연구한 민족주의 계열의 학자들과 비교하면 독립운동에 기여한 점이 상대적으로 적은 것은 사실이다. 하지만 역사학이 세계의 역사학과 경쟁할 수 있는 근대학문으로 발전하려면 민족주의나 계급주의 같은 어떤 정치적 목적이나 이념의 수단으로 해서는 안 되는 것이다. 오직 '역사학을 위한 역사학'이 되어야 근대 학문으로서의 역사학이 비로소 발전할 수 있다는 것을 인정한다면 당시 역사학의 방법론에서 앞서가던 일본인 학자와의 협력과 경쟁은 불가피한 길이었다. 우리 속담에도 호랑이를 잡으려면 호랑이 굴에 들어가야 한다는 말이 있는데, 학문세계도 마찬가지다.

국가나 민족이 정상적으로 발전하려면 국민 각자가 역할을 분담하여 자기 분야에서 최고 수준을 만들어가는 것이 필요할 것이다. 일제 강점기를 바라보는 시각도 마찬가지일 터이다. 독립운동가도 필요하고, 이념적 투사도 필요하지만, 실력을 길러 미래를 설계하고 준비하는 일도 절대 필요한 일이다.

두계 선생은 조선사편수회에서 일한 경험이 있기 때문에 누구도 보지 못한 규장각 도서를 볼 수 있었고, 이것이 바탕이 되어 서울대학의 후학들이 규장각 도서를 활용하는 연구를 통해 학문을 주도하는 길을 열어 놓

1957년 학술상 수상 기념으로 찍은 가족사진

았던 것이다.

두계 선생의 학술활동은 1926년부터 시작되어 일본인이 발간하는『사학잡지(史學雜誌)』,『동양학보(東洋學報)』,『청구학총(靑丘學叢)』등 일본어 학술지에 13편의 논문을 발표했는데, 1934년에 진단학회를 창립하면서 학문활동 공간이『진단학보(震檀學報)』로 이동했다. 진단학회의 창립은 우리나라 최초의 근대적인 학회의 출범이라는 점에서 획기적인 뜻을 지닌다. 역사학 뿐 아니라 국어학, 국문학, 민속학, 고고학 등 여러 한국학 연구자들을 망라한 진단학회는 우리 학문이 아마추어의 수준에서 벗어나 진정한 프로로 발돋움하는 계기가 되었는데, 이 학회의 창립을 주도한 인물이 바로 두계 선생이었다.

만약 일제 강점기에 진단학회가 창립되지 않았더라면, 8·15광복 후에 대한민국의 학술계는 황막한 불모지에서 헤어나지 못했을 것이다. 진단학회를 이끌어온 이병도 선생을 비롯하여 김상기, 이상백, 손진태, 이승녕 같은 분들이 서울대학의 각 분야에서 학계의 좌장이 되어 후학들을 길러낸 까닭에 오늘날의 서울대학이 자타가 인정하는 일류대학으로 성장할 수 있었음을 잊어서는 안 될 것이다.

두계 선생은『진단학보』를 발행한 이후부터는 여기에 고대사에 관한 논문을 잇달아 발표했다. 가장 대표적인 업적이「삼한문제(三韓問題)의 신 고찰」이었고, 그밖에 조선시대 저명한 유학자의 유학사상에 대한 논문도 잇달아 발표했다.

50대의 장년으로 광복을 맞이한 선생은 경성대학 교수를 거쳐 1946년에 서울대학교가 창립되자 문리과대학 사학과 교수로 재직하면서 도서관장, 박물관장, 대학원장 등 보직을 두루 역임했다. 6·25한국전쟁 중에는 도서관장으로서 규장각 도서 가운데『조선왕조실록』,『승정원일기』등 귀중도서를 미군의 도움을 빌려 황급하게 기차에 싣고 부산으로 피난시킨 것이 바로 선생이었다. 그때 이런 조치를 취하지 않았더라면 이 도서들은 지금 평양으로 가 있을 것이다.

1960년에 4·19혁명으로 자유당 정부가 무너지고 허정(許政)이 이끄는 과도정부가 수립되자 잠시 문교부 장관을 맡기도 했으나, 그보다는 이때부터 대한민국 학술원 회장을 맡아 20년간 학술원을 이끌었다. 1961년에 5·16혁명을 치르고 나서 교수 정년제가 실시되면서 선생은 서울대학을 떠나 국민대학 학장과 성균관대 교수를 역임했으나 사재를 털어가면서 진단학회를 이끌어가는 집념을 버리지 않았다.

선생은 평생 60여 편의 논문과 28권의 저서를 내셨는데, 대표적인 저서로는 고려시대 풍수사상을 연구한『고려시대의 연구』(1948, 박사논문), 고대사 논문을 모은『한국 고대사 연구』(1976), 유학사를 정리한『한국유학사』(1987)를 들 수 있다. 그밖에 대학생과 일반 교양인을 위한『국사대관(國史大觀)』은 수정판을 거듭 내면서 1960년대까지 국사 개설서의 왕자자리를 지켜갈 만큼 널리 읽혔다. 우리나라의 공동체 전통을 정리한『국사와 지도이념』(1955)도 명저로 꼽히며,『삼국사기』와『삼국유사』의 역주본(譯註本)을 낸 것도 중요한 업적에 속한다. 수필집으로는『두계잡필(斗溪雜筆)』(1956),『두실여적(斗室餘滴)』(1975),『성기집(成己集)』(1983) 등이 전한다.

한편, 선생은 1960년대에 7권의 방대한 진단학회 발행『한국사』(을유문화사간) 편찬을 주도하고, 그 가운데「고대편」과「중세편(고려시대편)」을 직접 집필했는데, 이 책은 광복 후 우리가 낸 한국통사로는 가장 방대한 것이며, 그만큼 영향력도 컸다. 미국의 지원을 받아 이 사업이 이루어졌다는 것도 획기적인 일이다.

선생의 고대사 연구 가운데 가장 빛나는 것은 기자조선(箕子朝鮮)에 대한 새로운 해석이다. 기자를 중국에서 온 은(殷)나라 사람으로 보지 않고, 고조선의 토착성씨인 한씨(韓氏)가 세운 나라로 해석했다. 그 근거는『청주한씨족보』(淸州韓氏族譜)에 기자를 한씨의 조상으로 기록해 놓은 것을 역사적 진실로 받아들인 것이다.

두계 선생은 기자조선을 이은 위만조선(衛滿朝鮮)도 위만이 연(燕)나라 사람이지만 중국에서 들어올 때 상투를 틀고 왔다는 점에 주목하여 조선 족이 세운 나라로 해석했다. 이렇게 되면 단군조선, 기자조선, 위만조선이 모두 조선족이 세운 나라가 되어 중국의 식민지처럼 해석되어 온 고조선 의 역사가 완전히 민족국가로 바뀌게 된 것이다. 오늘날 우리 학계에서는 기자조선을 한씨조선이라고 못박아 보지는 않고 있지만, 기자족과 위만 족을 우리와 뿌리가 같은 동이족(東夷族)으로 이해하는 것이 통설로 자리 잡고 있으므로 선생의 학설이 획기적인 전기가 되었다고 볼 수 있다.

삼한(三韓)과 한사군(漢四郡)의 위치를 새롭게 비정한 것도 선생의 큰 업 적이다. 민족주의 역사가들은 삼한과 한사군이 모두 만주지역에 있었던 것으로 주장해왔는데, 이런 주장들은 얼핏 들으면 고조선의 중심지가 만 주로 보이므로 애국적이고 주체적인 역사로 보일지 모르지만, 그 대신 한 반도는 역사의 중심무대가 아니라는 결론에 이르게 된다. 이는 한반도가 미개한 지역이었다는 뜻이기도 하므로 사실은 매우 위험한 주장일 뿐 아 니라 역사적 진실에도 맞지 않는 것이다.

두계 선생은 조선후기 한백겸(韓百謙), 안정복(安鼎福), 한진서(韓鎭書), 정 약용(丁若鏞) 등 역사지리학자들의 고증을 존중하여 삼한과 한사군의 위 치를 만주와 한반도에 비정했는데, 현도(玄菟)를 만주의 동가강 유역으로, 임둔(臨屯)을 함경도로, 낙랑(樂浪)을 평양으로, 진번(眞番)을 자비령 이남 과 한강 이북으로 비정했다.

한편, 한강 이남에는 고조선시대에 이미 진국(辰國)이 있었다고 보고, 그 중심지를 직산(稷山)으로 해석했으며, 기자 후손 준왕(準王)이 뒤에 남쪽으 로 내려와 광주(廣州) 지방에서 한왕(韓王)을 칭했으며, 그 뒤에는 한강 이

남의 모든 유이민들이 한(韓)을 칭하게 되었다고 보았다. 그리하여 뒤에는 한(韓)이 삼한(三韓)으로 분화되었는데, 마한(馬韓)은 지금의 경기도, 충청도, 전라도 지역이고, 진한(辰韓)은 마한 동쪽의 한강유역에 있다가 경상도로 이동했으며, 변한(弁韓)은 경상남도 지역에 비정했다.

삼한과 한사군에 대한 선생의 해석에는 부분적으로 미흡한 점이 있는 것은 사실이지만, 조선시대의 전통적인 역사지리학의 성과를 계승하려고 했다는 점에서 큰 의의가 있다. 또 일본인이 가야 지방에 설치했다고 주장하는 임나일본부(任那日本府)설은 인정하지 않았다. 이같은 선생의 학설도 현재 학계에서 많은 부분이 통설로 받아들여지고 있다.

선생은 우리나라 최초의 문학박사 가운데 한 분인데, 그 논문이 바로 앞에서 소개한 「고려시대의 연구」이다. 고려시대 국도풍수사상(國都風水思想)의 변천과정을 탐구한 것인데, 그 미신적 측면을 강조한 것이 다소 문제점으로 지적될 수 있겠으나, 우리나라 민족지리학의 중핵을 이루는 풍수지리의 선구적 연구로서의 가치는 높게 평가할 만하다.

선생의 조선시대 유학사 연구는 권근(權近, 1929), 서경덕(徐敬德, 1936), 이구(李球, 1936), 이언적(李彦迪, 1936), 성해응(成海應, 1938), 이이(李珥, 1957), 정도전(鄭道傳, 1959), 박세당(朴世堂, 1966), 이덕무(李德懋, 1966) 등에 대한 개인연구로 시작되어 뒤에는 이들을 묶어 『한국유학사(韓國儒學史)』로 집대성되었는데, 한국유학사를 근대적 시각에서 기초를 놓은 명저로 꼽히고 있으며, 특히 조선시대의 당파적 시각을 벗어났다는 점에서 높이 평가되고 있다.

선생의 명저의 하나인 『국사대관』은 오늘날의 시각에서 본다면 왕조 교체에 따른 정치사회적 진보가 반영되지 못하고 근대 이전의 왕조시대를 기본적으로 귀족사회로 인정하고 있다는 점에서 한계가 보이지만, 이런 인식은 유독 선생에게서만 보이는 것은 아니다. 당시 국사학계의 연구수준이 전반적으로 높지 못한 데서 온 결과이고, 바로 그 점을 후학들이 극복해온 것이 국사학계의 발전 과정으로 볼 수 있다.

끝으로 선생의 학문을 소개하면서 꼭 언급해야 할 대목이 있다. 그동안 일부 재야사학을 자칭하는 인사들이 근거도 없이 선생을 악의적으로 헐뜯어 왔다는 점이다. 선생이 일제 식민사학에 협조해 왔으며, 친일파의 후손이라는 등, 선생의 학문을 계승한 후학들이 서울대학의 역사학을 왜곡시켰다는 등의 주장이 그것이다. 하지만 앞에서 설명한 바와 같이 선생은 일제시대 조선사편수회에서 촉탁으로 일한 것이 오히려 규장각 자료의 소중함을 후학들에게 알리는데 기여했으며, 친일파 이완용(李完用)과는 먼 친척관계인 것은 사실이지만, 그것 때문에 그 분을 친일파로 매도하는 것은 어불성설이다. 더욱이 그 분이 연구해온 고대사나 조선시대사 연구는 일제 식민사학의 주장과는 판이한 것이며, 오히려 학문적으로 저들을 이기려고 평생을 노력해온 분이라는 것을 알아야 할 것이다.

두계 선생은 학자는 죽을 때까지 연구실을 떠나면 안 된다는 것을 90 평생을 통해서 제자들에게 보여주었으며, 민족주의니 유물사관이니 하는 이념 중심의 역사를 배격하고 엄밀한 근대문헌사학의 정통성을 이 땅에 뿌리내리게 한 진정한 역사학자이다. 그래서 후학들은 그분을 일러 한국의 랑케(Leopold von Ranke)라고 부르고 있는 것이다.

고병익 _ 진정한 선비이자 지식인

김용덕 | 서울대학교 명예교수

고병익 선생은 「선비와 현대의 지식인」(1985)이란 글에서, 전통만 지키려는 선비의 모습은 탈피해야 마땅하지만, 선비의 덕목 가운데 명분과 원칙에 대한 존중과 집착, 물욕의 억제와 검박한 생활태도, 그리고 도덕과 윤리의 수호자로서 나라와 백성을 지키는 사명의식 등은 오늘의 지식인들이 계승하고 또 북돋아야 할 것들이라고 강조한 적이 있다. 이것은 고병익 선생이 일생동안 간직한 신념이었고 그렇게 살아가려고 애쓴 삶의 지향이었다고 보인다.

고병익 선생은 1924년 3월 5일 경상북도 문경군 산양면 녹문리에서 출생, 그 고향마을을 그려 호를 녹촌(鹿邨)으로 하였다. 시골에서 한문을 배우며 초등학교를 마친 후 서울로 올라와 휘문중학을 다녔고, 고등학교는 규슈(九州)에 있는 후쿠오카(福岡)고등학교로 갔다. 중학 시절 도서관에만 파묻혀 있던 그는 후쿠오카에서 럭비부에 들어가 새로운 경험을 맛보았을 뿐 아니라 집중적으로 독일어를 습득하였다. 일제 시기의 고등학교였던 만큼 문학과 철학, 역사 등 폭넓게 교양을 쌓을 수 있어서 후일 고병익 선생은 동시대 지식인들 중에서는 특별히 뛰어난 외국어 구사 능력과 함께 인문적 교양을 깊이 쌓은 대표적 인물이 될 수 있었다.

고등학교 시절 아시아의 역사 그 중에서도 동아시아와 중앙아시아의 역사에 매료된 그는 집안의 반대를 무릅쓰고 동경제국대학 동양사학과를 택하였다. 그러나 1943년 동경제대 입학 후의 대학 분위기는 차분히 공부할 수 있는 분위기가 아니지만, 한 주제에 집중하지 않고 관심이 가는 대로 다양한 역사학의 여러 문제를 섭렵할 수는 있었다. 결국 1년 조금 넓게 다닌 후 고향으로 돌아와 있다가 해방을 맞이하게 되었다. 당시 일본에서 대학을 마치지 못하고 귀국한 동년배들과 마찬가지로 서울대학교로 들어가 1947년 1회로 졸업하고 이어 대학원에 진학하였다. 한국전쟁으로 대학원을 끝낸 것은 1953년이었다.

전쟁 중 장교로 입대하여 국방부 전사편찬위원회에서 일할 수 있었던 것은 그나마 다행이었다. 1954년 대위로 제대할 때까지 전사편찬 업무를 보면서도 부산에서 다시 모인 젊은 역사학자들이 역사학회를 창립하는데(1952) 적극 참여한 것을 큰 보람으로 여기곤 했다. 해방 후에 생긴 본격적인 학회로는 처음이었기 때문이다. 전역할 때에 즈음하여 그의 삶에 큰 계기가 찾아왔다. 바로 독일 유학이었다.

독일정부 초청 장학생으로 선발되어 뮌헨대학으로 갈 결정을 한 것은 당시 그의 형편으로는 너무나 힘든 결정이었다. 이미 부인과 세 자녀를 둔 가장으로 '무책임하게' 오직 새로운 연구를 향한 열정 하나로 떠난 것이다. 그만큼 집중하지 않으면 안 될 상황이었던지 불과 2년 만에 박사학위를 취득하고 귀국하였다. 물론 여기에 결정적인 도움이 된 것은 탁월한 독일어 구사 능력과 중국 사료에 관한 깊은 지식이 있었기 때문이었다. 유학 이전에 이미 대학에서 강의를 하고 있을 정도였다.

고병익 선생의 교육과정을 짚어보면 단계적으로 건실하게 올라간 것을 알 수 있다. 우선 시골에서 한문 수학과 함께 초등학교를 마치고, 서울로 올라와 중등교육을 받고, 일본의 도시로 가서 (영어, 독일어 및 교양 교육에 치중한) 고등학교를 마치고, 동경제국대학에 입학한 것이다. 해방 후 서울대학교에서 국대안(國大案) 반대 등으로 혼란스러울 때에도 비교적 충실한 동양사 연구실의 문헌들이 있었기에 연구실에서 연구에 침잠할 수 있었다. 전쟁이 끝난 후 독일 유학을 한 것은 그 당시로서는 선구적인 길을 택한 것이다. 이렇게 기본부터 차곡차곡 지식을 쌓아 간 것(문경 산골에서 뮌헨에 이르기까지!)이 고병익 선생의 학문을 특히 탄탄하고 폭넓게 만들었다고 생각된다.

고병익 선생의 경력은 역사학 교수로 한정할 수 없는 다양한 분야에 걸쳐 있다. 교수, 대학 행정가, 학술 문화 행정가, 언론인 등으로 활동한 것이 그것이다. 독일 유학을 끝내고 돌아와 연세대와 동국대 교수를 거쳐 서울대학교 문리과대학 사학과 교수로 부임한 것은 1962년이었다. 물론 이전부터도 연구자료나 연구실 형편상 근거지는 서울대에 두고 강의도 맡고 있었으나 서울대에 정식으로 부임한 이후 1960년대에 가장 왕성한 학술활동을 하였다. 특히 이 기간 중 2년간(1966~1968) 미국의 시애틀에 있는 워싱턴대학의 초빙을 받아 외국인 교수 생활을 한 것은 이후 그의 국제적 활동의 폭을 넓히는 계기가 되었던 것 같다.

1970년 어려운 시기에 서울대학교 문리과대학장에 선임된 것은 가장 왕성한 연구 활동이 기대되는 때여서 학자로서는 안타까운 일이긴 했지만 고병익 선생의 또 다른 능력 즉 대학 행정가로서의 능력이 나타나 4년간 학장직을 힘들지만 무리없이 수행하였다. 4년간의 경험이 바탕이 되어 1977년 서울대학교 부총장, 이어서 총장으로 대학을 위해 봉사할 수 있었다. 물론 총장으로 일한 기간은 1년 남짓이었지만, 그것은 이른바 '서울의 봄'이라는 정치적 격변기에 총장직에 있었기 때문에 신군부 세력이 집권하며 불가피하게 물러난 것이었다.

이 기간 중에도 한국사회과학연구협의회장을 맡아 역사학을 포함한 사회과학의 폭을 넓힘과 동시에 국제적인 연구협력체제를 구축하는 데 힘썼다. 1980년 서울대학교 총장을 사임한 후 반년이 되지 않아 한국정신문화연구원(현 한국학중앙연구원)장직을 수락한 것은 여러 사람들에게 의아하게 비쳐졌다. 나중에 고병익 선생이 토로하기는 진정한 한국학, 국제적으로 인정받는 개방된 한국학의 중심지를 만들고 싶은 오랜 꿈의 실현 기회라고 여겼다는 것이다. 그러나 이 역시 그의 뜻과 다르게 연구원을 정치적으로 끌고 가려는 힘과 부딪혀 2년이 못가 좌절 속에 사퇴하였다. 이후 한림대학교 사학과 교수로, 워싱턴에 있는 윌슨국제학술연구소 연구원으로 초빙 받아 정치적인 소용돌이에서 벗어날 수 있었다. 도산서원 원장, 한일21세기위원회(韓日賢人會議) 위원장으로 활동한 것은 주로 이 기간이었다. 1990년대에는 유네스코의 실크로드 학술답사의 자문위원으로, 젊어서부터의 꿈이었던 중앙아시아 여러 지역을 장기간 답사하기도 하였다. 한편 문화재위원회 위원장과 국제기념물유적협의회(ICOMOS)의 한국 대표로 경주역사지역의 세계유산 등재를 성공시킨 것도 이 기간이었다.

고병익 선생의 활동 영역에 언론 분야가 포함된다는 것을 아는 사람은 많지 않다. 고병익 선생은 1958년부터 1962년까지 5년 가까이 조선일보 논설위원을 역임하였다. 당시는 대학교수의 신문사 논설위원 겸직이 허용되는 때여서 실질적으로 두 가지 일을 한 것이었다. 매일 논설위원실에 출근하여 사설을 나누어 쓰고 '일사일언'이나 '만물상'이라는 칼럼에 글

2003년 한독포럼 차 독일에서 라우 대통령과 함께
(왼쪽에서 두 번째가 고병익)

을 실어야 하는 고된 일이었다고 회고하면서도, 글을 쉽게 쓰는 습관이나 사회적 이슈에 항상 관심을 갖게 된 것은 보람있는 경험이었다고 얘기하곤 하였다. 아마도 순수역사학자가 이렇게 오랜 시간 신문사 전임논설위원을 한 예는 한국에선 없을 것 같다(서양에선 드문 예가 아니지만, 그런 면에서도 좁은 학자의 틀을 벗어난 지식인이라고 하겠다). 물론 글을 쓸 수 있는 기본 소양과 폭넓은 지식의 축적이 있었기에 가능한 일이었다고 생각된다. 이 경험이 후일 방송위원장을 두 번이나 역임할 수 있었던 바탕이 되지 않았나 싶다.

　고병익 선생은 폭 넓은 활동만큼이나 연구 분야도 다양하다(『고병익, 이기백의 학문과 역사연구』, 2007에 자세하다). 그러나 그 하나하나가 피상적인 수준의 터치가 아니라, 깊은 학문적 축적의 결과이기 때문에 지금도 그의 연구는 후학들에게 큰 도움이 되고 있다. 기본적으로 한국을 포함한 동아시아가 연구 대상이었다. 사회사, 사학사, 사상사, 교섭 및 관계사, 그리고 동아시아의 근대화 등으로 그의 연구 분야를 나눌 수 있겠다. 최초의 논문은 「이슬람 교도와 원대 사회」(『역사학연구』 1, 1949)였다. 이로부터 중국의 원대사 및 이민족에 대한 그의 연구는 꾸준히 계속되었다. 그의 대표 논문의 하나인 「여대(麗代) 정동행성(征東行省)의 연구」 상·하(『역사학보』 14·19, 1961·1962)는 초기에 품었던 관심이 이어진 뛰어난 결과물이었다.

또한 박사논문으로 제출했던 「유지기(劉知幾)의 사통(史通)을 중심으로 한 중국사학에 있어서의 가치론」(『Oriens Extremus』, 1957)은 구미학계에서 중국사학사를 정통으로 다룬 거의 유일한 논문이었을 것이다. 사학사에 관한 관심은 그후 『삼국사기』에 대한 새로운 평가로 한국사학계에 큰 자극을 주었을 뿐 아니라, 동아시아 여러 나라의 실록 편찬의 중요성, 공통점과 차이점을 밝힌 논문은 동아시아에서의 역사 취급의 객관성과 역사적 가치에 대하여 비교 안목을 제시해 주었다.

사상사에 관한 논문은 「유교사상에 있어서의 진보관」(『발전론서설』, 1965)으로부터 시작하였다. 유교사상을 복고적인 것으로 인식하는 경향에 대하여 새로운 입장을 밝힌 것은 그의 지론으로서 이후 계속하여 나타났다. 현대 중국과 유교에 관한 글도 그러한 관심의 연장선에서 나온 것이다. 무엇보다 강조할 것은 동아시아 역사상의 '유교시대'라는 개념을 제시한 것이었다. 이것은 그 후 서양학자들에게 자극을 주어 국제적 논의의 장을 마련하게도 하였다.

동아시아 지역 내의 교류 및 비교, 관계사에 대한 관심은 그의 저서 『동아교섭사의 연구』(1970)라는 책 제목이 말하듯이 개별 국가의 역사를 넘는 큰 틀의 연구 범위를 지향하였음을 말하고 있다. 역사적으로 한국과 중국의 관계뿐 아니라 중앙아시아, 몽골, 일본과의 관계, 베트남의 역사도 동아시아의 범주에 넣고 연구하였다. 때로는 인도, 러시아, 구미지역과의 관계까지도 취급한 것은 그의 관심의 폭을 넓히고, 다양한 주제를 다룰 수 있는 지식의 축적이 있었기 때문이었다. 간간이 표류민의 문제까지도 관심의 대상으로 삼아 논문으로 발표하기도 하였다.

근대화에 대한 첫 논문은 「동양의 근대화의 제문제」(『진단학보(震檀學報)』 23, 1962)였다. 한국의 근대화와 관련한 중국의 영향, 서양인의 고빙(雇聘) 등을 다룬 논문이 있지만, 그의 근본 관심은 유가사상과 근대화의 문제였다. 1984년 윌슨국제학술연구소에서 1년간 체류한 것도 이에 대한 연구를 심화하고 국제적으로 이 문제를 제기하려는 뜻에서였다. 한참 유가자본주의가 논란거리였을 때 이에 대하여 과감하게 독자적인 견해를 언급한 것이었다. 대단히 정교하고 조심스럽게 다루어야 한다는 입장에서, 일방적인 유가사상의 추앙이나 이에 대한 반대 견해에 대하여 비판적인 주장을 하였다. 유가사상의 현대적 수용 가능성과 함께 그 역사적 폐단을 모두 같이 볼 때라야 동아시아의 근대화와 유가사상의 관계를 바르게 이해할 수 있다는 견해였다.

연구 업적에 덧붙여 언급해야 할 것은 그의 방법론이었다. 연구는 무엇보다도 객관적이어야 한다는 신념에서, 고병익 선생은 가능한 한 입수할 수 있는 모든 자료를 검토한 뒤에라야 글을 쓰기 시작하였다. 자기도 모르게 특정한 입장이 생겨, 객관적이라고 하면서도 객관적이기 어려운 역사학자들의 태도를 넘어서야 한다는 연구 태도는 일찍이 독일 유학에서 익힌 것이기도 할 것이다. 그렇다고 방대한 사료를 제시하며 객관성을 내세우지만 논지가 흐려지는 글을 써서도 안 된다고 후학들에게 경고하였다. 전문학자들만이 읽을 수 있는 논문도 그 나름대로 가치가 없지는 않지만, 수준 이상의 교양을 쌓은 지식인이라면 읽을 수 있는 형식의 글을 쓸 것을 강조하였다. 독자에게 도움이 되는 논문을 쓰기 위해서는 논지가 분명하고 가독성을 항상 생각해야 한다는 것이었다. 읽기 힘든 외국어로 각주를 다는 관행을 고쳐 본문에 나오는 언어로 고치자고 처음 주장한 분이 고병익 선생이었다. 더 나아가 학술저서라고 해도 색인이 있어야 한다는 입장에서 그의 첫 학술서인 『아시아의 역사상』(1969)부터 색인을 단 것은 당시로서는 신선한 충격이었다.

말년에는 한학에 조예가 깊은 분들과 함께 란사(蘭社)라는 시회(詩會)에 출석하여 한시의 멋을 익히고 많은 한시를 짓기도 하였다. 또한 독일 유학 시절부터 우정을 지켜온 동경대학 미학 윤리학 교수인 이마미치 토모노부(今道友信) 교수가 주관하는 Eco-ethica International Symposium에 정기적으로 참가하여 유가사상과 동아시아 역사의 관점에서 토론을 이끌기도 하였

젊은 학자로서의 고병익

다. 더욱이 유네스코에서 주최한 〈Dialogue among Civilizations〉에 초청을 받아 뉴욕과 리투아니아 등지에서 세계적 사상가들과 만나 토론하는 것을 즐겁고 보람있게 생각하였다.

마지막으로, 고병익 선생은 글빚을 꼭 갚아야만 하는 완벽주의자였다. 2004년 서거 한 달 전쯤 병문안을 갔을 때, 고병익 선생은 이미 기력이 다한 상태였다. 그런데도 영문 저서의 서문 초고를 완성하여 필자에게 전하며, 학술원에 제출해야 할 글을 못 끝내 걱정이라고 토로하는 것이었다. 너무나 마음에 부담이 되는 것 같아 필자가 도와드리겠다고 하자, 구상한 것은 있으니 한번 보고 판단하라고 하여 찾아보니 거의 완벽하게 키워드로 채워놓은 내용이었다. 키워드를 잇기만 해도 완성될 수 있는 것이었다. 그 발표일이 바로 서거(2004. 5. 19) 1주일 전이었다. 학술원 측과 협의가 되어 필자가 대신 발표하는 것으로 했지만, 고병익 선생은 책임감에서 마스크를 착용한 채 가족의 부축을 받아 휠체어를 타고 현장에 나타난 것이었다. 너무 감격하여 고병익 선생이 온 것을 알리자 발표장 분위기가 숙연

해졌다. 고병익 선생은 사실상 마지막 발표를 한 것이다. 오랫동안 정들었던 학술원 동료학자들에게 인사를 하고 떠나려는 뜻이었던 것 같기도 하다.

고전에 대한 깊은 소양과 현대 학문의 소화, 동서양의 학술에 대한 겸전 그리고 사회적 사명의식의 실천이라는 면에서 고병익 선생은 진정한 '선비와 지식인'이었다.

학술저서(단독저술)

『아시아의 역사상』(서울대출판부, 1969)

『동아교섭사의 연구』(서울대출판부, 1970)

『동아사의 전통』(일조각, 1976)

『동아시아의 전통과 근대사』(삼지원, 1984)

『동아시아의 전통과 변용』(문학과지성, 1996)

『동아시아문화사 논고』(서울대출판부, 1997)

Essays on East Asian History and Cultural Tradition (Sowha, 2004)

수필 및 기행문

『망원경』(탐구당, 1974)

『혜초의 길따라』(동아일보사, 1984)

『선비와 지식인』(문음사, 1985)

『세월과 세대』(서울대출판부, 1999)

『鹿邨詞華集–眺山觀水集』(푸른사상, 2013)

민석홍 _ 서양사학의 선구

최갑수 | 서울대학교 명예교수

민석홍(閔錫泓; 號 鶴峴) 선생은 서울에서 1925년에 태어나 2001년에 사망했다. 원적지는 지금은 경기도 김포시에 편입되어 있는 통진(通津)이며, 판사였던 아버지(閔庚駿)가 선생이 열 살 때 돌아가시자 조부 댁이 있던 종각 근처의 공평동(公平洞)에서 소년기를 보냈다. 1942년 경기중학 4학년 재학 중에 일본 나고야(名古屋) 제8고 문과에 합격했고, 2년 후에는 교토(京都)제국대학 문학부 사학과에 입학했다. 광복 후에 귀국하여 1948년에 서울대학교 문리대 사학과를, 1950년에 같은 학교 대학원 서양사학과 석사과정을 졸업하였다. 이후 이화여고 교사(1952~1954), 연세대 교수(1954~1961), 서울대 교수(1961~1990)를 역임하였고, 1963~1965년에 미국 하버드 대학교에서 1년 6개월의 연구생활을 하고 1975년에 서울대학교에서 「맥시밀리안 로베스피에르의 정시사상연구」로 문학박사학위를 받았다. 서울대에서 교양과정부 부장(1968~1975), 인문대학 학장(1978~1980) 등의 보직을 맡았고, 학술 활동으로서 역사학회의 창립에 주도적으로 참여하고(1952) 한국서양사학회의 학회장을 맡고(1979~1980) 국사편찬위원회의 위원을 역임했으며(1982~1991), 특히 프랑스혁명 200주년(1989)을 맞이하여 이를 기리는 한국위원회의 위원장직을 맡고 파리에서 열리는 '세계학술대회'에 참여하였다.

선생의 학문 역정을 어떻게 볼 것인가? 그가 본격적으로 학문 활동을 시작한 것은 한국전쟁을 전후한 시기였다. 이 20세기의 후반기는 우리의 역사에서도 유례를 찾아보기 어려운 격동기였다. 한반도는 일본 제국주의로부터 해방은 되었지만 곧 남·북으로 분단되어 진정한 독립을 쟁취하기 위한 고난의 역사를 보내야 했다. 이 시기 우리의 최대 과제는 서구가 오랜 기간에 걸쳐 빚어냈던 근대사회를 단기간 내에 우리 스스로 이룩해내는 일이었다. 근대사회란 한편으로 자립경제를 가능케 하는 '산업화'를 요청하는가 하면, 다른 한편으로 무릇 만인이 인간다운 생활을 영위할 수 있는 정치공동체의 구축을 위한 '민주화'를 요구한다. 이 양자를 양립시키기가 얼마나 어려운 것인지를 우리의 현대사는 증언한다. 선생의 문제의식은 바로 여기에서 출발했다. 그는 젊은 시절에는 다소간 '민주화' 쪽으로, 중견학자로 자리 잡은 시기에는 '산업화' 쪽으로 기울었지만, 학계의 원로가 되어서는 양자 사이에서 균형을 찾으려고 했다. 실로 그에게 양자는 결코 상반되는 것은 아니었다. 그가 프랑스혁명이 던진 화두를 "자유를 상실하지 않으면서 어떻게 평등을 달성할 수 있을 것인가"라는 물음으로 정리했던 것도 이를 여실히 보여준다.

이렇듯 '근대화' 내지 '근대사회로의 이행/전환'은 무엇보다도 선생의 학문세계를 지배했던 중심주제였다. 그의 핵심영역이었던 프랑스혁명뿐만 아니라, 영국혁명, 종교개혁과 자본주의의 관계, 봉건제에서 자본제로의 이행, 초기 사회주의, 중산층, 심지어는 역사인식의 문제에 이르기까지 다양한 연구 영역에서 그의 기본적인 문제의식은 근대사회의 양대

가치라고 할 수 있는 자유와 평등을 어떻게 조화시킬 수 있는가 하는 것이었다. 그가 서양의 근대라는 거대한 호수에서 로베스피에르(Maximilien Robespierre)와 '수평파'라는 두 대어를 낚아 올릴 수 있었던 것도 자유와 평등이 특정의 역사적 긴장상태에서만 서로를 희생시키지 않을 수 있다는 명확한 인식에 도달하였기 때문이다. 그는 적어도 투쟁의 역사를 말하지는 않았어도 사회세력의 역학관계가 갖는 규정성을 놓치지 않았던 것이다.

선생의 활동기는 다른 대부분의 학문 분야가 그러했듯이 우리 사회에 서양사학이 하나의 분과학문으로 뿌리내리는 시기였다. 그가 학자로서의 첫걸음을 걸었던 때는 반도 전체가 새 국가 건설의 기대감으로 가슴이 설레던 해방공간이었고, 당시에 서양에 대한 이해는 민족의 생존을 가늠할 정도로 절실한 것이었다. '서세동점(西勢東漸)'의 시대가 막을 내렸다고는 하지만 서구가 여전히 근대화의 본보기였던 남한사회에서 그것에 대한 우리의 지식은 참으로 빈약하였다. 일제는 우리와 서양과의 직접적인 만남을 철저하게 차단하여 예컨대 국내에서의 서양사 교육을 원천적으로 금지시키는 한편, 우리에게 서양을 편향적으로 소개하였다. 따라서 신생국의 발전 방향과 관련하여 이를테면 '명치유신(明治維新)'과 같은 '위로부터의 혁명'을 통한 산업화만이 강조되었을 뿐, '아래로부터의 혁명'을 통한 근대화의 또 다른 길은 알려질 수가 없었다. 선생의 작업은 바로 이러한, 서양에 대한 본격적인 이해라는 시대적 요청에 부응하기 위한 것이었다. 그는 학계의 중심적인 위치에 서서 서양사학을 독립적인 학문 분야로 만드는 데 기여하였고, 특히 유럽 근대사에 대한 연구를 통해 서구의 근대화 경험으로부터 교훈을 얻어내려고 했다.

우리 서양사학의 계보에서 민석홍 선생은 제2세대에 속한다. 제1세대의 주역은 조의설(趙義卨), 김성식(金成植), 김성근(金聲近) 선생 등이다. 이들은 모두 1930년대에 일본에서 공부한 후 귀국하였고, 해방 이후에 각기 연세대, 고려대, 서울사대에 교수로 취임하여 서양사학의 초석을 놓았다. 특히 조의설 선생은 연세대의 교수로 있으면서도 서양사 전임교수가 없던 서울대 문리과대학에 대우전임으로 오래 출강하여 제2세대의 주역들을 지도하였으며, 민석홍 선생 역시 희랍사 전문가인 조 선생을 스승으로 기억하였다. 제1세대의 연구자들은 대체적으로 계몽적인 차원에서 서양사학을 소개하고 인문학적 소양을 강조하였다. 따라서 실질적으로 우리의 서양사학을 본궤도에 올려놓은 것은 제2세대이며, 민석홍, 길현모(吉玄謨), 이보형(李普珩), 노명식(盧明植), 양병우(梁秉祐) 선생 등이 그 대표적인 연구자들이다. 이들은 모두 1920년대 전반에 출생하여 일본의 엘리트 교육을 받았으며, 전공의 차이를 넘어 서양의 민주주의와 산업화의 문제를 추구하였다. 이들은 어려운 여건에서도 학문적 열정과 시대적 고민을 결합시켜 타 분야에 결코 뒤지지 않는 학문적 엄격성과 투철한 문제의식을 보여주었다. 사실상 오늘날 우리의 서양사학계가 양적으로 크게 팽창했다고는 하지만 제2세대가 보여주었던 학문적 자세와 치열함을 능가했다고 쉽게 단언하기는 어렵다고 하겠다.

젊은 시절의 민석홍 교수

민석홍 선생은 이 제2세대의 대표주자격인 인물이다. 선생의 회고로부터 우리는 그가 영향을 받은 지적 계보의 일단을 엿볼 수 있다. 일본에서의 '제8고' 시절에는 도슨(Christopher Dawson), 칸트, 딜타이, 랑케사학, 짧은 대학 시절에는 오쓰카(大塚)사학, 그리고 귀국하여 조의설, 이상백, 김일출(金日出), 다카하시 고하치로(高橋幸八郎), 베버(Max Weber), 마이네케, 루치스키(Jean Loutchisky), 르페브르(Georges Lefebvre) 등이 그들이다. 역사학 일반에서 서양사, 특히 프랑스혁명사라는 전공영역에 이르는 학문 경력의 민 선생 특유의 회로이다. 여기서 이채롭게도 먼저 그는 학부에서는 서양사가 아니라 동양사를 전공하여 중국 고대의 '종법(宗法)'을 논문 주제로 삼았다. 그는 졸업논문을 쓰는 과정에서 역사 연구에서 사료비판이나 고증의 중요성, 역사 해석의 문제 등에 대한 감각을 익혔다고 술회했다. 다른 흥미로운 존재는 다카하시 교수이다. 그는 동경제국대학 사학과를 졸업하고 1941년 가을에 경성제국대학 사학과의 서양사 강좌 교수로 부임했다. 그는 조의설 선생과 친분을 나누었는데, 해방이 되자 일본으로 돌아가면서 프랑스혁명사 관계 자료를 조 선생에게 맡기었다. 민 선생은 학부에서는 동양사학을 전공했지만, 대학원에서는 조 선생의 조언을 받아들여 서양사학도로서의 첫발을 내디뎠다. "프랑스 문헌을 읽을 줄 아니까 프랑스혁명을 하는 게 어떻겠느냐. 다카하시 교수가 일본으로 돌아가면서 맡겨놓은 프랑스혁명 관련 책이 열댓 권 있는데 자네가 프랑스혁명을 공부하겠다고 하면 줄 테니까 읽어보라." 그 책들은 한국전쟁 이후에 일본으로 되돌아갔고, 다카하시는 르페브르 교수가 있는 프랑스로 유학을 갔다. 그리고 민석홍으로부터 분과학문으로서의 서양사학이 탄생했다.

참으로 한국전쟁기는 민 선생의 학문적 인생에서 전환기였다. 그는 미군의 전사관으로 종사하고 동년배들과 함께 '역사학회'를 조직했으며, 어려운 여건에서도 프랑스혁명 연구에 매진하여 「18세기 프랑스농민의 성

격 : 농민혁명에의 전망」(1953)에 관한 본격적인 논문을 발표하였다. 이 논문으로 그는 학계에 혁명사가로서 입신하였으며, 이후 그는 프랑스혁명과 봉건제 폐지 문제, 혁명의 성격을 둘러싼 논쟁, 로베스피에르의 사상, 민중운동 등 프랑스혁명의 핵심적인 주제만이 아니라 영국혁명과 관련하여 젠트리 논쟁이나 수평파에 관한 논문도 발표하였다. 이는 그의 시야가 프랑스혁명을 뛰어넘어 미국혁명이나 영국혁명을 망라하는 부르주아혁명 일반을 포괄하였음을 말해주며, 근대유럽의 형성에 대한 그의 거시적인 전망을 일깨워준다. 그는 프랑스혁명 200주년을 맞이하여 국내에 프랑스혁명의 해석을 둘러싼 일련의 논쟁을 소개하고 국제학술행사를 주관하는 한편 프랑스정부가 주최한 '세계학술대회'에 초청을 받아 자신의 혁명관을 개진하기도 했다.

선생은 초기에 혁명에 관한 본격적인 연구 말고도 요즈음이라면 '역사사회학'이라고 부를만한 글을 두 편 발표하였다. 하나는 자본주의 정신과 종교의 관계에 대한 이른바 '베버(Max Weber)의 명제'에 관한 것이고, 다른 하나는 봉건제에서 자본주의로의 이행을 둘러싼 논쟁을 소개한 것이다. 이는 '근대성'의 탐구라는 그의 문제의식의 일단이 드러난 것으로서 구미나 일본의 사회과학이나 정치경제학의 성과를 역사학의 입장에서 정리했다는 점에서 당시로서는 선진적이었고 여전히 현재적 의미를 갖고 있다. 이후 자유당 정권 말기부터 1960년대 중반에 미국으로 출국하기까지 그는『사상계』나 기타『신동아』,『정경연구』등의 종합지 기고를 통해 꽤 강력한 현실비판을 행하였고 많은 번역서를 출간하였다. 이 시기에 그가 쓴 15편이 넘는 본격적인 평론이나 10권이 넘는 번역서들은 모두 민주주의에 대한 그의 열망을 반영한 것이라고 할 수 있다. 당시 그는 30대의 약관으로서 자유당이나 군부의 독재를 서양사에 대한 광범위한 지식을 동원하여 맹렬하게 비판했으며 유려한 문체로 말미암아 지식계만이 아니라 청년학도들에게도 상당한 영향력을 미쳤다. 그는 4월 혁명 직후에 모교에 최초의 서양사 전임교수로 부임하여 학계의 중심적인 위치를 차지하였고, 이후 정년퇴임할 때까지 많은 제자를 키워냈다. 이 당시 그의 강의는 체계적이고 명쾌하여 언제나 많은 학생들을 불러 모았으며, 군사독재를 비판했던 '크롬웰(Oliver Cromwell)'에 관한 강연은 문리대 강당 주변에 5백 명이 넘는 청중을 불러 모으기도 했다. 특히 그는 이 시기에 4·19운동을 혁명의 차원으로 끌어올려 '반독재의 민주혁명'이라고 일관되게 주장하여 5·16쿠데타에 대한 비판적 입장을 은연중 드러냈으며, 이로 말미암아 미국행에 지장을 받기도 했다.

민 선생의 번역본 가운데 가장 돋보이는 것이 르페브르의 『프랑스혁명: 1789년』(Quatré-vingt-neuf)이다. 이 책은 당시만이 아니라 이제까지도 프랑스혁명 최고의 권위자인 르페브르 교수가 프랑스혁명 150돌을 맞이하여 1939년에 출간한 것인데, 자그마한 단행본이지만 세계적으로 사학계 최고의 명저로 꼽힌다. 그런데 이 책은 출판되자마자 기구한 운명을 겪었다. 나치가 파리로 진주하면서 책의 대부분을 소각시켜버렸다. 따라서 남은 초판본은 기껏해야 미국과 영국의 대학도서관으로 우편 배송됐던 200부 정도였다. 이것을 미국의 파머(R. R. Palmer) 교수가 1947년에 『프랑스혁명의 도래』(The Coming of the French Revolution)로 영역했고 현재도 미국 대학들에서 교재로 쓰인다. 민 선생이 부산 피난 시절에 입수하여 읽었던 것은 이 영역본이었고, 이를 우리말로 옮겼다. 그러니까 1959년에 나온 첫 번역본은 중역본인 셈이다. 그는 나중에 불어본을 구하여 개정 번역본을 내놓았다. 다카하시 교수나 르페브르 번역본의 예는 우리 서양사학 탄생의 우연적인 계기를 보여주는 동시에 그만큼 민 선생의 성취를 돋보이게 한다.

1965년에 미국에서 1년 반의 연구생활을 마치고 귀국한 이후 몇 년간 선생은 왕성한 연구 활동과 현실참여를 벌였다. 혁명사에 관한 논문을 연이어 발표하면서 역사이론에 관한 글들도 여러 편 쓰고 주요 월간지를 통해 대사회 발언을 계속하였다. 특히 그는 1967년에 「서구의 근대화의 이념과 한국」을 '한국 근대화의 이념과 방향'이라는 제목의 심포지엄에서 발표하였다. 돌이켜 보건대, 이 글은 여러 가지 점에서 그의 삶의 변화를 예고하는 것이었다. 그것은 서양의 근대사회의 성립과정에서 우리 사회 발전의 준거를 얻고자 했다는 점에서 초기 관심사의 연장이면서도 '근대화'를 무엇보다도 '산업화', 심지어는 '공업화'로 파악했다는 점에서 미국 체류의 영향을 보여준다. 아울러 당시는 새로 출범한 박정희 정권이 '조국 근대화'를 국시로 내걸고 있던 터라 '근대화 작업의 일꾼'으로서 '새로운 엘리트층'을 요청하는 대목은 권력에 대한 그의 태도의 변화를 암시한다고 하겠다. 실제로 이후 그는 자의반타의반으로 학교의 주요 보직을 맡아 대학 행정에 깊이 관여하게 되었고, 따라서 아쉽게도 이후 10여 년간 로베스피에르에 관한 박사학위논문을 쓰고 이전의 연구 성과를 모아 『서양 근대사 연구』를 펴낸 것을 제외하곤 이렇다할만한 연구 성과를 내놓지 못했다. 그의 능력이나 보직을 맡기 이전의 정력적인 학문 활동을 놓고 볼 때, 그의 '외도'는 우리 학계로선 참으로 커다란 손실이 아닐 수 없었다.

선생은 일생을 통해 자유주의자의 면모를 유지하였다. 일제의 말기로부터 유신독재로 이어지는 엄혹한 시기에 자유주의를 일관되게 견지할 수 있었다는 것만으로도 그는 높은 평가를 받을 만하다. 물론 그는 온몸으로 반독재 투쟁을 벌이지도 않았고, 권력 앞에서 흔들림을 보이기도 했다. 특히 1970년대에는 보직교수 시절과 유신 시기가 상당 부분 겹치는 가운데 이전과는 달리 권력을 추수하는 모습을 보이기도 했다. 하지만 그는 글이나 강의를 통해 근대화 과정이 '자유와 평등의 변증법'임을 언제나 강조하였고, 그렇게도 험악했던 1980년대 초반에조차 진보적인 견해에 귀를 기울이는 개방성과 유연성을 잃지 않았다. 그가 1980년의 이른바 '서울의 봄'에 보여준 자세와 곧이어 신군부에게 받은 고초도 대학의 자율과 학문의 자유에 대한 그의 신념을 보여주는 것이라고 하겠다.

선생은 오랜 나들이를 마감하고 1980년대 초에 연구실로 복귀했다. 그는 혁명에 관한 연구와 강의를 계속했고 프랑스 사학계의 최근 경향에 주목했다. 이것이 그를 새로운 연구영역으로 이끌지는 못했지만, 그는 인문학 내부에서 일어나고 있던 새로운 변화를 놓치지 않았으며 그의 많은 제자들이 사회사에 입문하는 데는 그의 개방적인 역사관이 한몫을 하였다. 이 시기에 그는 『서양사 개론』을 출간하였다. 사실 그는 젊은 시절부터 여러 교과과정의 '세계사' 서술에 직·간접으로 간여해 왔는데, 이를 집대성한 것이 바로 『서양사 개론』이다. 이것은 초판 당시에는 현대사 부분이 다소간 소략한 문제점이 있기는 했지만 개설서로서 내용의 정확성이나 문체의 유려함, 또는 균형 잡힌 역사관에서 국제적으로도 전혀 손색이 없는 역저이다. 특히 중세에서 근대로의 이행 부분은 여전히 돋보인다. 은퇴한 뒤에 그는 현대사 부분을 많이 보충하였으며, 『서양사 개론』은 지금도 여전히 추천할만한 개론서이다.

돌이켜 보건대, 선생의 학문적 업적은 적어도 양적으로는 많다고 보기는 어렵다. 하지만 이미 1950년대 초에 보여주었던 높은 학문적 수준, 모든 글과 강의에서 보여준 핵심을 찌르는 날카로움과 균형 감각, 유려한 문체, 서양사 전체를 관통하는 해박함은 그에게서 대가의 체취를 느끼게 하기에 족하다. 특히 「18세기 불란서 농민의 성격」과 「프랑스혁명과 봉건

제폐지 문제」는 쓰인 지 반세기가 넘었지만 여전히 학계의 현재적 수준을 유지하고 있는 수작이다. 그는 불모의 한국 서양사 학계를 일거에 전문적인 수준으로 끌어올렸고, 그의 존재는 후학들에게 치열한 문제의식과 한 차원 높은 학문적 엄격성의 새로운 결합을 강제하고 있다.

김원용 _ 예술가적 학자

안휘준 | 서울대학교 명예교수

1. 머리말

1945년 해방 이후 문화재 분야에서 활약한 20세기의 가장 대표적인 학자가 삼불(三佛) 김원용(金元龍, 1922~1993) 박사라는데에 이론을 제기할 전문가는별로 없을 것이다 한국의 고고학, 미술사학, 서지학 분야에서 개척자적인 역할을 하며 탁월하고 혁혁한 업적을 쌓고 수많은 후학들을 길러내 누구보다도 국가에 지대한 기여를 한 인물이기 때문이다. 그는 젊은 시절에 국립박물관의 학예관으로 활약하였고 한때 초대 관장 김재원 박사에 이어 떠밀리듯 제2대 관장직을 1년간만 봉직한다는 조건부로 맡기도 하였으나(1970. 5. 12 발령), 그의 관심은 온통 학문 연구와 교육에 쏠려 있었다. 그가 남들은 선망하는 국립중앙박물관장직을 "지긋지긋해" 하다가 18개월 만에 서둘러 벗어나 후련한 마음으로 서울대학교 교수로 복귀하면서 "대학은 역시 나의 친정"이라고 공언하며 그토록 기뻐했던 사실에서 그가 문화재 행정가보다는 자유로운 학문 연구자와 교육자로서의 활동과 보람을 얼마나 중시했는지를 쉽게 엿볼 수 있다(김원용『삼불암수상록』, 탐구당, 1973, p.336 및 385 참조). 이는 그가 단순히 번거로운 절차와 관료적인 형식을 매우 싫어했다는 점만이 아니라 학문 연구를 학자의 지고의 덕목으로 여기고 있었던 사실을 말해준다. 이에 부합하듯 그는 60권 가까운 저서와 보고서 및 250여 편의 논문을 내는 등 타의 추종을 불허하는 많은 양의 수준 높은 학문적 업적을 세상에 남겼던 것이다.

학문 연구와 교육에 매진하면서 그는 수필문학과 문인화에도 그만의 독특한 족적을 남겼다. 네 권의 수필집과 세권의 개인전 전시도록들은 그 편린을 보여준다. 이처럼 그는 학문과 예술 양 영역에서 독자적 업적을 쌓았던 것이다. 이는 아주 특이한 사례에 속한다고 하겠다. 그의 생애에 대한 회고는 서울대 정년퇴임사에 쓴 「한국 고고학, 미술사학과 함께 -자전적 회고-」, 『三佛 金元龍 교수 정년퇴임 기념논총(고고학편)』(일지사, 1987, pp.16~41)에 비교적 구체적으로 적혀 있어서 크게 참고된다.

김원용 선생의 인품과 학문적 업적에 관해서는 필자도 몇 편의 글을 쓴 바 있고, 다른 많은 분들도 단편적인 글들을 적은 바 있어서(『이층에서 날아온 동전 한 닢』, 예경산업사, 1994 참조) 중복되는 부분들이 없지 않을 것이나 되도록 중요한 것들만 추려서 지면 제약에 맞추어 간략하게 소개하고자 한다. 그의 성품과 인품, 생애들을 포함한 보다 구체적인 내용들은 다음 기회로 미루고자 한다.

2. 김원용 교수의 학문

김원용 선생은 일제시기 말기에 경성제국대학에서 동양사를 전공하고 졸업 후에 외국 유학(미국과 영국)을 통해 고고학과 미술사학을 공부하였다. 뉴욕대학(NYU)에서 「신라토기 연구」로 1959년 2월에 박사학위를 받은 것은 고고학과 미술사학을 겸하여 연구한 국내 학계 최초의 아주 중요한 성과라고 할 수 있다. 한 분야에 치우치지 않고 동양사를 위주로 한 역사학, 고고학, 미술사학, 한때 심혈을 기울였던 서지학 등 여러 분야를 넘나들면서 그는 넓은 학문적 식견과 높은 안목을 갖추게 된 것이 분명하다. 이러한 학문적 배경도 그의 남다른 학자적 열정과 합쳐져 뛰어난 전문가로 자리매김 하는 데 큰 기여를 했을 것으로 믿어진다.

1) 고고학

삼불 김원용 선생이 고고학에 뜻을 둔 것은 경성제국대학에 다니던 학부시절부터였다. "민족적 자각"에 따라 동양사학을 전공하면서 조선총독부 박물관 직원으로 일본의 대표적 고고학자가 된 아리미츠 고이치(有光敎一)의 고고학 개설을 듣기도 하였고 졸업 후에는 한국 민족이나 문화의 기  원을 찾기 위해 "만주의 어느 박물관이나 연구소에 취직하여 만몽(滿蒙) 시베리아 지방의 고대 문화를 연구해보려 했던" 것도 그런 맥락에서 이해가 된다(김원용, 『노학생의 향수』, 열화당, 1978, p.216). 초대 국립박물관장이던 김재원 박사를 찾아가 자청하여 직원이 된(1947. 2) 후 고려시대의 고분 발굴을 계기로 "고고학과 떨어질 수 없는 사랑에 빠지고 말았다"고 자술한 사실도 마찬가지이다. 이렇게 시작된 그의 고고학과의 사랑은 평생동안 이어졌다.

국립박물관의 학예관으로서 열심히 발굴에 참여하고 미국 유학을 다녀오는 등 기초를 다진 그가 고고학자로서 마음껏 더욱 크게 기여를 하게 된 것은 1961년에 공식적으로 설립된 서울대학교 문리과대학 고고인류학과의 교수가 되면서부터라 할 수 있다. 이곳에서 그는 갓 입학한 1회생 10명과 함께 만 39세의 젊은 교수로서 강의와 교육, 연구와 발굴조사, 저술 등을 활발하게 시작하였으며 그의 초인적인 노력과 활동은 1987년 정년 퇴임시까지 줄기차게 이어졌다.

서울대학교에 재직하면서 많은 후진을 양성하는 이외에 수많은 논저와 유적 발굴을 통하여 한국 고고학의 기반을 다졌다. 고고학 분야의 특히 괄목할 저술로는 한국 고고학의 길잡이가 된 『한국고고학 개설』(일지사, 1973)을 낸 일과 1974년부터 정년 1년 전인 1986년까지 매년 거름 없이 『한국고고학연보』를 낸 것을 꼽지 않을 수 없다. 한국 최초의 유일한 고고학 개설서가 나옴으로써 미개척 분야였던 고고학의 횃불과 같은 역할을 하게 되었다. 이 책은 큐슈대학의 니시타니 다다시(西谷 正)교수에 의해 일본어로도 번역 출판되어(『韓國美術史』, 名著出版, 1976) 일본 학계에 널리 소개되었다. "문헌 정리를 통한 한국 고고학의 전반적 이해와 파악"을 위해 시작한 고고학 연보의 발간은 13년간 계속되어 13호까지 이어졌다. 한국 고고학 관계의 각종 신출 업적, 발굴 조사 등 온갖 정보를 수집, 정리한 작업으로 개인이 감당하기에는 너무나 벅찬 일이었다. 그의 정년퇴임 후에는 아무도 그의 뒤를 이어가지 못한 것은 누구도 그의 학문적 역량과 열정을 따를 수 없었기 때문이다. 개설서와 연보의 발간은 가히 그만이 낼 수 있었던 독보적 업적이라 하겠다. 이밖에도 그의 고고학적 논저로 빼놓을 수 없는 것은 퇴직 후에 기왕에 발표하였던 고고학 관계의 논문들을 묶어서 펴낸『한국 고고학 연구』(일지사, 1978)로 방법론과 논리 등 그의 고고학적 관심사와 업적을 일목요연하게 보여주고 있어서 주목을 요한다.

김원용 선생은 발굴 분야에서도 남다른 업적을 남겼다. 수많은 유적들을 발굴하였고 그 결과들을 담아 엄청난 양의 보고서와 논문들을 남겼다. 여기서 그것들을 모두 언급할 처지는 못되므로 한 가지 예만 든다면, 경기도 소사의 문선명 신앙촌에 생긴 쓰레기 더미를 발굴 조사하고 내린 결론을 꼽을 수 있다. 그 조사를 통하여 확인된 사실은 20세기의 물질문명의 이해에는 쓰레기 더미가 매우 유익하나 막상 그 신앙촌과 관련하여 가장 중요한 신앙, 즉 정신세계는 전혀 밝혀주지 못한다는 점이었다. 이 신앙촌 발굴과 그 성과에 대한 결론은 고고학 연구에 시사하는 바가 많아서 서양의 고고학계에도 널리 소개되어 폭넓게 참고되고 있다. 김원용 선생이 이룬 독특한 대표적 업적의 하나라 할 만하다.

이처럼 남달리 독특한 김원용 선생은 고고학에 대한 오랜 동안의 깊은 애정, 현대적 방법론의 터득과 활용, 남다른 착상, 부단한 노력 등을 고루 갖추고 구사하여 고고학 연구에 매진함으로써 한국 고고학의 토대를 굳건히 한 개조가 되었다고 하겠다.

2) 미술사학

김원용 선생은 뛰어난 고고학자로서만이 아니라 미술사가로서도 다대한 업적을 쌓으며 한국미술사학의 발전에 기초를 다졌다. 고구려 고분벽화로부터 조선왕조시대의 화원제도에 이르기까지 한국미술사 전반에 걸쳐 중요한 논저들을 남겼다(안휘준, 「김재원 박사와 김원용 교수의 미술사연구」, 『한국미술사연구』, 사회평론, 2012, pp.726~737 참조). 그는 고고학자이면서도 미술사학의 현대적 방법론에도 정통하여 한국미술사 연구에 남다른 기여를 하였다. 넓은 식견과 높은 안목을 겸비하였으므로 미술작품사료의 선정과 활용에 유달리 훌륭한 업적을 남기게 되었다.

그가 남긴 미술사 관계의 저술로 대표적인 것은 ①『한국미술사』(법문사, 1968), ②『한국 미의 탐구』(열화당, 1978), ③『한국 고미술의 이해』(서울대학교출판부, 1980), ④『한국 미술사 연구』(일지사, 1987) 등을 꼽을 수 있다. ①은 안휘준이 공저자로 참여하면서『신판 한국미술사』(서울대학교출판부, 1993),『한국 미술의 역사』(시공사, 2003)로 계속 수정보완되면서 대표적인 종합적 개설서로 확고한 위치를 점하고 있다. 이로써 그는 한국의 고고학과 미술사 양쪽 분야에서 개설서를 남긴 유일한 학자가 되었다. ②는 김원용 선생이 한국미술에 관하여 신문과 잡지에 썼던 학술적 단문들을 모은 것으로 그의 한국의 미술과 미에 대한 사상과 견해를 이해하는 데 크게 참고가 된다. ③은 한국미술에 관하여 쉽게 풀어 쓴 대중적 성격의 교양학술서로서 서울대를 비롯한 각 대학의 학생들 교육용으로 널리 읽히고 있으며, ④는 논문 모음으로서 전공자들에게 많은 참고가 된다. 이처럼 김원용 선생은 고고학 분야 못지않게 미술사 분야에서도 개척자적인 기여를 하였다. "고고미술사학자"라는 호칭은 김원용 선생에게 가장 잘 맞고 어울린다고 하겠다. 타 분야들과 담을 쌓고 좁은 자신의 분야에만 매몰되어 시야가 협소한 인문학도들에게 크게 참고될만한 대표적인 모범적 학자라 하겠다. 이밖에 일본어와 영어 등 서양 언어로 출판된 저서들은 우리 문화의 소개에 크게 기여하고 있다.

김원용 서생은 저술 이외에도 서울대학교 인문대학의 고고학과를 '고고미술사학과'로 개편함으로써 미술사학이 서울대는 물론 일부 타 대학들에서도 자리를 잡도록 하는 데 획기적인 기여를 하였다. 그런 식견 넓은 뛰어난 학자가 아니었으면 미개척 분야로서의 미술사학은 대학에 뿌리를 내리기가 더욱 어려웠을 것이다. 김원용 선생은 미술사 분야의 개척자이자 은인이 아닐 수 없다.

3) 서지학

김원용 선생은 청년시절부터 문학서적들을 탐독하면서 책에 각별한 관심을 가지고 고서와 총판본, 서명본 등 희서(稀書)들을 수집하면서 점차 서지학에 전문적 식견을 갖추게 되었다. 1954년 피난지인 부산에서 국립박물관 총서 1권으로 출판된 『한국 고활자개요(古活字槪要)』는 그러한 노력의 결실이라 할 수 있다. 이밖에도 주자(鑄字)와 인쇄에 대한 약간의 논문들을 1950년대 말에 발표하였으나 1961년 이후에는 이 분야에 관한 업적은 더 이상 내지 못하였다. 아마도 고고학과 미술사학 분야들로부터 밀려드는 학문적 수요 때문에 서지학, 인쇄, 주자에 관한 글쓰기를 포기할 수밖에 없었던 것으로 판단된다. 김원용 교수는 이밖에도 국사와 동양사 등 역사학과 인류학 및 민속학 등에도 폭넓은 관심을 기울였다. 실로 시야가 넓었던 학자였다고 하겠다.

3. 김원용 교수의 예술

김원용 교수는 고고학, 미술사학, 서지학, 역사학, 인류학 등 여러 분야의 학문에 관심을 가지고 엄청난 양의 업적을 내면서도 짬짬이 수필문학과 문인화 분야에서 남다른 족적을 남겼다. 그는 이성이 중시되는 학문분야와 감성이 큰 몫을 차지하는 예술의 세계를 넘나들었던 지극히 드문

101

예의 인물이었다.

1) 수필문학

김원용 선생은 많은 수필을 썼고, 이것들은『삼불암수상록(三佛庵隨想錄)』(탐구당, 1973),『노학생(老學生)의 향수(鄕愁)』(열화당, 1978),『하루하루와의 만남』(문음사, 1985) 등 3권의 수필집으로 묶였다. 이 수필등 중에서 일부 정수를 뽑아서 그의 사후에 묶은 제4의 수필집이『나의 인생, 나의 학문』(학고재, 1996)이다. 그는 1960년부터 수필을 쓰기 시작하여 평생 펜을 놓지 않았는데 수많은 독자들의 호응을 얻었다. 20세기 대표적 시인의 한 사람이었던 경희대학교 조병화 교수가 자신의 국문과 강의에서 교재로 쓰기도 하였다.

김원용 선생의 수필은 일반 독자들이 인생을 살아가면서 공감하고 참고할만한 내용들로 가득 차 있는데, 필자의 졸견으로는 ① 알몸을 숨김없이 드러내는 듯한 솔직함과 소탈함, ② 예리한 통찰력과 날카로운 분석 및 비판정신, ③ 넘치는 유머감각과 해학성, ④ 촌철살인적이고 극적인 비유, ⑤ 간결하고 명료한 문장 등이 두드러진 특징이라고 여겨진다. 이 수필들에는 김원용 선생의 남다른 인생체험, 독특한 사고와 인생관, 넓은 식견과 높은 안목이 배어 있어서 읽는 재미와 함께 공감하며 배우는 기쁨을 독자들이 누리게 한다. 그의 수필들은 단순한 문학작품이 아니고 당신의 고고학, 미술사학, 문화재, 박물관, 학계와 학회, 논문은 물론 그의 성격, 인간관계, 생애 등을 이해하는 데에도 많은 참고가 된다. 자신의 수필들에 대하여 김원용 선생 자신은 "조그만 자서전 같은 느낌"이 들고 "시대성을 지니게" 되어 세상을 내다본 일종의 "관견록(管見錄)"이라는 생각이 든다고『삼불암수상록』서문에서 1973년에 적은 바 있다. 청년시절 신문의

신춘문예에 공모하기 위해 단편소설을 쓴 바도 있는 등 그의 문학에 대한 지대한 관심이 수필문학으로 표출되고 결실을 맺게 되었던 것으로 이해된다. 어쨌든 그의 독보적인 수필문학은 생전에 폭발적인 인기를 끌었다. 이 때문에 개척자적 고고미술사학자인 그가 끊임없는 원고 청탁에 더욱 시간에 쫓기고 많은 고생을 하게 되었다.

2) 문인화

수필문학 못지않게 김원용 선생의 기질과 소질, 예술가적인 멋과 재능, 재치와 해학을 잘 드러낸 것은 또 다른 예술로서의 그림이었다. 그는 짬이 날 때나 취흥이 들 때 그림을 그렸는데 정통으로 화법 훈련을 받은 것은 아니어서 아마추어적인 경향이 강하였다. 여기적(餘技的)인 성향이 짙고 수필문학과 비슷한 측면이 분명하여 "문인화(文人畵)"로 불리기에 족하다. 그의 그림들은 ① 속기(俗氣) 없는 화격, ② 솔직한 해학미, ③ 간결하고 요체를 득한 묘사력, ④ 시서화가 어우러진 표현 등이 동시대 다른 프로 화가들의 작품들과 차이를 드러내는 특징들이라 할 수 있다.

김원용 선생은 인물화, 산수인물화, 산수화[실경산수화와 사의(寫意)산수화] 동물화와 화조화, 송(松), 죽(竹), 난(蘭), 꽃그림 등 다양한 주제의 그림들을 그렸으나 이상하게도 4군자의 하나인 매화의 그림은 눈에 띄지 않는다. 그 이유가 무엇인지 생전에 여쭈어보지 못한 것이 아쉽게 느껴진다.

그의 작품들은 세 차례의 전시를 통해 세상에 널리 알려져 세인의 사랑을 받게 되었다. 회갑 때인 1982년의 10월 20일부터 26일까지 동산방 화랑에서 처음 열렸던 「三佛 金元龍 文人畵展」, 그보다 9년 후에 열렸던 『三佛文人畵展』(조선일보미술관, 1991. 3. 9~3. 19), 그의 사후 10주기 유작전으로 개최되었던 「三佛 金元龍 文人畵」(가나아트센터, 2003. 10. 25~11. 16) 전시가 그것들이다. 마지막 유작전은 제일 종합적인 전시여서 본격적인 종합적 논고도 곁들여졌다(안휘준, 「삼불 김원용 박사의 문인화」, 위의 가나아트센터 도록, pp.8~23 참조).

4. 맺음말

지금까지 삼불 김원용 선생의 학문과 예술을 주마간산식으로 대충대충 급히 살펴보았다. 변죽만 울린 것 같아서 아쉬움이 크다. 언젠가 계기가 되면 역사적 인물로서의 그의 성품, 인품, 생애를 짚어 보고 학문과 예술의 세계도 좀더 깊이 있게 살펴볼 수 있으면 좋겠다. 우선은 앞에 언급한 사례들과 내용만으로도 그가 고고학자, 미술사학자, 서지학자로서 폭넓은 식견과 높은 안목을 가지고 우리나라 문화재 관계 학문의 기초를 튼튼히 다진 선각자이자 개척자였음을 확인할 수 있으리라 사료된다. 또한 한 전공분야에만 매몰된 통상적인 인문학자들과 달리 수필문학과 문인화 분야에서도 독특한 경지를 일군 '학자적 예술가', '예술가적 학자'였음도 확인

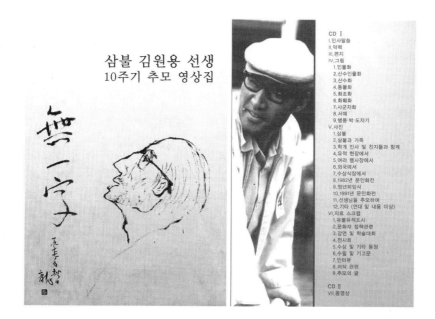

된다. 인간의 '미적 창의성'과 '감성'을 적나라하게 살려냈다는 점에서 그의 예술은 학문 못지 않게 너무도 중요하다고 하겠다. 그는 범인들이 흉내내기 어려운 재주와 지적 능력을 겸비하고 그것들을 부단한 노력을 통해 갈고 닦아 세상에 내어놓음으로써 독보적인 행적을 남기고 남다른 크나큰 업적을 쌓았다. 치열하고 성실했던 그의 삶과 태산 같은 업적 앞에 제자된 몸으로 충심으로 경의를 표한다.

김원용_예술가적 한자

박종홍 _ 유가적 인품의 철학자

소광희 | 서울대학교 명예교수

1.

열암 박종홍(1903~1976)은 18세에 평양고등보통학교(4년제)를 졸업하고, 이어서 그 학교에 설치되어 있는 사범과에서 1년을 수학하고, 1종 보통학교 훈도 자격을 획득한 뒤 곧바로 전라도 보성(寶城)의 보성보통학교 훈도로 발령받아 내려갔다. 19세 때의 일이다. 보통학교에 입학하기 전에는 서당에서 한학을 익혔다고 하는데 거기에서 그는 『사략(史略)』·『통감(通鑑)』까지 읽었다고 한다.

나에게 들려준 이야기로는 1920년대 초 보성에는 아직도 조혼과 만학의 경향이 남아 있어서 한학을 많이 익힌 동갑내기 비슷한 학생들이 상투를 튼채 학교에 들어와서는 한시(漢詩) 시합을 하자고 덤비는 바람에 애를 먹었다고 한다. 1년 뒤 그는 대구의 수창보통학교로 자리를 옮겼다. 그때부터 시작되는 8~9년간의 대구 생활이 열암의 생애에 결정적으로 중요하다.

그는 4년(1922~1926) 동안 거기서 훈 도생활을 하였다. 첫해 여름방학에는 경 주 석굴암의 불상을 연구하였는데, 이것 을 기연으로 『개벽(開闢)』이라는 월간잡 지에 '조선미술의 사적 고찰(1)'을 1년 동안 연재하였다(1922. 5~1923. 5). 그 문 장은 최남선의 독립선언서투이고 내용 은 일반 국사책에 나올만한 수준이지만 내가 여기서 주목하는 것은 그의 용기 이다. 당시 지식층이 얇았다고는 하지만 20세의 보통학교 교유로서 중앙의 월간 지에 연재할만큼 용기를 가졌다는 것은 요즘 청년으로서는 상상하기 쉽지 않다.

1925년에는 일본 문부성에서 시행하는 중등교원자격 시험(교육과)에 합 격, 중등교사가 되는 자격을 획득해서 1926년 대구 공립고등보통학교(대 구고보)의 교유로 발령받아 조선어와 한문을 가르쳤다. 그때는 아직 조선 어 말살정책을 시행하기 전이라 그는 교실에서 향가, 용비어천가, 『삼국 사기』, 『삼국유사』, 『동국사략(東國史略)』 등을 가르쳤다고 한다. 1928년에 는 '이퇴계의 교육사상'을 『경북의 교육』에 발표하였다.

1929년에는 전문학교 입학자격 검정시험에 합격하여 경성제국대학 법 문학부 철학과의 선과생으로 입학했다. 선과생이란 예과과정을 거치지 않은 입학생을 가리키는데 이는 뒤에 대학에서 부과하는 시험에 합격하 면 본과생으로 졸업할 수 있었다. 중등학교 교유는 대학을 나오고 운이 좋아야 얻어걸리는 직장인데 그의 학구열은 그것을 내팽개치고 서울로 올라와서 대학생이 된 것이다. 그의 이런 노력과 향학열이 평양의 동학이나 후배들에게 큰 자극이자 격려가 되었음은 여러 회상 속에서 발견된다 (『스승의 길』에 실린 이재훈, 홍종인, 김영훈의 회고 참조).

그는 거의 서른살에 대학을 졸업하는 만학이었다. 일본에서 공부한 동년배가 귀국해서 전문학교에서 가르칠 때 그는 사각모를 쓰고 대학에 다녔다. 그러나 그는 쉬지 않고 노력한 덕에 그 늦은 세월을 뛰어넘을 수 있었다.

8~9년 동안 대구 시절의 연구는 주로 유교중심의 한학에 바탕을 둔 것으로서 교육학 방면이었으나, 철학과에 들어온 뒤로는 그는 서양철학, 특히 독일 관념론 연구에 골몰하였다. 그는 더 넓은 세상을 향해 치달은 것이다. 1933년 졸업과 동시에 대학원에 진학하였는데 이때 철학인들끼리 모여 '철학연구회'를 만들고 잡지도 간행했다. 그는 「철학하는 것의 출발점에 관한 한 의문」이라는 글 한 편을 발표하였다. 거기에서 그는 철학의 출발점은 현실이라야 한다고 주장하였다. 사유의 초창기부터 그의 사유 속에는 현실문제가 자리잡은 것이다.

1932년에는 장숙진 여사와 결혼하여 이후 슬하에 5남 2녀를 두는 다복한 결혼생활을 영위하였다. 1935년부터 이화여자전문학교 강사로 출강하다가 1935년에 전임교수로 발령받았다. 이화여전 교수 시절에는 문과과장으로 보임되기도 하였다. 그의 강의와 지도는 많은 학생들로부터 존경받는 것이 되었다(『스승의 길』에 실린 김옥길, 정충량, 이봉순, 김순애, 이남덕, 배만실의 회고록 참조).

1935년에는 특히 일본의 암파(岩波)서점에서 발간하는 유력한 학술지 『이상』에 '하이데거에 있어서의 지평의 문제'를 일문으로 발표하였다. 해방 직전에는 이원구의 『심성록』, 이퇴계의 『경서석의』, 이덕홍의 『주역질의』, 이교의 『복성서』, 정이천의 『안자소호하학론』, 정혜화상의 『절요사기화족』 등을 붓과 만년필로 필사하였다. 해방을 전후한 시기부터 그는 신문과 잡지에 많은 논문과 수상을 발표하였다.

해방과 더불어 그는 경성대학 철학과 교수로 취임하고, 정부가 수립된 뒤에는 서울대학교 문리과대학 철학과 교수가 되었다. 그로부터 1968년 정년때까지 33년 동안 그는 문리과대학 교수와 대학원장으로서 대학을 떠나지 않고 오직 학문 연구에만 정진하였다. 1953년 수복 후 1954년에는 학술원 일반회원과 한국철학회 회장을 역임하였고, 1955년에는 미네소타 프로젝트에 따라 1년간 미네소타 대학에서 연구하고는 귀국 길에 유럽 철학계를 둘러보았다. 그는 그 기회에 많은 세계적 지성을 방문하여 대담하였으며 그것을 발표하곤 하였다. 정년을 앞두고 그는 국민교육헌장을 초안하는 데 중심적 역할을 하였으며, 도산서원 원장으로 추대되기도 하였다(1969). 정년 후에는 잠시 성균관대학의 유학대학장과 대학원장, 한양대학의 문과대학장을 역임하다가 1970년 박정희정권의 대통령 교육문화 담당 특보로 영입되어 약 5년간 전국의 각급 학교를 방문해서 국민교육 훈장의 이행을 독려하였다. 1971년 다산학회 회장 추대, 1975년 발병으로 이 직을 면제받고 치료하다가 다음 해(1976) 3월에 서거하였는데, 향년 73세였다.

2.

그는 많은 저술을 남겼다. 맨처음에 쓴 것은 『일반논리학』(1948)이다. 이 책은 당시 고등학교와 대학 1년생의 교재로 널리 읽혔다. 지금은 고등학교 수학에서 이미 기호논리학을 가르치고 있지만 그때는 그것만으로도 충분히 교과서 구실을 할 수 있었다. 대학의 한 학기 교재로는 좀 부족했으나 그 뒤 여러 번 증보하였다. 그 다음에 나온 책이 부산 피난시절의 『인식논리학』과 『철학개론 강의』(1953)이다. 전자는 당시의 지적 수준으로

는 매우 학술적인 것이었고, 후자는 대학강의안을 출판한 것인데 뒤에 『철학개설』로 증보개정(1961)되었다. 이 증보개정판에는 우리나라의 선철들이 소개되어 있다. 이것은 한국적 사유를 처음으로 교과서에 반영한 것인데, 뒤에 한국사상 또는 한국철학이라는 개념이 잉태되는 기초를 만들 수 있었다.

거기에 이어 이미 신문과 잡지에 발표한 글들을 모아 『지성의 방향』(1956), 『철학적 모색』(1959), 『새날의 지성』(1961), 『현실과 구상』(1963), 『지성과 모색』(1967)이라는 제호의 단행본으로 발표하였다. 수준 높은 학술적 논문을 모아서는 『한국의 사상적 방향』(1968), 『한국사상사(불교편)』, 『자각과 의욕』(1972), 『한국적 가치관』(1975)을 간행하였다. 1960년에는 '부정(否定)에 관한 연구'로 서울대학교 대학원에서 철학박사 학위를 취득했다.

열암의 학문적 지향은 어디인가? 그는 『일반논리학』과 『인식논리학』을 저술하고는 이어서 논리학 체계를 구상하게 되었다. 그것은 위의 두 저술에 이어 『변증법 논리』, 『역(易)의 논리』, 『창조의 논리』를 저술함으로써 완성하겠다는 것이었다. 그러나 『변증법 논리』만을 유고(1977)로 발표하였을뿐 나머지는 손을 대지 못하고 말았다. 그런 논리학 체계가 학문적으로 가능한지 여부는 별도로 치더라도 그 구상이 중단되었다는 것은 비단 열암 개인뿐 아니라 한국철학계의 큰 손실이 아닐 수 없다. 어쨌든 그것이 완성되었어야 철학적으로 그 의의를 검토받을 수 있었기 때문이다.

경성제국대학은 일본 동경제국대학의 식민지 분교였기 때문에 교수들은 전원 동경제대 출신이고 따라서 학풍도 거의 그것을 답습했다. 다른 점이 있었다면 특히 사학과에서 우리의 역사를 형편없이 폄하하는 소위 식민지사관을 악랄하게 주장하는 것이었다.

철학과에서는 동경제대의 커리큘럼을 그대로 옮겨와서 독일철학 일변도로 가르쳤다. 그 시대의 일반적 경향에 따라 처음에는 신칸트학파의 영향 아래 주로 칸트와 헤겔 등 독일 관념론이 교수되었으나 이어서 후설의 의식현상학이 도입되고 거기서 혜성처럼 등장한 하이데거가 연구되었다. 이것이 1920년대 후반부터 1930년대 중반까지의 일반적 흐름이었다. 1930년대 후반부터는 전쟁준비로 광분하거나 또는 반전운동에 휩쓸려서 철학 연구에 몰두할 겨를도 없었을 것이다.

해방 직후 우리나라 철학 연구 제1세대가 대학교수로서 철학 강의를 해야할 처지가 되었을 때 그들이 가르친 것은 다름 아닌 칸트, 헤겔, 후설, 하이데거가 주이고 거기에 곁들여서 니체 정도가 언급되었다. 철학사를 가르쳐야 했기 때문에 플라톤, 아리스토텔레스, 데카르트, 스피노자, 로크 등이 언급되지 않을 수 없었을 것이다.

그러다가 6·25전란을 당하여 삶이 극한상태에 빠지자 실존주의 사상이 물밀듯이 들어와서 1950년대를 풍미하였다. 지성계에서는 사르트르, 까뮈 등이 폭발적으로 읽혔다. 1960년대에 접어들면서는 우리 것에 대한 자각이 꿈틀거리기 시작했다. 열암의 한학과 이퇴계, 이율곡, 최한기 등을 중심으로 한 유교 연구(주로 성리학)가 서서히 빛을 발하기 시작한 것이다. 그의 강의도 1950년대 후반부터는 한국사상의 방향으로 움직여 갔다. 논문도 주로 한국사상에 관한 것이 주류를 이루었다. 위에서 언급한 『한국의 사상적 방향』(1968), 『한국사상사(불교편)』, 『자각과 의욕』(1972), 『한국적 가치관』, 미처 간행하지 못한 『한국사상사논고(유학편)』 등이 이를 증명한다.

이렇게 정리하고 보면 그의 저술은 첫째 논리학 계통과 철학개설류, 둘째 『지성의 방향』, 『철학적 모색』, 『새날의 지성』, 『현실과 구상』, 『지성과 모색』 등 계몽적인 구상과 모색, 그리고 셋째 한국사상 연구이다. 구상과 모색은 마지막 단계인 한국사상 연구로 향하는 길 위에서의 모색이고 구상이다. 이것으로 보면 그의 사상적 고민의 축은 한국사상에 가서 멎는다.

열암은 유가적 인품과 교양을 갖춘 철학자였다. 나는 그분을 4~5년 동안 모셔 봤지만 한번도 화 내는 모습을 본 일이 없다. 그는 온화하고 자상한 어버이 같은 분이었다. 누구에게나 늘 친절하고 자상하였다. 남을 험담하지 않음은 말할 것도 없고, 불필요한 객담이나 농담 따위는 아예 입에 올리지 않는 근엄한 군자요 인격자였다. 강의실에서 그는 명강의로 유명하였다. 발의(發疑)로 시작해서 결론에 이르는 논의과정이 분명하여 조금도 의심스런 데가 없었다. 글씨는 명필이어서 분필로 쓰는 판서도 아름다웠다. 저 앞에서 말한 붓과 만년필의 필사본은 뒷날 영인하여 많은 사람들이 나눠가졌는데 그 내용보다도 글씨가 아름답고 힘차서 여간 탐나지 않았다. 1950년대 졸업생들은 열암 선생을 모시고 결혼식 올리는 것을 큰 영광과 보람으로 여길 정도로 제자들의 존경을 한 몸에 안았다.

그는 천성적으로 애국자이었다. 박정희정권의 교육문화 특보로 근무할 때 한국의 지성계는 그것을 심히 못마땅하게 생각하였다. 한국의 대표적 지성이 독재정권을 비호하고 있다는 것이었다. 그러나 내가 보기로는 그는 참으로 유학적 애국자였고, 그래서 흔들림 없이 자기의 외로운 길을 거침없이 걸어갔던 것이다.

그는 뛰어난 교육자이었다. 초·중등교와 대학에서 교육을 실천했으며,

처음에 쓴 논문도 교육이고 교유로
서 지망한 교과목도 교육이었다. 생
의 마지막 단계에서 관여한 것도
국민교육헌장이고 마지막으로 국
가에 봉사한 것도 교육문화 특보였
으며, 5년간 각급 학교에 가서 강연
한 것도 교육헌장이었다. 유가적 인
격과 한국사상 연구 그리고 교육의
실천과 애국정신, 나는 열암의 일생
을 이렇게 특징짓는다.

열암이 그린 도산서당

3.

이제 제자들이 그 분을 위해 무엇을 어떻게 했는가를 적어야 할 것 같
다. 그것으로 그의 학문과 인격 및 후인들에게 준 그의 감화가 짐작될 것
이기 때문이다. 1963년 열암의 회갑을 앞두고 제자들은 마치 계돈 모으
듯이 모금하여 회갑기념논문집을 준비하였다. 논문도 모았는데 이것을
모두 열암에게 주어서 손수 골라서 게재하도록 했다. 그것이 당시 유일
한 제자들만의 회갑기념논총이었다. 그런데 논문집을 발간하고 보니 약
간의 돈이 남았다. 이것을 가지고 그때 정체상태에 있던 한국철학회의 회
지 『철학』을 대신하는 젊은이들 중심의 학회를 구성하기로 하고, 앞의 기
념논총에 싣지 못한 논문들을 거기에 발표하기로 하였다. 학회 명칭을 무
엇으로 할 것이냐 하는 문제로 약간의 잡음이 생겼다. 일부에서는 열암을
기리기 위해 모은 돈이고 그것을 밑천으로 만드는 학회이니 '열암철학회'
로 하자고 하는가 하면, 열암의 동료교수 몇 분은 졸업생을 열암이 독차

지하는 것을 못마땅하게 여겨 이를 극력 반대하곤 하였다. 결국 고유명사를 정하지 못한 채 회지를 발간하지 않을 수 없어 그냥 '철학연구회'로 하고 만 것이다. 이것이 오늘날까지 전해지는 고유명사 없는 '철학연구회'라는 학회명의 유래이다. 나는 그때 그 회지『철학연구』제1호의 편집자였다.

열암이 세상을 떠난 직후 1976년에는 제자들 중심으로 '열암선생유고간행위원회'가 결성되었다. 다음 해(1977)에는『변증법적 논리』가 유고로 간행되었다. 같은 해『한국사상논고 유학편』과『스승의 길』이라는 회상록 모음이 간행되었다.『스승의 길』은 두 번 발간되었다. 첫 번째는 1977년에, 두 번째는 20년 후에 재간되었는데 후자에는 전자에 미처 수록하지 못하고 빠졌던 글들, 즉 여기에 수록하기로 청탁받아 쓰지 않고 이미 다른 곳에 발표한 회상록들을 마저 모아서 수록한 것이다. 대우재단에서는 이 책을 구입해서 그 해 서울교육대학 졸업생들에게 기증하곤 하였다. 여기에는 동료교수와 평양고보 동창들, 대구 교유 시절과 경성제대 시절의 제자 후배들, 이화여자전문학교 교수 시절의 제자들, 서울대학교 문리과대학 철학과 교수 시절의 제자들, 대학원장 시절에 인연맺은 사람들, 옆에서 지켜본 사람들, 언론사 등이 모두 참여하였다. 필자는 모두 82명이었다. 그 모든 글은 열암의 인품을 찬양하고 그로부터 받은 교훈과 격려를 회상하고 기록한 것들이었다.

열암은 3월 17일에 작고하였는데 작고한 다음 해부터 졸업생들이 모여 3월 둘째 토요일에 산소 참배를 시작했다. 이 행사는 약 30여 년 계속되었다. 그러나 그 졸업생들도 세상을 떠나는 데다 사모님마저 작고하신 2007년을 마지막으로 나는 참배를 중단하기로 하고, 그 대신 모여서 열암을 기념할만한 이야기를 하기로 하였다. 그 첫 번째 행사로 나는 '한국철학 제1세대의 철학연구'를 발표하였다(2008). 거기에 이어 제2차로 1950년대의 학풍을 발표하기로 했다.

1978년에는 열암기념사업회가 발족되었다. 1980년에는 『박종홍전집』 전7권이 형설출판사에서 발간되었다. 그러나 여기에는 오자와 오식이 너무 많은 데다가 많은 글이 수록되지 못해 언젠가는 다시 간행해야겠다는 필요성이 제기되었다. 1998년에 대우재단의 지원을 받아 나는 『박종홍전집』 전7권을 재간하였다. 10년간의 교열과 새로 발견된 원고를 모두 수록해서 이번에는 완전한 것으로 만들어 묘소에 가서 고유제를 지냈다.

　　2003년에는 열암 탄생 1백주년을 맞아 세 사람에게 열암철학을 발표하게 하고 이것을 열암을 기리는 회지 『현실과 창조』 제3권에 수록하였다. 이것 역시 묘소에 가서 헌증하였다. 이 일들이 사모님 생전에 한 일이라 보람 있었다.

　　열암기념사업회에서는 해마다 훌륭한 업적을 낸 저자를 발굴하여 시상하기 시작했다. 이 상은 상당한 권위를 가지고 있었다. 지금까지 30회 가까이 지속되고 있다. 상금은 처음에는 3백만원이었으나 곧 5백만으로 증액했다. 그러나 금리가 떨어져 한정된 기금이 줄어들고 물가는 올라서 5백만원의 시상도 해마다 하기가 버거워 몇해 전부터는 시상을 격년으로 하고 있다. 나는 열암기념사업회 회장을 11년간 역임하다가 2008년에 그 책을 벗었다. 이것으로 나는 생전의 열암선생으로부터 받은 은혜의 만분의 일에 보답한 것으로 자위하고 있다.

신사훈 _ 서울대 종교학의 초석

최종고 | 서울대학교 명예교수

1. 머리말

이 글을 쓰면서 먼저 밝힐 것은 필자가 종교학자가 아니라는 것과 그럼에도 불구하고 부득이 써야 할 사정이 있다는 사실이다. 1960년대 후반 필자는 법대를 다니면서도 문리대의 명강들을 도강하는 취미를 즐겼다. 그때 종교학과의 유명한 신사훈 교수의 강의를 들었고, 심지어 허락을 얻어 대학원 강의에도 청강하였다. 그때 지금은 원로학자가 되신 장국원, 오강남, 금장태 등의 대학원생들이 열심히 공부하는 모습도 보았다. 이 글을 반세기가 지나 당시를 회상하면서 쓰니 필자로서도 감개무량한 바 있다.

그렇지만 이 글은 어디까지나 서울대학교의 각 학문 분야의 개척자를 소개하고 후학들을 위하여 기록화하는 데에 뜻이 있으므로 필자의 주관적인 논평을 삼가고 객관적인 자료로만 적고 한두 가지 추억을 붙이려 한다.

2. 생애

철로(鐵爐) 신사훈(申四勳)은 1911년 6월 17일 전북 고창군 고창읍 읍내리 449번지에서 출생하였다.[*]

평산신씨 신송환과 박성녀의 5남3녀 중 4남이었다. 증조부는 한국 판소리의 완성자인 신재효 선생이었고, 그의 생가에는 현재 신재효기념관이 들어서 있다.

1919년에 초등학교에 입학하여 5년간 수학하고 1925년에 고창고보에 입학하였다. 그때부터 교회에 다니기 시작하였고 1년간 교회에 다니면서 '사무엘'이란 별명을 얻었다. 1931년에 일본 동경의 아오야마(靑山)학원에 입학하였고, 동경 조선 YMCA 종교부장을 지내면서 희랍어 등을 열심히 공부하였다. 1937년 3월에 졸업하고 12월에 미국 드류신학교에 입학하였다. 학부를 마치고 1940년 9월부터 1942년까지 박사과정을 밟아 그해 5월 28일 철학박사 학위를 받았다. 박사논문은 「사도바울과 구속론(St. Paul and the Atonement)」이었다.

이어서 프린스턴대학과 뉴욕대학에서 연구하면서 재미 한국기독학생회 총무를 역임하였다. 1946년 10월에 귀국하여 이듬해 3월까지 감리교 신학대학 학장의 직책을 맡았다. 1947년 4월에 서울대학교 문리과대학 종교학과 교수로 취임하였다. 그때부터 1976년 8월 31일 정년퇴임할 때

---

[*] 이하 생애는 『철로 신사훈 박사 기념논총집』(성산출판사, 2002), 9~28쪽에 실린 「철로 신사훈교수 연보 및 저서」에 기초하였음.

哲學博士 **申 四 勳** 教授

저서에 실린 사진과 각국어로 된 친필 사인

까지 30년간 교수생활을 하였다.

  그의 강의는 영어와 독어는 물론 희랍어, 라틴어, 히브리어까지 풍부
하게 어학실력을 갖추어야 한다고 강조하였다. 종교학과생은 서울대에
서 가장 어학실력이 좋다고 소문이 났다. 그의 제자 중 20여 명이 외국에
서 박사학위를 받았다. 학문적으로는 감리교 소속이기 때문에 상당히 개
신교적 분위기가 강했다. 서울대 학생교회 목사직을 맡았고, 새싹교회라
는 교회를 담임하기도 하였다. 이것이 종교학의 관점에서는 편파적이라
는 비판도 받았지만, 학문적으로 철저한 만큼 철저한 신앙관을 가졌던 것
이다. 종교학자 장병길 교수의 취임 이후 마찰이 있기도 하였다.

1958년 8월 27~29일에는 동경에서 열린 제9회 국제종교사학회에 참석하였고, 일본의 종교학자 나카무라 하지메(中村 元) 교수와 논쟁을 벌이기도 하였다.[*]

신사훈 교수는 서울대 기독학생회의 지도교수로서 학생들에게 신생활운동을 강조하였다. 그들은 1959년에 커피밀수의 거액을 발표하였고, 중앙청 앞에서 양담배를 불사르기도 하였다. 1961년 5·16군사혁명이 일어났을 때는 인간개조와 사회개혁을 평행적으로 추진해야 한다는 이중개혁을 주장하였다.

1963년 6월에는 『조선일보』에 실린 함석헌 씨의 글을 반박하기도 하였다. 국무총리 김종필 씨가 모 국회의원을 통해 재건본부장을 맡아달라고 제의하였으나 거절하였다. 『대학신문』에 네 번에 걸쳐 공산주의 비판을 기고하였다. 1976년 8월 31일에는 국민훈장을 수여받았다.

1968년 9월 크리스챤 아카데미에서 강원용 원장이 통일교 교주 문선명을 초청하여 감신대 홍현설 학장이 통일교 원리에 일리가 있다고 했다. 그해 10월 30일과 11월 1일 밤 서울대 강당에서 기독학생회 주최의 강연회에서 신사훈은 통일교를 비판했다. 11월 1일 밤 한 통일교도(61세)가 신교수에게 오물을 뿌렸다. 학생들이 발길로 그 사람을 차려는 것을 신 교수는 말리고 강연을 계속하였다. 이후에도 신 교수는 통일교 비판에 주력하였다. 그의 비판문은 영어로 번역되기도 하였다. 1978년에는 단행본으로 『통일교의 정체와 그 대책』을 발간하였다. 이듬해 1월 15일 통일교는 신 교수를 이 책으로 고소하였고, 1979년 4월 24일 밤 남대문교회에서 통일교를 비판하자 통일교도들이 린치를 가했다. 이때부터 1985년 1월까지

* 자세히는 위의 책, 13쪽.

신 교수는 18회에 걸친 공판을 받았고, 1989년 12월 26일 26회 선고에서 10개월 징역, 2년 집행유예를 선고받았다. 항소하여 1994년 7월 5일 면소 판결을 받았다.

3. 만년과 학문

만년에는 대한예장(총합) 총신 교장, 한국성경신학원어연구회장을 맡아 노익장으로 활동하였다. 1983년에는 희랍어와 히브리어의 저작권에 관한 소송을 하기도 하였다.

신 교수의 연구 관심사는 크게 보면 사도바울의 구속론, 기독교와 불교, 희랍어 문법, 이단 비판, 공산주의 비판, 이중개혁, 니체비판, '신의 죽음의 신학'(Theology of Death of God) 비판, 통일교 비판, 기독학생운동이라 할 수 있다. 「한국 민족성의 근본적 개혁」이란 논문도 발표하였다. 남긴 저서로 는 위의 영문 학위논문 저서 외에 영어로 쓴 『Christianity and Buddhism』 (1961) 외에 『예수 그리스도의 부활과 그 의의』(1978), 『통일교의 정체와 그

대책』(1979), 『이단과 현대의 비판과 우리의 생로』(1986), 『희랍어문법』(1987), 『사도바울의 구속론』(2000)이 있다.

그의 집은 종로구 명륜동 3가 56-2번지 3층집으로 1989년에 완공하였다. 여기는 거처이면서 교회, 출판사로 앞으로 영구보존의 '신사훈박사 기념관'을 본인은 희망하였다.

1998년 9월 22일, 87세로 작고하였다. 유족은 장남 신광희, 차남 신세희가

제자와 후배들이 만든 신사훈 기념논총

있다.

2002년 9월에 3주기를 기념하여 『철로 신사훈박사 기념논총집』(성산출판사)을 발간하였다. 여기에는 제자들과 후배 학자들의 글 13편이 실려 있다.* 여기에 밝힌 신교수의 발표논문은 27편의 지상발표문이 있고, 강의원고 및 소장 논문은 28편이다.

4. 회상

다소 지면이 허락되기 때문에, 다시금 지난날 학생시절에 본 신사훈 교수의 인상을 기록하고 싶다. 필자도 기독학생이었기에 신사훈 교수의 강의를 찾아가 들었고, 명륜동 댁으로 찾아가기도 했다. 중후한 체격과 인자한 표정의 얼굴로 실테 안경 속에 자주 눈을 가늘게 뜨는 모습을 볼 수 있었다. 그 골목에 안호상 박사, 법대 임원택 교수 댁도 있어서 가끔 골목길에서 만나면 "어디 다녀오느냐"고 물으셨다. 신사훈 교수 댁에 다녀온다고 하니 좀 기이하게 보는 듯했다.

나는 신학열병을 앓고있었기 때문에 신사훈 교수가 무척 우러러 보였다. 그런데 그와의 결별은 1969년 여름방학 중 장신대에서 열린 서울대 기독학생수양회에서였다. 진행을 맡은 나에게 신교수는 "WCC가 큰 모임이냐 우리 모임이 큰 모임이냐"고 물으셨다. 나는 무엇을 바라시는 질문인지 알았지만 일부러 "WCC가 큰 모임입니다"라고 답하고, 그 길로 짐을 싸들고 내려왔다. 그만큼 서울대 기독학생회와 지도교수는 독선적인 데

....

* 황필호, 이형기, 이진태, 조무성, 김영한, 위거찬, 김종서, 유은상, 오성종, 박준서, 려용덕, 전준식, 남욱진이다.

가 있었다. 오히려 졸업한 선배들이 걱정하면서 우리를 나무랬다. 나는 법대 기독학생회 회장으로 YMCA니 기독학생총연맹이니 하는 데에도 참석하고 자유주의적 신학에도 개방적이었다. 아무튼 이것이 신 교수님과의 마지막이었고, 그 이후는 뉴스를 통해서만 소식을 들었다. 이 글을 쓰면서 자료를 보니 계속 통일교와의 투쟁에 전력투구하신 것 같이 보인다. 돌아보면 학자로서, 서울대 교수로서 쉽지 않은 일생을 사셨다고 느껴진다.

나는 지금도 그의 말씀 한 가지를 잊지 않고 명심하고 있다. "한글 성경 열 번 읽기보다 영어 성경 한 번 읽는 것이 낫고, 영어 성경 열 번 읽기보다 독일어 성경 한 번 읽는 것이 낫고, 독일어 성경 열 번 읽기보다 희랍어 성경 한 번 읽는 것이 낫다." 물론 실천하지 못하고 그저 추측만 하는 진리이다.

나는 은사 유기천 교수가 헬렌 실빙(Helen Silving)이란 여성학자와 결혼하여 그의 전기를 쓰고 기념재단에 관계하면서 '한국에 온 유대인'에 대한 연구를 틈틈이 하고 있다. 일반적으로 한국역사 속에 유대인이 산 사실을 모르고 있지만, 『삼국유사』에 나오는 마라난타, 묵호자(墨胡子) 같은 승려는 인도로 귀화한 이른바 흑유대인(black Jew) 혹은 불교유대인(Buddhist Jew)일 것이다. 마라난타가 평양에 세웠다는 이불란사(伊佛蘭寺)도 서양학자들은 사라진 10지파의 하나인 '에브라임 회당'(Ebraim school 혹은 synagogue)이라고 부르고 있다. 국내에는 이런 연구를 한 학자가 아무도 없다. 그런데 누가 나에게 전한 바로는, 신사훈 교수가 평양에 있는 어느 절 기와에 히브리어가 적힌 것이 있다는 얘기를 하였다 한다. 신 교수가 히브리어에 대한 관심이 많았기 때문에 그런 말씀을 하셨을 가능성이 높지만, 아무튼 이것은 한국 도래 유대인사에 중요한 증언이 된다. 이제 신교수도 안 계시니 이를 확인할 길도 없고, 그래서 아쉽고 그리워지기도 한다.

결론적으로, 신사훈은 종교학자로서 한국이라는 종교적, 정신적 혼란 속에서 신념을 위해 한 평생을 바쳤다고 보인다. 서울대 종교학과의 역사로 보아서도 초창기에는 아직 신학에서 종교학이 독립되지 못하고, 개신교 신학의 위세 아래 있었음을 보여준다. 이런 역사와 현실 속에서 신사훈 교수의 현존은 잊을 수 없는 큰 의미를 지닌다고 하겠다.

박의현 _ 서울대 미학의 개척자

오병남 | 서울대학교 명예교수

1. 머리말

우리가 오늘날 "아름답다"고 찬미하는 "예술 작품"이 있어 왔다는 사실과, 그것이 "미학" (aesthetics)이라는 이름의 자각적인 연구 대상으로 설정되어 왔다는 사실은 전혀 별개의 두 사실이다. 예컨대, 서구에서도 미(beauty)라는 개념과 예술(fine arts)이라는 소산은 일찍이 고대 그리스로부터 있어 왔지만 양자가 긴밀한 관계를 맺게 된 것은 역사적으로 그리 오래된 사고가 아니다. 두 개념 간에 등식 관계가 성립되면서 고유한 문제 영역이 확보되고, 그것이 독립적인 교과 (discipline)로 발전되어 그에 대한 강좌가 대학에 개설된 것은 18세기 말이나 되어서였다. 그런 만큼 미학은 서구에서조차 그리 오래된 학문이 아니다. 그럼에도 서구가 근대 시기를 통해 미학이라는 학문을 정립·발전시키게 된 것은 주로 다음과 같은 두 가지 사실에 기초하고 있다. 하나는 사회적·문화적 배경이 전통적인 미와 예술에 대해 새로운 시각을 제공해줌으로써 미와 예술이 감정과 상상이라는 인간의 마음과 긴밀한 관련을 맺고 있다는 자각이었고, 다른 하나는 그러한 문제의식과 아주 긴밀했던 독일 관념론 철학의 등장 때문이었다. 비록 일제 치하에서였을망정 미학의 도입이 그러한 서구의 배경에 대한 이해의 기초 위에서 비판적으로 수용되었더라면 그것은 우리의 현실에 적합하게 접목되면서 지금보다 훨씬 적극적인 발전을 할 수 있었을 것이다.

어떻든 이러한 미학이 우리나라에 들어오게 된 것은 1924년 경성제국대학이 설립되면서부터였다. 당시 경성제대는 2년의 예과와 3년의 학부로 구성·출발하였고, 학부에는 법·문학부와 의학부가 있었다. 법·문학부에는 법학부와 문학부가 설치되어 있었고, 그 중 문학부는 철학과, 사학과, 문학과 3개 학과로 구성되어 있었다. 그리고 철학과는 철학전공, 윤리학전공, 심리학전공, 종교학전공, 미학전공, 교육학전공, 중국철학전공의 과정을 두고 있었다.

2. 생애

그러한 진행 중에 1925년 경성제대 예과에 입학하여 1927년 철학과로 진입한 후 거기에서 미학전공을 택한 최초의 한국인이 있었다. 그가 1905년 인천에서 태어난 우현(又玄) 고유섭(高裕燮) 선생이다. 선생은 3년 후 「예술적 활동의 본질과 의의」라는 논문으로 1930년 4월 미학전공으로 철학과를 졸업한다. 우현 선생의 입학과 졸업 사이에 우에노 나오테루(上野直昭) 교수가 부수로 1927년 동 대학에 부임한다. 그런 만큼 고유섭은 우

1965년 필자의 대학원 졸업을 축하해주신 동암(가운데)

에노가 부임한 후 그 밑에서 공부한 학생이었다. 졸업 후 우현 선생은 "미학급(美學及) 미술사학(美術史學) 연구실(硏究室)"의 조수(현재의 조교) 생활을 하다가 1933년 3월 연구실을 떠난다. 그것은 "개성박물관" 관장으로 자리를 옮기기 위해서였다. 선생이 이처럼 자리를 옮겼다는 사실은 그의 학문적 관심이 미학으로부터 한국미술사에 대한 연구 쪽으로 이동했음을 의미한다.

역설적이게도 우현 선생이 대학에 들어가기 전 대학 밖에서 미학에 관심을 가지고 있던 분이 있었다. 그가 열암(洌岩) 박종홍(朴鍾鴻) 선생이다. 그러나 그 분은 다음과 같은 글을 남기고 미학을 떠난다. "나는 어느 해인가 테오도르 립스의 미학 책을 트렁크에 넣어가지고 경주 석굴암을 찾아 그 앞에 있는 조그마한 암자에서 한여름을 지낸 일이 있었다." 그러나 열암은 그의 미학적 작업을 접는다. 야나기 무네요시(柳宗悅)가 쓴 『조선과 그의 미술』(1922)에 깊은 감명을 받은 끝에 그만 못할 바에야 차라리 그만두자 해서 였다. 그래서 1929년 다소 늦게 경성제대 철학과의 문을 두드린다. 그래서 미학전공으로부터 미술사학으로 전향한 우현 선생과는 달리 열암 선생은 미학에 관심을 갖고 있다가 역으로 철학전공으로 돌아선다. 그러는 중 1909년 4월 18일 원산에서 태어나 함흥고보를 거쳐 1930년 예과에 입학하고, 이어 1932년 법문학부에 진학한 후, 1936년 미학전공으로 철학과를 졸업한 분이 있다. 그가 경성제대 제 8회 졸업생인 동암(東岩) 박의현(朴義鉉) 선생이다. 졸업 후 동암 선생은 우에노 교수와의 우연한 계기로 우현 선생처럼 연구실 조수직을 맡는다. 이 시기를 통해 고유섭 선생과의 학문적 소통이 있을 법도 하지만 필자로서는 고유섭 선생의 글이나 동암 선생이 들려준 말에서 두 분 간의 대화가 있었다는 사실을 들은 바가 없다. 조수직을 끝낸 후 동암 선생은 개성 소피아여학교 수신 선생으로 근무하다가 두 번째 조수직을 맡게 되면서 해방을 맞는다. 이러한 과정을 거치면서 1946년 서울대학교가 설립되었을 때 선생은 미학과의 전공교수직을 맡으면서 오늘날의 미학과의 터전을 마련해 놓았다.

이것이 해방 전까지의 경성제국대학 내에서 있었던 미학의 자취이다. 이러한 초기 과정을 거치는 중에 이 땅에 소개된 철학은 주로 칸트의 이론처럼 난해하거나, 쉘링이나 헤겔로 이어지는 사변적인 독일 관념론 철학자들의 이론이 주류를 이루고 있었다. 따라서 미학에 대한 관심 역시 신칸트 학파의 미학이론까지 수용되고는 있었지만 독일 고전미학이 주경향을 이루고 있었다. 그러나 당시 이 같은 대학의 지적 풍토와는 달리 심리학이 전공이었던 우에노 교수는 그의 스승인 오츠카 야스지(大塚保治)의 영향으로 심리학에 기초한 경험과학적 미술사학에로 관심을 이동시킨다. 앞서 언급한 "미학 및 미술사학 연구실"이 주로 실증적 미술사 연구의 중심이 되게 된 것은 주로 이 때문이 아닌가 한다. 졸업 후 우현 선생의 한국미술사 연구를 가일층 촉진시켜 준 것도 조선미술사를 정립해 보겠다는 애초의 포부와 함께 다른 한편으로는 이런 연구실의 풍토와 맥을 같이하는 것으로 이해될 수 있다.

필자가 가꾼 인문대 정암동산

이러한 상황 속에서 우리는 광복을 맞았고, 서울대학교는 그러한 상황에서 일망정 미학을 계속 강의하고 연구할 수 있는 유일한 대학이었다. 그러나 광복의 빛이 미학에는 그렇게 밝게 비추어지지 않았다. 그것은 다음과 같은 몇 가지 이유 때문이었다. 첫째, 미학을 연구한 전문학자의 절대적 빈곤을 들 수 있다. 앞서 언급했듯 미학전공으로 대학을 졸업한 한국인 학자는 단 두 분뿐이었던 중에 우현 선생은 아쉽게도 1944년 광복 직전 타계하였기 때문에 미학을 전공으로 했거나 위의 연구실을 거친 전문학자는 필자가 알기로 동암 선생 한 분뿐이었던 셈이다. 둘째, 미학에 대한 일반인의 잘못된 인식과 이해를 들 수 있다. 광복 전까지의 시기에 그나마 피상적으로 알려진 미학은 앞서 언급한 바와 같이 난삽하거나, 지극히 사변적인 것이어서 단순한 지적 호기심의 대상으로 간주되었거나, 비현실적인 귀족학문으로까지 인식되고 있었다는 사실이다. 이와 아울러 셋째로 지적할 수 있는 것은 광복 후의 정치·사회 현실이 미학연구에 대한 동기 부여를 상당히 어렵게 만들고 있었다는 점이다. 물론 그 같은 사정은 어느 학문의 분야에 있어서나 마찬가지였겠지만 현실적 요구와 먼 듯 여겨졌던 미학에는 더욱 심각했다. 설상가상으로 광복 후 1960년 9월 문리과대학으로 복귀하기 전까지 미학과는 편법으로 미술대학에 속하게 되는 파행과정을 겪는다. 그럼에도 불구하고 미학에 대한 관심과 연구는 지속되었다. 그것은 오로지 동암 선생의 집념과 노력에 의한 것이었다고밖에 달리

할 말이 없다.

이러한 환경 속에서 미학교육은 1960년대 초까지 칸트나 헤겔을 중심으로 한 독일 고전미학이 강의의 주된 내용이 되고 있었다. 그러나 이러한 강좌만이 개설되고 있었던 것은 아니다. 이 시기에 기획되었던 중요한 일은 미학 및 미학교육에 대한 일반의 무관심과 오해를 불식하고, 그 본래의 의의를 회복하고자 하는 일이었다. 따라서 미학교육도 그러한 의도를 중심으로 기획되었다. 이를테면, 미학의 특수분야라 할 수 있는 예술각론(곧 문예론·미술론·음악론·연극론·영화론 심지어 사진론 등)의 강좌가 단계적으로 신설되었다. 뿐만이 아니라 동·서양 미술사 강좌도 개설되고 있었다. 지금 생각해보면 멀리 내다본 기획이 아닐 수 없다. 현재 서울대학교를 비롯하여 여러 대학에 인문학의 한 교양과목으로 미학이나 예술론 및 각론 등의 강좌가 개설되고 있는 것은 이러한 기획의 연장이라고 볼 수 있다.

1960년대 중반에 이르러 이와 같은 내용의 미학교육에 다소 변화가 나타나기 시작한다. 동일한 독일 문화권에서 잉태된 것이기는 하지만 실존주의와 현상학이 철학계 일각에서 수용되기 시작하면서 종래의 독일 고전미학의 학풍과는 다른 참신한 이론들이 실존주의 예술론이라는 이름으로 소개되었기 때문이다. 그 강좌와 함께 E. 후설의 『감성론』이나 N. 하르트만의 『미학』 등의 강독이 수행되었으며, 18세기 영·불의 미학사상가들이 소개되기도 했다. 이것은 순전히 미학과에 잠시 적을 두고 활동하신 조가경(曹街京) 선생의 공이다. 그러나 아쉽게도 그 분 역시 곧 미학과를 떠난다. 그런 중에 동양 미학사상을 담당할 전임교수가 부임한다. 그분이 학보(學步) 김정록(金正祿, 1907. 8. 16~1982. 11. 18) 선생이다. 그때부터 미학의 관점에서 동양 미학사상을 발굴해야 한다는 의식이 일면서, 중국 철학사상 일반과 더불어 동양 예술사상 기초 및 그에 밀접한 각론으로서 시

론·서론·화론 및 생활예술론 등 많은 강좌가 개설되었다. 그리하여 1960
년대 말까지는 고전과 현대를 포함하는 독일 미학사상에 대한 관심과 함
께 동양미학의 연구를 위한 기초교육이 또 하나의 흐름을 이루면서 미학
연구와 교육은 크게 동·서 두 방향으로 발전될 수 있는 틀을 갖추게 되었
다. 이 모든 조치가 동암 선생의 구상이었음은 말할 필요도 없다. 이러한
구상의 연장으로 선생은 1968년 9월 28일 한국미학회를 창립한다.

3. 서울대 미학과의 발전

　　1970년대 접어들어 겨우 발돋움을 하려던 무렵 미학과는 또 한 차례의
세찬 회오리바람을 맞게 된다. 이른바 1969년 12월 취해진 미학과와 종교
학과를 철학과에 폐합한 조치를 말한다. 강력한 반발과 반론 끝에 폐합의
조치가 통합으로 완화되었고, 종래의 미학과는 철학과 내의 세 전공(철학
전공·미학 전공·종교학 전공) 중의 하나로 정착되다가, 결국에는 다시 1984
년 12월 미학과로 복귀되어 1985년부터 미학과 신입생을 받게 되었다. 그
렇게 되었다고는 하지만 미학을 교육하고 연구하는 데 이러한 무법의 조
치가 던져준 상처는 오래도록 큰 장애요인으로 작용했다. 앞서 지적한 바
와 같이 전문학자의 절대 부족, 주변의 무지와 오해, 현실의 사회·경제적
환경이 지닌 악조건 등에 덧붙여 가해진 그 같은 조치는 70년대의 정치적
소용돌이와 함께 대학에서의 미학교육이 난항을 겪을 수밖에 없도록 만
들었으며, 따라서 그것은 이 땅에서 미학의 발전을 지연시키는 커다란 아
픔으로 오래 기억되고 있다.

　　이 모든 우여곡절의 중심에 동암 선생이 계셨다. 바움가르텐으로부터
칸트를 거쳐 헤겔에 이르는 개론 강의와 함께 주로 원서 강독을 하시면서
말이다. 그러나 그 당시 우리 학생들은 답답한 마음을 금할 수가 없었다.

글도 쓰시고 저술도 하시면서 미학에 대한 계몽을 통해 일반인의 오해를 깨우쳐 달라는 아쉬운 마음을 피력하기도 했지만 선생은 묵묵부답 끝내 아무런 글을 남겨 놓으시지 않았다. 이제 필자는 그 이유라 할 것을 어렴풋이나마 이해할 수 있을 것 같다. 어떻든 동암 선생은 "미학과"와 "강의 노트"만을 물려주신 채 돌아가셨다. 지금도 아쉬운 마음 달랠 길이 없다. 그럼에도 필자는 학보 선생님과 함께 동암 선생님을 존경의 념을 갖고 회상하고 있다. 당시의 사회적·지적 풍토 속에서 있을 법한 유혹을 뿌리치고 그처럼 학문적 양심을 발휘하기란 결코 쉬운 일이 아니었을 것이기 때문이다. 또한 인간적인 면모에 있어서도 한 분은 대범하셨고, 다른 한 분은 자상하셨다. 필자뿐 아니라 많은 제자들은 두 분이 베푸는 그 같은 대범함과 자상함의 품속에서 미학도이기 이전 인문학도로서 각자가 타고난 무한한 가능성을 마음껏 실험할 수 있었다. 미학과의 창조적 풍토는 이런 인문학적 배경 하에서 가꾸어져 온 것이다.

4. 인간 박의현 교수

동암 선생은 최마리아 여사와 결혼하여 4남2녀를 둔 다복한 분이었다. 그 점에 있어서는 더없이 행복한 분이었으나 광복 후 원산이 고향인 선생께 불어닥친 세파는 그 분을 행복하게 만들어 줄 수 없었다. 그런 중에도 선생은 애주가이었다. 주변에 약주를 즐기는 분들이 많았다. 중문학과의 차상원(車相遠) 선생이 그 중 한 분이다. 두 분이 만나면 무엇이 그리 좋으신지 서로 쳐다만 봐도 즐거운 표정이었다. 어떤 때는 즐거운 표정의 연장으로 강의실에 들어오신다. 헤겔의 『미학』 원서 강독 시간이 특히 그러했다. "자네, 이게 무슨 뜻인가 번역을 해보게!" 하시고는 눈을 감고 계신다. 겨우 번역을 끝내고 선생님을 쳐다보면 여전히 눈을 감고 계신다. 그

때는 차상원 선생님하고 약주 한잔 하시고 들어오신 것을 미처 몰랐다. 시간이 끝날 때쯤 "잘 했네!"라는 말씀을 하시고는 끝이다.

본래, 선생님은 별로 말이 없으신 분이다. 누구에게 들으신 말을 어느 누구에게 옮기시는 것을 필자는 본 적이 없다. 주석에서의 호탕함과는 달리 과묵한 분이었다. 과묵이라고 했지만 실은 제자들이 저지르는 수많은 허물을 수용하시는 너그러운 인품을 갖추신 분이었다.

나이가 들수록 필자에게는 그런 풍모가 부럽게 느껴질 때가 많다. 부러웠던 만큼이나 뵙고 싶다. 그래서 일 년에 한두 번은 그분의 묘소를 찾는다. 1975년 11월 18일 그분이 돌아가셨을 때 필자는 이곳에 없었다는 안타까움 때문에 더욱 그러하다. 그래서 분당 소재의 "남서울 공원묘원"을 찾는다. 금년에도 근처에 사는 박동순 동문과 동행해볼 생각이다.

제2편

사회과학

민병태(정치학)

이용희(외교학)

신태환(경제학)

이상백(사회학)

손진태(인류학)

이진숙(심리학)

육지수(지리학)

하상락(사회복지학)

유기천(법학)

박동서(행정학)

장리욱(교육학)

장명옥(가정학)

민병태 _ 서구적 정치학 연구의 선구

이정복 | 서울대학교 명예교수

1. 머리말

사람들 중에는 정치학이 학문이냐고 말하는 자들도 있고, 실제로 정치학을 하는 학자들이 정치 일선에 투신하여 그런 인상을 준 것도 사실이다. 그러나 학문으로서의 정치학의 엄연한 현존을 몸으로 보여준 학자로서 우리는 공삼(公三) 민병태(閔丙台, 1913~1977) 교수를 본다. 그는 실로 서울대학교에 학문으로서의 정치학을 기초 놓은 학자요, 정치학의 연구와 교육에 헌신함으로써 '한국 정치학의 태두'로 불리운다.

정치학자들은 이 사실을 다 알고 있지만, 오늘날 젊은 학자와 학생들은 모를지도 모른다. 여기서는 공삼의 생애와 학문적 업적, 그리고 서울대 정치학의 흐름을 간략히 서술하려고 한다. 더 자세히는 필자가 편집한『공삼 민병태선생의 정치학』(인간사랑, 2008)과 김학준 저,『공삼 민병태교수의 정치학』(서울대학교출판문화원, 2013)을 참고해주기 바란다.

2. 민병태의 생애

민병태는 1913년 2월 30일(음력) 충청남도 부여군 부여면 중정리 474번지에서 아버지 민중식과 어머니 담양 전(田)씨 사이에서 출생하였다. 어릴 때 한문을 수학하다 1921년에 강경보통학교에 입학하였다. 여기서 6년간 공부하여 1927년에 경성제일고등보통학교(현 경기고)에 입학하여 1931년에 졸업하였다. 뛰어난 재능으로 일본으로 유학을 가서 1934년 4월에 게이오(慶應)대학 예과를 졸업하고, 1934년에 동대학 법학부 정치학과에 입학하였다. 후쿠자와 유키치(福澤諭吉)의 전통을 이은 이 명문대학에서 풍부한 서양학문으로서의 정치학을 공부하여 1937년 4월에 졸업하였다. 그는 계속하여 동대학 대학원에 진학하여 1942년 3월에 졸업하였고, 이어서 동대학 법학부 연구실에서 조교수 대우를 받으며 1945년 8월 해방될 때까지 머물렀다. 그러니 한 마디로 그는 14년간이나 게이오대에 머물면서 정치학 연구에만 푹 빠져 연구한 젊은 학자였다.

광복이 되자 귀국하여 연희전문학교 교수로 취임하여 정치외교학과 과장을 맡았다. 1947년 3월에는 김구 선생이 개설한 건국실천양성소에서 강의하기도 하였다. 1949년 9월 동국대학교 정경학부 학장으로 초빙되었으며, 6·25 중에는 대구대학 교수를 겸하기도 하였고, 고려대학교 정치학과에서 강의하기도 하였다. 이것은 전쟁 중의 일반적 사정이었다.

전쟁이 끝나갈 무렵인 1952년 10월부터 서울대학교 문리과대학 정치학과에 교수로 취임하여 이때부터 평생 서울대 정치학의 대변인이 되었다. 1955년에는 대한민국학술원 회원으로 임명되었다.

1956년 6월부터 1958년 3월까지 서울대학교 문리과대학 문학부장을 역임하였고, 1960년 9월부터 한국정치학연구회 회장직을 맡았다. 1961년 6월에는 국가재건최고회의 의장고문 직을 맡았고, 이듬해에는 헌법개정 특별심의위원회의 전문위원으로 피촉되었다. 1962년 8월 30일에는 서울 대학교에서 문학박사 학위(구제)를 수여받았다.

1962년 10월부터 1970년 11월까지 8년간 한국정치학회 회장을 역임하 면서 명실공히 한국 정치학의 견인차 역할을 하였다. 학내로는 1966년 11월부터 1970년 2월까지 서울대학교 문리과대학 학장직을 맡아 행정을 돌보기도 하였다. 1970년 3월에는 서울대학교 대학원장 직을 맡았다.

그런데 1년이 채 안 되어 고혈압 증세가 나타나 자리에 눕게 되었다. 대학원장직의 후임은 이숭녕 교수가 맡았고, 10년간 다져온 한국정치학회 의 회장직은 정인흥 교수가 맡았다. 1970년 12월 국민훈장 동백장을 서훈 받았다. 1973년에 서울대학교가 관악캠퍼스로 이전해 오면서 사회과학대 학 정치학과 교수로 소속되었다.

1973년 4월에는 가족과 제자들이 서울대 교수회관에서 회갑연을 마련 했다. 한복을 입고 회갑기념논문집을 봉정받았다. 여기에는 구범모, 구영 록, 김영국, 김운태, 민준기, 윤근식, 이택휘, 차기벽, 최명, 최창규 등 27명 의 동학후배들이 기고했다. 회복의 기미를 보이던 그는 다시 쓰러져 어려 운 투병생활로 들어갔다. 강의와 저술은 중단되었고, 대학원 서양정치사 상사 강의만 개설하여 김영국 교수가 대강하도록 했다. 이런 가운데서도 1977년 8월 휘문출판사에서 라스키의 『권력과 기능』을 역간하였다.

공삼의 교수직은 1976년 2월말로 끝났다. 정부가 발효시킨 대학교수재 임용법에 의해 해임되었던 것이다. 그로부터 2년이 채 되지 않은 1977년

11월 12일 아침 7시, 20년 가까이 살던 후암동 123번지 자택에서 별세하였다. 향년 만 64세 7개월이었다. 사모님 김희경 여사와 1남3녀의 유족을 두었다. 부여읍 중정리 선영으로 안장되었다. 김희경 여사는 2005년에 재단법인 김희경유럽정신문화장학재단을 설립하여 서양의 고전을 연구하는 젊은 학도들에게 장학금과 연구비를 지급하고 있다.

3. 민병태의 학문적 업적

민병태 선생의 학문적 공헌은 서양정치사상사의 개척적 연구를 비롯하여 현대 서구식 정치학의 기초를 심었다는 사실이다. 광복 직후 일본관학의 잔재인 일반국가학의 범주를 벗어나지 못하던 정치학의 영역을 구미정치학의 리버럴한 영역으로 대치시킨 선구자적 역할을 수행함으로써 일천한 한국정치학계의 태두로서 위상을 차지했던 것이다. 그는 저서와 논문, 그리고 단문도 많이 발표하였다.

저서로는 우선 『정치학』(보문각, 1958)이 있는데, 이 책은 정치학을 공부하려는 학생들보다는 이를 마치고 스스로 연구방법과 방향을 설정하려고 노력하는 대학원생 정도의 정치학도에게 정독을 권하고 싶은 책이다. 정치학 방법론, 권력론, 민주주의론을 다루고 있다.

『정치학요강』(삼중당, 1962)은 수제자인 김영국 교수와의 공저로 되어 있는데 김 교수가 공무원들을 위해 공삼의 『정치학』을 알기 쉽게 해설한 책으로 보인다. 또한 『현대정치학의 방법론적 고찰』(일조각, 1963)이 있다.

공삼은 여러 편의 논문과 시평, 수필 등의 글을 발표했다(자세히는 김학준, 위의 책, 18~19쪽 참조). 그 중 정치학에 관한 주요논문은 다음과 같다.

1. 「미국에 있어서 정치학의 독립에 관한 한 자료」, 『법학연구』(게이오대, 1938)

2. 「민주대표론」, 『수도평론』(1953. 6)

3. 「영국 정치사상의 현실성」, 『사상계』(1955. 9)

4. 「참의원 의의와 민주화에 관하여-선거운용의 재검토」, 『법정』(1956. 12)

5. 「정치학의 기본=문제」, 『문리대학보』(1957. 7)

6. 「정치학과 제 학문과의 관련」, 『서울대 정치학보』(1958. 3)

7. 「정치적 자유」, 『사상계』(1958. 11)

8. 「압력단체와 민주주의」, 『사상계』(1959. 8)

9. 「내각책임제의 기본조건」, 『사상계』(1960. 9)

10. 「우선회냐 좌선회냐-막시즘과 결별한 60년대 사회주의 제 정당」, 『사상계』(1963. 9)

11. 「과학주의에 대결하는 전통」, 『신동아』(1965. 1)

12. 「6.25의 현대사적 의의」, 『신동아』(1970. 6)

공삼은 번역을 많이 하였다. 훼브르, 『아시아대륙횡단기』(일본 대화서점, 1941)는 게이오대학 대학원생으로 일어로 번역한 책이다.

- E. H. 파커, 『타타르일천년사(A Thousand Years of the Tartars)』(일본 대화서점, 1944)는 게이오대학 아시아연구소의 연구원으로 재작할 때 번역한 책이다.

- H. J. 라스키, 『정치학강요(A Grammar of Politics)』(상, 문연사, 하, 민중서관, 1957), 라스키, 『국가론 : 이론과 실제(The State in Theory and Practice)』(백영사, 1954)는 공삼의 정치학이 얼마나 라스키를 중요시하고 있는지를 보여주는 증거이다.

- W. I. 제닝스, 『영국헌정사(The British Constitution)』(민중서관, 1955)은 영국의 헌정이 어떻게 변천되어 왔는지를 요약적으로 설명하고있다.

- R. M. 마키버, 『근대국가론(The Modern State)』(민중서관, 1957)는 라스키의 국가론보다 긍정적으로 보는 다른 견해를 소개해준다.

• G. H. 세바인, 『정치사상사(A History of Political Theory)』(을유문화사, 1963)는 너무나 유명한 정치학 서적인데 1950년대에 나온 제2판을 번역한 것이다.

지금은 어느 면에서는 학계에서 번역이 너무 소홀히 취급되는 감이 있는데, 이러한 번역서들은 모두 대한민국의 건설기에 정치학을 수립하고 어떠한 국가를 세울 것인가를 모색하는 데에 학문적 기초를 준 책들이다.

4. 서울대 아카데미즘과 정치학

공삼의 학문 활동은 한국정치학의 초창기에 해당하는데, 이 시기 한국정치학의 특징은 다음과 같다.

첫째, 정치학의 입문서·개론 등을 위시하여 다방면에 걸친 저서·역서·논문이 발간되기 시작하였다. 1945~1955년 사이에 정치학 분야의 저서·역서는 무려 300여 권에 달했다. 이러한 현상은 해방 후 정치학과가 설립되어 각 대학의 기념논문집 및 학술논문집·학보와 특히 1957년 이후 늘어난 각 대학의 석사논문 등을 그 원인으로 들 수 있다. 또 『사상계』·『자유세계』·『새벽』·『사조』·『한국평론』·『세계』 등의 월간잡지에 게재되는 정치학 교수들의 논문은 정치학 연구에도 적지 않은 영향을 주었다. 특히 초창기에는 정치학의 초점이 이데올로기적 경향에서 점차 과학적인 정치학 연구로 전환되기 시작했다.

둘째, 한국정치의 관심 분야가 국제기구 및 국제정치로 확대되고 비교정부론이 개설되어 비교정치를 비롯한 지역 연구에 대한 관심을 갖기 시작했다.

셋째, 초창기 한국정치학 교수가 법학, 역사학, 경제학 전공 교수 중심이었던 정치학과에 서울대, 고려대, 연세대 출신 정치학 교수들의 충원이

김학준 저 연구서　　　　　　　　이정목 편저 연구서

광범하게 이루어졌다. 따라서 한국정치학계는 연령적으로 젊은층이 충원되기 시작한 것이다.

넷째, 한국정치학계는 1953년 10월 18일에 '한국정치학회'를 설립하였고, 1959년 4월에는 학회지 『한국정치학회보』 창간호를 발간하였다. 정치학을 전공한 교수의 관련 논문이 활발하게 연구되기 시작했다.

다섯째, 정치학 연구의 접근법은 여전히 철학적·법적·역사적·서술적이었고 아직도 당위적(當爲的)이고 처방적(處方的)인 경향이 강했다.

총체적으로 말해서, 이 시기에는 국내 여타 대학에도 정치학과 설립이 확산되었고, 이에 따라 정치학에 대한 연구와 관심이 더욱 높아졌다. 그러나 여전히 연구방법과 경향에 있어서는 전통적 방법의 범위를 넘어서지 못하였다. 한편 구미학계에서 유행했던 다원주의 이론은 한국정치학에도 적지 않은 영향을 주었다고 볼 수 있다.

한국정치학을 독자적인 학문 분야로 정착하는 데 대표적인 학자들은 이선근, 민병태, 이용희, 김경수, 윤천주, 김상협, 김운태, 차기벽, 박동서 교수 등을 들 수 있다. 특히 민병태는 사회민주주의적인 학파에 속하는 해롤드 라스키(Harold Joseph Laski, 1893~1950)를 한국정치학계에 소개하는 데에 기여하였다.

필자는 학부와 대학원에서 공삼 선생의 강의를 모두 충실히 들었으나 현실정치에 대해 말씀하시는 것을 들은 일이 없다. 여러 정치 이론가들의 이론을 섭렵하려고 수강하였지 현실정치를 이해하는 데 도움을 받기 위해서가 아니었다. 강의 내용이 정치 현실과 관계가 없는 것 같았고, 이해하기가 어려웠기 때문에 강의를 듣는 데도 어느 정도 인내심이 필요했다. 그의 저서와 논문들도 어려워서 좀 읽다가 중단하는 경우도 있었다. 국가 다원론도 우리의 정치 현실과 동떨어진 이론이라는 비판도 있었다. 그는 그리스 시대부터 현대에 이르기까지 정치이론은 모두 그 시대의 문제를 해결하기 위한 노력이고 현대의 과학주의 정치학도 예외가 아니라고 반복하여 주장하였다.

필자가 학부에 다닐 때인 1963~1967년에는 일반적으로 휴강이 많았는데 서양정치사상사와 정치학 특강을 강의하신 공삼 선생은 휴강을 하지 않았다. 강의 내용을 몇 장의 종이에 적어가지고 그것을 빠른 속도로 읽는 스타일의 강의였고, 이에 대해 알기 쉽게 자세히 설명을 하지 않아 이해하기가 어려웠다.

아무튼 공삼은 너무 일찍 타계하셨고, 그의 수제자인 김영국 교수도 그렇게 되었으니 큰 손실이 아닐 수 없다. 1987년 11월 17일에는 서울대학교 한국정치연구소에서 공삼 추모 10주기 학술대회가 열렸고, 1997년 11월 21일에는 추모 20주기 학술대회가 열렸고, 2007년 11월 16일에는 추모 30주년 학술대회가 열렸다. 이 결과로 필자의 편집으로 『공삼 민병태 선생의 정치학』(인간사랑)이란 책이 간행되었다. 여기에는 구범모 교수의 「공삼 민병태 교수의 생애와 게이오(慶應) 학풍」, 필자의 「공삼 민병태 선

141

생의 연구업적」, 배성동 교수의 「민병태 교수의 강의」, 김홍우 교수의 「민병태 정치학의 이해 : 슈미트와 라스키의 논의를 중심으로」, 김세균 교수의 「라스키의 정치이론」이 실려 있다.

2009년에는 『서울대학교정치학과 60년사 : 1946~2006』가 발간되었다. 박찬욱 교수는 정치학과 전·현직 교수들의 연구업적을 서술하면서 한국정치학을 정초한 교수들의 한 사람으로 공삼의 업적을 자세히 소개하였다.

2013년 2월에 드디어 김학준 교수에 의해 『공삼 민병태 교수의 정치학』(서울대학교출판문화원)이란 534쪽에 이르는 방대한 연구서가 나왔다. 서울대 정치학과 교수로 재임하였고, 동아일보 사장을 거쳐 동북아역사재단 이사장을 맡고있는 제자 학자가 스승의 학문세계를 이렇게 심도있게 분석하고 체계화한 것은 실로 다행스럽고 경하할 일이다.

이러한 현상은 서울대 학문의 전승을 보여주는 아름다운 모습이라 하겠으며, 서울대 정치학사에서 공삼의 개척자적 위치는 계속 확인되고 평가되는 사실이라 하겠다.

5. 맺음말

위에서 본대로, 공삼은 12년이란 긴 세월을 일본 게이오대학에서 자유주의 정치학을 공부하였고, 해방 후 미국 정치학의 새로운 경향을 연구한 거의 유일한 학자였다. 그는 오랫동안 정치학의 불모지였던 신생 대한민국에서 정치학을 체계적으로 이해하고 가르친 학자였다. 한 마디로 그는 한국의 정치 현실에 크게 아랑곳하지 않고 그가 공부한 서양의 고전적 정치학을 후학들에게 풍부하게 가르친 선비 같은 전형적 학자라고 할 수 있다. 공삼은 자신의 분수를 알고 자신의 분수를 지키며 평생을 살만큼 지혜로운 현자였으며 겸허한 인간이었다. 제자들이 한결같이 증언하는 것은 그가 자기자랑을 하는 것을 보지 못했다는 사실이다. 학문 속의 겸허함이 그의 덕성이었다. 1970년 3월 2일 서울대 대학원장으로 임명되었을 때, 대학신문 기자가 "대학원장으로 무엇을 하고 싶으시냐"고 물었다. "나이가 들었으니 맡겼을 거고, 맡겼으니 성실하게 임무를 수행해볼 뿐"이라고 답했다. 그러면서 오늘날 대학의 문제는 학문하려는 학생의 수가 적어졌다는 것이라고 지적하고 대학원에 진학하는 학생들의 수가 많아야 거기에 상응해 강좌도 증설하고 교수도 증원할 수 있으며, 전문논문집이나 시설을 갖추어야 사회에서 필요한 사람을 길러낼 수 있다고 하였다. 정치학을 하시면서 왜 정치 참여는 싫어하시느냐고 묻자, "정말 정치학을 제대로 하면 정치라는 직업이 쉽지 않다는 것을 알게 돼요"라고 대답했다. 그러면서 한국의 현실을 부조리에 가득 차 있다고 지적하면서, 그 부조리가 발전상의 모순이기 때문에 오히려 한민족 발전의 계기가 될 수 있을 것이라 했다. 한국에서의 학문의 방향은 이른바 한국학이어야 한다고 지적하면서, 예를 들어 '율곡과 아리스토텔레스', '서양과 한국' 등 비교연구가 더 많아져야 한다고 설명했다. 학자로서 가장 어려운 것은 무엇이냐는 질문에, "역시 시간이지. 학문하는 데는 흘러가는 시간이 가장 무섭고 시간이 흘러가는 것이 가장 괴롭지"라고 답했다. 다시 인생을 갖는다면 무엇을 하고 싶으냐는 질문에, "몽테뉴의 말처럼 이미 내가 걸은 길을 다시 한번 걸어보고 싶어. 내가 현자는 아니어서 뭐라 말할 수 없지만, 굳이 말하라면 현자는 분수를 지키는 법이지"라고 했다. 필자는 이러한 그의 목소리를 맺음말로 삼는다.

이용희 _ 국제정치학의 정립자

김용구 | 서울대학교 명예교수

1. 지적 배경

동주(東洲) 이용희(李用熙, 1917~1997)는 3·1독립선언 33인의 한 사람인 이갑성(李甲成)의 차남으로 서울에서 출생하였다. 1934년 중앙고등보통학교를 졸업하면서 역사·철학을 비롯, 사회과학 분야의 여러 서적을 탐독하는 다독의 시기를 거쳤다고 그는 글이나 대담에서 밝히고 있다.

동주는 1936년에 연희전문학교 문과에 입학하였다. 이때부터 같은 해 연희전문학교 교수로 부임한 위당(爲堂) 정인보(鄭寅普) 선생의 깊은 영향을 받게 된다. 동주는 위당에 대한 학문적인 존경심을 일생 잃지 않았다.

남다른 지적 자존심을 지녔으나 위당을 언급할 때는 자세를 가다듬고 경의를 표하곤 하였다.

1937년은 동주의 사상 체계에 획기적인 해였다. 다산(茶山) 정약용(丁若鏞) 서거 100주년이었다. 위당은 용재(庸齋) 백락준(白樂濬)과 함께 실학연구 운동을 전개하였다. 당시 실학 운동은 독립운동이자 근대적인 다산 연구의 단초를 이룬 사건이었다. 동주는 평생 다산 연구의 중요성을 강조하였고 만년에는 다산 연구에 몰입하였다.

동주는 1940년 연희전문학교를 졸업하고 직장을 찾아 만주로 떠난다. 두세 군데 직장을 전전하다 결국 만철(滿鐵)도서관에 정착, 해방시기까지 이곳에서 역사와 언어에 매진하였다. 영어, 독일어, 프랑스어, 그리스어 이외에 그가 이곳에서 습득한 언어는 만주어와 러시아어였다. 역사 분야에서 특기할 만한 일은 원대사(元代史)의 권위였던 당시 중국인 길림성(吉林省) 성장(省長)과 정기적으로 만나 몽고 역사를 지도 받았다는 사실이다. 동주는 일생 친기스칸에 대한 관심을 놓지 못하였다.

해방 후 귀국한 동주는 1945년 9월 용재 선생이 미군의 서울 입성을 환영하기 위해 창간한 영자신문 『The Korea Times』에 참여하기도 하였다. 1948년 서울대학교 미술대학에서 춘향전을 강의하면서 서울대학교와 인연을 맺게 된 것은 특이한 일은 아니었다. 그는 문학 동인회에 관여해 평생 서정주, 김광균과 친분을 지녔다.

2. 『국제정치학원론』

동주는 1949년 서울대학교 문리과대학 정치학과 조교수가 되면서 우리나라에서 국제정치학이라는 20세기에 등장한 새로운 학문체계를 정립하였다. 그러나 외국 이론의 단순한 전달에 그치는 학자는 아니었다. 국제

행정대학원 입교 환영식에서 축사하시는 이용희 원장
(후열 중앙 제3대 대학원장 이병도 박사)

정치학이 지니고 있는 국제정치적인 성격을 규명하는 작업부터 출발하였
다. 강대국 정치학 비판과 한국의 역사적 위치 규명, 두 가지 문제에 집중
되었다. 그의 학문적인 입장은 첫 저술인 『국제정치학원론』(1955년, 이 책은
그의 필명인 이동주라는 이름으로 출판되었음) 서문에 잘 나타나 있다.

내 정치학은 내가 살고 있는 고장 또 내가 그 안에 살게 되는 나라의 운명과 무관
할 수는 도저히 없었다. 그런데 나는 왜 우리 겨레가 이다지도 취약하냐 하는 문제
를 헤아려 보려는 동안에 … 그 까닭을 알려면 … 구주에서 발달한 근대정치의 성격
과 내용을 알지 않으면 안 되는 것을 깨닫게 되었다. 나에게 있어서는 구주 정치 및
그것을 중심으로 한 국제정치의 연구는 곧 우리의 현상을 … 이해하는 것을 의미한
다. … 또 하나의 의문은 … 종전의 일반 정치학은 누구를 위한 것이냐 하는 것이었
다. … 서양 정치학은 그것이 내세우는 듯하는 사실 인식의 효용보다는 오히려 서양
적인 정치 가치를 체계화하는 효용이 더 크다는 것은 나에게 일대 충격이 아닐 수
없었다. 이리하여 나는 종래의 연구방법을 다시 고치어 나대로 '장소의 논리'라고

제2편 사회과학

부르는 새 견지를 취하게 되었다. 무엇이냐 하면, 정치학이 성취한 일반 유형, 그리고 서양의 정치 가치가 개별적 지역에 있어서는 어떠한 변이를 일으키며 또 어떠한 '권위'적 역할을 하느냐 하는 것을 검색하자는 것이었다.

그의 논리 체계는 처음부터 반(反) 외세적인 것이었다. 정치학은 누구를 위한 학문이어야 하는가라는 문제의식에서 이른바 '장소(topos)의 논리'라는 새로운 방법론을 제창하게 된다. 연희전문학교 시절 탐독했던 소슈르(F. de Saussure), 그의 제자 바이이(Ch. Bailly), 만하임(K. Manheim)의 입장과 궤를 같이 한다.

이 초기 저서의 또 다른 특징은 국제정치 행위자의 문제였다. 근대국가의 변형을 예측하고 지역연합의 구상을 밝힌 것은 놀라운 일이다. 유럽연합의 탄생을 알리는 마스트리트(Maastricht) 조약이 1992년에 체결되자 동주는 1975년 서울대학교를 떠난 이후 처음이자 마지막으로 지역연합에 관해 연속 강의를 하고 이듬해 『미래의 세계정치』를 세상에 내어놓았다.

국제정치학이 지니고 있는 국제정치적인 성격을 부각시키고 강대국 국제정치의 본질을 파악하려는 노력을 1955년에 이미 저술로 발표한 것이다. 그러나 이 책은 동주 자신의 독특한 구상과 견해를 밝히고 있지만 빠른 시일에 급히 집필한 흠이 있었다. 그는 곧 본격적인 연구를 세상에 내어놓게 된다.

3.『일반국제정치학』

『일반국제정치학』 상(1962)이 그것이다. 1962년 당시 세계 국제정치학계 전체에서 볼 때 이 업적은 주목받아야 한다. 이 저서의 출발점은 몰(沒) 역사적이고 몰(沒)장소적인 일반이론을 창조하려는 강대국 국제정치학을 비판하려는 입장이다. 그러면서도 이 저서의 제목에 "일반국제정치학"이라고 '일반'을 붙인 것은 국제정치학의 국제정치적인 성격이 '일반적'이란 것을 뜻하고 있다.

이 저서의 핵심은 '권역(圈域)' 이론과 '장소'의 논리에 있다. 유럽 국제사회가 역사적으로 유일한 것이 아니고 여러 문명권 또는 국제사회의 유형들이 존재하였다는 것이 권역 이론의 출발점인데 동주는 특히 유교 문명권, 이슬람 문명권, 그리고 기독교 문명권의 본질을 분석하고 있다. '예비적 고찰,' '국제정치권의 이론', '근대적 국제정치에의 경험', '근대국가의 국제정치사적 여건', '국제정치의 자기전개적인 여건'으로 구성되어 있는데 이 장절을 보더라도 상권은 미완성의 저서임을 알 수 있다. 동주가 하권을 계속 집필하지 못한 것은 아쉬운 일이다. 학계에 계속 머물지 못하고 정계에 진출한 것은 당시 세대가 지니고 있던 시대적 여건이기도 하다.

권역 이론은 젊은 시절 탐독했던 도서목록을 보면 당연한 논리적 귀결이지만 이런 구상에 '권역'이란 명칭을 붙여 이론화한 것은 이 저서의 특징이기도 하다. 1955년 첫 저서를 발표한 이후 동주는 이른바 비교문명권 이론에 관심을 갖게 된 것으로 여겨진다. 러시아의 급진사회주의자이자 비교문명권 이론을 체계화한 다닐렙스키(N. Ya. Danilevsky)를 자주 언급하였다. 동주는 말년의 토인비(A.Toynbee)를 그가 연구생활로 일생을 보낸 런던 시내의 채텀하우스(Chatam House)로 예방한 바 있다. 귀국 후 동주는 토인비가 노쇠하여 토론은커녕 소통할 수도 없었다고 필자에게 술회한 바 있다.

4. 한국외교사

동주의 다른 학문적 관심은 한국의 역사적 성격을 규명하는 문제였다.

동주는 1955년 1~2월에 신문지상을 통해 벌어진 38선 획정 문제에 관해 논쟁을 제기한 바 있다. 이것은 우리나라에서 이 문제에 관한 최초의 논쟁이다. 38선 획정은 1945년 8월 11일 맥아더 사령관의 일반 명령 1호에 의해 결정되었다는 것이 미국 정부의 공식 견해였다. 그러나 동주는 이런 견해를 액면 그대로 수용하는 것은 소박한 일이고 38선은 얄타 또는 포츠담 회담에서 이미 미소 양국 사이에 합의되었을 것이라고 추정하였다.

이때부터 야기된 38선 문제는 한국전쟁 기원 문제로 이어졌다. 다시 북한 문제로 연결되어 한국 국제정치학계가 지금까지 숙명적으로 지니고 있는 냉전 시대의 유물이다. 이 지적 유산은 통일이 이루어져야 청산되겠지만 그때까지 우리 학계가 짊어진 지적 멍에가 아닐 수 없다.

1964년에는 「거문도점령외교종고(綜攷)」라는 논문을 발표하였다. 이 글은 영국 문서고(Public Record Office, 현재 The National Archive)의 미간문서를 조사한 최초의 학술논문으로 지금도 인용하지 않을 수 없는 훌륭한 논문이다. 영국 군대의 거문도 철수는 러시아 문서의 검색이 필수적이기 때문에 이 교수는 그 점령에 국한하여 긴 글을 집필하였다. 당시 한국인으로서는 러시아에 입국해 그들 문서를 검토할 수는 없는 일이었다. 그리고 영국의 기간 문서들인 parliamentary papers에 국한되어 있던 시절이었다. 이 교수는 유엔 총회 한국 대표로 미국을 가는 길에 여러 차례 런던의 Public Record Office에 들려 이곳의 미간문서를 검색해 이 논문을 완성하였다. 이 논문을 준비하기 시작한 1959년 전후 동주는 필자도 수강했던 한국외교사 강좌 한 학기를 거문도 문제 분석에만 할애한 바 있었다.

1966년에는 한국외교사 연구에 길잡이가 되는 『근세한국외교문서총목(외국편)』(4×6배판, 총 1,287면)을 펴냈다. 일본 정부가 명치 연간(1868~1912)의 외교문서를 30년에 걸쳐 1963년에 총 75책으로 완간한 사실에 자극을 받아 한국외교사 연구에 박차를 가하기 위한 시동이었다. 19세기 한국

문제에 관련된 외국 문서들에 관한 자세한 색인이다. 특히 문서의 제목이 없는 『주판이무시말』, 『중일교섭사료』와 같은 중국 문서들을 새로 명칭을 달아 색인을 작성한 것은 엄청난 노력의 결과였다. 이 총목은 당시 발간된 외국 문서들은 거의 망라하였다. 그러나 그 이후 상당한 분량의 자료들이 발간되어서 이 총목의 후편이 아쉬운 실정이다.

동주는 한국외교사 관련 마지막 논문을 1973년에 발표하였다. 「동인(東人)승의 행적(상) – 김옥균과 개화당의 형성에 연하여」란 글이 그것인데 이것은 힝아시 혼간지(東本願寺) 부산별원을 창설한 오쿠무라 겐싱(娛村圓心)의 일기를 발굴한 최초의 업적이다. 동주는 오쿠무라의 일기를 교토(京都)의 힝아시 혼간지 서고에서 찾아내었다. 일본 불교계는 『진종사료집성(眞宗史料集成)』(1975년 발간)의 편찬을 위해 일본 각지에 산재하고 있던 불교계 사료들을 위 교토의 서고에 수집하고 있었다. 1970년 혹은 1971년 겨울 오쿠무라의 일기를 이곳에서 찾아 필기해 이 논문을 완결하였다.

강대국 국제정치학 이론의 비판과 한국 정치·외교사의 연구는 결국 한국 민족주의 연구로 종합된다. 민족주의에 관한 이 교수의 여러 연구들이 이를 말하여 주고 있다. 그 대표적인 업적이 『한국민족주의』(1975)이다.

그는 학계에 머무는 동안 한국국제정치학회를 창설해 그 회장을 오래 역임하였다. 그리고 1960~1961년에는 서울대학교 행정대학원장을 지내기도 하였다. 1962~1963년에는 유엔 총회 한국 대표로 활동하였다.

5. 정부 요직과 연구 행정

1974년 10월경이라고 기억한다. 동주는 서울 시내 개인 연구실로 필자를 불러 헤겔 연구의 필요성을 강조하면서 헤겔 저작들을 강독하고 연구할 젊은 교수들로 팀을 구성하라고 말씀하셨다. 필자는 난감하였다. 곧 프랑스로 수년간 연구할 계획이었다. 다행히(?) 동주는 다음해 봄에 대통령 특별보좌관으로 임명되어 학계를 떠나게 된다. 이것이 동주와 필자의 학문적인 마지막 인연이었다. 지금 돌이켜 보면 그때 헤겔 저술들을 익혔다면 지금 얼마나 다행일까 아쉬움만 남는다. 한림대학교 한림과학원에서 40명 남짓한 연구원들과 개념사 연구를 하는 데 더 큰 도움이 될 것이라고 생각한다. 1966년에 『근세한국외교문서총목(외국편)』을 편찬하기 위해 필자는 근 3년 동안 대학 연구실에서 주야겸행으로 카드 3만 장을 작성한 바 있다. 이런 경험으로 현재 동북아역사재단, 한국연구재단의 후원으로 『근대한국외교문서집』을 20여 명의 연구원들과 편찬할 수 있다고 생각한다.

동주는 1976~1979년 통일원장관, 1981~1982년에는 아주대학교 총장, 그리고 1980년 이후에는 오랫동안 대우재단 이사장을 맡아 한국 학계의 연구 진작에 헌신하였다. 1981년에는 대한민국학술원 회원으로 선출되었다.

그는 국제정치학 이외에도 한국회화사 분야의 대가였다. 『한국회화소사』(1972), 『일본 속의 한화(韓畵)』(1974), 『우리나라의 옛 그림』(1975), 『한국 회화사론』(1987), 『우리 옛 그림의 아름다움』(1996)의 업적을 세상에 내어놓았다. 한국 회화사에 대한 연구는 한국 문제의 천착을 위해 연구하기 시작한 것이었다. 정치사도 근본적으로는 문화의 역사다. 한국의 정치사나 외교사도 문화의 이야기인데 이런 뜻에서 동주는 부르크하르트(J. Burckhart)를 늘 언급하였다.

국제정치학 분야에 관한 동주의 주요 업적은 『이용희저작집』 I(1987)에 실려 있다. 동주기념사업회에서 『동주 이용희전집』 간행을 결정해 그의 학문적인 전체 모습을 세상에 알리기로 한 것은 경하할 만한 일이다.

신태환 _ 공인으로, 학자로

김세원 | 서울대학교 명예교수

1. 교육행정가 및 정부 참여 활동과 공인(公人)의 자세

안당 신태환 선생(1912~1993)만큼 타고난 학자로서 고고한 품위를 지키면서 동시에 사회활동에도 참여한 경우는 극히 드물다고 생각한다. 선생의 일생 동안 사회적 공헌은 크게 두 부분으로 나누어 볼 수 있다. 하나는 학문 외적, 다시 말해 강단 밖의 대학행정 및 사회활동이며, 다른 하나는 경제학 교수로서의 순수한 학문적 활동이다.

해방 이후 사회 많은 분야를 새로이 개척해야 하는 건국 과정에서 적절한 인재에 대한 사회적 수요가 그만큼 컸기 때문에 선생과 같은 분이 다양한 제도 수립이나 정책에 참여한다는 것은 어찌 보면 당연한 상황이었을 것이다. 단지 중요한 것은 직책 자체보다는 그 '자리'에서 무엇을 하고 어떻게 물러나는가라고 생각한다. 이런 의미에서 선생은 후학들에게 귀감이 되는 모범을 보이셨다고 믿는다. 선생은 중요한 사회요직에 계셨을 때에도 고귀한 학자적 양심과 기품, 투철
한 사회정의감과 소신 그리고 학문에 대
한 일관된 애정을 게을리 한 적이 없다. 또
서울대학교에서 학생을 가르칠 때가 제일
행복했다는 술회를 자주 했듯이 모교(母
校)에 대한 남다른 애착은 그의 일생을 지
배했다.

　인천에서 출생한 선생은 인천공립상업
학교(현 인천고등학교)를 졸업한 후 경성고
등상업학교(서울대학교 상과대학 전신)에 진학하였다. 당시 일제(日帝) 치하
에서 이 학교 졸업생들은 대부분 취직을 하는 것이 관례였으나 선생은 일
본 내 수재들이 모이는 명문 동경(東京)상과대학(현 一橋대학)에 입학하여
(1936) 경제학을 전공하였다. 이 대학은 동경상과대학 예과과정 출신 중에
서 우수한 학생을 선별하여 뽑는 이외에 고등상업학교 졸업생 중에서 극
히 제한된 수의 외부 학생을 받아들였기 때문에 진학하고자 하는 학생들
에게는 선망의 대상이었다.

　지금과 같이 대학 내 전공이 세분화되지 않았고 또 대학원 석박사과정
이 체계를 이루지 않았던 당시에는 학부라 하더라도 졸업하려면 혹독한
수업 과정과 함께 전공에 따라 지도교수가 요구하는 철저한 훈련 과정을
통과하여야만 했다. 당시 일본은 유럽의 제도와 전통을 그대로 따랐다고
볼 수 있다. 이러한 제도에서는 대학과정만 제대로 이수하더라도 경제학
을 폭넓게 공부하게 됨은 물론 전공까지도 이수하게 된다. 나중에도 설명
하겠지만 선생이 졸업(1939)과 함께 J. M. 케인즈의 "화폐론"과 "일반이론"
에 심취된 것은 이때였다.

　졸업을 앞둔 선생은 연희전문학교(현 연세대학교의 전신) 측의 제안을 받

아들여 젊은 나이(27세)로 1939년부터 교수로서의 생활을 시작하게 된다. 그러나 3년 재직 후 제2차 세계대전의 격동 속에서 일제의 사학(私學) 고등교육에 대한 유린에 반대하며 교단을 떠난다.

선생은 1945년 일제의 패망과 함께 연희대학교(현 연세대학교)로 다시 돌아왔으나 3년이 채 안 되어 또 그만둔다(1948). 상학원(商學院) 원장을 겸직하였던 선생은 일부 보직자의 상학(경제학 포함)에 대한 비하 발언에 자존심을 상(傷)했던 것으로 전해진다.

그 후 선생은 동국대학교 교수 겸 정경학부 부장(1949~1954) 그리고 서울대학교 법과대학 교수(1951~1961), 동 대학 학장(1957~1961), 동 행정대학원 초대 원장(1959~1960)을 역임했다. 서울대학교 총장(1964~1965)을 끝으로 30여 년에 걸친 대학 생활을 마무리하였다.(참고로 당시에는 대학교 간 교수 겸직이 허용되었다.)

앞에서도 지적하였거니와 선생은 주로 정부 요직을 중심으로 많은 사회활동에도 참여하였다. 선생의 진면목은 어떤 직책을 맡을 때보다 불의(不義)라고 느끼거나 정도(正道)에 어긋난다고 판단될 때 자리에 연연하지 않고 미련없이 그 자리를 떠날 때 고고함이 더욱 돋보였다. 따라서 선생은 많은 사회보직(그것도 대부분 '초대'(初代)로)을 맡았으면서도 재직 1년 여를 넘긴 경우가 드물다. 타협에 현혹되지 않고 소신을 지키는 고고한 품성은 후학들이 본받아야 할 좋은 사례이다.

선생은 초대 한국경제학회 회장(1954~1957), 학술원 원로회원(1957~1993) 및 회장(1981~1982), 건설부 장관(1961), 금융통화운영위원회 위원(1962~1964), 경제과학심의회의 초대 상임위원(1964, 1968~1969), 초대 국토통일원 장관(1969), 한국경제연구원 초대 원장(1981), 민족문화추진회 이사장(1988~1993), 그리고 아시아경제연구소 창립 이사장(1971~1993) 등을 역임하셨다.

지난 1965년 제20대 서울대 졸업식에 참석한 고 박정희 대통령과 신태환 당시 서울대 총장
(조선일보 DB)

취임 1년 여를 넘기면서 보직을 그만둔 대표적인 예가 서울대학교 총장 시절이었다. 선생은 대학교 총장을 등대지기에 비유하여 "대학지기"라고 표현하였는데 여기서 "지기(지킴이)"는 대학의 자율성과 독립성을 의미한다. 1960년대 중반 군정 아래서 전개되었던 정치상황과 대학 내 갈등을 고려한다면 대학을 지키기 위해서는 이러한 원칙이 특히 강조되었던 것은 두 말할 필요가 없다. 선생은 당시 한·일회담 반대 데모에 참여한 학생들을 징계하라는 정부지침을 정면으로 거부한 채 대학을 떠났다.

선생은 이임사(대학신문, 1965. 9. 15)에서 "…대학총장이 교육의 참뜻을 어기고 교육적 방법이 아닌 방법으로 학생을 대할 수 없는데 총장 스스로의 행동의 한계가 있고 교권이 미치지 못하는 한계가 있는 것이라고 생각했습니다. …대학은 안정되어야 하나 그 때문에 총장이 교수나 학생 위에 군림할 수는 없더라는 것입니다…"라고 소신을 밝혔다. 그가 취임사(대학신문, 1964. 7. 6)에서 강조했듯이 "…대학이 다루고 있는 모든 학문적 유산

155

은 동서고금을 통한 수많은 인재들의 심혈을 기울인 창조적 활동의 소산이고, 그것은 인류의 공동의 재산으로 시대를 초월해서 생명을 갖는 고귀한 것입니다"라는 대학의 역할에 대한 원칙을 더 이상 지킬 수 없었기 때문이었다.

국토통일원 장관 재직 1년을 채 넘기지 못한 일화도 유명하다. 선생은 초대 장관으로 취임 초기 독일(당시 서독)을 방문하여 내독성 장관과 함께 국가통일 방향을 취지로 하는 공동성명을 발표하는 것을 비롯해서 남북한 통일과 관련하여 "바람직"한 여러 이상적인 방안을 모색하였다. 그러나 그 당시 국내 정치적 여건에서는 통일부장관이 적극 이니셔티브를 취할 입장은 아니었다. 정부의 정책기조를 따를 수 없었던 선생은 두말없이 그해(1969) 사표를 제출하였다.

또 선생은 전국경제인연합회에서 창설한 한국경제연구원의 초대 원장으로 취임하였으나 이 역시 재직 1년을 못 채웠다. 대기업들이 주축이 되어 창립한 연구원에서 연구 방향을 재벌기업들이 지켜야 할 경제질서, 기업윤리 및 사회적 기여 등에도 비중을 두어야 한다는 입장은 받아들여지기가 쉽지 않았다. 당시 분위기 속에서 선생과 이 연구원 이사진 사이에 연구원의 역할에 대해 큰 간격이 있었던 것은 당연하였다.

2. 학문적 관심과 업적, 그리고 남겨진 과제

앞에서도 지적하였듯이 선생의 전공과 학문적 업적은 케인즈의 경제이론에 바탕을 두었으면서도 선생은 고전을 비롯한 경제학 전반에 정통한 석학이었다. 케인즈의 『일반이론(The General Theory of Employment, Interest and Money)』이 출간된 것은 1936년이다. 요즘 같지 않아 정보의 흐름이 상당히 제약되었던 1930년대 후반에 선생이 대학에서 케인즈의 "화폐론

(Treatise on Money)"과 "일반이론"을
공부하였다는 것은 상당히 선구적
인 의미를 갖는다. 특히 귀국 후 대
학에서 1939년부터 케인즈의 소득
이론을 중심으로 한 거시경제학을
국내에서 최초로 강의한 것은 큰 업
적이라고 생각한다. 명강의로 알려
진 선생의 강의실은 항상 수강생들
로 넘쳐났다.

철저한 케인지언인 선생은 기회가 있을 때마다 국가경제의 운영에 있
어서 정부 역할의 중요성을 강조하였다. 선생이 정부 요직들을 맡은 것도
평소 철학과 소신을 현실사회에 옮겨보고 싶었던 것으로 이해하고 싶다.

선생은 의외로 저서들을 별로 남기지 않았다. 국제적으로 인정받을 수
있는 독창적인 논문이나 책을 저술하지 못한다면 구태여 글을 쓸 필요가
없다는 것이 선생의 이상주의적 신념이었다. 또 선생의 세대는 유럽과 미
국에서 생성 발전해 온 경제이론을 제대로 깊게 이해하고 가르치는 것이
올바른 교수의 역할이라는 점을 자주 강조했다. 이에 더하여 보직 활동으
로 인한 바쁜 일정도 추가되었던 것으로 생각한다. 선생도 이를 의식하였
는지 『상념(想念)의 길목에서』(1976, 정우사)에서 "…생명 없이 태어난 길
가의 잡석(雜石)같이 뒹구는 책 가운데는 정말 문화상의 허식(虛飾) 같은
것이 있다. 이런 생각이 앞서서 나는 책 내기를 주저해 왔다"라고 피력하
고 있다. "신통하지도 않은 책을 내서 치욕을 말대(末代)에 남기고 싶지 않
다"는 것이다.

이러한 선생의 평소 소신을 반영하듯이 선생의 주요한 학문업적으로서
케인즈 이론을 비롯해서 세계적 석학들의 저서를 번역·출간한 것을 들

수 있다. 그 중 대표적인 공역(共譯) 형태의 역서(譯書)는 다음과 같다. R. F. 해로드, 『달라』(백영사, 1951), B. 프랭클린, 『프랭클린 자서전』(수도문화사, 1952), R. 러글스, 『국민소득론』(태성사, 1956), J. M. 케인즈, 『케인즈 화폐론』(동화문화사, 1958), D. H. 로버트슨, 『화폐론』(진명문화사, 1958), G. D. H. 코올, 『정치이론과 경제이론』(을유문화사, 1961), J. M. 케인즈, 『화폐론, 상·하권』(완역, 비봉출판사, 1992) 등.

이와 관련하여 "고전을 멀리하는 자 진리를 보지 못한다"는 어구와 함께 선생이 틈 날 때마다 강조하였던 "고전 읽기"는 대학에서 체계적인 제도를 통해 이어받을 필요가 있다고 본다. 경제학설사나 경제사 같은 역사과목이 주목을 받지 못하는 최근 경향을 고려할 때 학부나 대학원 과정에서 강의는 물론 세미나를 비롯해서 다양한 방법으로 지도교수와 함께 중요한 고전을 두루 공부·토론할 수 있는 기회가 확대되어야 한다고 믿는다.

선생은 1952년 11월 부산(6·25전쟁 당시 피난 수도)에서 창립된 한국경제학회 총회에서 초대 회장으로 피선되어 2년간 경제학계를 대표하였다. 선생은 어려운 여건에서도 1953년 학회 기관지인 『경제학 연구』를 창간하였고 이 학술지는 거르지 않고 매년 발간되어 오늘날까지 이어져 오고 있다. 한국경제학회에서는 학문적 기여와 함께 초대 회장으로서 한국 경제학계의 기반을 닦은 선생의 업적을 기리기 위해 2012년부터 "신태환 학술상"(기금 3억원)을 제정하여 2년마다 국내에서 우수한 논문을 선정하여 시상하기로 하였다.

그 밖에도 선생의 저술로는 『화폐적 균형의 개념』(1953, 경제학 연구) 및 「한국은행 물가지수 소론」(1953, 주간 경제)이라는 제목의 논문 외에 다수의 저서가 있는데 대부분 선생이 틈틈이 쓴 논문이나 시사적 논설을 모은 단문의 논문집이다. 몇 권을 소개하면 『경제학과 경제정책의 제문제』(1982, 학연사)는 현대경제학의 흐름과 함께 경제정책의 역할 및 경제교육에 대한 선생의 시각(총 43편 수록)을 담고 있다. 『세계경제와 한국경제』(1982, 학연사)는 1960년대 이후 세계경제의 발전과 한국경제의 과제 그리고 정책의 수행과정에서 드러난 문제들에 대한 선생의 소견(총 86편)을 정리하고 있다.

한편, 경제학 관련 이외의 대표적인 저서로는 『대학과 국가』(1982, 아세아문화사)와 『한국인의 목소리』(1982 및 1987, 아세아사)가 있다. 전자는 46편의 단문들로 구성되었는데, 대학의 사명과 대학교육, 특히 국가 발전을 위한 대학의 역할을 비롯해서 평소 선생이 갖고 있던 대학 운영의 철학을 종합하고 있다. 후자(『한국인의 목소리』)는 증보판(총 70)이 출간될 정도로 비교적 많이 읽힌 편이다. 1970년대 전개된 한국 경제·사회의 발전을 보면서 피력한 선생의 소견과 제안을 담고 있는데 그 이외에도 선생의 기행문들이 실려 있다.

선생이 편저한 『환태평양공동체와 ASEAN』(1985, 아세아사)에서는 한국을 포함하는 동아시아 국가들 간 경제 통합 추진과 관련된 다양한 저자의 학술 논문들이 실려 있다.

선생은 한국의 경제 발전을 분석하여 외국에 알리고 아시아 경제를 체계적으로 연구하기 위한 취지로 1971년 국내에서는 최초로 아시아경제연구소(Research Institute of Asian Economies)를 창립하였다. 선생이 필생의 연구사업을 위해 창립한 이 연구소의 중요한 업적의 하나는 1972년부터 발간하기 시작한 『Asian Economies』로서 국내에서 발간된 최초의 영문 학술지였다. 선생이 대표집필을 맡거나 연구를 주관한 수많은 지역경제 관련 공동연구 보고서가 출간되었다. 이 연구소가 발간한 대표적인 연구보고서로는 「Persistent Problems in Development and the Choice among Alternatives(1980)」 및 「Economic Development and Social Changes in Korea[1980, 독일(당시 서독) Campus Frankfurt와 공동 발간]」 등이 있다. 전자는 개도국의 발전 과정에서 당면하는 구조적인 여러 문제와 정책 대안들을 담고 있으며, 후자는 한국의 경제 발전 방향에 대한 평가와 사회 변화를 유형화하는 저자들의 논문을 수록하고 있다. 모두가 당시 한국경제가 당면한 고민을 말해준다.

선생은 타계하시는 1993년까지 20여 년간 이 연구소를 지켰다.

선생은 한국이 지속적인 경제 발전을 이룩하고 국제적으로 그 위상을 높이기 위해서는 지역 연구의 필요성을 자주 강조하였다. 아시아경제연구소를 창설한 것도 이러한 취지를 살리기 위한 목적이었다. 이제 원조국으로 등장한 만큼 한국은 폭넓게, 선진국 이외에도 동아시아를 비롯한 개도국 경제에도 크게 관심을 가져야 할 단계에 있다. 대학원은 물론 학부에서도 개도국 경제·사회를 공부할 기회가 필요하며, 특히 서울대학교 내 관련 지역별 연구소를 대폭 지원함으로써 심도 있는 조사·연구의 축적을 유도할 필요가 있다.

끝으로 선생은 가셨으나 그의 고귀한 선비정신과 학문적 관심은 후학들의 기억 속에 길이 남을 것이다.

이상백 _ 한국 사회학의 선구자

김경동 | 서울대학교 명예교수

1. 생애 일별

아마도 지금 '이상백'(李相佰)이라는 이름을 듣고 그 분이 과연 누구인지를 인지하고 어떤 인물인지를 제대로 아는 사람은 사회학계와 체육계의 중년 이상 인물을 제외하면 극히 드물 것이다. 선생께서 세상을 하직하신 지 어언 반세기를 눈앞에 둔 시점이라 사람들의 기억에서 멀어졌을 것은 자명하리라. 그러나 가까이서 겪으며 가르침을

이상백_한국 사회학의 선구자

받았던 우리 세대에게 상백 선생은 아호도 '상백(想白)이라 하여 고고한 학 한 마리를 상상하게 하는 멋이 깃들어 있는 군자요 거인이었다. 우선 6

161

척 장신의 훤칠한 거구부터 이미 사람을 압도하였거니와, 한국사회학계는 물론 국사학계에 남긴 학문적 족적과 아울러 우리나라 체육의 발전을 위한 공헌을 더듬어 보면 진실로 두드러진 거인임에 한 치의 틀림이 없다.

서기 1903년(癸卯) 음력 8월 5일 월성(경주)이씨 익제공파(益齊公派) 시우공(時雨公)과 김신자(金愼子, 법명 金華秀) 여사의 3남으로 대구에서 태어난 상백 선생은 일찍이 개화, 계몽운동에 적극적이었던 집안에서 성장하였다. 백씨인 상정(相定) 장군은 독립운동가였으며, 중씨 상화(相和, 尙火) 선생은 '빼앗긴 들에도 봄이 오는가'로 이름을 떨친 시인이었고, 계씨 상오(相旿) 선생은 유명한 수렵가로 널리 알려진 집안이다. 선생 자신은 1955년에 김해김씨 김정희 여사와 혼인하였으나 슬하에 자녀를 두지 않고 조카 한 사람을 입양하였으며 1966년 4월 14일 심근경색으로 서울대학교병원에서 서거하셨다. 선생의 장의는 마침 개관하게 된 장충체육관에서 서울대학교 문리과대학과 대한체육회의 연합장으로 엄숙하게 치렀다.

그 해 일본정부로부터 훈3등욱일장(勳三等旭日章)을, 1970년에는 대한민국 국민훈장 무궁화장을 추서받았다. 그밖에 고인을 기리는 행사가 이어졌다. 먼저 학계에서는 1966년도 한국사회학회 공식학회지『한국사회학』제2집을 '고 이상백 박사 기념호'로 발간하였고, 1978년에는 을유문화사에서『이상백저작집』(전3권)을 간행했으며, 1994년에는 문화체육부가 '이달의 문화인물'로 선정하여 전국적으로 기념하는 것과 때를 맞추어 '상백 이상백 선생 추념 학술강연회'를 서울 프레스센터에서 개최하였고 같은 해에 '이상백 선생 추모 1994년도 전기 한국사회학대회'를 충남대학교에서 열었다. 서거 30주년이 되는 1996년에는『상백 이상백 평전』(을유문화사)을 발행하여 선생을 기념하였다. 한편 체육계에서는 1978년 선생과 관계가 깊었던 한일 양국 유지들의 성금으로 시작한 제1회 '이상백배' 쟁탈 한일농구대회를 서울에서 개최하였다. 그리고 1967년 1주기에는 이희승

찬, 이기우 서 묘비를 건립하여 선생을 추모하였다.

2. 학력과 경력

어려서는 서숙에서 한문을 익히고 백
부 이일우(李一雨) 씨가 세운 우현서루(友
弦書樓)라는 강의원에서 전통학문과 신학
문을 배웠다. 그후 1920년에 대구고등보
통학교(현재 경북고등학교)를 졸업하고 일
본 제일와세다고등학원으로 옮겨 대학
진학을 준비하던 중 이듬해에 본과에 편
입하였다. 당시 손진태, 양주동 등 이름난
이들도 함께 진학하였다. 이어 1924년에
와세다대학 철학과에 입학하여 사회철학
을 전공했는데, 그 전공의 필수과목에는

한국문화사연구논고

사회학, 사회학의 제문제, 사회문제 등이 있었다. 선생은 일반 사회학 과
목은 물론 분트의 민족심리학, 짐멜의 형식사회학, 미국의 심리학적 사회
학, 아리스토텔리스의 정치학과 더불어 국가학과 통계학 등도 수강하였
다. 그리하여 졸업논문으로는 「고대조선 사회사 일고」를 제출하였다. 그
리고 같은 대학 대학원에 진학하여 연구생으로 동양학과 사회학을 연구
하였다.

그 후에도 와세다대학의 동양사상연구실 연구원으로 연구생활을 이어
갔다. 가령 1939년부터 2년 반 동안을 동 대학 재외특별연구원으로 중국
각지의 문화유적 탐방에 나서 동양학 연구에 정성을 기울였다. 그리고 광
복으로 귀국하여 경성제국대학에서 경성대학으로 개명한 현재의 서울대

학교 사회학 교수로 본격적인 대학교수 생활을 시작하게 된다. 이듬해 여러 가지 난폭한 진통 끝에 국립서울대학교가 개교하자 드디어 문리과대학에 사회학과를 창설하는 데 적극 나서 일생을 마칠 때까지 교수로 재직하였다. 서울대학교 재임 시에는 사회학과 주임교수, 박물관장, 동아문화연구소 소장을 역임하였고 1955년에는 서울대학교에서 문학박사 학위를 취득하였다. 또한 1957년에 한국사회학회를 창립하고 초대 및 2대 회장직을 수행하는 동안 1957년과 1958년에 연구발표회를 개최함으로써 본격적인 학회활동의 기틀을 잡았다. 그밖에 학술 관련 분야에서는 진단학회 위원장, 대한민국학술원 회원(1954년부터), 국사편찬위원회, 국보고적명승천연기념물보존회, 미국 하버드대학 연경학회(Harvard-Yenching Institute) 동아문화연구위원회, 문교부 교육재건자문위원회, 서울특별시 문화위원회 등 여러 위원회의 위원 그리고 고등고시 위원으로 활동하였고, 1963년에는 건국문화훈장(대통령장)을 받았다.

상백 선생은 한때 학계와 체육계 이외에 광복 전후의 건국 과정에서도 대단히 중요한 기여를 한 경력을 지녔다. 와세다대학 연구원으로 중국을 여행하던 1930년대 말 1940년대 초 몽양(夢陽) 여운형(呂運亨)을 만난 것이 인연이 되어 1944년에는 건국동맹에 가입하였고 같은 해 12월에는 무정의 조선독립동맹과 접촉하는 연락원으로 중국에 파견되기도 하였다. 광복 직전 건국동맹 중앙부를 재건할 때 간부의 일원으로 참여하다가 1945년 8월 15일에는 이만규, 이여성, 김세용, 이강국, 박문규, 양재하 등과 함께 건국준비위원회(건준) 기획처를 구성하였다. 동년 9월부터 건국동맹과 건준이 통합한 후에는 총무부 일을 담당하였고 조선인민당 중앙위원, 근로인민당 중앙상임위원으로도 잠시 활동하는 등 정치 일선에 참여한 경력이 있다. 몽양이 피살당하고 1948년 대한민국이 건국한 이후에는 정치를 떠나 오로지 대학과 체육계를 지켰다.

3. 체육계 활동

상백 선생의 일생에서 대학과 학문을 떠나 현대한국사에서 결단코 놓칠 수 없는 뚜렷한 발자국을 남긴 분야는 역시 체육 부문이다. 일찍이 일본 유학 초기인 고등학원 시절에 농구에 입문한 것이 계기가 되어 대학에 진학해서는 농구부의 신설과 동시에 대표선수(센터)로 활약하기 시작했고, 마침내 1927년에는 와세다대학 농구부를 인솔하여 매니저 겸 코치의 자격으로 미국 원정에도 참여하였으며, 1929년부터 1935년까지는 동 대학의 농구부 코치로 활약한 경력이 있다. 그 뒤에도 일본농구협회 창설에 상임이사로 참여하였고 일본체육협회 이사, 상임이사, 전무이사 등의 직책을 연달아 역임하게 된다. 또한 1932년의 제10회 로스엔젤리스 올림픽대회에는 일본선수단 본부임원(단장비서), 제11회 베를린 올림픽(1936) 일본선수단 본부임원(총무) 및 국제심판으로 참가하고, 1937년에는 제12회 동경올림픽대회 준비위원으로 국제올림픽위원회 회의에 참석하는 공을 세웠다.

광복 후 1945년에는 조선체육동지회를 결성하여 회장에 취임하고 1951년에 이르러서는 대한체육회 부회장, 1952년 헬싱키올림픽대회 한국선수단 총감독, 1954년 제3회 아시아경기대회(필리핀) 한국대표단장, 1960년에는 제16회 멜버른올림픽대회 한국선수단장, 대한올림픽위원회 부위원장 및 제17회 로마올림픽대회 대한올림픽위원회 대표 등으로 활약하던 중 마침내 1964년 대한올림픽위원회 위원장과 IOC(국제올림픽위원회) 위원으로 추대받았다. 여기서 특기할 것은 비단 농구계의 실무뿐 아니라 이론가와 지도자로서도 명저와 논문을 다수 남겼다는 사실이다. 특히 일본 농구협회와 체육협회에 관계하던 1930년대에 이미 약관의 학도 신분으로 『지도농구의 이론과 실제』라는 저술로 농구의 보급과 발전에 크게 이바지한 것을 빼놓을 수 없다.

4. 학문적 업적과 사상

상백선생의 학문적 업적은 주요 저서만 보아도 알 수 있듯이 주로 한국 근대사회사 연구에 집중하고 있는 편이다. 『한국문화사연구논고』, 『이조 건국의 연구』, 『한글의 기원』, 『서해도서』(공저), 진단학회편 『한국사, 근세 전기편』 및 『한국사, 근세후기편』과 두 권의 역서를 남겼다. 그에 더하여 「서얼차대의 연원에 대한 일문제」, 「삼봉인물고」, 「위화도회군고」(일어), 「재가금지습속의 유래에 대한 연구」(일어), 「유불양교교대의 기연에 관한 일연구」(일어), 「우창비왕설에 취하여」, 「이조태조의 사전개혁운동과 건국 후의 실적」, 「고려말 이조초에 있어서의 이성계 일파의 전제개혁운동과 그 실적」(일어) 등 일련의 논문을 발표하였다. 그 외에도 한국사의 제측면 에 관한 연구 논문을 비롯하여 학문, 정치, 한국사회의 정신구조, 사회변 동, 중간계급 등 다양한 주제를 다루는 논설 다수가 있다. 하지만 선생의 사회사 연구는 고려말 조선조 건국기의 사회문화적 변화의 주요 측면을 사회학적 관점에서 심도 있게 분석함으로써 한국사회의 전통적 특성을 이해하는 데 매우 중요한 길잡이가 되는 것으로서 누구도 감히 흉내낼 수 없는 독창성을 보여준다. 특히 이러한 연구에서 주목할 것은 사회사 연구 에 사회학적 접근을 접목했다는 점이다. 이러한 선생의 연구 성과는 오늘 날 후학들이 사회학계에서 사회사 연구를 진작시키는 연원을 이루고 있 다는 사실은 부인할 수 없는 일이다.

한편, 한국의 사회학을 개척하고 제도적인 기틀을 마련한 장본인으로서 자기 나름의 '사회학관'을 제시한 것은 한국사회학의 역사적 전개를 이해 하는 데 매우 중요한 의미를 지닌다. 초창기인 1940년대만 해도 일본을 거쳐 들여온 사회학은 유물사관의 영향에서 벗어나기 어려운 상황이었지만 상백 선생은 당연히 19세기 서방 사회학의 등장과 성장 과정에서 맑스(Karl Marx)의 비중을 인정하면서도 사회학의 창시자인 꽁트(Auguste Comte)의 중요성을 확실하게 밝히고자 하였다. 그뿐 아니라 이 두 거장의 배경에 자리한 생시몽(Claude Saint-Simon)의 위치를 중시한 것도 탁월한 혜안이라 할 것이다. 역시 사회학이 꽁트의 실증주의에 뿌리를 둔 것이고 거기에 경험주의적 성격을 강조한 점을 부각시킴과 동시에, 생시몽과 맑스의 실천적 관심에 기초한 발전적 진보관의 중요성 또한 외면하지 않아야 한다는 견해를 분명히 하고 있음이다. 이러한 사회학관은 1948년 『학풍』 창간호에 발표한 「과학적 정신과 적극적 태도 : 실증주의 정신의 현대적 의의」라는 글과 1950년 『학풍』 제13호에 실린 논문 「질서와 진보 : 사회학 비판과 진보적 입장에 대하여」에서 잘 드러난다. 그와 같은 학문관은 오늘날까지도 한국뿐 아니라 세계적인 차원에서 사회학의 성격 규정을 둘러싼 논쟁과 견해차를 예견한 의미 있는 식견으로서 우리 후학들이 스스로의 학문을 돌아보는 데 깊이 마음에 새겨둘 만하다 할 것이다.

5. 인품과 개인적 추억

가신 이를 추모하는데 위에서 개관한 공식적인 얘기만 할 수는 없다. 그분의 인간적인 면모와 글 쓰는 이의 사사로운 추억을 곁들여야 화룡점정(畫龍點睛)의 묘미가 있음이다. 상백 이상백 선생의 인품에 관해서는 수많은 일화와 찬양의 글이 있다. 농구선수답게 유달리 큰 키에 마치 부처님 같은 수려하고 온화한 용모를 위시하여 보우타이에 헌팅 캡, 스포티한 상하컴비복장에 캐주얼한 구두로 치장을 하고 언제나 『타임(Time)』지와 같은 책이나 간단한 읽을거리를 넣은 브리프 케이스를 옆에 끼고 다니던 멋

서울대 문리과대학 사회학과
1955년 입학 동기생과 함께

쟁이의 모습은 많은 사람들을 매료시키고도 남았다. 평소에는 무뚝뚝한 경상도 사나이 같아도 몇 사람이 둘러 앉아 담소를 나누는 자리에서는 좌중을 사로잡는 대화의 귀재였다. 워낙 박학다식에 자주 세계 각지를 두루 여행하며 온갖 경험을 쌓은 선생의 화제는 실로 종횡무진이었고 구수하면서도 힘이 담긴 말솜씨는 듣는 이를 흡인하는 마력을 지녔다.

학자로서 선생이 쓴 수필의 맛깔스러움은 물론 시(詩)를 발표할 정도의 문재(文才)는 아는 사람만 아는 또 다른 인간적 면모를 드러낸다. 학생들에게는 감히 근접하기 어려운 스승이지만 정작 가까이서 학문을 논할 때는 참으로 진지하고 논리정연하며 제자후학들의 인간적인 고민과 고충에 대해서도 깊은 관심을 가지고 드러내지 않은 채 말없이 물심양면으로 도와 준 사례는 허다하다. 일견 귀족적이라 할 수 있는 외모와는 달리, 권위주의적이지도 않고 자신을 과장하지도 않는 범상한 자세를 잃지 않았으며 위선과 가식, 지나친 형식주의를 좋아하지 않았다. 동서의 각종 요리에 익숙한 미식가이기도 하지만 평소에는 설렁탕과 깍두기, 선지국, 우족탕 등을 특히 즐겼다. 지난 날 소공동 찻집에서 여송연을 물고 친지, 후학들과 담소를 즐기던 선생의 우아한 모습이 지금도 그립다.

학창 시절 선생의 강의는 솔직히 재미없는 사회학사인 데다, 주로 일본 학자의 책을 그 자리에서 번역해서 읽어주는 식으로 강의를 진행하였을 뿐 아니라, 항상 해외출장 등으로 휴강이 빈번하였으니 한 학기를 지나고 노트를 들춰보면 겨우 5~6페이지에 불과하였다. 그런 것이 당시의 관행이었으나 누구도 그러한 교수의 권위를 의심하지도 않았다. 개인적으로는 학생 때 잠시 선생의 연구실을 지켜드렸던 인연으로 가끔 개별적인 지도를 받기도 했지만, 특별한 관계를 맺게 된 일이 한 가지 있었다. 미국 유학에서 돌아와 처음으로 시도한 연구 과제가 '한국인의 유교가치관 연구'라는 거창한 주제를 다룬 것이었다. 선생께 이 과제에 대한 상의를 했더니 의외로 반가워하시며 하버드-엔칭 연구비를 주선해주시기까지 하는 등 격려를 아끼지 않으셨다. 특히 그 과제의 일환으로 소규모의 질문서 현지조사를 실시하기로 했다는 보고를 했을 때 아주 좋은 생각이라며 칭찬도 해주셨던 기억이 새롭거니와 이는 바로 앞에서 언급한 대로 선생 자신은 주로 역사 연구를 하셨지만 후학에게는 실증주의적 경험적 사회학의 중요성을 강조했던 선생의 사회학관을 현실에서 실천할 것을 종용한 좋은 보기라 할 것이다. 이 연구의 결과를 가지고 논문 몇 편을 작성할 수 있었는데, 그 중 한일 교과서 내용 분석으로 유교적 가치관을 탐색하는 글은 바로 상백 선생의 회갑기념논총에 실렸다. 선생님은 필자가 해외연구차 하와이 동서문화센터(East-West Center)에 머물던 해에 작고하셨기 때문에 생전의 마지막 모습도 뵙지 못한 것이 참으로 유감스럽고 아쉽기 그지없다. 삼가 선생님의 명복을 비는 바이다.

손진태 _ 역사민속학과 인류학의 개척자

김광억 | 서울대학교 명예교수

1. 머리말

남창(南滄) 손진태(孫鎭泰)는 1920년대 중반에서 1930년대 중반까지 일본에서 조선민속에 관련된 연구 활동을 하였고 귀국해서는 보성전문학교(현 고려대학교)에서 문명사 강의를 하였다. 광복 후 서울대학이 설립되자 문리과대학 사학과 교수로 부임하였고, 1950년 문리과대학 학장이 되었다가 그해 9월에 납북되었다. 크게 보면 그를 인류학과 역사학의 영역에 위치시킬 수 있을 것이다. 물론 그가 민속 연구를 통하여 인식했던 인류학은 오늘날의 인류학과는 많이 다르다.

한국의 인류학은 1961년에 서울대학교 문리과대학에 고고인류학과라는 명칭의 학과가 설립됨으로써 비로소 모양새를 갖추었다. 그 전에 인류학이란 단어가 한국에 소개되지 않은 것은 아니었고 일제강점기에 일본 유학을 했던 사람들이 인류학을 접하지 않은 것은 아니었다. 그러나 서울

대의 인류학과는 특정 개인의 학문적 영향 혹은 학맥에 의하여 창시된 것
이 아니고 또한 학문의 개념이나 이론적 방향이 이미 전 시대와는 근본적
이라 할 정도의 간격을 보이면서 설립되었다고 할 것인 바 그 과정에서
남창이 적극 소개된 적은 없었다. 다만 혹자에 따라서 인류학, 민족학, 민
속학 등의 개념적 단어를 사용한 사람을 모두 모아서 한국의 인류학사를
만든 인자(因子)로 취급할 때 학사(學史)적 유령(좋은 의미에서)을 좇는 작업
의 하나로 그를 한번쯤 짚고 넘어가게 된다.

2. 생애

남창이 현대 한국인류학의 주류에서 일정한 거리에 위치하게 된 것은
그의 생애가 갖는 역사적 특수성 때문이라고도 할 수 있다. 그는 1900년
10월 28일 경남 동래의 남창이란 마을에서 태어났다. 민족 사학(私學)의
하나인 서울의 중동학교를 졸업하고 일본으로 가서 1924년에 와세다대학
사학과에 입학하여 1927년에 졸업하고 동양문고(東洋文庫)에서 일을 하였
다. 그는 1932년에 결혼하고 1934년 봄에 귀국하여 연희전문에서 동양사
강의를 하였고, 그해 9월에 보성전문학교로 옮겨 도서관 사서로 일하면서
문명사 강의를 하였으며 1937년에 도서관장이 되어 광복될 때까지 관장
으로서 민속품 수집에 열정을 기울였다. 그는 1939년에 문명사 교수로 취
임하였다. 광복 후에 서울대학이 설립되자 문리과대학 사학과 교수로 부
임하였고 1950년 5월 18일에 문리대학장이 되었으나 그해 9월 납북되었
다. 그는 이북에서 1960년대 중반에 사망한 것으로 알려졌다.

3. 학문 활동

남창은 1926년부터 조선의 민속에 대한 논문을 발표하였다. 「토속여행답사기」를 통하여 장승, 무속, 제사, 혼속(婚俗), 귀신, 혼, 소도(솟대), 온돌, 기둥, 석전(石戰), 돌무더기, 돌무덤 등에 대한 조사 연구를 지속적으로 발표하였다. 1932년에는 동경에서 정인섭, 송석하와 조선민속학회를 결성하였고, 1933년에는 이병도, 조윤제 등과 진단학회(震檀學會)를 조직하는 등 조선의 문화와 역사에 대한 각별한 정성을 쏟았다.

그런데 남창은 1934년 귀국한 후에는 민속관계 연구에는 거의 손을 떼고 역사 연구에 집중하기 시작하였다. 특히 광복 후에는 연달아서 『조선민족 설화의 연구』(1947), 『조선민족문화의 연구』(1948), 『우리민족이 걸어온 길』(1948), 『조선민족사개론』(1948, 을유문화사), 『국사대요』(1949) 등의 논저를 내면서 왕성한 학문생활을 하였다. 다시 찾은 조국에서 역사 건설의 중대한 임무를 스스로 짊어진 것이다. 남창이 국내 학계에서 영향력을 구체적으로 구사했다면 그것은 사학계에 신민족주의 사관을 주창한 점일 것이다. 광복 후 국사를 바로잡는 일이 가장 시급한 시대적 사명의 하나이었음을 비추어 본다면 그의 주장은 상당히 중요한 사관(史觀)을 제시한

『손진태선생전집』 전6권   사대학장 시절의 모습

황해도 안악군 거신리 고인돌 조사 시(중앙 손진태)   1930년대의 손진태, 이훈구, 정인보, 유진오

것이기 때문이다. 이에 관련된 이기백, 김용섭, 노태돈으로 이어진 국사학계의 논의가 이 점을 반영한다. 이에 비하여 그의 민속 연구는 최근까지도 학사적 언급을 제외하고는 인류학계의 주된 논의에서 떨어져 있었다. 이는 여러 가지로 흥미로운 생각거리를 우리에게 던져준다.

여기서 그가 광복 이전에는 민속 연구에 집중하였다가 이후에는 역사학자로서 더 활동을 하였는가 하는 점과 특히 광복 후에 자신이 이전에 했던 민속 연구의 내용을 더 이상 읽지 말아달라고 학계를 향하여 선언을 하였다는 점을 주목할 만하다.

그가 이전에 민속 연구를 많이 한 까닭은 아마도 민족문화의 정수를 민속에서 찾는다는 당시 독일 민족학의 영향을 받은 식민지 지식인의 민족적 자각 때문이었을 것임은 자명하다. 그러나 왜 광복 후에 자신의 글을 스스로 부정하고 또한 더 이상 연구하지 않았을까? 그는 어떤 점이 문제가 되는지를 구체적으로 밝히지 않고 다만 뭉뚱그려서 이전의 글은 없는 것이라고 선언을 해버렸으므로 정확히 그의 뜻이 무엇인지는 함부로 말할 수 없다.

당시 일본은 세계를 풍미하던 유럽의 제국주의적 문명진화론과 사상체계를 흡수하는 데 열심이었고, 영국의 에집트학파와 오스트리아의 전파주의, 독일의 민족학(Völkerkunde) 등이 인류학이란 이름으로 학문의 주류를 형성하고 있었다. 남창이 식민지배 하의 민족의식이 강한 청년 지식인으로서 민속의 중요성을 인식하고 관심을 쏟았지만 그 관심과 열정은 이러한 학문 풍조의 영향 아래서 '세련'되었다. 그러므로 조선의 민속을 원시미개 단계의 문명으로 취급하는 인식론적 방법론에 그는 당연히 혹은 무의식적으로 젖었으며 광복 후 이를 깨달았던 것이 아니었을까. 그가 민속 연구에 "토속학"이라는 단어를 차용한 것 자체가 이미 제국주의 문명관을 기본틀로 받아들이고 있음을 암시한다. 즉 그는 전근대 문화로서 조선 민속을 대하고 있었던 것이다. 그리고 광복 후에 사학자로서 역사를 자기 민족을 향하여 바로 보기 시작하였을 때 이전의 제국주의 그것도 서구 중심의 세계관과 식민사관의 늪에 자신이 부지불식간에 얼마나 깊고 넓게 빠져 있었는지를 반성하게 되었을 것이다. 그로부터 특히 그는 신민족주의라는 개념을 적극 주창하였다.

어쨌든 그는 더 이상 민속학을 거론하지 않았고 사학자로서 탄탄한 대로를 개척하였으나 6·25로 인하여 그 학문적 생애는 짧게 끝나고 말았다. 본인의 의지와는 관계없이 전개되는 역사가 한 개인의 일생에 어떤 운명을 부여하는가를 보여주는 비극의 한 편이라 할 것이다. 일찍이 사학계에서는 남창의 신민족주의 사관을 재조명하였는데 일부 민속학자들이 최근에 와서야 그를 역사학과 민속학의 결합을 시도한 학자로 조명을 시도하였다. 그를 기리는

손진태의 저서들

손진태문고에 보존된 『반도사화와 낙토만주』 　　　『반도사화와 낙토만주』에 수록된
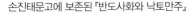
손진태의 「유교와 조선」

학자들은 주로 그가 민속을 연구함에 있어서 직접 현장답사를 했다는 점, 그리고 역사주의 관점에서 유적과 유물 그리고 민속에서 우리 문화의 기원을 추구하였다는 점, 세계 여러 민족의 민속과 비교학적인 논고를 시도했다는 점, 그리고 광복 후에는 역사에 집중하여 신민족주의 사관을 제창했다는 점을 특징으로 삼는다.

4. 남창의 인류학

그는 인류학(anthropology)을 "민족을 초월하여 유사(類似)로서…… 인류의 일반생활사를 고구하는 학문"이며 "토속학(ethnology)은 차이를 존중하고 한 민족 내의 재료를 수집 분석하는 학문"으로 구분하였다(『손진태선생전집』 6권, 162쪽). 이 관점은 인류학에 대한 이해가 아주 틀린 것은 아니지만 ethnology를 토속학이라고 번역 이해하는 것에서 보듯이 19세기 말 20세기 초의 제국주의적 편견을 반영하는 것이다. 우리가 지난 세기 초의 학문 연구에 대해서는 그 연구에 중층적으로 깔려 있는 이념적 입장과 시각 등을 엄격하게 판단하여 그 맥락에서 재평가해야 한다.

인류학의 개념과 내용은 시대에 따라 아주 달랐다. 남창이 민속을 연구의 핵심으로 삼을 때는 영미의 인류학보다 오히려 독일의 민족학(Völkerkunde)이란 개념에 더 근접한 경향을 보인다. 독일에서 민족학 그리고 민속 연구는 게르만 정신을 추구하던 낭만주의 민족문학가들의 구비전승과 신화 수집의 영향으로 촉진된 것이다. 그러나 오늘날은 문화 연구의 한 영역으로서 인류학의 하위분과 학문에 속한다. 인류학자는 민속을 특정의 시간과 장소에 위치시켜서 사람들이 어떻게 이용하고 해석하는지를 보는 바, 물질적인 것이든 비물질적인 것이든 문화유산에 맥락화(contextualization)를 시도한다. 즉 형태와 의미를 함께 실천의 맥락에 놓고 시대적 변천과 장소적 비교를 시도하는 것이다.

남창이 답사를 많이 한 것은 당시로서는 현장감 없이 문헌만 가지고 상상하는 것을 넘어서는 방법이지만 유물이나 민속의 현장에 가본다는 것만으로는 현대 인류학에서 말하는 현지조사(fieldwork)라고 할 수 없다. 앞서 말한 "문화의 맥락화"는 장기간 생활세계의 제 영역과 요소들이 결합하여 이루는 총체적인 문화체계 안에서 설명을 찾아내는 일이다. 그렇지 않으면 텅 빈 시공간 속에 사물을 바라보는 것에 지나지 않는다. 남창은 문명사가로서 해박한 비교학적 지식을 제공하고 그럼으로써 민속의 민족 고유성이나 독창성의 주장에 대한 객관적 (그가 '과학적'이라고 한 바) 이해를 제시하였으나 현대 인류학적 관점에서 엄밀히 말하자면 아이러니하게도 역사성이 충실하지 못한 한계를 보인다. 이는 그 개인보다 시대적 산물이라고 할 것이니 당시 제국주의 문명사를 구축하는 작업에서 소위 비서구는 미개와 원시의 잔존이었고 거기에는 시간이나 역사는 없는 것으로 여겼기 때문이다.

남창에게서 보이는 특이한 점은 그가 광복이 되자 스스로 "이전에 썼던 본인의 글을 더 이상 읽지 말아주시오"라고 선언을 한 사실이다. 아마도 제국주의와 식민사관을 따랐다는 점에 대한 양심선언으로 보인다. 많은 학자들이 그렇게까지 공표를 하지는 않았는데 남창만은 자의식이 강하고 직선적인 탓인지 그렇게 하였다는 점이 의미심장하다. 종종 우리 주위에는 아직도 일제시기에 조선 학자든 일인 학자든 조선의 문화에 대해 쓴 글을 경전으로 삼아서 깊은 분석 없이 그대로 인용하는 것을 본다. 남창은 이 점을 간파하고 자신의 연구를 부정하는 특별한 태도를 보였다. 그렇다면 그는 아주 용기있고 양심있는 학자라고 할 것이다. 남창의 그 정신은 식민지 학문의 토대가 깊은 우리나라 학계에 중요하다고 본다. 만약 서울대 학문 풍토에 그가 남긴 주목할 점이 있다면 바로 이 점이라 할 것이다. 그것이 '베리타스 룩스 메아'라는 서울대의 학문 정신이 아닐까. 그가 아끼던 개인장서 2,200여 권이 서울대 도서관에 기증되어 〈남창문고〉로 후학들의 연구자료로 제공되고 있다.

이진숙 _ 한국심리학의 1세대

차재호 | 서울대학교 명예교수

1. 머리말

사람의 기억은 한 사람의 뇌 속에 간직된다. 그러나 우리는 우리 뇌에만 의존하지 않는다. 한 사람이 사라지면 그가 가진 기억은 송두리째 그와 함께 지상에서 사라진다. 그래서 우리는 남의 뇌도 빌리고 그리고 비석에 우리 기억을 새겨 넣고 펜으로 기록해 둔다. 요즘은 컴퓨터가 기억의 대부분을 떠받치고 있지만 그리 든든한 보루로 보이지 않는다. 여기서는 없어

져가는 한 사람의 기억을 종이 위에 잠시 되살려보기로 한다.

2. 생애

이진숙 교수(1908. 10. 11~1962. 11. 28)는 우선 한국심리학의 제1세대이다. 경성제국대학 예과에 5회로 입학해 1933년 3월 경성제대 법문학부 철학과 5회로 졸업했다. 한국인으로 경성제대에 입학한 순서로 임석재, 윤태림에 이어 세 번째이다. 경성제국대학에서 심리학은 철학과에 속한 한 전공이었다. 당시 철학과 속에는 여러 분야가 속해 있었는데, 심리학은 동양에서 가장 잘 구비된 심리학 실험실을 갖추고 있었다. 해방 때까지 경성제대 심리학 전공을 한 약 8명의 한국인 중 이진숙은 특이하게 졸업하고 심리학연구실 조수로 3년간 일했다. 당시로는 파격적인 특전이었다. 그러나 교수직에 오르지 못했다. 조수의 일이 끝난 후 1937년부터 해방 당시까지 약 9년간 여러 일자리를 거치게 되었는데, 첫 3년간은 일본 빅터레코드 회사에서 판매·선전을 담당하는 일을 했다. 그 후로는 전남 여수군 상업조합 이사와 조선경금속주식회사 노동능률 연구 담당 사원으로 일하다 해방을 맞았다.

해방이 되면서 경성제대 후신인 경성대학 예과 교수가 되고, 1948년 서울대학교가 설립되면서 심리학과 조교수가 되었다. 철학과 속의 심리학 전공이 아니라 독립된 심리학과를 마련해 조교수에 임명된 것이다. 이진숙은 1949년 9월까지 서울대학교 문리과대학 교수로 재직하다 교수직을 떠났다가 1951년에 문리과대학 교수로 복귀하였다. 그래서 필자가 1952년 서울대 부산 피난 교사로 입학했을 때 이 교수의 강의를 듣는 행운을 가질 수 있었다. 이 교수가 2년 반 정도 교수직을 떠난 데는 미국 연수를 위해 미국 입국 항구에 도착했을 때 검역당국이 그의 진척된 폐결핵을 발견하여 바로 그를 한국으로 회송한 일과 관련이 있다. 교수직을 떠난 약 2년 여 동안 그는 문교부 정신측정연구소 소원, 미 공군대학 인적자원연구부(심리학) 부원, 육군본부 작전교육부(심리학) 기감(技監), 미 제8군 심리전과(포로심리) 연구원 등의 일을 했다. 다시 말하면 심리학에서 응용심리학 분야에 속하는 일에 종사했던 것이다.

대학에 복귀한 후 그는 1951년부터 1962년말까지 11년간 서울대 심리학과의 주임교수로 존재했다. 한때 문리대 학장서리도 겸했고, 한국심리학회 제2대 학회장을 지내기도 했다.

3. 이력

1933. 4. 1~1937. 3. 31	경성제대 심리학연구실 조수
1937. 4. 1~1939. 12. 31	일본 빅토축음기회사 사원(판매/선전의 심리 담당)
1941. 3. 1~1944. 2. 28	전남 여수군상업조합 이사
1944. 3. 1~1945. 11. 30	조선경금속주식회사 사원(노동능률 연구)
1945. 12. 1~1946. 9. 1	경성대 예과 교수
1946. 9. 1~1949. 9. 30	서울대 문리과대학 교수
1951. 5. 30~1962. 11. 28	서울대 문리대 교수
1949. 9. 30~1949. 12. 31	문교부 정신측정연구소 소원
1950. 11. 1~1951. 2. 28	미 공군대학 인적자원연구부(심리학) 부원
1951. 3. 1~1951. 5. 30	육군본부 작전교육부(심리학) 기감(技監)
1951. 5. 30~1951. 12. 23	미 제8군 심리전과(포로심리) 연구원
1951. 12. 13~1962. 11. 28	서울대학교 문리과대학 교수
1957. 1. 31~1957. 7. 19	서울대하교 문리과대학 학장서리
1958. 6.~1960. 5.	한국심리학회 회장(제2대)

4. 학문적 업적

그는 경성제국대학에 있을 당시 2편의 논문을 발표했는데, 하나는 1933
에 발표한 「조선(朝鮮) 아동(兒童)의 색채호오(色彩好惡)에 관하여」란 논문
으로 이것은 아마노(天野) 교수의 지도 하에 수행한 연구이고, 다른 하나
는 1934년에 발표된 「전서구(傳書鳩)의 계수능실험(計數能實驗)」으로 졸업
논문이었다. 후자는 조건형성 방법으로 전서구에게 수를 헤아리는 능력
이 있음을 증명한 실험이다.

해방 후 교수가 된 그는 6권의 단행본을 남겼는데, 가장 처음 나온 것은
1949년에 나온 『심리학개론(心理學槪論)』이다. 이것은 심리학자가 쓴 최초
의 심리학개론서이다. 아주 짧게 심리학의 주요개념들을 서술한 책인데,
해방 직후에는 이런 책이 주류를 이뤘으며 필자와 같은 해 입학한(1952)
학생들은 이 책으로 심리학을 시작했다. 그는 다음 해에 다른 출판사에서
『심리학(心理學)』이란 책을 냈는데, 이것은 고등학교용 교과서였다. 당시
고등학교에서는 심리학을 가르치는 곳이 더러 있었다.

그의 생애 말기인 1960년에 이진숙 교수는 『프로이드』란 비교적 얇은
책을 냈다. 프로이트 정신분석학을 비교적 얇은 책으로 그려낸 것인데, 필
자는 이 책을 그의 역작(力作)으로 꼽고 싶다. 그는 이 책을 다른 정신분석
유파의 것은 완전히 배제하고 오직 프로이트 한 사람의 사상과 업적을 적
겠다고 선언하며 독어, 영어, 그리고 일어로 된 프로이트전집을 원전으로
썼다고 적고 있는데, 이들은 각각 10권을 넘는 대단한 분량의 전집들이다.
이것을 그는 144쪽의 작은 책으로 엮어냈다. 그의 글은 어느 논문이나 저
서이든 하나도 흠잡을 데 없이 간결하고 정연하다. 그 점에서 그는 보증
수표와 같았다. 항상 실험심리학만을 되뇌던 그가 실험심리학과 대척을
이루는 정신분석학에 손을 댔다는 것이 우선 놀랍다. 그 쪽 배경이 없던

학자로서 요령 있게 프로이트를 소개하기 위해서는 많은 노력이 요구되었을 것이기 때문이다. 물론 이 책을 쓰게 된 동기는 알 길이 없다. 어떻든 그는 프로이트를 헤름홀츠, 다윈, 제임스에 이은 네 번째 위대한 심리학자로 보는 미국의 흐름에 언급한다. 프로이트의 생애와 업적을 다룬 첫 장의 끝에서 그는 이 장을 다음 말로 맺고 있다: "그러나 프로이드의 이론은 그대로 하나의 이론에 지나지 않는 것이다. 다시 말하면 그것은 과학 이전의 것이다. 그러므로 오늘날의 심리학은 그것을 실험적으로 검증하지 않으면 아니 될 줄 안다." 그는 아직도 실험심리학의 끈을 놓지 않고 있음을 알 수 있다.

그는 또 3권의 역서를 냈는데, 교과서의 성격을 띤 것들이다. 첫 번째 것은 1954년에 나온 『심리학강의』(편역)인데, 이것은 당시 미국에서 널리 읽힌 Munn의 『Introduction to Psychology』를 원본으로 한 것이다. 이 책으로 학생들은 제대로 된 개론책을 접하게 되었다. 두 번째로 나온 1956년의 『아동심리학개요』는 독일 심리학자 Karl Bühler의 『Abriss der Geistigen Entwicklung』을 번역한 것인데, 이 원본은 아주 잘 쓰여진 발달심리학 책이다. 세 번째 책은 1962년에 문교부 지원을 받아 낸 『현대심리학』인데, 미국의 유명한 실험심리학자 Woodworth가 쓴 『Contemporary Schools of Psychology』를 번역한 것이다. 이 책은 심리학파를 해설한 것이지만 기본적으로 심리학사 책으로 볼 수 있다.

그는 이들 책 이외에 심리검사 개발에 상당한 노력을 기울였다. 한국전쟁으로 군대에서 집단지능검사에 대한 요구가 있었다. 그 결과 초기 심리학자들이 자의 반 타의 반 각종 선발검사에 손을 대게 되었는데, 이진숙 교수도 그 영향을 받았다. 그래서 ① 1952년의 한국판 Wechsler 지능검사와 ② 1959년의 Guilford-Zimmerman 13개요인 성격검사를 냈는데, 이 둘을 모두 수요회(水曜會)의 이름으로 발표하였다(수요회는 단지 그의 이름을 밝히지 않기 위한 도구였던 것 같다). 1953년에는 「조종사(操縱士)의 심리학적 적성검사(適性檢查)에 관한 연구」란 논문을 냈지만 연구의 초보적 작업을 하는 데 그쳤다. 그 무렵 이화여대의 고순덕 교수도 4편의 지능검사 관련 논문(영문)을 발표했었다.

단행본이 아닌 논문들 중 특기할만한 것은 「심리학에 있어서의 조작주의(操作主義)」(1955), 「팔도인심의 특징」(1958), 「한미대학생의 도덕적 태도」(1959), 「팔도인의 성격에 대한 선입관념」(1959), 그리고 미국 오하이오 주립대학의 Rettig 교수와 공저로 내놓은 「Differences in Moral Judgments of South Korean Students Before and After Korean Revolution」(1963)이다. 조작주의 논문은 우리나라에서는 최초의 심도 있는 방법론 논평이다. 나머지 논문들은 모두 자료 수집을 통해 나온 연구보고들이다. 마지막 「Differences in Moral Judgments」 논문은 Rettig가 주도한 논문으로 필자가 자료 수집을 돕기도 하고 한국 측 자료보고서를 영어로 요약해 Rettig에게 보내는 일도 했던 연구이다. 이들 조사연구들은 모두 사회심리학적인 문제를 다루고 있다. 이들 조사를 토대로 한 글들은 필자가 군에 입대해서 연구실을 떠나 있을 때 또는 제대 직후에 쓰인 것들이다. 그래서 이진숙 교수가 말년에 사회심리학에 관심을 두었다는 사실을 늦게까지 눈치 채지 못했었다.

다른 논문들은 주로 심리학을 일반인에게 해설하는 그런 계몽적인 성격의 글들인데 앞서 언급한 논문들까지 합쳐 모두 60편의 논문 또는 글을 썼다. 그런데, 이들의 대부분이 1956년에서 1958년 사이, 즉 3년 사이에 발표되었다. 그의 사망년도가 1962년인데, 심리학계의 학회지는 1968년에 처음 발행되었다. 발표할 곳을 찾지 못했기 때문에 그의 "글"들은 『사조(思潮)』, 『새벽』, 『새교육』, 『한국평론』, 『자유세계』, 『사상계』, 『신태양』, 『훈육』, 『주부생활』 등 월간지와 일간신문과 대학신문에 실려 나왔다. 심리치료, 정신분석, 아동의 질투의 시정법, 정상인이란 어떤 것인가, 프로이드의 연애관, 꿈의 심리학적 해부, 동일시(同一視)의 행동, 의처의 심리, 자살심리, 원만한 가정생활, 부모의 지나친 애정과 아동, 청년심리, 인간 행동의 배후 조종자, 지도자에 대한 심리적 고찰, 심리검사에 관하여 등 다양한 주제가 다루어졌는데, 학회지가 없는 상황에서 그 길밖에 없었을 것이다.

5. 스승으로서의 이진숙 교수

세월이 많이 흘러 필자는 2001년에 『대학교육』이란 잡지에 이 교수에 대한 글을 쓴 사실을 잊고 있었다. 우연히 찾은 그 기사 제목은 "어려운 시대에 학문하는 자세를 보여준 심리학자 이진숙"이었다. 지금도 그 말로 밖에 달리 그를 평할 수는 없다. 이제 그의 글들을 읽으면서 새로 발견한 것은 그의 글이 전형적인 간결체로 일관했다는 사실이다. 필자도 초등생 5학년 무렵 일본 소설가 나쓰메 소세키(夏目漱石)의 영향을 받아 간결체로 글을 쓰게 되었는데, 필자의 글쓰기는 이진숙 교수의 영향도 반영하고 있는지 모르겠다. 다른 발견은 그가 사회심리학에 상당한 관심을 가지고 있었다는 것인데, 그것은 학술적인 논문보다는 월간잡지 등에 기고한 잡문들에서 잘 나타난다. 또 임상심리학에도 관심이 있었다.

그는 교수로서 학생에게 엄격했지만 한편 자상하기도 했다. 필자와 동기생으로 대학 2학년 때부터 성(性) 연구에 심취한 친구가 있었는데, 그는 강의 때면 늘 이진숙 교수에게 호된 꾸지람을 받았다. 내 친구는 스스로 성생활 조사서를 만들어 자료도 수집하곤 했는데, 1958년에 킨제이보고서(여성편)를 번역해 낸 모양이었다. 이 교수는 대학신문에 그 해 말 그 책을 추천하는 글을 썼는데, '한국의 킨제이'라는 별명으로 불린 이 친구의 책을 "의당 해야 할 사람의 번역인 까닭에 조금도 주저하지 않고 누구에게든지 추천할 수 있는 책이라고 생각한다"라고 썼다.

그는 그 쇠약한 몸을 이끌고 강의를 할 때면 숨쉬기 힘들어 헉헉 숨을 들이 쉬면서 또박또박 말을 이어갔다. 엄격한 사람에게 흔히 있는 일이지만 그는 한번 눈 밖에 난 사람에게는 가혹하게 대했다.

그는 많은 학자를 길러냈다. 우리나라 심리학자의 2세대와 3세대의 거의 반을 길러냈을 것이다. 물론 그가 1951년부터 11년 동안 서울대학교 심리학과에 군림하고 있었으니, 후세의 심리학자를 많이 길러낸 것이 순전히 그의 공이라고 말하기는 어렵지만, 그 어려운 시절에 학문적인 기풍을 그들에게 불어넣어 준 것은 적지 않은, 덮을 수 없는 공적이라 생각한다. 제자들이 나이 들고 사라져가는 지금, 우리 제자들은 선생을 스승으로 모신 것을 커다란 행운으로 여기고 귀중한 기억으로 간직하고 있다.

육지수 _ 응용지리학의 선도

박영한 | 서울대학교 명예교수

1. 들어가는 말 : 인연

석전(石田) 육지수(陸芝修) 선생은 20세기 한국의 경제지리학을 비롯하여 우리의 현실문제를 지리학적 사고로 풀어가는 응용지리학의 개척자이고, 서울대학교 문리과대학에 한국 최초로 지리학과를 설립하여 한국의 지리학을 탈바꿈시킨 명실상부한 지리학계의 선도자이다.

육지수 교수와의 첫 만남은 문리대 지리학과에 입학한 1958년이다. 그해 봄날 육선생님을 비롯하여 미국 대학원에서 지리학의 신학문을 연구하고 돌아온 김경성 교수와 첫 입학생들이 난생 처음으로 우이동 계곡으로 야유회를 갔었다. 점심 후에 무언극 놀이를 하였는데, 육선생님은 '실연한 여인의 모습'이 적힌 쪽지를 받아들었다. 갑자기 손수건을 꺼내더니 애초로운 여인의 눈물짓는 자세와 몸짓을 연기했다. 박수에 보답하듯 화사한 웃음을 지으시던 모습이 60년 가까이 흐른 지금에도 기억 속에 남아 있다. 선생님은 1907년생이니 그때 연세가 50세였다. 1967년에 타계하셨으니 10년간의 짧은 만남이었다.

1959년 설날에 지리학과 동기들이 모여 가회동 선생님 댁에 세배하러 갔다. 그때 처음 평생 보지 못한 어마어마한 한옥이 있다는 걸 알았다. 대문을 지나 앞마당 그리고 또 문을 통과하여 넓은 뜰을 넘어 계단에 오르니 커다란 대청마루가 보였다. 이 한옥이 민간인이 사는 가장 큰 집인 99간이란 것을 후에 알았다. 사모님의 첫 인상은 말수가 적고 샌님 같은 선생님과는 달리 체구도 중후하시고 남상으로 생기신 분이 경상도 말투가 섞여서인지 괄괄한 성격을 지니신 분으로 보였다. 후일 사모님은 경기여고 교장을 지내신 주월영(朱月榮, 1911~1997) 선생이시다. 육선생님은 천진난만하게 웃으시는 온화한 성품 뒤에 또다른 강직성을 지녔었다. 시험 때면 넓은 강의실을 쉴새없이 다니면서 철저히 감독하였다. 한번은 교탁 위에 의자를 갖다놓고 신문을 보시는데 신문지에 구멍이 뚫려 있었다. 그후부터 선생님의 시간에는 곁눈질은 사라지고 필기도구만이 움직였다.

1967년 초봄에 석전께서는 위장이 좋지 않다고 하며 하던 일을 접고 댁에서 요양하시었다. 어느날 난치병에 걸리셨다는 김경성 교수님의 말씀을 듣고 학과 조교이던 이명해(후일 감사원 사무총장 역임) 동기와 함께 을지로에 있는 매디컬센터에 찾아갔다. 피골이 상접하신 모습으로 누워계신 선생님을 뵈옵고 눈물을 삼켜야 했다. 그 와중에도 문병 온 이에게 고마움을 표시하고 제자들의 소식을 묻곤 하셨다. 석전 선생은 특출한 두뇌와 가족의 배경으로 어릴 때부터 사뭇 다른 삶을 살아오셨다. 생애의 단편들과 학문세계의 면모를 간추려 보려 한다.

2. 석전 선생의 생애

　석전 선생은 서울 종로 내자동에서 출생하여 소년기를 보내고 일본으로 건너가서 동경부립 제4중학교 보습과를 나온 후에 나고야(名古屋) 제8고등학교를 1930년에 졸업하였다. 그해 일본 동경제국대학 경제학부에 입학하여 1933년에 졸업하였다. 동경제대 시절 이인기(문리대 교수 역임) 선생의 회고에 의하면, 미모의 귀공자형의 육선생은 퍽 순진하고 과묵한 성격의 소유자였으며, 기억력이 정확하고 뉴스에 밝은 학우였음을 기억하고 있다(『석전육지수추모문집』) 대학 졸업 후 석전 선생은 동경제대 잠사경제연구실 조수로 만 3년간 근무하면서 일본의 잠사업에 관한 종합적 연구를 행하였다. 그 결과물이 혼이덴(本位田) 교수와 공저로 낸 『잠사연구(蠶事硏究)』이다. 잠사연구는 경제학과 지리학의 복합적 지식 없이는 불가능한 연구분야여서, 이를 계기로 석전 선생은 평생을 매달리게 될 경제지리학이라는 학문의 길에 들어서게 되었다.

　일반적으로 경제지리학자들은 지리학과 그 방법론을 먼저 익히고 나서 경제학을 부전공으로 공부한다. 석전께서는 경제학을 먼저 공부하고 지리학 분야를 뒤에 익힌 다른 형태의 경제지리학자로의 길을 걷게 되었다. 선생께서는 잠사연구에 몰두하면서 이론경제학보다는 실증적 경제학 연구로 방향을 전환하면서 경제지리학으로 돌아서버렸다. 육선생은 젊은 시절에 지리학 방법론과 수많은 지리학의 고전들을 섭렵하였다.

주월영과의 결혼 직후(1936)

지리학과 1회 졸업생들과(1962)

  석전선생은 일제시대에 경성제국대학 예과 강사(1936~1944)를 비롯하여 연희전문학교(1936~1942)와 명륜전문학교(1942~1949), 그리고 평양사범학교(1944~1945) 등에서 교수생활을 하였으며, 주로 일반 경제학과 경제지리학을 강의하였다. 고광림(高光林) 코넷티컷주립대학 교수의 추념문에서, "선생님께서는 대학 예과에서 경제지리를 가르치면서 한국 학생들을 격려해주시고 특히 저와 한두 학생들을 위해서 자택에서 매주 한두 번씩 독일어 특별강좌를 해주시던 생각이 난다"고 회고하였다. 광복 이후에도 줄곧 교수로서의 임무를 천직으로 여기고 서울대학교 상과대학(1946~1947)을 시작으로 고려대학교(1948~1952)와 서울대학교 문리과대학(1955~1967)에서 교수로 봉직하였다. 1958년은 석전께서 전공분야가 있는 보금자리를 찾아 귀향한 뜻 깊은 해이다. 이 해는 한국의 대학에 지리학이란 학문이 처음 문을 연 의미있는 연도이며, 육선생께서 최초로 문리대

지리학과 교수로 취임하였다.

　석전 선생은 교직에 충실하면서 외국에서 개최되는 각종 학회와 회의에도 두루 참석하였다. 로마에서 개최된 제1회 국제경제학회(1956)와 일본에서 열린 동경 국제통계학회(1960) 및 아시아 문화경제협력기구 창립총회(1962), 그리고 뉴델리 아시아인구회의(1963), 유고 세계인구문제회의(1965) 등에 참석하여 발표와 한국 대표로 연설하기도 하였다. 이와 더불어 육선생은 각종 기관의 위원으로 봉사하면서 국가의 정책 입안에도 크게 공헌하였다. 1961년에는 금융통화위원회 위원과 도시계획위원, 그리고 가족계획심의위원회 위원으로, 1962년에는 공보부 자문위위원회 위원, 사회보장제도 심의위원, 중앙통계위원회 위원으로, 1963년에는 중앙경제심의 위원, 재정금융위원회 위원 등으로 활약하였다. 그 외에도 사단법인 인구문제연구소 초대 이사장과 서울대학교 신문연구소 소장에 취임하였다. 이 연구소는 기자들의 소양을 높이기 위한 재교육을 실시한 비정규 기관으로 서울대학교 신문대학원의 기틀을 마련하였다. 1960년에 학술원 회원으로 피선되었고, 대구대학교에서 명예경제학박사 학위를 받기도 하였다.

　대한지리학회 회원으로 활동한 육지수 교수의 면모를 간단히 약술하는 것이 의미있을 것 같다. 1945년 광복과 더불어 가장 시급한 문제가 우리말과 우리 글로 교육하는 것이었다. 지리 교육에 종사했던 분들이 동년 9월에 중동중학교에 모여 조선지리학회 창립총회를 개최하였다. 그 당시 참석인원이 21명이었는데 교수 신분인 육선생을 제외한 나머지 참석자는 사범학교나 대학의 지리역사과 출신의 중등교사들이었다. 우선 역사를 공부한 독립운동가 출신의 중등학교 교장인 김도태(金道泰) 선생을 회장으로 모시고 육지수 교수를 비롯한 몇 분이 간사로 선임되었다. 학회 연혁에 의하면 육지수 교수가 이 학회 모임에 찬동하여 주신 데 대하여 학회의 이름으로 감사를 표시하였다. 그 후 석전 선생은 1946년부터 1963년까지 계속하여 부회장으로 지냈다. 그 연유는 아마도 광복 이후 초창기에 지리 교육에 더 치중한 관계로 전국의 사범계 대학에 지리교육과가 우선적으로 설치된 것과 연관이 있을 듯하다. 1949년에는 대한지리학회로 개칭되었다.

석전 선생은 동경에서 열린 국제지리학회 지역회의(1957)와 호놀룰루 태평양학술회의(1961)에 참석하여 학회에 보고하기도 하였다. 1959년에는 근대지리학의 기초를 확립한 훔볼트(Humboldt) 서거 100주년을 기념하는 발표회를 육선생이 주도하였다. 주한 독일대사가 참석하여 연설을 하였는데, 그 통역을 석전 선생이 맡았다. 그 당시 학계에서는 보기 드문 일이었다. 이 모임이 이루어지기 며칠 전에 '훔볼트의 생애와 학문'이란 글을 『조선일보』에 게재하여 지리학을 일반인에게 알리는 일에도 앞장섰다. 이처럼 석전 육지수 교수가 수많은 일을 짧은 시간 내에 활동하신 것을 우리는 자랑으로 여겼으나, 석전 선생은 피곤에 겹쳐 몸을 돌볼 기회를 놓쳐버린 것이 아닌가 여겨진다.

3. 석전의 학문세계

석전은 많은 사람들이 관심을 갖고 중요시하는 경제학에서 소수가 전공분야로 삼는 지리학으로, 전환하기 쉽지 않은 환경에서 더 넓은 공간과 시간을 대상으로 하는 학문을 택했다. 석전 육지수 교수는 서울대학교 문리과대학의 지리교과목 내에서 경제지리학을 비롯하여 인구분포론, 취락지리학, 지리학사 등의 강좌와 함께 국제경제학과 통계학을 강의하였다. 국제경제학 과목은 경제지리를 폭넓게 이해하기 위한 보조과목으로 선정했고, 통계학은 지리학의 계량화에 필수적인 도구로 이용되는 과목이기 때문이다. 인문지리학 분야에 해당하는 과목의 강의는 지표현상 간의 상호 관련성을 폭넓게 이해하려는 의도가 담겨 있다. 더욱이 인문지리학 분야를 두루 살피는 시야의 확대는 경제지리학을 더욱 심오한 경지에 이르게 하였다고 볼 수 있다. 이를 바탕으로 국토 정비와 개발, 그리고 토지이용 문제를 해결하려는 응용지리학의 토대를 마련하였다.

석전 선생은 일제 때부터 경제지리학을 강의하면서 학적 체계가 뚜렷하지 않은 점에 불만을 품고 체계 수립에 경주하였다. 실제로 학문을 아우르는 체계를 세운다는 것은 매우 힘든 작업이다. 석전은 나름대로 자원론과 입지론을 중심으로 체계를 세울 수 있다고 생각하여 광복 이후 이러한 체계 하에서 강의를 계속하였다. 그 결실이 1959년 『경제지리학』(제1부)로 출간되었다. 경제지리학은 경제현상의 지리적 분포를 우선적으로 다루려는 학문으로, 사회과학의 범주에 속한 것으로 인식하였다. 석전은 근대지리학의 성립이 자본주의와 자연과학의 발달에 기반을 둔 것 같이 새로운 경제지리학도 고도의 자본주의 전개 과정과 사회과학의 발달에 대응한 새로운 학적 체계를 수립할 단계에 이르렀다고 보았다. 자원론은 기술의 문제와 국제정세 그리고 수송문제와 수급관계를 고려하여야 이론 체계를 수립할 수 있다고 보았다. 석전은 1958년 『사상계』를 통하여 함부르크대학의 오트렘바(Erich Ottremba) 교수의 「일반농업 및 공업지리학(Allgemeine Agrar- und Industriegeographie, 1952)」의 서평을 발표한 것으로 보아 세상에 내어놓지 못한 「입지론」도 어느 정도 구상이 되었으리라 생각된다. 경제지리학의 방법론을 전개함에 있어 근대지리학의 본고장인 독일의 문헌들을 주로 원용하고 있다. 경제지리학과 지리학사 강의에서 들었던 그 원서들이 우이동 자택의 서가를 가득 메우고 있음을 보고 감탄한 기억이 새롭다. 그 외에도 국토개발, 인구론, 한국의 지리학사 등 많은 논설을 발표하였으며, 여러 잡지와 신문을 통한 주제 발표로 지리학의 대중

서울대학교 신문연구소 수료식에서

화에도 크게 기여하였다.

　오늘날 계통지리학은 일반적으로 생태적, 공간적 관점에서 지표현상의 입지와 분포를 다루는 학문으로 정의되고 있다. 석전의 자원론은 생태적, 환경적 관점과 연계될 수 있을 것 같고, 입지론은 공간적 관점에서 다룬 분야라고 보면, 석전 선생은 일찍이 현대지리학의 추이를 예견한 혜안을 가진 학자로 보인다.

　석전 선생은 사후에 한국에서 구하기 힘든 수많은 고전적 지리서적들을 서울대학교 도서관에 기증하여 '석전문고'로 별도의 서가에 비치되어 있다. 이를 통해서 석전은 아직도 후학들과 교감하는 듯하다.

4. 마무리 글

석전 선생의 생애와 학문체계를 간략히 마무리하면서, 중요한 부분을 빠뜨리지 않고 객관적 입장에서 바르게 표현하였는지가 마음에 걸려 두려움이 앞선다. 못내 아쉬운 점은 회갑을 넘기시지 못하고 타계한 점이다. 이로 인하여 경제지리학의 체계를 세우기 위한 두 부분 중에서 입지론의 저술이 세상에 나오지 못하였다. 이것이 완성되었더라면 경제지리학의 학문적 체계에 의한 내용 전개가 이루어져서 나름대로 한 분야를 섭렵하였을 것이다. 또 하나는, 학문적 성과나 사회활동 면에서 타의 추종을 불허하던 석전 선생께서 20여 년간을 학회의 부회장으로만 묵묵히 봉사한 점이다. 지리학계가 그의 능력을 살릴 수 있는 토대를 마련하지 못한 것이 어쩌면 학계의 발전을 더디게 하지 않았는지 하는 생각이 들 때가 있다.

석전 선생으로부터 지리학을 배운 제자들은 학문을 대하는 진지함과 제자를 사랑하는 그 정신을 새기고 있다. 오늘날 많은 제자들이 그 정신

자택에서의 모습(1967)

을 좌우명으로 삼고 학문에 정진하고 있다. 석전으로부터 사랑을 듬뿍 받은 이광희(2회 입학) 동문을 비롯하여 박숙희(3회 입학) 동문이 석전 선생을 기리는 장학기금을 서울대학교에 마련하여 후배들에게 석전의 정신을 이어가게 하고 있다. 혹시 잘못된 서술이 있다면 그 모두가 필자의 불찰임을 밝혀두며 이만 줄인다.

하상락 _ 실천 중시의 전문인

김성이 | 이화여자대학교 명예교수

"나무 심어라." "수업 꿰먹지 마라."

이 두 마디가 하상락 선생님으로부터 자주 들던 말씀이었다.

지금도 선생님의 음성이 들려온다.

1. 출생과 성장

선생님은 1915년 6월 4일 경남 합천군 야로면 야로리 82번지에서 부친 하종구 씨와 모친 이자곡 여사의 5남7녀 중 장남으로 출생하셨고, 2001년 3월 17일에 86세의 일기로 별세하셨다.

선생님은 경남 합천군에서 부유한 만석지기의 집안에서 성장하셨다. 할아버지는 손자인 선생님을 특히 사랑하셔서 초등학교 때부터 할머니와

함께 서울 종로구 제동에 조기유학을 보
내시고는, 자주 서울 집에 들러 선생님을
지도하셨다. 선생님은 경기중학교를 31
회로 졸업하신 뒤, 일본 중앙대학교 법학
부를 1942년 9월에 졸업하셨다. 법학부
에서 법학 이외에 사회학, 심리학, 경제
학 등을 공부하셨다.

하상락 내외분의 젊은 시절

　결혼은 일본 중앙대 재학 중 중매로
1941년 3월에 사모님 김옥윤 여사와 결
혼하셨는데 사모님을 무척 사랑하셨다. 늦게 외동딸을 두었다. 딸 연경은
이화여자대학교 졸업 후 주부로 일하고 있으며 그녀의 아들 즉 선생님의
외손자를 사회복지학을 전공하게 하여 사회복지 정신을 잇고 있다.

　대학 졸업 후 1942년 12월부터 해방까지 선생님은 조선총독부 사회과
에서 고아원, 양로원, 행려병인 수용소 업무를 보았고, 또 경기도 시흥 군
청에서 근무하셨다. 해방 이후에는 숙명여대에서 강사로 아동복지학을
가르쳤다. 6·25전쟁 발발 후, 1950년 11월부터 1953년 1월까지 유엔 민
사원조사령부의 사회과 후생고문으로 일하셨다. 이때 전쟁구호사업을 총괄
하셨다. 또한 1952년에는 서울대학교 사범대학에서 사회학을 강의하였다.

　선생님은 해방 전후 어려운 빈민들을 접하면서 사회복지의 뜻을 세우
신 것으로 보인다.

2. 사회사업학 교육

　6·25전쟁의 참화로 전 국토는 황폐화되었고, 당시 국민들의 생활은 극
도로 어려웠다.

이즈음 미국은 한국원조개발사업의 일환으로 미국 미네소타대학교에 미네소타 프로젝트(The Minnesota Project)를 만들어, 서울대학교의 농학, 공학, 의학, 약학 및 사회과학 발전을 위한 교육현대화사업을 추진하게 된다. 이 연구진의 한 사람으로 온 미네소타대학교 사회사업대학원장 키드 나이(John Kidneigh)가 미래의 한국 복지교육을 위하여 서울대학교에 사회사업학과를 설치하고 교육자를 양성할 것을 제안한다.

이에 따라 하상락(교육), 김학묵(정책), 백근칠(실무) 등을 선발하여 미네소타대학교 사회사업대학원에 보내게 된다. 대학입학허가는 미네소타대학교에서, 장학금은 유니테리언봉사회(Unitarian Council)로부터 지원을 받아 떠나게 된다(1954). 유니테리언봉사회는 종교단체의 하나로서 교수자원으로 남세진 교수, 장인협 교수의 유학을 지원하는 등 당시 우리나라 복지 발전을 위해 큰 지원을 하였다.

귀국(1956) 후 선생님은 서울대학교 대학원 사회학과에 사회사업학전공(1958)과를 먼저 설립하고, 이듬해 서울대학교 문리과대학 학부에 사회사업학과(1959)를 설립한다.

UN 인사원조사령부 후생고문 시절

선생님은 계속 서울대 교수로 봉직하셨으나, 다른 두 분은 강사로 봉직하신 후에 김학묵은 보건사회부 차관, 적십자사 사무총장으로 공직활동을 하셨고, 백근칠은 입양기관인 한국사회봉사회를 설립 운영하여 사회사업 실천에 기여하셨다.

미국의 사회복지교육은 20세기 초에 있었던 〈우정방문운동(friendly visitor movement)〉으로부터 시작된다. 이 당시 '메리 리치몬드'를 비롯한 청년들이 뉴욕 빈민가 등을 방문하면서 사회사업 활동은 시작되었다. 이러한 운동이 확대되면서 실천 현장으로부터 자연적으로 교육의 필요성이 제기되어 1910년 뉴욕 사회사업대학원이 설립되게 된다.

이렇게 발전된 미국의 사회사업대학원들은 1919년에 미국사회사업학교협회(AASSW: American Association of Schools of Social Work)를 창설하여 사회사업 전문교육 틀을 정립하고 발전하게 되었다.

자연적으로 발전된 미국의 교육과 다른 한국의 현실을 잘 아는 선생님은 서울대학교 뿐만 아니라 우리나라 전체의 사회사업교육의 큰 그림을 가지고 귀국하게 된다.

3. 사회사업 활동

당시에는 세계 첨단인 미국 사회사업대학원에서 교육을 받고 오신 선생님이 한국사회사업교육을 전개해나가는 일은 쉬운 일이 아니었다. 해방과 6·25전쟁으로 사회적 요구는 매우 컸으나, 이 필요를 충족할 인적 교육적 여건은 턱없이 부족하였다. 정부의 사회복지 개념이 미약하였고, 사회복지 종사자들의 교육 수준은 천차만별이었으며, 복지체계는 갖춰져 있지를 못했다.

또한 선생님이 1958년과 1959년에 국립 서울대학교에 사회사업학 교육을 대학원과 학부에 설립할 당시의 우리나라의 교육 환경은 넉넉하지 못하였다. 당시에는 이화여자대학교에 기독교사회사업학과(1947)와 중앙신학교에 사회사업학과(1953)가 있었으며, 현장 실무자들을 단기 교육시키는 보건사회부 산하의 중앙사회사업종사자훈련원이 있는 정도이었다.

그러나 선생님은 이러한 어려운 환경 속에서도 서두르지 않았다. 대량생산의 교육시스템보다는 소수정예의 교육체계를 가지고 차근차근 전개해 나갔다.

1958년에 대학원을 설립하면서 동시에 한국사회사업학회 회장직을 일본 동지사대학에서 교육받은 김덕준으로부터 물려받아, 제2대 회장으로 우리나라 사회복지학의 기반 형성을 위해『한국사회사업학회지』를 발간하기 시작하였다.

선생님은 학문적으로 중요시되는 학회를 중흥시켰을 뿐 아니라, 한국사회사업학교협의회(1966)와 한국사회사업가협회(1967)를 설립하였다.

1966년에 한국사회사업대학협의회(현 한국사회복지교육협의회)를 창설하고 회장을 맡았다. 당시에 지윤, 이명홍, 문인숙, 김덕준, 함세남, 신섭중, 조성경, 김융일 등 회원을 이끌며, 교육과정개편, 실습기관지원, 수퍼바이져 교육 등을 발전시켰다. 평생교육 개념에서 슈퍼비전 교육과정을 만들어 현장사람들을 대상으로 교육을 실시하고 자격증을 주었다.

이어 1967년에는 한국사회사업가협회(현 한국사회복지사협회)를 창립하고 역시 회장을 맡았다. 그는 미국의 사회사업가협회(NASW)를 보고, 한국사회사업가협회를 조직하여 전문성 강화에 노력하였다. 그동안 별도로 설립 운영하던 한국개별사회사업가협회(1956)를 한국사회사업가협회에 통합시키는 노력도 하였다.

사회사업계의 세계적인 조직으로는 국제사회사업학교협회(IASSW), 국제사회사업가협회(IASW) 그리고 국제사회복지협의회(IFSW)가 있다. 선생님은 한국사회사업학교협회, 한국사회사업가협회를 만듦으로써, 기존에 있던 한국사회복지협의회와 함께 우리나라도 국제적 교류를 각각 담당하는 틀을 갖게 하였다.

이러한 업적은 선생님이 서울대학교뿐만 아니라 한국사회복지교육의 선구자임을 증명한다. 선생님의 활동은 사회사업계의 메마른 땅에 단비와 같은 존재이었다.

4. 전문 사회사업가 양성

선생님은 전문 사회복지사를 주장하셨다. 선생님의 현장 경험과 미네소타 교육은 사회복지사는 전문가로 키워야겠다는 믿음을 갖게 했다. 사회복지사란 전문가가 되어야 하며, 전문가가 되는 길은 항상 현실 문제를 직시하고, 현장 경험이 풍부하여야 하며, 이를 바탕으로 한 이론이 정립되어야 한다고 생각했다.

학부와 대학원에서 실천 중심의 교육방침과 교육과정을 정립하셨다.

선생님은 대학원에서는 미국 대학원의 모델을 그대로 시행하였으나, 학부의 교육과정은 대학원교육과정과 연계하여 우리 수준에 맞게 조절하여 만들었다.

〈인간행동의이해〉, 〈사회문제〉, 〈사회조사방법〉과 〈사회사업실습〉을 기본으로 하고, 〈개별지도론〉, 〈집단지도론〉, 〈지역사회조직론〉의 3대 임상 방법론과 〈공적부조론〉, 〈사회사업행정론〉, 〈사회정책〉 등의 복지실무론을 가르쳤다. 특히 사회사업실습을 강조하여 매 학년 실습을 하도록 하며 실천현장을 강조하셨다.

학부 현장실습(field work)에서는 1학년 때는 사회 전반에 대한 문제를 인식해야 한다고 사회문제현장 실습을 강조하였다. 당시에 사회문제인 청

소년 노동 현장의 버스차장이나 구두닦이 문제 등을 관찰하게 하였으며, 사회문제 사진 전시회를 기획하는 등 사회문제에 관심을 갖게 하였다. 2학년 때는 사회복지현장의 다양한 사회복지방법론을 검토하게 하였고, 3~4학년 때에는 2학년 때의 경험에서 자신에게 맞는 전공 분야, 즉 〈개별상담〉, 〈집단지도〉, 〈지역사회조직〉, 〈입법과 행정〉 분야 중 하나를 선택하게 하여 2년간 실습을 함으로써 그 분야의 전문 실력을 높이도록 하였다.

대학원에서는 실습을 바탕으로 이를 이론화하여 논문을 작성하도록 권장하였다. 또한 대학원 과정에서는 전문가로서 일반 사회복지사를 지도, 감독할 수 있는 '슈퍼비전 교육'을 강조하였다.

선생님의 학부 교육은 철저한 현장실습(field work) 교육으로 실천가를 양성하게 하는 데 목적을 두었으며, 대학원 교육은 실습과 이론을 병행한 전문가로서 슈퍼바이저(supervisor)와 교수(professor)를 키우는 것이었다.

5. 사회사업 실천

선생님은 사회사업학의 임상방법론 중에서도 〈가정상담〉과 〈개별상담 방법론(Case Work)〉을 강조하셨다. 선생님은 이 정신을 사회복지법인 자광재단에서 몸소 직접 실천하셨다.

〈사회복지법인 자광재단〉은 1977년에 출범한다. 그 뿌리에는 두 갈래가 있다. 하나는 〈대자애육원〉이다. 6·25전쟁 직후 1952년, 지방을 유랑하는 전쟁고아가 많아지자 충남 금산군 남이면 면장 강정구는 대자애육원을 만들어 고아를 보호하기 시작하였다. 선생님은 대자애육원 초기부터 원조기관인 양친회 한국지부의 지원을 받게 해서 그 운영을 도왔다. 한때 130여 명이나 수용하였던 시설이 1970년 이후 18세 이상의 고아들이 시설을 떠남으로써 수용인원이 줄게 되었다. 1972년에 사회복지법인 새마을생활관으로 바꾸고 농촌 인보관 사업을 실시했으나 정부 지원이 여의치 않아 활동이 미약하였다. 1976년에 사회복지법인 자광재단으로 법인명을 바꿔 새출발하였다. 이렇게 법인명을 바꾼 자광재단은 1977년에, 1958년 우리나라 최초의 현대 상담소로 만들어진 〈서울아동상담소〉를 흡수하게 된다. 아동상담소는 제2차 유엔 아시아지역 범죄예방 회의(1957)에 함께 참석한 권순영 판사와 만든 기관이다. 〈서울아동상담소〉는 소년 범죄를 예방하기 위한 상담소로서 법학, 사회복지학, 심리학, 정신의학 전문가로 구성된 기관이었다. 1977년 자광재단에 합병되면서 〈자광아동가정상담원〉으로 기관명을 바꿔 산하기관이 되었다.

선생님은 서울대를 퇴임(1980)하신 이후에도 1995년 80세가 될 때까지 계속 아동과 가정 상담 업무에 헌신하시어 사회사업 실천 전문인으로 현장을 지키셨다.

1977년에 설립된 〈사회복지법인 자광재단〉은 지금까지 전문기관으로서 '사랑의 빛'을 발하고 있다.

6. 제자 사랑

선생님은 사회복지를 필요로 하는 사람을 바라보며 우리들은 더욱 열심히 공부해야 한다고 강조하시면서 "수업을 꿰먹지 마라"를 수시로 말씀하셨다. 선생님의 "수업을 꿰먹지 마라"라는 말씀은 사회사업 학문에 대한 열심과 함께 "우리를 필요로 하는 사람들을 극진히 사랑하라"는 선생님의 사랑의 정신에 기인한다.

선생님의 제자 사랑은 대단하였다. 그는 초기 모든 졸업생들의 취직을 위하여 노력하셨다. 사회복지기관을 직접 찾아다니시며 졸업생을 모두 취직시켰다. 취업도 어렵고 대우도 빈약한 실정에서 외원기관에 취직한 졸업생들은 월급을 달러를 원화로 환산하여 받아 매우 높은 편이라고 좋아하였다. 그의 제자 사랑은 새해 설날 떡국행사에서 그 빛을 발하였다. 모든 졸업생이 선생님 댁에 가서 세배 후 떡국을 먹었다. 처음에는 졸업생 수가 적어 수월히 진행되었으나 점차 해가 지나면서 10기 이전 졸업생들은 오전에, 10기 이후는 오후에 나누어 하기도 하였다. 선생님의 제자 사랑은 다른 대학 출신들의 부러움을 살 정도이었다. 선생님의 헌신적 사랑은 사회사업계의 메마른 땅을 쉴만한 물가, 푸른 초장으로 만드셨다.

선생님은 학문의 초기 단계에서 소수정예주의를 선택하셨다. 교육의 초기 단계에서는 소수정예로 전문가를 양성하는 것이 학자로서의 책임지는 자세라고 생각하셨다. 당시 서울대학교 학부 입학생은 열 명이었고, 대학원은 한 명이었다. 선생님은 학부의 실습과목에 직접 참여하여 지도하셨으며, 대학원생 교육 시에는 수업이 끝난 뒤에도 개별적으로 시간을 내어 앞으로 대학교에 가서 일할 교수 요원이 되기 위해서 갖추어야 할 기본자세와 철학을 전수하셨다.

선생님의 이러한 정신은 학과명칭 변경 과정에서도 나타난다. 1976년에 사회사업학과는 사회복지학과로 명칭이 변경되었다.

1973년에, 학생이 학과를 선택하는 실험대학 체제가 시행되자 지원학생이 적어 사회사업학과 학생이 줄었다. 또한 당시 많은 다른 대학들이 사회사업학과 명칭을 사회복지학과로 바꾸자 서울대학교도 이에 따라갔다.

선생님은 복지교육이 임상실천 중심에서 정책이나 제도 중심으로 변해가는 것을 안타깝게 생각하셨다. 사회복지학과로 학과 명칭이 바뀜으로써 임상의 기본정신인 사랑이 경시되고 정책과 행정 중심으로 흘러 객관화 물질 중심으로 되는 것을 걱정하셨다. 사회복지도 '나무 심는 정성'으로 키워가기를 원하셨다.

사회복지제도가 확장되고 정부의 복지예산이 증가함에 따라 우리나라가 복지국가로 나아갈 때에도 사회사업가의 전문성이 더욱 필요하다는 주장은 변함이 없었다. 사회복지 정책이나 제도가 실행될 때라도 실질적인 기술인 사회사업 방법론 교육이 수반되어야 한다는 그의 전문성 강조를 굽히지 않았다.

7. 영원한 스승

선생님은 자서전적 수필집 『왔다 갔다 바람 따라』(1996, 자광아동가정상담원 간행)에서 다음과 같이 말씀하셨다.

"21세기를 향한 선진사회를 대비하여 우리 사회사업에 전문화가 필요함은 두말할 필요가 없다. 그것은 바로 클라이언트를 위한 효과성, 자원의 낭비를 막는 효율성 뿐만 아니라 국민의 삶의 질을 향상시키기 때문이다."

"이는 사회와 사업계 등 양쪽에서 동시에 이루어져야 한다. 정부 사업의 경우, 정부가 전문화의 필요성, 중요성을 인식해 새로운 관계법을 만들고 임금을 높이는 등 노력을 펴야 한다. 그러나 보다 중요한 것은 전문 사회사업가 당사자들의 노력이다. 대학 교육부터 한 사람의 확실한 전문가를 길러내기 위해 임상실습을 강화하고 새로운 기술과 이론을 쌓고 하는 치열한 노력이 이루어져야 한다."

선생님은 지금도 우리들에게 다음과 같이 당부하고 계신다.
"교육을 담당하는 교수님들부터 임상훈련을 제대로 쌓기를 기대한다."

유기천 _ 한국 법학의 세계화

최종고 | 서울대학교 명예교수

1. 머릿말

한국인들의 건망증이 심하여 1960년대 중반 서울대 총장을 지낸 유기천(劉基天, Paul Kychun Ryu, 1915~1998)을 기억하는 사람은 많지 않은 것처럼 보인다. 그도 그럴 것이 박정희 대통령과의 불화로 1972년에 망명하여 26년간을 미국에서 살다 그곳에서 작고하였기 때문이다. 더러 아는 사람도 '쌍권총 총장'이란 기억을  말할 뿐 그의 진면목에 대하여는 거의 아무것도 모른다. 그는 한마디로 1950년대에서 1970년대까지 20년간 한국의 인문사회과학을 대변한 세계적 학자였다. 1959년 하와이에서 10년마다 열리는 〈동서철학자대회〉(East-

West Philosophers Conference)에 초청받아 한국을 대표하여 발표하였고, 『세계지식인사전』(Encyclopedia of World Intellectuals)에도 실린 인물이다. 한국의 많은 경우 그렇지만 잘못된 언론보도에 의한 명예훼손과 그런 류의 가십 같은 기억이 진정 한 학자, 한 인간의 진실을 가리는 것은 매우 유감스런 일이다. 유기천의 경우가 그 전형인데, 다행히 시간이 지남에 따라 그런 오해는 가고 진정한 추모와 기념이 이루어지고 있다.

필자는 엄격히 보면 형법학이 전공이 아니어서 학문적 계승자는 아니지만 법철학의 면에서 생전에 특히 만년에 교분이 깊어 결국 그의 전기 『자유와 정의의 지성 유기천』(한들출판사, 2005)을 내게까지 되었다. 이 전기를 읽은 분들은 그 분에 대한 새로운 이해를 하게 된다는 얘기를 듣고, 전기의 중요성과 함께 보람으로 생각한다. 유기천의 호는 월송(月松)인데, 여류시인 모윤숙 여사가 지어준 것이다. 이 지성인들의 훈훈한 '러브스토리'는 대쪽 같이만 보이는 유기천의 인간됨의 새로운 면모를 보여준다.

2. 생애와 업적

유기천은 1915년 7월 5일 평양에서 유계준 장로의 아들로 독실한 기독교 가정에서 6남매 중 4남으로 태어났다. 그의 집안은 〈한국의 명가〉로 조선일보에 소개된 바 있다. 형제들은 대부분 의학을 전공했는데, 월송만 법학을 공부하여 법학자가 되었다. 그는 평양의 숭실학교를 졸업하고, 일본 히메지고등학교에서 공부한 후 동경제국대학 법학과에 입학하여 1943년에 졸업하였다. 센다이의 동북제대 조수로 있다가 해방을 맞았다.

1946년에 귀국하여 경성법학전문학교 교수로 가르치다가 서울대학교의 설립과 함께 법과대학 교수로 부임하였다. 신설 법과대학의 기초를 놓는 데에 그의 손길이 닿지 않은 곳이 없었다. 1952년에 하버드 로스쿨에

교환교수로 갔고, 다시 1954년에 도미하여 1958년까지 머물면서 예일대에서 「한국문화와 형사책임」(Korean Culture and Criminal Responsibility)이란 논문으로 한국인 최초로 법학박사(SJD) 학위를 받았다. 당시 함께 공부하던 정대위 박사(후일 건국대 총장)와 교분이 깊어 인류학을 비롯하여 인문사회과학과 대화하는 법학을 기초 놓으려 하였다. 두 사람은 귀국하여서도 서울대 사법대학원에서 〈법과 문화〉라는 과목을 공동 강의하여 요즘 말하는 학제 혹은 통섭을 이미 1950년대에 시범을 보여주었다. 이러한 '예일학풍'을 바로 서울법대 강의에 접목시켰다는 것은 한국법학의 수준을 일대 향상시킴은 물론 한국법을 세계 학계에 알리는 데에 큰 기여를 하였다. 실제 그는 1960년 한국형법을 영어로 번역하여 책으로 출간하였고, 이어서 1968년에 독일어로도 번역 출간하였다. 지금도 해외에서 한국형법을 연구하려면 이 책들을 보고 있다. 또한 『국제비교법사전』(International Encyclopedia of Comparative Law)에도 한국법에 관한 장문의 소개논문을 실어 안내자 역할을 하였다.

서울법대의 제도적 학문적 기초를 놓던 중 전쟁이 발발하여 월송은 학장서리의 책임을 지고 부산에서 법학 교육을 계속하였다. 가교사 교문에 ⟨FIAT JUSTITIA RUAT CAELUM⟩(하늘이 무너져도 정의를 세우라)이라는 라틴어 철제 아치를 세웠다. 청승스런 것 같지만 이런 배포가 국난을 극복하고 민주주의와 법치국가의 기초를 놓은 것으로 생각된다. 이런 모든 것이 월송에 의해 기안되었고 실천되었다.

1960년대는 혁명의 시기, 특히 법학의 관점에서 보면 위험한 시기였다. 그럴 때에 역설적으로 월송은 박정희 대통령에 의해 1965년 8월에 서울대 총장으로 임명된다. 그것이 학생들과 일부 교수들로부터는 처음부터 '어용총장'이란 레테르를 씌웠다. 특히 문리대에서 반발이 심했다. 매일같이 일어나는 데모에 유총장은 시간을 갖고 설득을 하려고 단과대학들을 순방하였다. 청와대에서 불러 들어가니 박대통령이 "왜 데모를 못잡느냐, 총장이 못하면 군대를 동원하겠다"고 진노하였다. 유총장은 다 듣고 난 후 "대통령이면 대통령이지 대학을 총장보다 어찌 잘 안다고 그런 말을 하느냐"면서 일어서 나왔다. 이때부터 두 사람은 총과 펜의 대결로 달려갔다. 자연 총장직은 1년 3개월밖에 못되었다.

1970년에 유기천 교수는 강의실에서 박대통령이 대만식 총통제 비슷한 장기집권을 획책하고 있다는 발언을 하였다. 소위 '마지막 강의'이다. 그날 저녁 정보부원이 체포하러 사택으로 왔을 때 그는 제자 검사의 귀띔으로 뒷문으로 피신하였다. 그 후 2개월 10일 동안 이곳저곳 피신하다 미국에 있는 유대인 부인 실빙(Helen Silving) 교수의 구출작전으로 간신히 탈출할 수 있었다. 실빙은 하버드대의 라이샤워(E. Reischauer) 교수로 하여금 김종필 총리에게 편지를 써 세계적 학자인 유교수를 미국으로 보내라고 압력을 가하였던 것이다.

이렇게 미국으로 망명한 후 처음에는 푸에르토리코대학에서 부인과 함께 비교형법을 강의하였고, 샌디에고로 옮겨 1984년 정년 후에는 독서와 집필로 보냈다. 만년의 저서 『세계혁명』(The World Revolution)을 출간하였고, 부인의 〈회고록〉(Helen Silving Memoirs)에 한 장을 빌려 자신의 삶을 적기도 하였다.

사실 월송의 삶과 학문에는 부인 실빙 교수와의 동반이 중요한 의미를 가진다. 그들은 1954년에 하버드 로스쿨에서 처음 만났는데, 실빙은 〈하버드-이스라엘 프로젝트〉, 즉 신생 이스라엘의 법적 기초를 연구하는 팀의 홍일점인 미모의 여성학자였다. 원래 폴란드 크라카우 출생의 정통유대인으로 비인대학에서 한스 켈젠(Hans Kelsen)의 제자 겸 조수로 총애를 받았다. 월송보다 9세 연상이었지만 종교적 연령적 난관을 극복한 사랑으로 결혼하여 평생의 학문적 반려자로 지냈다. 부인은 1993년에 작고하여 유해를 한국으로 옮겨 포천의 산정현교회 묘지에 나란히 묻혀 있다. 월송의 학문을 연구하려면 실빙을 논하지 않을 수 없고, 두 사람은 공저의 형식으로 영어, 독일어로 많은 발표를 하였다. 실은 이것이 예외적으로 월송을 세계적 학자로 끌어올린 비밀이기도 하다.

국내적으로는 그의 『형법학』교과서 총론과 각론 2권이 한국 법학도들에게는 바이블이었다. 지금 읽어도 꽤나 난삽한 표현들이 오히려 현학적 매력과 함께 학생들의 지적 욕구를 충족시켜 주었다. 특히 심리학을 형법학에서 중요시해야 한다는 태도와 방법론은 형법이론의 구성에 큰 영향을 주었고, 유기천-실빙 형법학의 특징이라 할 만하다. 1960년대 당시 독일의 형법학자 한스 벨첼(Hans Welzel)의 행위론이 인간의 목적의식을 강조하여 이른바 목적적 행위론(finale Handlungslehre)으로 한국 형법학계에 풍미했는데, 월송은 그것은 인간의 심리적 구조를 잘 모르는 천박한 이론이라며 비판하였다. 지금 생각하면 학문적으로 단단하지 않으면 이런 자신있는 입장을 표명하기 어려울 것으로 생각되고, 월송의 학문적 수준에 다시 놀라게 된다.

심리학만이 아니라 인류학, 언어학, 역사학 등 인문사회과학과 통하는 법학을 '과학적' 방법이라고 강조한 월송의 학문 방법론이 또한 새로 돋보인다. 법학이 아무리 도그마틱한 이론이지만 이런 타 학문과 대화할 수 있는 '과학'이 되어야 한다는 것이다. 형법학의 연구에서만이 아니라 월송은 법학교육의 기초로서 서울대학교의 학제에 바로 응용하였다. 그는 대학의 근본은 인문학에 뿌리를 두어야 한다고 신문에 썼다. 그는 동숭동에 서울대 캠퍼스를 확대하여 낙산에 터널을 뚫고 학문 연구의 전당으로 발전시키려는 이른바 '유기천안'을 만들었다. 그러나 왠지 청와대에서 부결되고 새로 논의하여 결국 관악캠퍼스로 종합화하였다. 관악종합화에 기대와 아쉬움을 표현한 글도 발표하였다.

아무튼 유신체제 하의 한국현대사는 그의 뜻대로 흐르지 않았고, 그는 망명의 길에서 여생을 보내야 했다. 샌디에고 자택에 무궁화 33그루를 심고 아침저녁 조국의 통일을 위해 기도하였다. 1979년 박대통령의 시해와 함께 1980년 이른바 '서울의 봄' 때 국민적 환영을 받으며 귀국하여 서울법대 강단에 다시 섰다. 그러나 이내 신군부 세력의 집권을 보고 다시 미국으로 돌아가지 않을 수 없었다.

만년에 이를수록 월송은 부인과 함께 공동의 신념을 고백하였다. 그것은 두 사람의 만남은 신의 섭리이며, 나아가 한국민족은 '사라진 이스라엘 10지파'의 하나라는 것이다. 월송은 이것을 학문적으로 증명하는 데에 여생을 바치겠다고 했다. 그는 한국인과 유대인의 닮은 점을 29가지로 지적했다. 나아가 한국과 이스라엘의 유대를 연구하는 학자를 지원하기 위하여 류-실빙(Ryu-Silving)재단을 설립하고, 광나루에 R-H빌딩을 건립하기도 하였다. 이것이 오늘날 유기천기념재단의 모체가 된다.

3. 정신적 계승

1998년 6월 27일 월송의 타계 소식
과 함께 제자들은 바로 유기천기념사
업위원회(회장 노융희)를 조직하기 시
작했다. 우선 월송의 글들을 모아『자
유사회의 법과 정의』(지학사, 2003)를
내고, 제자들의 회상기들을 모아『영
원한 스승 유기천』(지학사, 2003)을 출
간하였다. 필자도 10년가량 준비해온
전기『자유와 정의의 지성 유기천』
(한들출판사, 2006)을 출간하였다. 자식
이 없어 형제와 조카들의 유산상속포
기 각서를 받아 〈유기천교수기념출
판재단〉을 설립하는 일이 오랜 시간
을 필요로 했다. 그러나 황적인 이사
장의 헌신적 노력으로 2009년 드디
어 등기를 끝내었다. 현재 유훈 이사

장의 취임 후 월송의 박사학위 논문을 법문사에서 정식 단행본으로 해제
를 붙여 발간하고, 연보『월송회보』는 제5호를 발간하였다. 매년 가을에
〈월송기념강좌〉를 프레스센터에서 개최하여 금년에 제7회에 이르렀다.
오는 4월부터 8월까지는 서울대 법학역사관(Law Museum)에서 〈유기천의
법학세계〉라는 유품전이 계획되고 있다.

무엇이 월송을 이렇게 추앙하도록 만드는가? 한마디로 그는 서울법대
의 학문과 정신을 한 몸으로 보여준 학자이기 때문이다. 그가 '권총총장'

이라느니 '친일파'라느니 하는 잘못된 오해는 시간과 함께 해소되었고, 진정 학문과 대학의 자유, 조국의 통일을 위해 헌신한 투사였음이 점점 돋보이고 있다. 그는 미국에서 만나는 사람들에게 서울대 졸업생은 모두 내 자식과 같다고 강조했다.

그의 생애는 보기에 따라서는 좌절된 인생같이 보이기도 한다. 그렇게 추구하던 법치주의와 인권도 박정희 대통령의 개발독재에 밀려야 했고, 그에 맞서다가 망명의 신세가 되고 말았다. 그렇게 애착을 갖던 사법대학원도 법조계의 직역이기주의에 의해 사법연수원으로 넘어가고 말았다. 그렇게 염원하던 조국통일도 그의 표현에 따르면 "어린애들 장난하는 것 같은" 대통령과 청와대 참모들에 의해 이루어지지 못했다. 이런 것이 모두 월송정신을 계승해야 할 제자들의 몫으로 돌아온다. 강하다 보면 부러진다는 말이 그의 생애를 말해주지만, 그의 정신은 더욱 큰 숙제를 주는 것이다.

박동서 _ 한국행정학의 거봉

윤재풍 | 서울시립대학교 명예교수

지천(智泉) 박동서(朴東緒) 교수(1929~ 2006)께서 세상을 떠나신 지 일곱 해가 되었지만 선생이 학계와 교육계에서 거닐고 앉으셨던 자리를 되돌아보는 후학들은 선생이 계시지 않은 자리가 얼마나 크고 공허한지를 마음깊이 느낀다.

박동서 교수는 1959년에 신설된 서울대학교 행정대학원 교수로 부임한 후 타계할 때까지 50년 가까운 동안 시종일관 한국행정학의 기틀을 세우고 이끌어 가는 데 앞선 큰 학자였고 학계와 정부에 수많은 인재를 길러낸 교육자였다. 선생은 1929년에 명문가의 후예로 서울 종로구 명륜동에서 출생하였다. 아버지는 대한민국정부 수립 직후 국영기업인 남선전기주식회사(현재의 한국전력주식회사 전신)의 사장을 역임한 추봉(秋峰) 박승철(朴勝喆) 씨이

행정학회 학술대회를 주재하시는
박동서 교수(중앙)

고 할아버지는 조선왕조 말에 초대 주미공사와 내각 총리대신을 지낸 박정양(朴定陽) 씨이다.

박교수는 1946년에 구제 경기중학을 졸업한 후 서울대학교 예과(문과)에 진학하고 1948년에 법과대학에 입학하여 1953년에 졸업하고 이어서 대학원에 들어가 1956년에 법학석사학위(행정학 전공)를 받았다. 석사학위 논문은 인사행정을 주제로 쓴 것인데 그것은 한국 대학 초유의 행정학 전공 석사논문이다. 당시 박교수의 지도교수는 일제시대에 일본 교토대학에서 행정학을 공부하고 1950년대 초에 법과대학 교수로 취임하여 한국 최초로 행정학을 가르친 정인흥(鄭仁興) 교수였다. 박교수는 정교수의 최초의 대학원 학생이 되어 그 강의를 듣고 학문적 흥미가 생겨 행정학을 평생 연구할 학문으로 삼았다고 한다.

박교수는 대학원을 졸업하고 한 해를 지나 1957년에 현대행정학의 메카라고 할 수 있는 미국 대학에서 연구·정진할 수 있는 기회를 얻었다. 미국의 대외 원조기관인 국제협조처(ICA)가 지원하고 서울대학교와 미네소타대학이 계약한 교육프로그램에 따라서 선발된 유학생으로 미네소타대학 대학원 정치학과의 행정학 전공과정에 입학하여 석사와 박사학위 과정을 수료하고 1962년에 박사학위를 취득하였다. 이것은 한국인으로서 미국 대학에서 행정학을 연구하여 박사학위를 받은 최초의 기록이다.

박교수는 위와 같이 특출하게 앞선 학문적 성취를 하고 1959년에 서울대학교에 신설된 행정대학원 교수로 부임하여 36년간 재직하면서 한결같이 학문을 연구하고 후진을 양성하였으며 정년퇴직 후에도 명예교수로서 연구와 후진의 지도를 계속하였다. 행정대학원 교수로 재직 중 1972년부터 4년간 원장의 보직을 맡아 대학원의 교육과정과 방법을 더욱 발전시켰으며, 밖으로는 한국행정학회 · 한국정치학회 · 한국사회과학협의회 회장에 추대되어 학자들의 학문공동체 발전을 이끌었다.

박교수는 1981년에 국내의 행정학자로서는 최초로 대한민국학술원 정회원이 되어 타계할 때까지 26년 동안 국가의 학술 발전에 크게 기여하였다. 한국에서의 행정학의 역사는 비교적 일천하지만 선생께서 학술원에 출입하며 중요한 역할을 맡아 함으로써 행정학의 학문적 위상을 더욱 높이고 나아가서 사회과학 발전에 기여하였다.

박교수는 전공하는 학문이 행정학이고 저명한 학자였으므로 역대의 정부마다 선생을 그 요직에 기용하고자 교섭한 일이 여러 번 있었으나 선생은 끝내 고사하고 학자의 본업을 한결같이 굳게 지켰다. 다만, 정부에서 국가의 정책이나 행정에 관하여 선생께 자문을 구하는 경우에는 성의껏 참여하여 도와주었다. 예를 들면, 정부인사위원회 위원(1964~1973) · 국무총리실 평가교수(1970~1980) · 행정개혁위원회 위원(1973~1980) 등을 역임하고, 특히 1981년부터 15년간 비상임으로 한국의회발전연구소 이사장을 맡아 국회의 입법 활동을 연구 · 자문하였으며, 1993년부터 5년간 정부의 행정쇄신위원장을 맡아 평소에 학문적으로 연구하고 구상하였던 전문지식을 행정제도의 개선을 위하여 많이 건의하였다. 이와 더불어 1997년부터 9년 동안 행정개혁시민연합의 고문과 정부개혁연구소의 이사장을 맡아 정부의 행정개혁을 촉진하는 시민단체의 활동을 지도하였다.

박교수는 소시 이후 끊임없이 학문에 전념하면서 참으로 방대하고 다양한 저술을 하였다. 예를 들면,『한국관료제도의 역사적 전개』(1961) ·『인사행정론』(1962) ·『비교공무원제도론』(1963) ·『발전론서설』(공저 · 1965) ·

217

『한국행정론』(1972)·『발전행정론』(공저·1973)·『한국행정의 미래상』(1986)·『한국행정의 개혁』(1991)·『한국행정의 쇄신』(1998) 등 20여 권, 학술논문 150여 편과 기타 논설 300여 편을 남겼다.

박교수는 위와 같은 저술을 통하여 한국행정학의 기틀을 세우고 큰 획을 그은 대학자의 길을 걸었다. 선생의 저술은 각각 주제가 다르고 다양하며 방대하지만 그것들이 근거하는 연구방법론과 강조하는 논점과 내용이 남달리 독특하고 우뚝한 경지를 이루고 있다.

첫째, 박교수는 행정의 연구방법으로 실증주의를 중요시하였다. 한국의 행정학을 실증적·경험적으로 연구하여 이론의 수준을 높임으로써 행정학의 과학화와 학문적 위상을 높일 수 있다고 강조하였다. 그러나 박교수는 한국의 행정을 연구하는 데 실증주의에만 기울어지지 않았다. 발전도상에 있는 국가가 신속히 성장하고 발전하여 선진화를 이룩하려면 규범적인 연구를 통하여 행정이 나아갈 가치와 목표가 무엇인가를 모색하고 그것을 달성할 수단과 방법의 처방이 중요함을 주장하였다. 말하자면 실증적 연구가 중요하지만 규범적 연구와 균형을 맞출 필요가 있다고 생각하였다.

둘째, 박교수는 행정학을 공부하는 사람들은 연구대상을 전문화하여 특정한 나라나 특정한 문화권의 행정을 연구하더라도 세계로 안목을 넓혀 비교 연구하는 자세를 가져야 한다고 강조하였다. 행정학을 미국에서 배웠다고 해서 미국행정만 연구하거나 한국행정을 연구한다고 해서 한국의 행정만 연구하는 것은 행정 현상을 보는 눈을 매우 편협하게 만드는 것이라고 단정하고, 세계적 안목을 가지고 여러 나라 혹은 여러 문화권의 행정을 비교 연구함으로써 무엇이 특수하고 무엇이 보편적인가를 이론화해서 설명할 수 있다고 강조하였다. 박교수는 매우 일찍이 1960년대 초에 『비교공무원제도』라는 저서와 「비교행정방법론」이라는 논문을 통하여 비

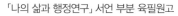

「나의 삶과 행정연구」 서언 부분 육필원고

「나의 삶과 행정연구」 표지

교연구의 중요성을 주장하고 그것을 일관되게 연구에 적용하여 왔다. 특히, 박교수가 시도한 비교행정연구에서 주목을 받는 것은 세계의 여러 나라를 세개의 국가군(國家群), 즉 선진민주국·공산국·신생국가군으로 나누어 행정을 비교하고 그들간의 차이성과 보편성을 도출하여 설명하고 이론화 한 것이다. 당시에 공산국가까지 포함하여 수행한 비교행정연구는 선진국 학자들도 시도한 바 없었다.

셋째, 박교수는 행정학의 한국화 및 토착화를 위하여 일관된 노력을 하였다. 오늘날 한국에서 연구하고 가르치는 대부분 학문의 연원은 서구에 있다. 행정학도 마찬가지이며 더욱이 한국에 도입된 역사도 일천하다. 행정학은 1950년대부터 한국에서 연구하고 가르치기 시작하였으며 그것을 시작한 제1세대 중에서도 선두에서 활약한 분이 박교수이다. 행정학이 미국에서 한국에 도입되던 초기의 우리나라 학계 상황을 보면 여러 가지 이론들이 비판적인 여과 없이 마구 소개된 나머지 연구하고 가르치는 학자들이나 배우는 학생들이 그 내용을 이해하기 혼란스러웠고, 받아들인 이론들이 한국의 행정 현실을 설명하거나 개선하는 데 적실성이 약한 한계를 드러내었다.

박교수는 한국의 행정학자로서 선진국에서 도입된 행정학 이론의 한계를 매우 일찍이 인식하고 행정학 이론을 한국화 및 토착화하는 데 힘썼다. 박교수는 평소에 "나는 선진국의 새 이론이나 학설이라고 해서 덮어놓고 허겁지겁 수용하여 한국에 보급하려고 하는 사대주의적인 태도를 갖지 않도록 노력하였다"고 말한 바 있다(박동서, 『나의 삶과 행정연구』 p.144). 박교수는 세계적인 안목을 가지고 공부하되 외국의 이론과 경험이 우리나라 행정 현실을 설명하고 개선하는 데 얼마나 적실하고 유용한 것인가를 검증하여 수용하고 그렇게 받아들인 이론을 한국화 및 토착화하여 명실상부한 한국행정학의 학문적 초석을 구축하여야 한다고 주장하고 스스로 그러한 노력을 하였다. 1961년에 저술한 『한국관료 제도의 역사적 전개』에 이어서 나온 『한국행정론』(1972)과 『한국행정의 연구』(1994) 등은 행정학의 한국화 및 토착화의 결실이다.

박교수가 정년으로 교수직에서 퇴임한 후 세상을 떠나기 전 10년 동안 1년에 두 차례씩 직접 「한국행정논단」이라는 세미나를 기획하고 후진학자들을 물심양면으로 격려하여 한국행정을 주제로 발표하고 토론하도록 하였던 일도 행정학의 한국화를 위한 활동의 일환이었다.

넷째, 박교수는 우리나라 행정학자들이 연구하여 생산하는 이론들이 순수한 학문 발전에 기여할 뿐만 아니라 국가의 실제 행정 발전에도 도움이 되어야 한다는 생각을 하고 스스로 그러한 학문적 기여를 하였다. 예를 들면, 사람들은 흔히 한국의 1960년대와 1970년대를 개발연대라고 말하기도 하고 정부의 관료제가 중심이 되어 경제·사회 각 방면의 국가 발전 사업이 전개되었으므로 발전행정의 시대라고 부르기도 한다. 박교수는 바로 이때 1965년에 『발전론서설』이라는 저서에 「발전행정의 개념과 문제점」이라는 논문을 발표하였다. 이 논문은 박교수가 1970년대에 저술한 『발전행정론』과 더불어 한국의 개발연대 및 발전행정 시대의 공직자들에게 가장 긴요한 이론과 지식을 제공한 것으로 평가받는다.

이상에서 살펴본 바와 같이 박동서 교수는 한국의 대학에서 가장 먼저 행정학을 공부하고 현대행정학의 메카인 미국 대학에 유학하여 한국 사람으로서 처음 행정학 전공의 박사학위를 받았으며 국내의 행정학자 중 최초의 학술원 회원이 되었다. 서울대학교 행정대학원 교수로서 봉직한 36년을 포함하여 50여 년간 학자 및 교육자로서 생활하면서 연구와 저술에 힘써 큰 학문적 업적을 남겼고 문하에서 나온 많은 인재들이 학계와 정부에서 탁월하게 활약하고 있다.

박동서 교수는 한국행정학계의 제1세대 최선두에서 한국행정학을 개척하고 기틀을 세워 지속적으로 발전할 토대를 후학들에게 전승하고 떠난 분이다. 그 분의 아호(雅號)인 지천(智泉)이 함축하는 뜻이 깊다고 생각한다. 그 분은 지혜로운 큰 학자이며 스승으로서 한국행정학 역사에 영원무궁한 근원이 될 지식과 지혜의 샘(泉)을 팠다. 계계승승 후학들이 그 물을 마시며 근원을 생각하고 분발할 것으로 믿는다.

장리욱 _ 교육학자 총장

최종고 | 서울대학교 명예교수

1. 머릿말

장리욱(張利郁)은 교육학을 전공한 서울
대 제3대 총장으로 서울대 역사에서 잊
을 수 없는 인물이다. 그런데도 솔직히
오늘날 서울대 교수나 학생들은 그 성함
외에 아는 것이 별로 없는 것처럼 보인
다. 그 책임은 누구도 그의 생애와 사상
을 정리해 알리는 글이 없기 때문이다.

　이런 뜻에서 필자는 교육학자나 교육
사가는 아니지만 서울대 아카데미즘을
정리해나가는 차원에서 대선배 학자의 삶과 생각을 살펴보았다. 다행히
장리욱 총장은 『나의 회고록』(1975)을 내셨고, 『현실과 이상』(1958), 『끝 없

는 탐구』란 저서와 『도산의 인격과 생애』란 저술을 내셨다. 필자는 1988년 미국 체류 시 워싱턴에서 동생 장대욱 선생을 만나 장총장에 대한 담화를 나눈 일도 있다.

이 글은 되도록 다면적으로 장리욱의 일생과 정신세계를 조명하면서, 그가 교육학자로서 서울대와 한국 사회에 어떤 공적을 남겼는가를 살펴보려 한다. 그의 직접 배운 제자들과 지인들의 증언에 감사한다.

2. 생애

1) 출생과 성장

장리욱은 1895년 평안남도 평양의 대동강 하류 베기섬(碧只島)에서 장동상(張東商)의 아들로 태어났다. 1908년 유신소학교와 1912년 숭실중학교를 졸업하고, 이듬해 9월 일본 세이소쿠(正則)영어학교에 진학하였다.

1914년 여름방학을 맞아 일시 귀국하였으나 가세가 기울어 일본으로 돌아갈 수 없게 되었다. 그래서 유신소학교에서 일어를 가르치며 김화식(金化湜)과 함께 미국 유학의 길을 모색하던 중 1916년 11월 일제의 눈을 피하여 조국을 탈출, 상해를 거쳐 샌프란시스코에 도착하였다. 1917년 안창호를 만나 그의 인격과 논리정연한 조국독립 방략에 깊은 감명을 받아 흥사단에 입단하였다.

2) 미국 유학

1918년 듀북(Dubugue)대학에 입학하여 전공인 교육학은 물론, 사회학·경제학·생물학·지리학·사회심리학·종교철학 등을 공부하며 폭넓은 교양을 쌓았다. 특히 자연과학에 깊은 흥미를 갖고 토론에 참가하였다. 1925년 6월 대학을 졸업하고 흥사단에서 서무 일을 보면서 안창호로부터 많은 감화를 받았다. 1926년 컬럼비아대학교 사범대학원에서 교육학을 전공하여 이듬해에 석사학위를 받았다. 여기에는 유명한 교육철학자 존 듀이(John Dewey) 교수가 있었다.

3) 신성학교 교장

1928년에 귀국하여 평양 신성학교(信聖學校)의 교장이 되었으며, 신사참배 거부가 발단이 된 이른바 '동우회사건'으로 1937년 5월 일제에 체포되었다가 이듬해 8월 보석으로 석방되었다. 공직을 가질 수 없는 상황이라 친지의 권유로 평양자동차공업주식회사의 사장을 맡아 생계를 유지하다가 광복을 맞았다.

4) 서울대 사범대학장

해방을 맞고 9월 중순에 평양을 떠나 서울로 월남하였다. 미군정청 교육국장 락카드(Lockard) 대위 아래 구성된 한국교육위원회(Korean Committee on Education)의 추천으로 경성사범학교 교장으로 임명되었다. 1937년 교육계로부터 추방당한 8년만의 컴백이었다. 이 무렵 한국교육시찰단의 일원으로 고황경 등 6인이 헤르츠(Hertz) 대위의 인솔로 미국 각처를 시찰하였다. 전 주한 미국 외교관 샌즈(William Sands)도 만났고, 트루먼 대통령에게 한국민의 감사의 선물도 직접 전달했다. 모교 듀북대학에서 명예법학박사 학위도 받았다. 그는 조지아주립 밀레지빌여자대학을 방문하고 한국 유학생을 보내달라는 요청을 받았다. 귀국 후 사범대학장으로 있을 때 주정일, 권진숙을 보냈다.

장리욱은 이렇게 회고록에서 이렇게 적었다.

1975년에 낸 장리욱 회고록

주 양은 지금 서울사대 학장으로 있는 정범모의 부인으로 현재 숙명여자대학교 학생처정으로 있고, 권양은 대학 졸업 후 귀국해서 몇 해 동안 교편을 잡고 있다가 지금은 부군인 알젠틴 주재 김동성 대사를 따라 외교계에서 활약하고 있다. 밀레지빌대학과의 인연은 그후에도 한결같이 계속되어 내 여식도 그 대학을 졸업했다. 또한 홀츠크로 박사도 서울을 찾아와 자기가 뒷바라지를 해준 제자들이 우리나라 여성사회에서 활약하는 모습을 보았고 그들의 안내로 다른 많은 여성지도자들을 만나보기도 했다.[*]

좌우익 학생 충돌이 심한 때였다.

장학장은 학생들을 교육자로서 설득 감화시키려 최선을 다했다. 당시 사범대 부속중학을 다니고 사범대생이 되어 후일 서울교육대 총장을 지낸 박붕배는 당시 학생들에게 둘러싸인 장학장의 다음과 같은 교훈을 감명깊게 들었다고 증언한다. "여러 학생들이 좌우익으로 갈려 있다. 나는 제1차 대전이 끝나고 전승국들이 서로 땅 빼앗기 싸움을 할 때 컬럼비아 대학을 다니며 기숙사에서 구멍난 양말을 어떻게 꿰멜까 궁리하며 공부하고 있었다. 학생들은 지금 정치를 논할 때가 아니고 실력을 닦아야 할 때야."[**]

....

[*] 장리욱, 『나의 회고록』, 샘터, 1975, p.227.

[**] 2016년 2월 19일 전화 인터뷰.

장리욱_교육학자 총장

5) 서울대학교 총장

광복과 함께 경성제국대학은 경성대학으로 개칭되어 크로프츠(Alfred Crofts) 대위가 총장으로 취임하였다.* 그러나 국대안 발표와 반대 운동의 소란 속에서 국립서울대학교 초대 총장에 안스테드 군목이 총장이 되었다. 미국인 총장에 불만이 있어 제2대 총장으로 이춘호 총장이 취임하였다. 그렇지만 혼란은 계속되다가 장리욱이 3대 총장으로 임명되었다. 이런 혼란기의 상황을 장총장 자신은 이렇게 기록하고 있다.

미군정 당국은 서울대학교 총장을 발표하면서 초대 해리 안스테드를 임명했다. 그는 군종목사로, 초대 학무부장 락카드 대위의 뒤를 이어 취임한 피틴저 대위와 가까운 사이였다. 그가 서울대학교 초대총장으로 일한 약 9개월 동안은 거센 동맹휴학 등 파란의 연속이었다. 그런 가운데도 안스테드 총장은 서울대학교가 명실공히 종합대학으로서의 면모를 갖추기 위해 온갖 노력을 기울였다. 그러나 미군정 자체가 우리 겨레를 깊이 이해하지 못하는데다가 학원소요마저 잠잘 줄 몰랐으니 일하기가 여간 어렵지가 않았다. 첫 등록을 할 때의 소요는 사뭇 험악했었다. 좌익들이 이 등록현장에서 여러 가지로 방해와 위협을 가하게되자 그 소식이 피틴저 학무부장에게 전달됐던 모양이다. 그가 등록현장에 나타난 것이다. 그것도 보통사람으로 나타난 것이 아니라 군복에다가 유난히 큰 권총을 차고 나와서 장내를 순시하고 다녔다. 그가 미군대위이고 또 시절이 시절인 만큼 군복을 입은 것은 탓할 수 없지만 그 큰 권총에 대해서는 눈살을 찌푸리지 않을 수 없었다. 피틴저 대령은 그 후 더욱 저돌적인 행동을 했다. 좌익들이 계속해서 방해공작을 하는데도 우익의 교수나 학생

* 자세히는 최종고, 경성대학과 크로프츠 총장, 『서울대 명예교수회보』 12호, 2016.

들은 허약하게 보고만 있는 것이 그에게는 몹시 민망하고 딱했던 모양이었다. 그는 전 교수들에게 공개서한을 보냈는데 물론 이것은 교수들을 격려하려는 뜻에서였을 것이다. 그런데 그 서한 가운데 이런 구절이 들어있었다. "…당신네 척추 속에는 강철(steel) 같은 무엇이 들어있어야 할텐데 알고보니 그런 것이 아니고 감탕(mud)만 가득 차 있구려." 그가 권총을 차고 교내를 순시한 사실이나 교수들을 모욕하는 언사가 실린 글을 보낸 사실 같은 것이 좌익들에게 얼마나 교묘하게 이용되었을 것인가는 넉넉히 짐작할 수 있다.

다음해(47년) 5월 서울대학교 설치령이 일부 개정됨에 따라 9명의 조선인만으로 구성된 새 이사회가 생겼다. 이사들은 각 단과대학을 대표하여 선임되었는데 최규동(일반교육계), 유재성(공과대학), 서광설(법과대학), 이의식(의과대학) 등이었다. 이 이사회는 총장을 추천하는 일을 비롯해서 대학 운영 전반에 걸쳐 광범위한 임무를 띠었다. 이 이사회의 추천에 의해서 제2대 총장으로 이춘호 박사가 취임했다. 이 총장은 서울대학교가 설립되면서부터 계속돼온 맹휴와 등록파동이 일단락되자 대학운영방침을 새로이 내세우면서 서울대학을 명실상부한 종합대학으로 만들기 위해 모든 노력을 기울였다.*

이상이 장리욱이 본 초기 서울대의 모습인데, 자신이 3대 총장으로 임명되고 이임하는 과정에 대하여도 비교적 자세히 적어두고 있다.

아직은 이름뿐인 종합대학으로서 그런대로 틀을 잡아 나가려는 때에 예기치 않은 문제가 생겼다. 중앙도서관 안에 있는 약 60개의 교수연구실 분배를 놓고 중대한 사태가 발생한 것이다. 1948년 4월 이사회는 문리과대학에 대하여 연구실 일부를

....

* 장리욱, 『나의 회고록』, 샘터, 1975, 235-236쪽.

법과대학에 양도할 것을 명령했다. 구 경성대학 법문학부 중에서 문과는 문리과대학으로, 법과는 법과대학으로 편입되었으므로 과거에 법문학부가 사용하던 연구실은 문리과대학과 법과대학이 나누어서 사용해야 된다는 해석에서였다. 이러한 이사회의 명령을 문리과대학은 전적으로 거부했을 뿐만 아니라 한층 더 떠서 이사진의 총사태와 총장의 인책을 만장일치로 결의해 버렸다. 이런 사태를 맞아 이사회는 문리대 학장(이태규 박사)의 해임을 결의하고 이 사실을 문리대에 통고했다. 이로부터 사태는 악화일로였다. 이런 혼란의 와중에서 이춘호 총장은 건강마저 해쳐서 결국 사직하고 말았다. 이사회 입장에서 보면 법적으로 문리대에는 학장이 없는 것이 된다. 그러나 문리대는 학장을 비롯해서 많은 교수들이 이사회의 명령을 계속 무시하고 있었다. 쌍방이 서로 정면 대결을 한 채 한발도 물러서려 하지를 않았다. 한편 이사회에서는 물러난 이춘호 총장의 후임을 선임해야 했다. 가급적이면 학장 중에서 새 총장을 선임하기로 결정했던 모양이다. 4월 어느 날 법대를 대표하는 서광설 이사와 대학 교무처장인 최규남 박사 두 분이 이사회의 파견으로 나를 찾아왔다. 그리고 나더러 총장직을 맡아달라고 종용하는 것이었다. 그러나 대학이 당면하고있는 문제의 그 중대성과 복잡성은 어느 정도 짐작하고 있는 나로서, 또한 그것에 대해 어떤 해결방안도 갖고있지 못한 나로서 선뜻 이런 요청을 받아들일 마음의 준비가 되어있지 않았다. 나는 이 문제를 좀더 진지하게 생각해보기 위해서 하루 동안의 시간 여유를 달라고 했다. 곰곰이 생각해 보면 대학이 당면한 절박한 문제 해결을 위해서 이사회가 나를 배려해준 것이 고맙게 느껴졌다. 또한 어려운 사명이라고 해서 이것을 회피하는 것은 옹졸한 태도가 아니겠는가 하는 생각도 들었다. 그래서 결국 나는 이사회의 요청을 받아들여 제3대 서울대학교 총장에 취임했다.

총장에 취임해서 먼저 해결해야 할 문제는 문리대 사태였다. 종합대학 출범에 따른 여파의 하나로 교수연구실 분배를 둘러싸고 일어난 사태가 본래의 문제는 젖혀놓고 이사회 대 문리대 사이의 문제로 확대되고 만 셈이었다. 이사회가 문리대 학장의 해임을 결의하고 통고했지만 그 명령은 준수되지 않았고 또 후임 학장을 선택한 것도 아니다. 사실 이사회로서는 그 이상 다른 대책이 없었다. 옥신각신하는 사이에 벌써 5월에 접어들었다. 졸업식이 7월 1일에 있을 예정이니 사태를 하루 빨리 해결해야 했다. 문리대 졸업생 등에게 수여될 졸업증서에 대학장의 이름이 쓰여져야 할 것이 아닌가. 이사회의 입장으로서는 파면시킨 이태규 박사의 이름으로 졸업증서를 줄 수 없다는 주장이 지배적이었다. 한편 문리대에서 이박사의 인기는 대단했다. 이박사는 조선사람으로는 단 두 사람(이승기 박사와) 밖에 없는 이학박사로 해방 뒤 일본으로부터 귀국할 때 국민적 환영을 받을 정도의 인물이었다. 이렇게 이름 높은 학자인 대학장의 이름이 없는 졸업증서는 상상조차 못한다는 것이 문리대 졸업생들의 태도였다. 이렇게 맞부딪혀버린 사태를 수습 해결하기 위해서는 이학장의 진의가 무엇인지 아는 것이 가장 중요하다고 나는 생각했다. 그의 태도 여하에 따라서 문제가 쉽게 해결될 수도 있고 혹은 더욱 어려워질 수도 있기 때문이었다. 이박사는 이사회의 결정을 그대로 받아들여 사표를 내려고 하지는 않았지만 이럭저럭 학년이 끝나면 학장직을 물러날 생각이었으며 그후 곧 도미할 계획이라는 것을 알았다. 이 정도 사실을 파악한 나는 이제는 이사회를 설득하는 것만이 이 문제를 해결하는 유일한 길이라고 판단했다. 이왕 문리대학장에 대한 해임 결의는 여태껏 집행된 것이 아니었고 또 여기에 대한 별다른 대책도 없지 않은가. 그럴 바에는 총장도 바뀌어진 때를 계기로 해서 사태 해결을 새 총장에게 일임한 양 당분간 이사회는 침묵해 줍시사 하는 것이다. 그때까지 법이론을 고집하던 이사회도 아량을 가지고 양해해 주었다.

한달 남짓한 시간은 빨리 지나갔다. 이태규 학장의 이름은 그런대로 잡음도 없는 사이에 졸업생들이 원하는 그대로 졸업증서에 쓰여졌다. 그리고 이박사는 그 후 곧 도미했는데 대학에서도 추천서를 써주면서 그를 협조해 주었다. 이사회 대 문리대 문제는 이런 식으로나마 어느 정도 해결을 본 셈이지만 애초의 말썽의 씨앗이었던 교수연구실 배정 문제는 그 후에도 한동안 끌었다. 가령 어느 누구가 배당받은 연구실에는 햇볕이 잘 안 든다느니, 혹은 변소가 가까우니 하는 따위의 불평을 대학 총무처까지 갖고오는 교수도 있었다. 이 정도였다면 그 시절 우리나라 고등교육계의 사정이 얼마나 비참했겠는가를 상상할 수 있을 것이다.

서울대학교는 아직도 이런 상황 아래 놓여있으니만큼 누가 총장이든 종합대학으로서의 체통을 갖는데 보다 많은 시간과 노력을 기울여야 했다. 새시대 새나라의 최고 교육전당으로서 마땅히 가져야 할 원대한 교육적 비전을 구상하거나 관계자들과 이런 면에 대한 진지한 토의를 가지기에는 그럴만한 겨를이 없었다.

이사회의 결의에 따라서 그해 졸업식에서는 주한미군사령관 하지 중장에게 명예학위를 수여했다. 이것은 서울대학이 외국인에게 이런 학위를 준 첫 케이스가 되었다. 그리고 졸업식전에는 그 당시 대통령 취임이 거의 확실해진 이승만 박사의 참석을 바랐었다. 나는 미리 중앙청으로 가서 당시 이박사의 비서인 이기붕을 만나 이박사가 꼭 참석하도록 도와 줄 것을 부탁했었다. 그러나 이박사는 종내 이 식전에 나타나지 않았다.

8월 15일에는 대한민국 정부가 수립됨과 아울러 중앙청 광장에서 대통령 취임식이 거행되었다. 이 식전에는 맥아더장군을 미롯해서 국내외의 많은 귀빈들과 각 기관 대표들이 초대되었다. 그러면서도 이 나라에서 처음 생겨난 유일한 국립 서울대학교에는 유달리 이 식전에의 초대장이 오지 않았다.

어느덧 9월에 접어들자 서울대학은 바로 얼마 전 수립된 대한민국의 역사적 새 발걸음에 맞춰 새 학년의 과업을 시작했다. 그러난 그때 내가 살핀대로라면 대학 안에는 무언가 심상치않은 공기가 흐르고 있는 듯했다. 또 투명하지 않은 분위기가 조성된 것처럼 보이는 모습을 엿볼 수 있었다. 이것은 새 정부의 문교정책이 어떤 특징을 띄게 될 것인가, 또 구체적으로 서울대학에 대해서 어떤 변화가 있지 않을까 하는 느낌 때문이었던 것 같다. 특히 내가 총장직에서 물러날 것이라는 추측을 갖는 사람들이 없지 않았고 그래서 재빨리 자리를 옮기는 중견직원이 있기도 했다. 사실인 즉 모두 다 근거가 있는 느낌이요 또 적중한 추측이라고 해야겠다. 새 정부의 초대 문교장관으로는 그때 문리대 교수던 안호상 박사가 취임했다. 그는 그 해 봄 내가 총장으로 취임했을 때 나를 찾아와 앞으로 대학에 협력하여 줄 것을 다짐하기도 한 사람이었다.

11월 어느날 문교부 고등교육국장 이인영씨가 대학교무처장실로 이종수 처장을 찾아와 얘기를 나누고 돌아갔다. 이인영 국장은 이종수처장과 경성제대 동창이었다. 며칠 후 그는 다시 이종수 처장을 만나고 총장실에 들려 나와 인사를 나누고 돌아갔다. 그는 평양에서 내 가친과 교제가 있던 거부 이춘섭 장로의 아들이었다. 이런 관계 때문인지는 몰라도 그는 두 번이나 대학을 찾아온 그 알맹이 사명을 내게 전하기가 무척 거북했던가 싶다. 물론 나는 언간의 사정을 다 알고 있었다. 그는 문교부장관으로부터 내 사표를 받아오라는 명령을 받고 왔던 것이다.

내가 총장직에서 물러날 것을 마음 먹은 것은 대통령이 취임하던 그날이었다. 총장 사무실을 비워주기는 어느 때든 할 수 있는 일이었다. 그러면서도 나는 나의 사표 제출 문제가 보다 더 직접적으로, 보다 더 구체적으로, 보다 더 극적으로 이루어지는 순간을 기다리고 있었던 것이다. 마침내 안 문교장관은 어느날 나를 문교부 안 그의 사무실로 불렀다. 그리고 그는 요건을 말했다. 대통령과 국무총리(이범석) 그리고 자기까지 다 같이 나의 서울대학교 총장직 사퇴를 원한다면서 곧 문교장관인 자기에게 사표를 제출하라는 것이었다. 사표 쯤은 벌써부터 써 가지고 다니는 것이고 또 극적으로 새로 출범한 우리 정부 당국에 내는 것은 기쁜 일이 아닐 수 없다. 그러나 우리정부는 아직 새 교육령을 마련하지 못하고 있는 실정이다. 이러한 사정 아래 지금 서울대학교 총장 사표 문제만 해도 당장은 그것을 문교장관에게 제출할 길이 열려있는 것이 아니었다. 아직까지는 서울대학교 이사회만이 이것을 다룰 수 있는 기관이다라고 나는 설명했다. 그러나 그는 지금 대한민국에서 문교부만이 그런 모든 학사문제를 관장할 수 있는 최고기관이라는 것을 거듭 강조했다. 나는 더 이상 얘기할 필요가 없다고 생각하고, "이 문제에 대해서 지금 내가 갖고있는 해석이나 태도나 행동이 대한민국의 어떤 법률에 위배되는 것이라면 나를 의법처리하십시오" 하는 말을 정중하게 남기고 그의 사무실을 나왔다. 나는 문교부에서 나오

장리욱_교육학자 총장

는 그 길로 와룡동에 위치한 서울대학교 이사회장 최규동 선생댁에 들려 써 가지고 다니던 사표를 전달했다.*

『서울대학교 20년사』에는 장리욱이 이런 모양으로 사표를 제출한 사실과 아울러 대학의 자치성, 학문의 독립성을 말하면서 다음과 같이 기록하고 있다.

1948년 8월 정부가 수립되면서 대학의 운영은 문교부의 규제를 받게 되었다. 특히 인사문제를 살핀다면 정부 수립 당시의 총장은 장리욱 박사였는데 그는 사임을 종용 받았던 것이다. 즉 1948년 5월에 취임하여 집무하여온 장리욱 총장은 대통령과 친밀한 사이가 아니라는 이유로 정부 고위층의 압력이 미쳤으며 문교장관으로부터 사임 권고를 받기에 이르렀다. 이때 장리욱 총장은 문교부장관에게 사표를 제출할 것을 거부하고 이사회장에게 사표를 제출하고 사임하였거니와, 이와 같이 총장이 정치적 이유로 사임을 강요당하고 결국 물러서야 되었다는 사실은 이때의 대학의 자치, 학원의 독립이 어떠한 형태의 것이었는가를 명백히 시사해준다.**

장리욱은 이때를 이렇게 결론적으로 회고한다.

해방후 이 나라에서 현대적이고 민주주의적인 한 종합대학이 탄생되고 성장하는 과정에서 바로 이렇게 겪어야 했던 그 시련은 격심했고 또 피할 수 없는 시대적 운명인가 싶었다. 그때 나는 처음부터 이 험난한 시련의 길에 참가하여 그 과업이 요

....

* 장리욱, 앞의 책, pp.237~244.

** 『서울대학교 20년사』, 서울대출판부, 1966.

구하는 일부 책임이나마 수행할 수 있었다. 그런 특전과 기회를 가질 수 있었다는 것이 두고두고 잊을 수 없는 내 평생의 커다란 뜻을 지닌 한 대목이다.

개인적으로나 서울대학교의 역사에 여운을 주는 대목이다.

6) 서울대 이후와 만년

1949년 봄 총장직을 사퇴하고 이듬해 전쟁이 터질 때까지 흥사단 이사장직을 맡아 『동광』지를 발행하였다. 1950년 12월 미 국무성 초청으로 일본 동경으로 건너가 하경덕, 오천석 등과 함께 평양 점령시에 가져온 문서를 영어로 번역하는 일을 맡아 끝냈고, 1951년 4월부터 약 5년간 유엔군사령부방송(VUNC)에서 15분짜리 프로그램 「장박사 시간(Dr.Chang Hour)」을 담당하였다.

1958년 귀국하여 다시 흥사단 사업에 참여하였고, 1960년 10월 제2공화국 정부에 의해 임명된 주미 대사로 활동하였으나, 5·16군사정변은 아무런 정당성을 지니지 못한다는 성명을 발표하고 대사직을 사임하였다. 그 뒤 3년간 미국에 머무르면서 흥사단 미주위원부에서 「흥사단소식」라는 월간지를 발행하며 재미 유학생들을 대상으로 흥사단 운동을 전개하였다.

1964년에 귀국하여 당시 흥사단에서 직책을 맡아 강연과 집필을 하면서 지냈다. 샘터사 이사장인 김재순(전 국회의장, 서울대 총동창회장)이 많이 보필하였다. 1983년에 88세로 작고하였다.

3. 교육사상

장리욱의 교육사상은 민주교사의 배양, 도산사상(島山思想)의 전파, 사회의 교육화라는 세 가지로 요약될 수 있다.

1) 민주주의 교육

세기의 교육학자 존 듀이(John Dewey)가 교수하던 컬럼비아대학교 사범대학원에 진학하여 교육학을 전공하게 된 것도 '교육입국'(教育立國)을 조국독립운동의 핵심 화두로 삼은 도산사상과 통한다. 교육학의 이론을 소개하는 것, 심지어 스승 듀이에 대하여도 별로 쓴 글이 없다. 그의 글은 오히려 교육의 기초가 되는 정신적 자세, 심리적인 것에 관한 것이 많다. 『현실과 이상』에 실린 글들을 보아도 대부분 이런 류이다. 물론 이런 글들은 기초가 미국에서 유엔총사령부 방송을 통해서 「장박사 시간(Dr. Chang Hour)」이란 방송원고로 쓴 것이었기 때문이다. 그리고 청년을 상대로 말한 것이다. 제목들을 보면 이러하다.

당신은 어떠한 존재입니까 / 누구의 공이냐 죄냐 / 우리의 애국심은 자라나고 있는가 / 10년전 마음밭을 회복하자 / 종교적 신앙심이 요청된다 / 지방열을 논한다 / 납치 민간인사를 위하여 호소한다 / 서말구슬도 꿰어놓아야 구실을 한다 / 무엇이 단결을 방해하는가 / 감사하는 마음과 민족적 희망 / 말썽이 문제가 아니라 어떻게 해결하느냐가 문제다 / 일상활동과 은퇴 / 비상한 때에 비상한 행동 / 큰길과 지름길 / 전례와 신례 / 고정식과 조절식 / 실질과 형식 / 표준을 지키자 높이자 / 도덕적 필연성 / 정치적이냐 사무적이냐 / 참아못할 심정 / 합리적 낙관 / 숨은 일꾼 / 공자냐 귀신이냐 / 인물중상을 삼가자 / 사람을 사람으로 여기자 / 사람을 아는 이런 내용의 강연과 책이 해방 직후 한국의 젊은이들의 전신과 교육에 큰 영향을 주었던 것이다. 그의 교육사상은 '불나방'이란 글에도 인상적으로 나타난다.

교육학 교수가 첫 강의시간에 어쩌면 이렇게 말할른지 모른다. "불나방이라는 곤충은 등불, 촛불이라면 무턱대고 날아든다. 몸뚱이를 데고 날개 한쪽이 타버려도 계속 날아들기를 멈추지 않는다. 그러다가 마침내 타죽어 버리고 만다. 한편 인간의 어린 것들은 어쩌다 이런 불꽃에 손을 내밀었다가도 뜨거운 것을 알면 비록 손을 내미는 시늉을 할지언정 다시는 반복해서 손을 데는 일이 없다"고 교수는 결론을 말한 것이다. 불나방은 교육할 수 없으나 인간은 가르칠 수 있다고. 경험을 통해서 이익을 얻는 능력에 한해서 교육이 가능하다는 교육학의 큰 원리 한 가지를 설명한 것이다. 본래 인간은 완전무결하게끔 만들어진 것은 아니다. 그러나 실수와 잘못을 통하여 배우고 나아지고 하는 능력을 가졌다는 그 점에서 인간은 귀중한 것이다. 그 옛날 원시적 생활에서부터 바로 이러한 배움의 능력을 통하여 그 방식을 점차 고쳐오면서 오늘의 찬란한 문화를 창조한 것이 아닌가. 일찍이 강철왕이라고 불려오던 미국의 앤드루 카네기는 말년에 사업운영의 전권을 친구인 찰스 스왑에게 넘겨주어 맡겼다. 그리고 오직 한 가지 부탁만을 했다. "그대는 이 사업체를 운영하는 동안 무슨 실수

235

를 해도 좋다. 그러나 같은 실수를 두 번 저질러서는 안된다는 것을 기억하라." 오늘 우리는 실수로 말미암아 발생하는 모든 사고를 걱정하지 않을 수 없다. 그러나 보다 더 크고 본질적인 걱정은 바로 똑같은 종류의 실수가 계속 반복되는 데 있다는 것을 명심해야 할 것이다.*

대학로 샘터사 정원에 선 장리욱 상

2) 도산사상

장리욱이 도산에게서 많은 감화를 받은 것은 상론할 필요가 없다. 그래서 그는 이승만 대통령으로부터 호감을 받지 못해 서울대 총장직도 단명하였다. 아무튼 도산과의 관계를 자신의 표현으로 보자.

11월 1일, 이 날은 그간 5개월 동안의 유치장 생활이 끝나고 서대문 형무소로 넘어가는 날이다. 날씨는 맑았으나 매우 차가웠다. "이런 죄가 어디 있습니까? 제가 선생들 손에 수갑을 채우다니요." 그날 유치장 당번이던 채 순사는 자기의 괴로운 심경을 이렇게 귓속말을 했다. 도산은 세차게 뿜어오는 펌프 물에 금방 넘어질 듯 보였다. 그는 간수의 명령을 따라서 이 차가운 물 사격을 앞으로 받고 또 돌아서서 받아야 하기도 했다. 그러나 도산은 까딱없는 자세, 오히려 근엄한 자세로 이 얼음물

* 장리욱, 앞의 책, pp.319~320.

사격을 받았다. 이듬해 3월 상순 어느 하루는 백 간수가 내 감방 앞에 와 서서 조용하고 침울한 어조로 이렇게 알려주었다. "불행스런 소식입니다. 요즈음 대학 병원에 이감되어 있던 안 선생께서 어제 별세하셨다고 신문에 보도됐습니다." 이 어제가 바로 1938년 3월 10일이다.

4. 남긴 공헌

장리욱을 만년까지 가장 가까이서 충실히 모신 분은 아마도 김재순(전국회의장, 샘터사 이사장, 서울대 총동창회장)일 것이다. 그는 장리욱 회고록을 내면서 이렇게 적었다.

곱게 늙으시는 온화한 동안과 미수의 고령임에도 전혀 굳어지지 않는 박사의 유연한 사고력과 신선한 감수성 - 그 비결은 무엇일까를 생각하게 한다. 오랜 풍설을 거듭 지내온 자만이 가질 수 있는 풍격(風格), 항상 감사하며 살아가는 마음밭(心田)에서 생장한 겸손, 인간에 대한 사랑과 이성에 대한 깊은 신뢰감 등이 몸에 배어, 대하는 사람에게 전달되는 박사님의 체취, 이런 것이 박사님의 주변에 항상 젊은이들의 발걸음을 끊이지 않게 하는 것들임에 틀림없으리라.*

장리욱은 한 마디로 민주주의 교육사상가요 사회철학자라 할 수 있다. 그는 말과 글을 정갈하게 하여 남긴 것으로만도 그에 관한 연구를 할 수 있다. 앞으로 서울대학교의 역사에 더욱 조명되는 인물이 될 것으로 믿는다.

....

* 김재순, 장박사의 체취(간행사), 장리욱 앞의 책, pp.321~322.

장명옥 _ 서울대 가정학의 기초자

모수미 | 서울대학교 명예교수

1. 머리말

관악캠퍼스 222동 생활과학대학 로비의
한쪽 벽면에는 장명옥 교수의 두상이 부
조조각으로 모셔져 있다. 2012년 서울대
학교 생활과학대학 총동창회인 목련회에
서 스승을 기리기 위해 기금을 모아 '장
명욱 특지장학금'을 조성하고 현판식을
한 것이다. 당시 80여 명이 참여하여 1억
3천여만 원을 모금하였는데 이 일이 성
공할 수 있었던 것은 최명진 동창회장의

추진력과 함께 선생님에 대한 존경과 사랑 덕분이라고 생각한다. 선생님
께서 우리 곁을 떠난 지 20여 년이 지났지만 많은 제자들의 가슴 속에는

여전히 살아계신 스승임을 느낄 수 있었다.

선생님의 전공은 가정관리학이다. 그러나 선생님의 공적은 단지 가정관리학 발전에 제한되지 않고 가정학 전체를 포괄한다. 이는 1949년부터 이세상을 떠나시는 날까지 깊은 인연을 가졌던 필자가 영양학 전공자이면서 선생님의 생애와 업적을 정리하는 이유이기도 하다.

2. 생애

선생님은 1916년 3월 4일 평안남도 강서군 함정면 봉황리 부호의 딸로 태어났다. 1934년 4년제 평양여자고등보통학교를 수석졸업한 후 당시 여성으로서는 드물게 일본의 동경여자고등사범학교(현재의 오차노미즈여자대학)로 진학하였으며 1938년 이 학교를 졸업할 때도 수석이었다. 가사과 교사자격증 외에 체육교사 자격증을 취득하였으며 서울대학교 공무원 인사기록카드의 특기란에 배구를 적을 정도로 운동을 잘 하였다.

졸업 후 같은 해 4월에 전북공립고등여학교(현재의 전주여고) 교사로 발령받아 1941년 2월까지 약 3년간 근무하였다. 교사로 재직하던 당시 동경에서 만났던 음악학교 출신 한근풍씨가 전주로 찾아와 정식으로 구혼함으로써 결혼에 이르게 되었으며, 평양에 가서 결혼식을 올리고 신혼생활을 하던 중 해방을 맞았다. 해방 후 평양서문고등여학교 교사(1945. 11~1947. 2)로 일하다 남편, 친정어머니, 언니와 남동생 각 1명과 함께 월남하였다.

풍모가 뛰어났던 남편은 평양의 부잣집 자제로서 원래 성악을 전공했다. 그런데 한 번 발표회를 하고 나면 6개월을 앓아누울 정도로 목이 아프고 힘들어 바이올린으로 전공을 변경하기도 하였으나 경복상업고등학교 학생과장으로 근무하는 등 전공을 살리지는 못하였다. 슬하에 계섭, 휴섭,

장명숙_서울대 가정학과의 기초자

239

주섭의 세 형제를 두었다.

선생님은 1947년 5월 서울대학교 사범대학 초대학장이던 사촌오빠 장리욱 학장의 권유로 사범대학 조교수로 부임한 이래 1981년 8월 정년퇴임할 때까지 34년 동안 서울대학교에서 가정학의 초석을 쌓는 데서 나아가 한국의 가정학 발전에 크게 기여하였다. 동경여자고등사범학교에서 화학을 좋아하고 잘했던 선생님은 초창기에는 염색을 강의했다. 점차 직물공장이 생기면서 염색도 산업화하자 시대의 변화에 따라 새로운 교과목을 개발할 필요성을 느끼고 1960년 9월 가족을 한국에 두고 단신으로 미국 연수를 떠났다. 처음에는 피바디대학으로 갔으나 가정학이 발달된 코넬대학으로 옮겨 가정관리학을 연구하였으며 이때의 연구가 학자로서의 자신감 형성에 큰 역할을 하였다. 가정대학의 설립에 주도적 역할을 하였으며 1969년 1월 가정대학의 초대학장으로 취임하여 4년간 초창기 가정대학의 기틀을 잡았다.

1977년 1월부터 2년간 서울대학교 부설 한국방송통신대학교 가정학과장을 맡았으며, 대한가정학회 15대 회장 및 한국가정관리학회 초대회장을 역임하였다. 1966년 1월 녹조근정훈장을, 1970년 12월 국민훈장 동백장을 수훈하였다.

이북 출신으로 친구가 많지 않았으나 미인 소프라노 성악가였던 음악대학 이관옥 교수는 어릴 때부터 단짝친구로 서로 힘든 일이 있을 때면 항상 의논을 하곤 했다. 155cm의 자그마한 키에 55kg의 다부진 몸매를 가졌던 선생님은 1992년 3월 24일 76세의 아까운 연세에 세상을 떠났다.

3. 업적

1947년 사범대학 교수로 서울대학교 근무를 시작한 선생님에게 주어진 첫 번째 과제는 가정과를 발전시키는 일이었다. 당시 가정과의 전임교수는 정양자 교수와 함께 두 분뿐이었으며, 시설도 제대로 갖추어지지 않은 을지로 6가 부속학교 구관 캠퍼스의 시설 확보를 위해 노력한 결과 약간의 면모가 갖추어지기 시작했을 때 6·25전쟁을 겪게 되었다. 전쟁 중 서울대학교가 부산으로 이동하였을 때는 판잣집 교사에서라도 시설을 갖추어 실험실습을 하도록 했으며 졸업논문을 작성하도록 하는 등의 방법으로 피난 중인 학생들의 학습의욕이 저하되는 것을 막기 위한 조치를 취하기도 하였다. 우수한 교수진을 확보하는 일이 급선무라 생각하여 미국 유학을 마친 주정일 교수를 영입한 것도 전쟁 중이었다.

수복 후 사범대학이 용두동 부중교사로 옮겨진 후에는 본격적인 실험 시설 및 기기를 갖추어 보다 깊은 학문적 연구를 할 수 있었는데 특히 1968년에 가정교육과가 IBRD 차관을 받게 된 데에는 선생님의 적극적인 역할이 큰 몫을 하였다. 가정교육과 교수로서 우수한 가정과 교사를 양성하였을 뿐만 아니라 해마다 방학을 이용하여 전국에서 모여드는 교사들에게 재교육 강습회를 열었다. 해방 후 최초로 우리나라의 중·고등학교 교과서를 집필하여 여자중·고등학교에 가정과 교육을 활성화한 점도 선생님의 큰 업적이라고 할 수 있다. 초기에는 조백현 농대 학장과 공저하였으나 후에는 단독 저서로 출판하였다.

1957년에는 부중교사의 낡은 사택을 수리하여 생활관(10평, 구관)으로 만들었고 1963년에는 새 건물을 신축하여 가정관리학실습관(36평, 신관)을 만들어 학생들이 일정기간 거주하면서 가정관리에 대한 각 분야를 연구하고 경험하는 기회를 갖게 하였다. 구관은 저소득층 또는 핵가족의 실습장으로, 신관은 중산층 또는 대가족의 실습장으로 활용하였는데 이는 경제사정이나 가족상황의 차이에도 불구하고 과학적인 원리에 따라 계획적인 가정생활을 하면 쾌적한 문화생활을 할 수 있다는 신념을 학생들에게 심어주기 위함이었다.

한국에서의 가정학 발전의 역사를 보면 초기에는 사립대학의 역할이 두드러짐을 알 수 있다. 1886년 서양 선교사에 의하여 이화학당이 문을 열면서 가사과 교과목의 강의가 시작된 이래 이화여자전문대학, 숙명여자전문대학에서 가사과가 개별 학과로 발전하였고, 단과대학으로서 가정대학이 최초로 설립된 대학은 연세대학교(1964년)였다. 서울대학교는 해방 이후 사범대학 가정과에서 가정교육과로 개편되어 우수한 중고등학교 교사를 양성하는 역할을 담당하였는데 가정교육과로서는 시대적으로 요구되던 가정생활의 합리화 및 현대화를 위한 학문적 연구를 감당하기 어려운 상황이었다. 이러한 배경을 고려할 때 가정대학의 설립은 선생님의 대표적인 업적이라고 할 수 있다.

사범대학 가정교육과로서 가정과 교사를 양성하는 것도 필요하고 중요한 일이지만 독립된 대학에서 전공별로 세분하여 가정학을 과학적으로 연구, 교육할 필요성을 느낀 선생님은 1966년 가정대학 설치 계획을 표면화시켰다. 계획 초기에는 사범대학 학장과 총장으로부터 전폭적 지원을 받으며 잘 진행되었으나 새로운 총장의 부임으로 원점으로 되돌아갈 위기를 맞기도 하였다. 그러나 굳은 신념으로 학과 교수들과 힘을 모아 제작한 '서울대학교 가정대학 설치계획서'라는 소책자를 들고 다니며 가정학에 대한 인식이 낮은 관계기관 인사들을 수차례 면담하며 이해를 구하였고 나중에는 대통령 영부인 육영수 여사의 도움까지 요청하며 가정대학의 설립을 위해 고군분투하였다. 가정대학 설치를 위해 노력한 지 3년째인 1968년 12월 24일 드디어 가정교육과가 가정대학으로 승격되는 감격을 누리게 되었다.

가정대학 설립 이후에는 공간과 실험실습 기자재 확보 등 하드웨어를 갖추는 한편 성별을 불문하고 우수한 교수들을 영입하는 데 큰 힘을 기울였다. 이를 통하여 학과별로 보다 심화된 연구와 교육이 가능하게 됨으로써 사립대학보다 후발주자였던 서울대학교가 가정학 분야에서도 우리나라의 학문을 이끄는 지도자에서 나아가 세계적으로도 우수한 인재를 배출하게 되었다고 할 수 있다.

선생님은 가정대학의 설립 등 대학행정에서 탁월한 성과를 보였을 뿐 아니라 가정관리학의 학문적 발달에도 크게 기여하였다. 가정대학이 설립되고 가정관리학, 식품영양학, 의류학으로 세 학과가 설치된 후에는 다른 전공에 비해 학문적 발달이 늦었던 가정관리학을 발전시키기 위해 각별한 노력을 기울였다. 당시의 대표적인 가정관리학 전공교수들과 함께 가정관리학연구회를 결성하여 책임연구자로서 공동연구를 진행하는 등 리더십을 갖고 학문공동체의 발전을 이끌었다. 1977년에는 연구회를 한국가정관리학회로 발전시키고 초대회장을 역임하였다. 가정관리학은 가족자원관리학, 소비자학, 아동학, 가족학, 주거학 등 다양한 전공분야를 포괄하는데 현재는 이들 각 분야가 모두 세분되어 발전하고 있다. 선생님의 세부전공인 가족자원관리학의 경우 이정우(숙대 명예교수), 이기영(서울대 명예교수), 이연숙(고대 교수), 김외숙(방송통신대 교수) 등 논문지도를 받은 제자들이 계승하고 있으며, 유영주(경희대 명예교수, 가족학), 이기춘(서울대 명예교수, 소비자학), 조복희(경희대 명예교수, 아동학), 홍형옥(경희대 교수, 주거학) 등 각 분야를 이끄는 교수들이 모두 선생님의 제자들이다.

선생님은 코넬대학 연수 후 작업능률화 연구의 개척자로서 우리나라의 불편한 전통부엌 작업대를 과학적인 입식구조로 개선하는 연구를 수행하고 연구결과를 생활개선활동에 직접 활용하였다. 조선시대 문헌분석을 통하여 우리나라 가정관리의 뿌리를 탐구함으로써 가정생활문화에 대한 인식을 확대한 것도 선생님의 공적이다. 가정생활에 대한 통합적 인식과 실생활에서의 문제해결을 강조한 선생님은, 가정학원론 교재를 집필하고 강의한 교수답게, 인간과 이를 둘러싼 환경과의 상호작용을 통합적으로 파악함으로써 생활의 질을 향상시키는 가정학의 초석을 쌓는 삶을 살았다.

4. 소회

필자가 장명욱 선생님을 처음 뵙고 강의를 듣게 된 것은 1949년 숙명여자대학교 1학년 때였다. 해방 후 교수가 귀했던 당시에는 서울대 교수들이 사립대학에서 강의를 하곤 했는데 강사들이 보통 보자기에 강의자료를 싸들고 다녀서 보따리장사라고 부르곤 했다. 당시 숙대 교수들은 밍크코트, 비로도치마 등을 입고 세련된 멋을 풍겼는데 선생님은 직접 염색한 옥양목 통치마 저고리에 납작신을 신은 수수한 모습으로 대조적이었다. 학생들은 촌티난다고 했지만 선생님은 우리나라가 얼마나 가난한데 외제옷을 입느냐고 학생들에게도 국산품 사용을 소신있게 권하였다. 부잣집 따님으로 풍족한 어린 시절을 보냈으나 실용적이고 검소한 생활로 모범을 보이신 점은 그 후에도 변함이 없으셨다. 은퇴할 시점까지 강의에서도 제자들에게 허례허식을 배제하고 실용적인 삶을 살도록 강조한 것으로 들었다.

필자는 6·25전쟁 중 부산에서 부민관에 있던 전시연합대학을 거쳐 대학별 판자 교사의 흙바닥에서 공부하고 대학을 졸업하였다. 전시연합대학에는 서울대학과 숙대가 모두 포함되어 있었기 때문에 비록 대학은 달랐지만 선생님의 강의를 계속 들을 수 있었고, 대학을 졸업한 1953년 3월부터 서울대학교 사범대학 가정과 조교로 일하게 되면서 선생님을 더욱 가까이에서 모시게 되었다. 그해 9월 서울로 수복하였지만 대학의 강의용 교재는 말할 것도 없고 중·고등학교 교과서도 없던 시절이었다. 조교로서 가장 많이 보조한 점은 중·고등학교 교재 집필로써 해방전까지 일본에서 살았던 덕분에 일본어에 능숙하여 일본의 교과서 번역 등을 도울

수 있었다. 선생님이 중고등학교 가사 교과서 집필을 통하여 우리나라의 중고등학교 가정과 교육에 크게 공헌하였다는 점에서 필자로서도 보람을 느끼는 점이다.

필자는 농과대학 교수로 10년간 근무하다가 1970년 가정대학으로 자리를 옮기면서 선생님이 은퇴한 1981년까지 10년 이상 함께 가정대학 교수로서 동료의 인연을 이어갔으니 선생님과의 인연은 여러 면에서 각별하다고 할 수 있다. 초창기 어렵던 시절에 IBRD 원조를 통해 실습기자재를 확보하느라 애쓰시던 모습도, '서울대학교 가정대학 설치계획서'와 함께 필자가 제철소에 주문제작한 오븐을 이용해 만든 유자청 마카롱을 들고 동분서주하시던 모습도 아련하다. 학생운동이 격렬하던 시절에 운동권학생과의 면담 후 그 충격으로 연구실에서 쓰러져 5시부터 7시 반까지 혼자 계시던 선생님을 마침 늦게 퇴근하다 발견하여 긴급조치한 일을 생각해보면 그때 만일 선생님을 발견하지 못했으면 어떠했을지 끔찍하다.

선생님께서는 어떤 일을 달성하고자 목표를 잡으면 철저하게 계획하고 실천하는 추진력을 갖추셨다. 해방 후 초창기의 어려운 여건 속에서의 가정교육과의 발전이나 1969년의 가정대학 설립은 이러한 선생님의 추진력이 없었다면 이루지 못할 성과이다. 또한 은퇴식에서 합리적인 서울대학교에서 근무한 점에 감사한다는 인사말씀을 하셨는데 필자의 생각으로는 선생님 스스로 합리성을 중시하셨다. 일 처리에 있어 치밀하고 합리적이신 한편 제자에 대한 사랑도 깊으셨다. 개별 학생의 출신이나 장단점을 떠나 엄하면서도 마음 속 깊이 배려하는 점이 바로 떠나신 지 오랜 세월이 흘렀지만 많은 제자들의 가슴 속에 여전히 살아계실 수 있게 하는 힘이 아닐까? 비록 현실적 여건 때문에 그 사랑을 표현하지 못한 경우도 많았겠지만 가슴 속 따뜻함을 느낄 수 있기에 구순을 지난 필자는 아직도 선생님을 그리워하고 있다.

제3편

자연과학

최윤식 _ 서울대 수학과의 설계자

박세희 | 서울대학교 명예교수

한국 근대 수학의 초기 역사에서 처음으로 뚜렷한 업적을 세운 이는 동림(東林) 최윤식(崔允植) 박사이다. 동림은 40년간 교육계, 학계에서 활약하면서 수많은 제자들을 길렀고, 서울대학교 문리과대학 수학과를 창설하여 우리나라에 최초로 학문적 체계를 갖춘 수학을 도입하였으며, 대한수학회의 초대 회장으로서 학계의 초석을 쌓는 데 그 지도적인 역량을 발휘하였다. 해석학을 주로 연구하여 여러 저서와 논문들을 발표했고, 계몽적인 에세이들을 써서 꾸준히 수학 교육의 보급과 현대 수학의 동향 소개에 전력했다.

1. 동림의 생애

동림은 1899년 10월 26일(양력으로는 11월 28일) 평안북도 선천에서 한학자 최제호씨의 6남매 중 다섯째로 태어났다. 그의 아호 동림은 고향의 지명을 딴 것이다. 어려서부터 남다른 재주를 타고 나서 신동이라 일컬어졌다고 전해진다. 1917년 경성고보(지금의 경기고)를 특대생으로 졸업하고, 그 이듬해에 같은 학교의 사범과를 졸업했고, 수학에 특출하였기에 관비유학생으로 뽑혀 일본 히로시마고등사범학교(히로시마대학 전신)를 졸업한 후, 1922년 도쿄제국대학 이학부 수학과에 입학하여 가장 우수한 성적으로 1926년에 졸업하였다. 귀국한 뒤 몇 곳의 고등학교에서 교편을 잡다가 1932년에 경성고등공업학교(서울대 공대 전신) 조교수, 1936년에 교수, 1940년에는 경성광산전문학교(서울대 공대 전신) 교수로 전임하면서 연희전문학교(연세대 전신)와 경성제국대학 예과에 출강하였다.

8·15해방 후에는 광산전문학교 교장으로 1년 동안 근무하다가, 1946년 10월에 서울대학교가 창립됨에 따라 문리대 교수로 전임하면서, 수학과의 초대 주임교수(현재의 학과장)를 맡았다. 또 같은 해 10월 조선수물학회의 창립에 따라 초대회장이 되어, 1960년 서거할 때까지 수학회를 이끌었다. 한편, 1954년에 대한민국학술원 회원, 1956년에는 서울대학교에서 국내 최초로 수학으로 이학박사 학위를 받았으며, 1955년 가을부터는 1년간 미국 시카고대학에서 연구한 뒤 유럽을 시찰하고 1956년 8월에 귀국하였다. 1956년 10월에는 대한교육연합회로부터 37년 근속상을 받으셨다.

학자로서의 동림은 고전적인 해석학을 전공하였고, 논문으로는 「다중푸리에 급수의 총합법」에 관한 연구와 「베르누이수에 관한 연구」가 있으며, 저서로서는 『고등대수학』, 『미분방정식-해법과 논』, 『입체해석기하학』, 『구면삼각법』과 중·고등학교용 교과서, 역서로는 『미적분학』, 『고등

해석학』등이 있다. 그밖에도 여러 편의 계몽적인 에세이를 써서 현대 수학의 동향을 소개하였다.

구미 여행에서 귀국할 때만 해도 수많은 책을 구입해 가지고 와서 문리대 수학과의 강의 내용을 혁신하였다. 서거하기 직전까지도 매일 이른 아침에 일어나 라디오 방송의 어학 강좌에 따라 영, 독, 불 3개국어를 꾸준히 복습하였으며, 외국의 수학적 조류에 대한 역사적 이해를 소개하기 위하여 수학사 원고를 집필하는 것을 보았을 때, 연소하고 나태한 필자는 스승의 학문적 열의에 큰 감명을 받은 바 있다.

또 동림은 교육자로서 제자들을 대할 때 항상 인자한 부친과 같은 온안으로 대하였고, 손수 가르치는 제자들의 이름을 낱낱이 기억하고 있었으며, 제자들이 어려운 일을 당했을 때는 언제나 도움과 조언을 아끼지 않았다. 세미나 시간이나 담소할 때나 항상 젊은이처럼 명랑하고 활발하였으며, 어린 제자들의 두서없는 의견이라도 언제나 너그러이 귀담아 들어주었다. 그래서 동림을 대해 본 분은 누구나 그 고아한 인격과 관용의 덕을 말하지 않는 이 없었고, 누구나 친근한 느낌을 가질 수 있었다. 이렇듯 제자들의 숭앙과 흠모를 한몸에 받았던 동림이 1960년 8월 3일 갑자기 서거하자 사람들은 모두 한국의 학계와 교육계의 큰 손실이라고 하였다. 그 평생의 공적을 기리기 위하여 장례는 서울대학교 문리과대학장으로 거행되고, 그가 평소 즐겨 부르던 "메기의 추억"이 육군사관학교 군악대에 의하여 연주되는 가운데 엄숙히 거행되었다.

2. 동림 시대의 우리 수학계

8·15해방 당시, 한국의 수학 인구는 너무나 적었다. 이때 고등교육기관에 재직중인 수학교수는 두 명 뿐이었고, 대학에서 수학을 전공한 대학조

교, 연구원, 대학원생, 중등교원은 10여 명이었다. 이 해, 경성대학 이학부에 수학과가 개설되어 1946년 2월에 8명의 학생이 등록하였다. 1946년 10월에 서울대학교가 개교함에 따라 동림은 광산전문학교 교장 겸 교수에서 수학과 주임교수로 전임하면서 수학과를 창설하였다.

東林 崔 允 植 博士
頌 壽 記 念 集

崔允植博士華甲記念事業委員會 刊

이처럼, 당시의 사회적, 정치적 혼란과 "국대안" 사건의 와중에서 적지 않은 수학자들이 월북하고 남은 분들이 물리학자들과 뜻을 모아 조선수물학회를 창립하고 동림을 회장으로 추대하였다. 이때의 회원수가 40여 명, 이 가운데 수학계 회원은 대학생을 포함하여 24명에 지나지 않았다. 조선수물학회는 6·25 전에는 봄, 가을 발표회를 가지는 등 활발한 활동을 하였다. 그 뒤 우여곡절 끝에 피난시절인 1952년 12월 7일에 부산에서 분리된 대한수학회로 이어진다.

동림은 1960년 서거하기 직전까지 수학과의 주임교수로서 우리 나라에서 최초로 체계적인 수학을 교육하는 데 전력을 경주했다. 그동안 수학과에서 줄곧 자리를 지켜온 유일한 분이며, 또 문리대 학장의 중임을 맡아서 서울대학교의 발전에도 크게 기여하였다. 이때에 수학과에서 교수되던 주된 내용은 고전적인 해석학과 기하학, 기본적인 현대대수학, 초보적인 일반위상수학 등이며, 드물게 최신 토픽이 다루어지기도 하였다. 이때에 동림에게 배운 제자들이 우리 수학계의 주류가 되어, 그 뒤 국내외에서 크게 활약하게 된다.

대학의 기능이 교육에만 치중되어 있던 1940~1950년대에 연구를 강조한 이도 동림이다. 대한수학회의 봄, 가을 연구발표회도 거의 혼자 힘으로

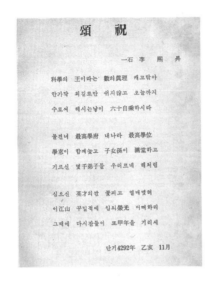

頌祝

一石 李熙昇

科學의 王이라는 數의眞理 캐고닦아
한가닥 외길로만 쉬지않고 오늘까지
수로써 해시는낭이 六十自樂하시라

끝전녀 最高學府 내나라 最高學位
學愆이 함께높고 子女孫이 滿堂하고
기르신 몇千弟子를 우리르네 해처럼

심으신 英才의싹 꽃피고 열매맺혀
이江山 구밀적에 입히榮光 어떠하리
그때에 다시판물이 五甲年을 기리세

단기4292年 乙亥 11月

개최했던 동림은, 스스로도 매번 빠지지 않고 연구발표를 하였으며, 1956년에 귀국하면서 가져온 많은 자료는 수학 연구의 현대화에 밑거름이 되었다.

동림이 주로 활약한 1950년대에는 전국적으로 대학이 양적으로 크게 증대되어, 전국의 수학과 수가 30여 개로 늘어났다. 그런데도, 수학회의 회원수는 50명 내외이고, 연간 논문 발표 수는 20여 편 내외이었으며, 간행물로는 등사판으로 된 『수학교육』이 3집까지 나왔다. 이는 당시의 형편상 수학 교육을 강조해야 할 필요성 때문이었다. 연간 예산도 하류 가정 한 가구의 연간생계비에 못 미치는 액수여서 기록에 남아 있지도 않다. 이 시대에 미국에 유학하여 학위를 받은 학자들이 10여 명 배출되었는데, 일부는 두뇌유출의 선구가 되었고, 극히 일부만이 귀국하였다.

한편 1950년대 말의 서울대 문리대 수학과의 상황은 2~3명의 전임교수, 10여 명의 강사, 1명의 무급조교, 100명 내외의 학생, 명목상의 석사과정, 구독학술지 10여 종, 도서 수 500권 내외의 숫자로 요약할 수 있겠다. 또 교과과정도 외국유학 후 일시 귀국했던 학자들이 새로운 분야 몇 가지를 소개한 것 이외에는 대체로 1940년대와 비슷하였다.

1940년대와 1950년대의 우리 수학계는 문자 그대로 동림의 고군분투 시대였으며, 무에서 시작하여 간신히 형상화가 이루어진 시기였다. 이때 동림이 뿌린 씨가 크게 번성하여 그 뒤의 우리 수학계의 큰 발전이 뒤따른다.

3. 다시 동림을 생각하며

동림이 일본에서 수학하였음에도 불구하고 일본 학계와 전혀 관련 없이 한국의 수학계를 확립하는 민족적 사명을 수행한 것은 주목할 만한 사실이다. 이제 동림의 뜻한 바가 얼마나 이루어졌는지 헤아릴 길은 없다.

학자에게는 무엇보다도 연구에 전념할 수 있는 안온한 환경이 필요하다. 이러한 관점에서 초창기의 우리 대학들은 학자가 안주하기에는 너무나 극악한 환경밖에 제공할 수 없었다. 학자로서의 소양을 갖추지 못하였던 이들이 위와 같은 환경을 빌미삼아 나태하게 지내온 것도 사실이다. 그러나 그 어려운 환경 속에서도 학계의 초석을 세운 동림을 돌이켜 볼 때 옷깃을 여미지 않을 수 없다.

한 국가가 적어도 그 나라의 학문을 선진국과 어깨를 나란히 할 정도로 발전시키려면 학자들의 끊임없는 노력 이외에도 정책적으로 연구 환경을 개선하고 지원하는 노력이 있어야 할 것이다. 이와 함께 우리나라 수학계의 많은 구성원이 그 어려웠던 시절의 동림을 본받아 각고의 노력을 기울인 끝에 오늘날의 괄목할 만한 비약의 시대가 된 것이다.

권녕대 _ 물리학 교육과 연구의 선구

김제완 | 서울대학교 명예교수

성봉(性奉) 권녕대(權寧大) 선생님은 1908년 6월 26일에 경기도 개풍군에서 권태원의 장남으로 태어나셨고 1985년 12월 23일 작고하셨다. 선생님께서는 1926년에 지금의 경기고등학교의 전신인 경성제일고등보통학교를 졸업하시고 그해 일본에 창설된 나라끼고등학교에 입학하시어 1930년 3월에 졸업하셨다. 1933년 홋카이도(北海道)제국대학의 제1회 졸업생이 되신 선생님은 여의치 못한 일제 시기에 고향인 개성에서 교편을 잡으시면서 직장생활을 시작했다. 1934년에는 개성에 구원(久遠)광학연구소를 설립하기도 하셨다.

1938년 4월에 송도중학교 교원이 되신 선생님은 1945년 9월 개성중학교 교장이 되셨다. 1945년 12월에 경성공업전문학교(서울 공과대학의 전신) 교수로 임명된 그는 경성제대의 후신인 경성대학과 통합하는 서울 문리과대학 부교수로 발탁되셨다(1947년 9월).

그 당시 경성대학 이학부 물리학과에는 최규남 교수(훗날 서울대 총장과 문교부장관을 지내셨다)와 박철재 교수(우리나라 원자력을 처음 기획하시고 뒤에 문교부에서 이를 관할하셨다)가 계셨고, 서울대학교가 되면서 훗날 물리학과 교수가 되시는 고 지창열 교수는 유급조교로 재직하고 계셨다. 권녕대 교수님을 처음 뵙게 된 것은 필자가 학생이었던 1954년이었다. 권녕대 교수님께서는 평생 동안 빛의 물리학인 광학(光學)에 몰두하셨고 1950년에서 1960년에 서울대학교 문리대 물리학과를 다닌 학생이면 예외 없이 권녕대 선생님의 광학 강의를 들었을 것이다. 지금은 완전히 유물이 된 광학의 탄성파 이론도 소개해 주신 것이 기억된다. 선생님께서는 광학뿐 아니라 우주에서 쏟아지는 우주선(Cosmic ray)에 관심이 많으셨고 본인도 선생님의 지도하에 학사 논문을 썼다. 입자를 가속시키는 가속기(포항에 있는 방사광 가속기가 그 예의 하나이다)에도 관심이 있으셔서 물리학부가 청량리에 연구실이 있었을 때 가속기 건설을 지도하셨다. 사이크로트론이라 불리는 가속기 건설에는 권숙일 교수(서울대 명예교수), 이문종 교수(메릴랜드대 명예교수) 및 조성호 교수(고려대 명예교수) 등이 참여한 바 있다.

선생님께서는 후학의 지도뿐만이 아니라 그 당시로는 드물게 연구에도 많은 시간을 바치신 선구자이셨다. 선생님께서는 29편의 논문, 9권의 저서, 8권의 역서를 남기셨고, 1957년에는 브리스톨대에서 "우주선 및 핵물리"를 연구하셨다. 1934년에 개성에 구원광학연구소를 세우신 선생님께서는 광학 연구에 관한 한 독보적인 존재이셨다. 빛이란 원래 전기와 자기의 파동인 전파의 일부분이다. 전장이 운동하면서 자장을 유도하고 이 유도된 자장이 다시 전장을 생산하면서 파동이 되어 나아가는 것이 전파이다. 선생님은 이런 빛의 모습을 잘 설명해 주셨고 더 나아가서 빛은 항상 최단거리를 찾아서 전파한다는 "페르마의 정리"도 소상히 설명해 주셨다. 물리학을 전공하고 입자물리에서 박사를 한 연후에야 "페르마의 정리"야 말로 양자론을 잉태하고 있었다는 것을 깨닫게 되었다. 그 유명한 파인만 교수는 양자역학을 자기 나름대로의 방식인 "경로적분"(Path Integration)으로 표현한다. 그의 "경로적분"을 이용한 양자역학에 의하면 모든 입자는 갈 수 있는 행로를 다 종합적으로 생각하여 가장 확률이 높은 경로를 택한다는 이론인데 빛의 알갱이인 "광량자"(光量子)인 경우, 최단거리의 행로를 따르게 되어 있다. 선생님께서는 이를 암시하셨겠지만 둔한 우리들은 선생님의 큰 뜻을 새기지 못했다. 선생님께서 강조하신 빛은 우주의 모든 현상에 관여하고 있다. 예를 들면 "우주배경복사"(Cosmic Background Radiation)는 우주 탄생 후 최초로 온누리를 비춘 빛이고 지금은 마이크로파(전자레인지가 쓰는 전파)가 되어 우주에 퍼져 있다. 누구든지 손바닥을 폈다가 쥐면 약 500개의 태초의 빛의 알갱이가 지금도 잡힌다.

전파(빛은 전파의 일부이다)는 원자의 세상을 지배하는 양자론(Quantum Theory)의 기본이기도 하다. 빛의 알갱이인 "광량자"는 양자론의 근본이기도 하다. 선생님께서는 이런 과학의 근본이 되는 "광학"을 우리들에게 심어주시어 많은 서울대 물리과 학생들이 그 길을 걷고 있다. 지금은 명예교수로 있는 장준성 교수(13회, 1959년 졸업), 이재형 교수 등이 권 선생님의 영향으로 광학을 전공하시어 "레이저" 등 여러 분야의 연구를 하시게 된 것도 선생님의 영향이 컸다고 생각된다. 필자 역시 1963년도에 컬럼비아대 물리학과에서 공부하고 있을 때 레이저의 전신인 메이저(Microwave Amplification by Stimulated Emission of Radiation : MASER) 연구실에서 연구조교로 일할 때 선생님께서 가르쳐주신 광학 지식이 큰 도움이 된 것이 기억난다.

장준성, 이재형 교수의 뒤를 이어 현재 물리학과에는 안경원 교수께서 그 전통을 이어 받고 있다. 안 교수는 얼마 전에 진공에서 존재하는 빛의 모습을 담은 논문을 「네이처(Nature)」라는 영향력 있는 학술잡지에 실어서 화제가 된 적도 있다. 이 모든 것이 그 옛날 권녕대 선생님께서 뿌려 놓은 씨앗이 자라난 결과라고 할 수 있다. 선생님께서 지도해주셨던 "우주선" 과학도 후학들에게 많은 영향을 미쳤다. 나를 포함한 김정욱 교수(존스홉킨스대 명예교수이며 한국고등과학원 초대원장을 지냈고, 현재는 고등과학원의 명예교수이기도 하다) 등 학부 졸업 논문을 지도 받은 학생들은 우주선에서 내려오는 "소립자"(더 쪼갤 수 없는 물질 기본인 입자)를 연구하게 되었고 나 자신은 은퇴한 지금도 "소립자 물리학"의 대중화에 힘쓰고 있다. 우리나라가 낳은 세계적인 소립자 물리학자인 고 이휘소 박사(『무궁화 꽃이 피었습니다』라는 소설의 주인공으로서 전 국민에게 알려졌다. 그러나 그 소설의 내용은 이휘소 박사의 생활과 업적과는 다르다는 것을 밝혀둔다) 역시 권녕대 선생님께서 우리나라에 처음 도입한 우주선 물리학의 영향을 받았을 것으로 짐작해본다. 소립자 물리학을 전공하는 한국인도 많아져서 작년에 노벨 물리학상을 받은 신의 입자라고 불리는 "힉스"입자의 발견에 참여한 손동철(경북대) 교수도 선생님의 영향이 간접적으로 미친 사례라고 할 수 있다.

선생님께서 지도하신 사이크로트론(cyclotron) 가속기 건설 역시 한국 물리학계에 큰 영향을 주었다. 청량리 이학부 연구실에 건설된 "사이크로트론"은 우리나라에서 건설한 최초의 가속기 장치로 생각된다. 그때 참여한 권숙일, 이문종 및 조성호 교수는 각자가 우리나라 과학의 발달에 큰 기여를 했다. 그 당시 건설에 참여했던 서울대 권숙일 명예교수께서는 우리나라의 물리학 진흥에도 이바지했지만 과학기술부장관으로서 과학전반에 영향력을 발휘했고 노익장으로 대한민국학술원 원장으로서 과학에 이바지한 바 있다. 그 당시 손재주를 자랑하던 이문종 교수(메릴랜드대 명예교수)는 훗날 그 방면의 전문가가 되기도 했다. 고려대 명예교수이신 조성호 박사 역시 정치하고 정확한 물리학자로서 소문난 분이시다. 필자의 기억으로 이들이 권녕대 선생님의 지도로 한국 최초의 가속기를 완성하여 그 시운전에도 성공한 바 있다. 이런 가속기 물리학의 바탕이 씨앗이 되어 훗날 포항의 방사광 가속 건설에 참여한 고 김호길 교수(포항공대 초대 학장)와 남궁원 교수(방사광 가속기 연구소 소장 역임) 등에게도 큰 영향을 미쳤으리라 생각된다. 우리나라의 정부나 대학은 귀중한 사료를 보관하는 데 무척 소홀하다. 한국 최초의 가속기 "사이크로트론"은 서울대나 정부가 그 자체를 보존할만도 한데 가속기가 해체된 지는 옛날이고 그 부품조차 보존된 것이 없다. 한국 최초의 "사이크로트론"에 사용된 "자석"이 그나마 명맥을 가장 오래 유지했던 것 같다. 서울대 원자핵공학과의 정기형 교수가 사용하고 있다가 지금은 그것마저 서울에 없다. 권 선생님과 직접 관련된 것은 아니지만 서울대가 관악 캠퍼스로 옮기기 전에 문리대, 공대, 사대 및 교양과정부에 흩어져 있던 물리학 교수들이 종합화 계획에 따라 자연과학대학 물리학과로 통합되었다. 그 계획의 일환으로 미국 국제원조처(USAID)의 차관으로서 교수들의 연구자질 향상을 위한 AID 프로젝트가 있었다. 이를 계기로 물리과뿐만이 아니라 자연 전체의 소위 SCI 논문이 급격히 증가했고 이 프로젝트를 통하여 유치된 김진의 교수(호암상, 국가과학상 등 우리나라 과학상을 휩쓸었다) 등이 오늘날의 서울대 자연대를 세계적인 대학으로 이끌게 하였다. 그러나 이 중요한 프로젝트의 기록을 서울대는 가지고 있지 않아 아쉽다.

이태규 _ 화학계의 큰 별

송상용 | 한림대학교 명예교수

백년 남짓한 한국의 현대과학이 세계에 버젓이 내놓을 수 있는 인물은 몇 안 된다. 이태규(1902~1992)는 그 가운데서도 우뚝한 존재로서 화학계의 큰 별이었다. 20세기를 거의 채운 이태규의 생애는 세 나라로 나누어진다. 그는 한국에서 40년(1902~1920, 1945~1948, 1973~1992), 일본에서 23년(1920~1939, 1941~1945), 미국에서 27년(1939~1941, 1948~1973)을 살았다.

1. 초년

이태규는 1902년 10월 26일 충남 예산군 예산면 예산리 55번지에서 한학자 중농 이용균의 6남3녀 가운데 둘째 아들로 태어났다. 이태규의 친가는 전주이씨로서 고려 말에서 조선 중기까지 벼슬을 했으며 9대조 이후는 향리에서 한학에 힘썼다. 외가는 밀양박씨이고 외할아버지는 중추원 의관을 지냈다. 그의 맏형 재규는 경성공업전습소 응용화학과를 나왔고,

바로 아래 아우 홍규는 대검찰청 검사를 지낸 변호사였으며 막내아우 완규는 삽교고등학교와 서울 경문고등학교 교장을 지냈다.

이태규는 어려서 형과 함께 아버지에게 천자문을 배웠고 『동몽선습』, 『소학』, 『자치통감』을 읽었다. 나중에는 『전등신화』, 『아라비안 나이트』도 즐겼다. 아버지는 늘 '정신일도 하사불성(精神一到 何事不成)'을 강조해 가훈처럼 되었는데, 그는 뒷날 이것을 everlasting effort로 옮겼고 앞에 keen observation을 붙여 학생들에게 되뇌이곤 했다.

이태규의 아버지는 개화한 양반이어서 신학문을 배워야 한다고 주장했다. 예산에 사립학교가 문을 열었을 때 이태규는 어렵사리 청강생으로 들어가 형과 함께 다녔다. 3년 만에 보통학교를 수석으로 마친 그는 도지사의 추천을 받아 1915년 경성고등보통학교(지금의 경기고등학교)에 무시험으로 입학했다. 고보 시절 그는 화학 교사 호리(堀正南)와 박물학 교사 모리(森島三)의 영향을 많이 받아 과학자의 길을 굳혔다.

1919년 기미독립운동이 일어났을 때 이태규는 만세를 부르고 고향에 내려가 있었으나 학교의 부름을 받고 돌아와 만세를 부르지 않았다고 거짓말해 무사히 졸업할 수 있었다. 그리고는 1년 과정의 사범과에 급비생으로 진학했다. 그는 호리의 조수가 되어 화학실험과 수업을 도왔다. 사범과를 졸업하고 전북 남원 소학교에 발령이 나 부임을 기다리고 있을 때 호리에게 히로시마(廣島)고등사범학교에 총독부 관비 유학생으로 뽑혔다는 통지를 받았다.

1920년 3월 이태규는 현해탄을 건너 히로시마고등사범에 입학했다. 그는 영어와 수학의 기초가 없어 벽에 부딪쳤으나 밤샘을 일삼는 노력 끝에 2등으로 졸업하게 되었다. 그러나 조선인이기 때문에 발령이 나지 않았다. 이 차별 대우가 전화위복이 되어 대학으로 진학할 수 있었다.

2. 교토 시절

이태규는 1924년 교토(京都)제국대학 화학과에 관비로 무시험 입학했다. 첫해는 독일어와 열역학, 통계역학을 공부하고 여유 있게 보냈다. 2학년 때 조선인으로서 공부해 보았자 장래가 없다는 친구의 말을 듣고 회의에 빠졌다. 자포자기하게 되자 술만 마시고 학교에 잘 안 나가게 되었고 성적이 크게 떨어졌다. 그는 토목과의 선배 이희준이 찾아와 따끔한 충고를 하자 정신을 차려 다시 학업에 매진하게 되었다.

당시 교토제국대학은 자유주의적인 학풍을 자랑했고 학문에서는 먼저 출발한 도쿄제국대학을 앞서 가고 있었다. 화학 분야에는 공학부 공업화학과의 기다(喜多源逸, 1883~1952)와 이학부 화학과의 호리바(堀場信吉, 1886~1968)가 같은 물리화학 전공으로 쌍벽이었다. 이태규는 3학년이 되면서 호리바를 지도교수로 배정받았다. 8년 늦게 교토제대 공업화학과에 들어온 리승기(1905~1996)는 기다가 지도교수였다.

호리바는 다정다감한 인격자로 존경을 받았는데 이태규를 각별히 아꼈다. 이태규는 촉매 연구를 희망했고 "환원 니켈 존재하의 일산화탄소의 분해"라는 연구테마를 받았다. 이 테마를 줄기차게 연구한 결과 대학을 졸업한 지 4년만인 1931년에 이학박사 학위를 받았다. 조선 사람으로 짧은 시간에 학위를 마친 것은 일본사회에서도 큰 화제가 되어 아사히(朝日)신문 등 언론에 보도되었다. 이태규의 이학박사 학위는 조선인으로 일본에서 첫 번째이며 화학에서는 세계에서 처음이었다. 그것은 실의에 빠져 있던 재일 유학생들에게 큰 격려가 되었고 고국에서도 엄청난 기쁜 소식이었다. 동아일보는 사설로 이태규의 장거를 축하했다.

이태규가 대학을 다닌 1920년대는 세계적인 공황이 일본을 휩쓸었고 맑스주의 사상이 젊은이들을 사로잡은 때였다. 이태규도 친구들의 영향을 받아 헤겔, 맑스의 책을 읽었으나 그는 모든 것을 물질로 따지는 유물론을 받아들일 수 없었다. 그 대신 그는 종교에 눈을 돌렸다. 그는 과학을 연구하면서 우주의 신비를 느꼈고 신의 존재를 믿었다. 이태규는 재학 중 유학생 모임에서 만난 도시샤(同志社)대학 영문과 학생 정지용의 권유를 받아 가톨릭의 영세를 받았다. 정지용이 대부였고 세례명은 알렉시스(Alexis)였다.

정지용은 귀국해 휘문고보 교사가 되었는데 이태규의 중매를 들었다. 정지용이 소개한 박인근은 논산 출신으로 대대로 가톨릭을 믿은 집안이었다. 진명여학교를 거쳐 제일여자고등보통학교(지금의 경기여고)를 졸업하고 원산의 수도원에서 가르치다가 교토에 유학, 헤이안(平安)여학원을 마쳤다. 귀국해 명동성당에 있는 계성여학교에서 가르쳤고 평안도에 가 메리놀 수녀에게 조선말을 가르친 다음 익산 나바우 성당에서 가르치고 있었다. 나바우 성당에서 결혼식을 올리고 신혼부부는 교토로 갔다.

이태규는 호리바의 부수(副手)가 되어 월급 48원을 받아 어려운 신혼살림을 꾸렸다. 무급강사가 된 다음에는 사립중학교에서 가르쳐 생활비를 벌어야 했다. 그는 꾸준히 연구업적을 쌓아 1926년 호리바가 창간한 「물리화학의 진보」에 연속 논문을 발표했다. 치열한 경쟁 끝에 1937년 교토제대 조교수 발령을 받았다. 첫 번째 조선인 제국대학 조교수는 박사학위보다 더 큰 뉴스였다. 조교수 발령은 교수회의의 엄격한 심사를 거쳐야 했고 문부성의 승인을 받아야 했다. 그의 발령은 강력한 반대에 부딪쳤으나 호리바의 고집으로 이루어졌다.

이태규는 교토에서 연구하면서 일본 화학계의 한계를 느꼈고 선진 외국으로 갈 생각을 하게 되었다. 호리바도 유학을 권했다. 더욱이 일본 대학에서는 조교수가 된 다음 교수로 승진하기 전 외국 유학을 하는 것이 관례로 되어 있었다. 그는 20세기 초까지 화학에서 가장 선진국이었던 독

일로 가고 싶었다. 그러나 때마침 나치 집권 이후 독일은 많은 과학자들이 나라를 떠나고 내리막길을 가고 있었다. 그래서 미국으로 가기로 작정했다. 그러나 일본 당국은 조선학자의 미국행을 의심스런 눈으로 보았다. 이번에도 호리바의 도움이 필요했다. 또한 정부 장학금을 줄 수 없다고 했다. 이태규는 일본에서 금강제약을 경영하고 있던 전용순과 가톨릭 교회의 도움으로 여비를 마련했다. 생활비는 경성방직을 운영하고 있던 교토제대 선배 김연수가 1000원을 주어 해결했다.

드디어 1938년 말 이태규는 배를 타고 미국으로 가 프린스턴 대학의 객원과학자가 되었다. 그때 프린스턴에는 촉매의 권위 테일러(Hugh S. Taylor)가 있었다. 그는 처음에는 테일러와 함께 일했으나 실험화학자라 맞지 않아 같은 또래의 아이링(Henry Eyring, 1901~1981)과 공동연구를 했다. 아이링은 원자가와 반응속도론 연구로 이름을 날린 양자화학의 권위였는데 이태규와 함께 쌍극자능률을 계산하는 공동연구를 했다. 프린스턴의 학문하는 분위기는 더할 수 없이 좋았다. 물리학에는 아인슈타인(Albert Einstein)과 위그너(Eugene Wigner)가 있었다.

첨단연구에 한참 재미를 붙인 이태규는 미일관계가 악화되자 돌아가지 않을 수 없었다. 1941년 7월, 진주만 공격을 다섯 달 앞둔 때였다. 일본의 형편은 말이 아니었고 미국과 너무 대조적이었다. 그는 양자화학의 최신 이론을 강의해 인기를 끌었다. 호리바는 유럽에서 돌아와 통계역학을 강의하고 화학반응의 양자역학적 연구를 했지만 이태규는 반응성에 대한 유기치환기의 영향에 관한 연구와 화학결합의 양자역학적 계산을 했다. 이태규는 사쿠라이(櫻井錠二) - 오사카(大幸勇吉) - 호리바로 이어지는 일본 물리화학의 주류에 속했다. 이 무렵 서울에는 경성제국대학 이공학부가 창설되었고 화학교수를 구하고 있었다. 이태규는 경성제대에 가겠다고 자청했으나 받아들여지지 않았다. 조선인 교수가 서울에 부임하는 것이 탐탁치 않았을 것이다.

이태규는 바로 승진이 되지 않았고 조교수는 연구비도 받을 수 없어 김연수에게 1만 원 지원을 부탁했다. 김연수는 기꺼이 이를 받아들여 1년에 3500원이라는 거금을 주었다. 이태규는 이 돈으로 연구를 계속할 수 있었다. 2년이 지나 1943년에 이태규는 마침내 교토제대 교수에 임명되었다. 정교수가 된다는 것은 당시 유럽제도를 본 딴 일본에서 정상에 이르렀음을 뜻했다. 전쟁이 끝날 때까지 이태규는 37편의 논문을 발표했다. 당시 일본에서 활동하고 있던 조선인들의 논문 수는 리승기 48편, 안동혁 27편, 전풍진 19편, 김양하 13편이었다.

8월 15일 히로히토 천황이 일본의 항복을 알리는 방송을 했을 때 이태규는 만세를 불렀다. 같은 시간 호리바는 나가노(長野)로 소개 가려던 예정을 취소하고 교실원 전원과 함께 방송을 듣고 눈물을 흘렸다. 이태규는 당장 귀국하고 싶었다. 그러나 부인이 만삭의 몸이었다. 결국 12월에야 배를 탈 수 있었는데 리승기, 박철재와 동행이었다.

3. 첫 번째 귀국

서울에 올라가 군정청 문교부장 유억겸을 찾으니, 계속 연락이 안 됐다고 하면서 경성대학 이공학부장을 맡아달라고 했다. 한국의 과학을 대표하는 이태규에게 이 자리를 맡기는 것은 너무나 당연한 일이었다. 이공학부장에 취임하면서 이태규의 고행은 시작됐다. 난생 처음 맡은 행정직인데 눈코 뜰 새 없는 나날의 연속이었다. 제자와 후배들을 불러 화학과 교수진을 짰다. 김정수(교토·공업화학, 32 졸), 김용호(도호쿠, 42), 김태봉(교토·농예화학, 43), 김순경(오사카, 44), 이종진(교토·농예화학, 45), 최규원(도호쿠, 45), 최상업(교토, 45), 김내수(나고야, 45)가 모여들었다. 다른 분야에서는 볼 수 없는 강팀이었다. 물리학과가 주로 대학 중퇴인 데 견주어 모두 졸업생들이었다. 최상업은 직계 제자였고 김용호, 김순경은 그의 조수를 지냈다.

이태규가 한 또 하나의 일은 학회 조직이었다. 경성대학 이공학부 교수 중심의 화학회 설립 운동과 중앙시험소에서 일어난 화학기술협회 결속운동이 있었는데 이 둘을 하나로 묶기로 합의되었다. 1946년 6월 발기인회를 갖고 7월 7일 경성공업전문학교에서 조선화학회가 발족했다. 이태규는 회장에 추대되었다. 1948년 총회에서는 이태규가 연임되고 간사 안동혁, 리승기가 부회장으로 뽑혔다.

1946년 7월 국대안 추진계획이 발표되었고 8월에 국립서울대학교 설립법령이 공포되었다. 나라는 온통 소용돌이에 빠져들었다. 연일 반대집회와 시위가 이어졌고 이태규는 온갖 수모를 당해야 했다. 좌익 학생들은 이태규에게 자본주의의 주구, 친일파 등 온갖 폭언을 퍼부었다. 그는 줄담배를 피우며 그들을 상대해야 했다. 특히 화학과 교수 둘이 사표를 던졌을 때 충격은 컸다. 서울대학교가 출범하고 이태규는 문리과대학장이 되었지만 상처투성이였다. 뿐만 아니라 이태규는 과학기술부, 과학심의회,

종합연구소를 설치하는 과학기술 진흥의 원대한 설계도 내놓았다. 그는 지방 강연을 다니며 과학의 대중화에도 힘썼다.

4. 유타 시절

이태규는 환멸을 느껴 모든 것을 버리고 1948년 9월 미국 유타대학으로 갔다. 옛 친구 아이링이 대학원장이어서 초청을 받았던 것이다. 처음에는 2년 정도 있다 돌아올 예정이었는데 한국전쟁이 일어나 좌절되었다. 남은 가족은 생계가 어려워 김태봉, 최상업, 우장춘과 국무총리 백두진 등의 도움을 받았다. 6년만인 1954년에야 외무장관 변영태, 주미대사 장면의 도움으로 가족이 합류할 수 있었다.

유타대학에서 이태규는 연구교수로 아이링과 함께 연구에 전념했다. 이태규는 반응속도론, 액체이론, 분자점성학 등에 관심을 갖고 일했는데 리-아이링이론(Ree-Eyring Theory)으로 알려진 비뉴튼유동이론이 유명하다. 1958년에는 미국화학회 공업화학분과의 우수논문 상패를 받기도 했다. 1965년에는 노벨상 후보 추천위원이 되었다.

유타에서 이태규는 많은 한국 학생들을 데려다 지도했다. 양강, 한상준, 장세헌, 김완규, 김각중, 전무식, 백운기, 이강표, 김성완, 채동기, 장기준 등이 그들이며 물리학자 이용태, 권숙일도 지도를 받았다. 그의 귀국 계획은 마냥 연기되었지만 한국의 형편이 나아짐에 따라 고국과의 연락도 회복되기 시작했다. 4·19 뒤 성립된 제2공화국의 문교부장관 입각을 사양했으나 그 해 빈에서 열린 국제원자력기구회의에는 김태봉과 함께 한국 대표로 참석했다.

1964년 9월 이태규는 대한화학회와 동아일보사의 공동주최로 한 달 동안 전국을 돌며 귀국강연회(11회)와 시찰을 했고 대통령을 두 번 만났다.

그의 일생에서 가장 화려한 기간이었다. 그는 회갑, 고희, 팔순 때 논문집을 받았고 서울대(1964), 서강대(1977), 고려대(1979)에서 명예이학박사 학위를 받았다. 대한민국학술원상(1960)을 비롯해 국민훈장 무궁화장(1971), 수당과학상(1973), 서울시 문화상(1976), 5·16 민족상(1980), 세종문화상(1982) 등 주요 상을 거의 휩쓸었다. 학술원 회원(1964)이 되었고 한국과학기술연구소 고문(1966), 과총 명예회장(1967) 등을 지냈다.

5. 영구 귀국

박정희는 이후락이 평양에 갔을 때 리승기를 만난 얘기를 듣고 최형섭, 전무식 등을 보내 이태규의 귀국을 종용했다. 한국과학원도 해외두뇌 유치 계획의 대상자로 넣었다. 이태규는 정년이 넘어 국내 대학에서 안 받아준다고 머뭇거리다가 1973년 4월 한국과학원 석학교수로 영구 귀국했다. 그는 고희를 넘겼지만 계속 학생들을 지도하며 연구를 계속했다. 그는 끝까지 은퇴를 하지 않고 일한 셈이다. 1992년 10월 26일 그가 충남대 부속병원에서 영원히 눈을 감았을 때 한국과학기술원장으로 장례를 치렀고 정부는 과학자로는 처음으로 국립묘지에 묻게 했다.

6. 조심스런 평가

1990년 이태규의 미수를 맞아 그의 제자들이 만들어 바친 『어느 과학자의 이야기·이태규 박사의 생애와 학문』의 1부 '외길 한평생'은 한양대 국문학 교수 김용덕이 쓴 것으로 문학적 향기가 높고 풍부한 자료를 담고 있다. 2008년 대한화학회에서 엮어 낸 『나는 과학자이다. 우리나라 최초의 화학박사 이태규 선생의 삶과 과학』도 한국과학문화재단 이성규가 삶을 집필했는데 큰 진전은 없다. 그러나 과학사학자가 쓴 본격적인 전기는 나오지 않았다.

우선 과학자로서의 이태규는 한국에서 최고봉이라는 데 의심의 여지가 없다. 그는 일본과 미국에서 1급 과학자들과 함께 일했고 경쟁했다. 200편 가까운 그의 논문은 대부분 국제수준에 손색이 없다고 보아도 좋을 것 같다. 이태규는 전형적인 그리고 모범적인 과학자였다. 학생 때 만든 방대한 노트는 그가 얼마나 열심히 공부했는가를 말해준다. 유타대학과 한국과학기술원에서 그의 생활은 아침부터 밤까지 완전히 연구에만 바친 기계적인 것이었다. 강의준비, 논문 다듬기도 완벽에 가까웠다. 그는 거의 수석을 놓치지 않은 수재였지만 그가 늘 말했듯이 무서운 노력으로 일관한 일생이었다.

이태규만큼 언론의 주목을 끈 과학자는 없다. 언론은 그를 줄곧 노벨상을 받을 뻔한 과학자라고 했다. 이 점에서 이태규 자신은 겸손했고 단 한 번 인터뷰에서 "프린스턴에서 돌아오지 않았으면 노벨상을 받았을지도 모르지"했을 뿐이다. 이런 가정은 가능할 것 같다. 이태규의 교토대학 1년 후배 도모나가(朝永振一朗)와 2년 후배 유카와(湯川秀樹)는 노벨 물리학상을, 제자뻘 되는 후쿠이(福井謙一)는 노벨 화학상을 받았다. 그가 전후 귀국하지 않고 교토에 남았다면 가능성이 있었다고 보아야 할 것이다. 그가 프린스턴에 남았고 아이링이 유타로 옮겨가지 않았다면 아이링과 함께 공동수상할 수도 있었을 것이다.

이태규는 깊은 철학을 가진 과학자는 아니었다. 이 점에서 그는 그가 존경한 아인슈타인이나 가까이 지낸 유카와, 안동혁과는 달랐다. 그는 극히 평범한 과학자였다. 그의 과학관은 절대 다수의 과학자들처럼 판에 박은 듯한 긍정적, 낙관적인 것이었다. 이태규는 틀림없는 보수주의자였다. 그는 박헌영과 동향에 경성고보 동기였다는데 반골 기질은 전혀 볼 수 없고 언제나 체제에 안주했다. 그는 해방 후 좌익에게 시달린 탓인지 철저한 반공주의자가 되었다. 부산 미국문화원 방화범을 숨겨준 신부를 격렬히 비난한 것만 보아도 알 수 있다. 그는 결코 친일이라 말할 수는 없어도 일본에 대한 강한 적개심을 가진 일이 없는 것 같다. 부인은 일본을 퍽 좋아했다고 한다. 그는 일본에서 설움을 많이 받았으나 대학에서는 좋은 대접을 받았다. 그의 사고는 역시 미국보다는 일본에 가까웠다.

　이태규와 리승기는 각각 남북을 대표하는 세계적인 화학자이다. 두 사람은 교토에서 함께 공부했고 정상에 올랐다. 둘은 해방 후 같이 귀국해 서울대학교에서 가르치다가 미국과 평양으로 길이 갈렸다. 과학사학자들(김동원, 김근배, 신동원, 김태호)은 이태규와 리승기를 세계과학과 주체과학의 대조로 보고 있다. 결과를 놓고 보면 이태규가 리승기보다 과학자로서 훨씬 더 행복하고 보람된 삶을 살았다고 할 수 있다.

강영선 _ 현대 동물학의 선구자

하두봉 | 서울대학교 명예교수

1. 해방 당시의 한국 생물학계

일제시기의 우리나라에는 생물학이라는 것은 사실상 존재하지 않았다. 몇몇 소장 학자들이 활동하고 있었지만, 연구내용이 주로 분류 일색이었다. 세계적으로는 고전생물학이 이미 분자생물학으로 변신하고 있었으나, 생물학의 황무지였던 우리나라와는 인연이 먼 이야기였다.

해방 당시 우리나라 유일의 대학이었던 경성제대에는 생물학과가 설치되어 있지 않았다. 다만 예과부에 동물학교실과 식물학교실이 있어서 동물학에 모리다메조(森爲三)와 식물학에 다께나까요(竹中 要)의 두 일본인 교수가 있었고, 그 외에 임업시험장에 나까이(中井猛之進), 경성사범학교에 가미다(上田常一) 등 일본인이 몇 사람 있을 뿐이었다. 한국 사람으로는 한때 경성제대 예과부의 조수로 있었던 조복성(趙福成), 임업시험장의 정태현(鄭台鉉), 김창환(金昌煥), 숙명여전의 김호식(金浩植), 경성약전(京城藥專)

의 도봉섭(都峰涉), 심학진(沈學鎭), 경성농업학교의 이휘재(李徽載), 경성고
보(京城高普)의 석우명(石宙明), 김준민(金遵敏) 등이 있었다.

해방 직후 몇 사람 안 되는 당시의 생물학자들은 대한생물학회를 발족
시켰다. 바로 해방된 그해 겨울이었다(1945년 12월). 여기에 참여한 인사
중 대학의 생물학 정규 교육을 받은 이는 김호식, 김준민(두 분 다 일본 東北
帝大 출신), 그리고 강영선(姜永善), 이민재(李敏載), 선우기(鮮于起, 세 분 다 일
본 北海道帝大 출신) 정도였다고 한다.

하곡 강영선 교수는 성품이 강직하고 자부심이 강하며, 주관이 뚜렷하
고 행동력이 뛰어나서 해방 직후부터 1980년대 중엽까지의 약 40년 간 창
암(滄巖) 이민재 교수와 함께 우리나라 생물학계를 실질적으로 이끌어온
양대 산맥을 형성하였다. 세포학과 유전학 분야에 많은 제자를 길러내어
이들이 오늘날 우리나라 사계(斯界)의 중추적 역할을 맡아 활약하고 있다.
이민재 교수는 성격이 활달하고 사교적이었고, 판단력이 빠르고 행동적
이었다. 남달리 강한 자부심과 생물학에 대한 열정으로 당시의 우리나라
생물학계를 강영선 교수와 더불어 쌍두마차를 이끌고 가는 주역이었다.
실로 해방 후 오늘날까지의 우리나라 생물학의 발전사는 강영선 이민재
두 분을 빼놓고는 서술되지 못한다고 하여도 과언이 아닐 것이다. 따라서
우리나라 생물학의 역사를 논할 때 이 두 분을 항상 동시에 등장시켜야
하지만, 이민재 교수에 관해서는 필자보다 더 적임인 인사의 집필을 기대
하기로 하고, 여기서는 강영선 교수에 대해서만 서술하기로 한다.*

....

* 이 원고는 주로 다음의 문헌들을 참고하여 작성되었다. 霞谷姜永善博士停年退任記
念文集(1982), 雪浪趙完圭博士文集(1993), 第三 蒼巖文集(蒼巖 李敏載 博士 文集
제3권, 1990), 蕙崗李廷珠教授停年退任記念文集(2001), 白波金熏洙教授停年退任
記念文集(1988), 한국과학사학회 추계학술대회 발표문(전북대 신향숙, 2005).

제2차세계대전의 종언으로 1945년 10월 서울에 진주한 미군은 군정을 펴면서 경성제국대학을 경성대학으로 개칭하고, 총장에 미국인 H. B. Ansted를, 법문학부장에 백락준(白樂濬), 이공학부장에 이태규(李泰圭), 의학부장에 윤일선(尹日善), 그리고 예과부장에 현상윤(玄相允)을 임명하였다. 동년 11월 3일자로 강영선(동물학)과 선우기(식물학) 두 분이 예과부 교수로 임명되었다. 이 중 선우기는 6·25전란 중에 월북하였다.

경성대학 예과부에 부임한 강영선 교수는 곧 설치된(1946) 문리대 생물학과의 교수로 발령받았고, 이어서 이 학과에 합류해 온 이민재 교수와 함께 약 40년간 명실 공히 우리나라 현대 생물학의 연구와 교육의 최선봉이 되었다.

2. 선생의 학창시절

하곡 강영선 선생은 1917년 5월 13일 서울에서 태어났다. 부친 강낙주(姜洛周) 옹(1979년 94세로 작고)은 고향이 충남 천원군(天原郡, 현 천안시) 풍세면 풍서리이고, 일제 때 일본 중앙대학(中央大學)을 졸업(경제학)하였다. 모친 허증(許澄) 여사(1958년 72세로 작고)는 이화학당 제4회 졸업생이었다.

연구실에서의 강영선 교수

선생은 서울 청운초등학교를 졸업한 후, 경성제2고보(현 경복중학교)를 거쳐 수원고농 축산과에 입학하였는데(1937), 고보 재학 시절에 이어 여기서도 투포환(投砲丸), 투원반(投圓盤), 투(投)햄머의 선수로 전국대회에 출전하여 입상하기도 하였다.

　수원고농을 졸업한 선생은 1941년 일본 북해도제대 이학부(理學部) 동물학과에 입학하였다. 여기서 선생은 동물학과의 세 강좌 중 형태학 강좌[교수 오구마칸(小熊桿)]의 조교수 마키노 사지로(牧野佐二郎)의 강의에 매료되어

강영선 교수 박사학위 취득때

형태학 교실에서 주로 공부하였다고 한다. 같은 시기 북해도제대 이학부에서 수학한 한국 학생으로는 식물학과에 이민재, 선우기, 김삼순(金三純), 지질학과에 손지무(孫致武) 선생 등이 있었다.

　북해도제대의 동물학과 형태학강좌에서는 오구마 교수와 마키노 조교수의 인류 염색체 연구가 세계적으로 주목을 받고 있었다. 당시 염색체 연구의 제일인자였던 미국 텍사스대학의 페인터(Painter) 교수는 인간의 염색체 수를 2n=48(46+XX 또는 XY)이라고 주장하고 있었는데, 오구마 교수들은 자신들의 연구결과를 근거로 2n=47(46+XO 또는 XX)이라 하였다. (현재는 2n=46; 남자는 44+XY, 여자는 44+XX로 밝혀져 있다.) 자연히 선생도 염색체 연구에 깊은 흥미를 갖게 되어 이후 서울대에 몸담아 평생을 이 방면의 연구에 종사하게 된다.

　당시 학부 학생들에게도 졸업논문이 과해지고 있었는데, 선생은 마키노 조교수의 지도 아래 쥐(Rattus norvegicus)의 난자성숙(卵子成熟)과 수정(受精)에 관한 세포형태학적 연구로 논문을 썼다. 채집한 쥐의 난소를 염색액(染色液)으로 고정시키고, 초미세(超微細) 대패와 같은 장치인 마이크로톰(microtom)으로 박편(薄片, 10μm 두께)을 만들어 현미경으로 관찰하는 일인데, 그 결과 난소형태에 계절적 소장(消長)이 있음을 발견하여 이를 일본

삿포로(札幌) 박물학회지(1943)에 발표하였다. 이 졸업논문으로 시작한 난자의 세포학적 연구는 선생의 학문적 출발점이 되었다.

북해도제대를 1943년 9월에 졸업한 선생은 바로 연구실에 조수(조교)로 남아 연구생활을 계속하다가 종전 직전인 1945년 4월 귀국하여 경성제국대학 의학부 해부학교실의 조수로 발령받았다. 이 교실의 조교수 스즈키(鈴木)가 새의 염색체 연구에 종사하고 있었기 때문이었다. 이 해에 선생은 공규선(孔圭善) 여사와 결혼하였다. [1974년 공여사와 사별한 선생은 2년 후인 1976년에 한우경(韓祐卿) 여사와 재혼하였다.]

3. 선생의 연구생활

서울대학교는 해방 직후의 사회 혼란, 교수요원의 절대 부족, 서적이나 기자재의 빈곤 등으로 연구는커녕 교육도 제대로 실시할 수 없는 이름뿐인 대학이었다. 그나마 1950년에 발발한 6·25동란으로 정부와 함께 임시수도 부산으로 피난을 가야 했고, 부산 동대신동 언덕받이에 난민수용소 같은 판잣집을 지어 겨우 대학 간판만 달았다.

부산 피난 시절에 선생은 제3부두에서 하역인부(荷役人夫)의 감독반장을 지내면서 생계를 유지하기도 하였다. 이때 생물학과 3학년 학생이었던 전 서울대 총장 조완규(趙完圭) 선생은 반장 보좌역을 맡아 함께 부두에서 미군 수송선의 하역작업에 종사했었다고 한다. 선생은 또 대구에서 육군본부 전사편찬위원회[총무는 국어국문학과 이숭녕(李崇寧) 교수]에서 편수관으로 근무하기도 하였다. 조완규 선생도 이 위원회에서 등사작업 등을 하면서 한동안 같이 근무했었다고 한다(『雪浪文集』, pp.24~26).

1953년 휴전협정 성립에 따라 서울대학교도 서울에 복귀하였으나, 생물학과가 있던 청량리 예과 건물은 폐허가 되어 있었고 문헌이나 실험기자재는 모두 소실되어 쓰레기더미가 되어 있었다. 당시 대학원 학생이었던 조완규 선생의 회고록(『雪浪文集』, p.30)에 의하면, "1953년 환도 때 부산에서 탁송한 생물학과의 기자재를 서울역에 가서 찾아오는데, 재산이라는 것이 목로술집에서나 보는 긴 나무의자 3~4개, 부산 국제시장에서 찾아낸 그러나 렌즈가 없어서 쓸 수 없게 된 현미경 2~3개, 2중나무판 속에 전구를 달아 밖에서 스위치로 내부 온도를 조절할 수 있도록 한 수제(手製) 정온기(定溫機)가 전부였는데, 이것을 리어카에 실어 연구실까지 끌고왔다"고 한다.

이런 연구환경에서도 선생은 해방 다음 해인 1946년에 쥐의 난자(卵子)의 성숙과 수정(受精)에 관한 논문 3편을 『국립과학박물관 연구보고』에 게재하였다. 내용은 일본 북해도대학에서 작성했던 졸업논문의 속편이라고 할 수 있는 것이었다.

선생은 또 1954년 창설된 대한민국학술원의 초대회원이 되신 후, 1999년 영면하실 때까지 회원으로 활약하셨다. 초대회원이 되실 때 생물학 전공의 회원으로서는 최연소 회원이었다.

선생의 약 40년간에 걸친 연구의 내용은 크게 유전학적 연구와 세포학적 연구의 두 분야로 나눌 수 있다. 그리고 유전학 연구는 한국인 집단의 인류유전학적 연구와 한국산 초파리의 유전학적 기초연구로 구분할 수 있다.

1) 유전학적 연구

① 한국인 집단의 인류유전학적 연구

환도 직후인 1955년, 선생은 실험기자재라고는 아무 것도 없는 황무지에서 할 수 있는 일을 찾다가 한국인의 인류유전학적 조사연구에 착안하였다. 이 연구를 택한 것은 당시 한국인을 대상으로 한 생물학적 연구가 전무하였고, 고가의 실험장비가 필요 없었기 때문이었다.

선생은 아시아재단에 찾아가 통계 조사에 소요될 종이 50연을 기증받아, 한국인의 출생성비(出生性比) 등 인류유전학 연구를 조완규 선생과 함께 약 10년간 실시하여 20여 편의 논문을 국내외 학술지에 발표하였다. 초기 연구에서는 출생성비, 쌍생아의 성(性), 색맹(色盲), 미맹(味盲), 혈액형, 기타 유전적 신체 특징 등이었다.

당시 선생의 문하에서 이 연구를 실질적으로 주도한 조완규 선생의『설랑문집(雪浪文集)』에서 보면, 사람의 출생 시점에서 여아출생수에 대한 남아출생률을 출생성비라 하는데, 그 성비는 세계적으로 104~105라고 알려져 있었다. 그러나 1936년 영국의 학자가 우리나라에 와서 조사한 결과 한국인의 출생성비는 세계적으로 대단히 높은 113이라고 발표했었다. 그런데 전전(戰前) 경성제대 부속병원의 한 내과교수는 반대로 세계에서 제일 낮은 100이라고 발표하는 등 수치가 일치하지 않았었다.

선생의 연구팀은 우리나라 방방곡곡을 다니면서 면접과 병원 및 산원(産院)기록 등을 조사하여 출생성비가 110~113이라는 것을 밝혔고, 아울러 부모의 연령, 직업, 학력, 거주지역 등 여러 요인에 관해서도 광범위하게 조사하여 통계를 내었다. 이런 연구결과들은 20여 편의 논문으로 꾸며져 국내외 여러 학술지에 게재되었다(『雪浪文集』, p. 32).

그 후 이 연구는 효소(酵素) 결핍(缺乏)과 형질(形質) 발현(發顯)의 관계 등 생화학적 분야로 확대되어 선생의 문하생이었던 이연주(李延珠, 서울대 명예교수) 교수 등에 의해 수십 년 동안 계승 발전되어 왔다.

② 한국산 초파리의 유전학적 연구

선생은 본격적인 유전학 연구를 위하여 먼저 유전학 실험에 당시 가장 많이 사용되던 초파리의 채집 분류에도 착수하였다. 유전학 연구는 1900년 멘델의 유전법칙 재발견 후 초파리가 주로 연구재료로 쓰이고 있었으나, 2차대전 후에는 재료가 세균으로 옮겨져 가면서 유전의 기구나 유전자의 본질이 물질론적으로 서서히 밝혀져 가고 있었다. 그러나 우리나라에서는 1960년대까지 그런 실험적 연구를 할 형편은 되지 못하여, 우선 유전학 연구의 기초가 되는 초파리의 분포와 분류 등 생태학적 연구부터 착수할 수밖에 없었던 것이다. 이 연구를 위하여 선생은 우선 초파리 항온사육실(恒溫飼育室)부터 만들어 전국에서 채집한 초파리를 사육하면서 현미경으로 관찰하고 분류하고 기재(記載)하는 기법을 많은 제자들에게 전수하였다.

이 연구를 통하여 선생은 신종(新種)과 미기록종(未記錄種)들을 발견하여 우리나라의 초파리 분포와 분류를 정리하였고, 그 연구결과들을 국제 초파리 자료집(Drosophila Information Service, DIS)에 수록하였다. 이 작업에는 당시 조교였던 이혜영(李惠暎, 전 인하대 교수, 작고), 정옥기(鄭玉基, 전 문리대 강사), 당시 대학원 학생이었던 이연주 선생 등이 주로 종사하였다. 이 연구는 뒤에 염색체 돌연변이, 방사선 감수성(感受性) 등 현대 유전학적 연구로 발전되어 이연주 교수 및 그의 문하생들에 의해 계승되어 오늘에 이르고 있다.

2) 세포학적 연구

선생은 환도 직후인 1954년 미국 스미스먼트 유학케이스에 선발되어 1년간 미국 UC Berkeley에 유학하여, 세계적인 명성을 얻고 있던 스턴(Curt Stern), 발라머스(William Balamuth) 교수 등의 연구실에서 세포배양법 등 최신 연구기법을 익히고 돌아왔다. 그러나 국내 사정은 이러한 연구 환경을 갖출 수 없어서, 선생은 전술한 바와 같이 인류유전학적 연구 등에 한동안 종사하면서 한편으로 이 세포학적 연구의 기반을 갖추어가고 있었다.

1960년, 선생은 국제원자력기구(IAEA)의 장학금을 받아 다시 미국에 가서 동부의 The Worcester Foundation of Experimental Biology에 1년간 체류하면서 세포배양법, 염색체 고정과 염색, 그리고 관찰법 등 최신 기법을 다시 익히고, 귀로에 유럽에 들러 여러 연구시설을 견학하고, 또 록펠러재단으로부터 당시로서는 거금인 7,000달러의 연구비를 얻어 돌아왔다.

1961년 귀국한 선생은 이 연구비로 우리나라에서는 최초로 조직 및 세포배양시설을 꾸몄고, 원자력연구소 등 정부기구로부터도 연구비를 획득하여 숙원이었던 염색체 연구에 몰두하여 매년 10편 가까운 논문을 국내외지에 발표하는 등 왕성한 연구활동을 펼쳤다.

선생은 이 배양시설을 이용하여 여성 자궁암세포에서 분리 배양된 HeLa S3 세포의 염색체 연구에도 착수하였다. 이 세포는 수백세대를 계속 계대배양(繼代培養)할 수 있는 특수한 암세포인데, 그 염색체 수가 보통 세포와 달라 2n=69이다. 이 세포를 배양하면서 선생은 방사성동위원소 32P를 처리하여 세포학적 변화를 추구한 것이다.

선생은 또 동시에 혈구(血球) 배양을 통하여 한국인의 핵형(核型)을 우리나라 최초로 파악하였다. 핵형(核型)이란 세포핵 속에 있는 염색체의 형태적 특성을 말한다. 그는 또 이 연구를 통하여 여성 성염색체 이상으로 생기는 여성 생식기의 발육 이상인 터너(Turner) 증후군을 판정하는 데 공헌하였다. 그의 이 혈구(白血球)배양 기술은 백혈병(血液癌)의 판정에도 이용되어, 핵형 이상으로 백혈병을 판정하는 데 공헌하였다.

선생은 위와 같은 연구결과들을 종합하여 1963년 미국에서 열린 제16차 국제동물학회에서 'Chromosome aberration in Chinese hamster strain of cells by the use of extracts of identical cells'란 제목으로 발표하여 학계

의 주목을 받았다.

귀국 길에 그는 Rosewell Park Memorial Institute에 가서 당시 개발된 지 얼마 안 된 방사자기법(放射自記法, Radioautography)을 익히고 돌아와 우리나라에서는 최초로 이를 연구실에 도입하여 많은 대학원 학생들에게 전수하였다.

위와 같은 최신 기법으로 무장한 그는 'Studies on radiosensitivity of

cultured human normal and cancer cells'라는 연구제목으로 1964년 IAEA로부터 4000달러의 연구비 지원을 받았다. 이 연구비로 그는 정상세포와 HeLa 세포를 배양하면서 스테로이드 호르몬 처리, X-선 조사(照射), 32P-처리 등으로 유발되는 염색체 이상을 조사하였다. 당시 국내에서는 연구비라는 것이 전무한 시절이어서 선생이 국제기구로부터 거액의 연구비를 획득한 것은 그의 연구실의 연구역량을 국내외에 입증하는 것이었다. 특히 그는 보통 HeLa 세포는 염색체 수가 2n=69~90인 데 반하여 스테로이드 처리에 의하여 144가 되고, 이 후 그대로 계대(繼代)된다는 것을 발견하여 이를 「Nature」(202: 516~518, 1964)에 발표하는 개가를 올렸다. IAEA로부터는 이후 3년간에 걸쳐 지속적으로 연구비를 지원 받아 7편의 논문을 발표하였다. 이 연구는 초기부터 팀에 합류했던 김영진(金英眞, 충남대 명예교수, 작고) 교수와 박상대(朴相大, 서울대 명예교수) 교수 및 박 교수의 문하생들에 의하여 계승되어 최근까지 이어져오고 있었다.

선생이 1970년대 중엽부터 추진한 어류(魚類)의 유전학적 연구도 우리나라에서는 처음으로 시도된 것으로서 특기할 만하다. 선생은 어류의 세포배양기술도 독자적으로 개발하여, 1973년 우리나라 담수어(淡水魚) 4종에 대한 염색체 및 DNA 함량, 또 핵형의 보존 등을 밝혀서 어류의 세포유전학적 특징을 계통분류학 측면에서 고찰하였다. 염색체의 핵형 조사는 어류의 양식에 커다란 공헌을 하였다. 선생은 이 결과들을 1976년에 「Science」(193: 64~66, 1976), 「Cytogenetics and Cell Genetics」(23: 33~38, 1979)에 발표하는 기염을 토하기도 하였다. 이 연구는 초기부터 박은호(朴殷浩, 한양대 명예교수)가 담당하여 최근까지 수십 년 동안 이어졌다.

4. 선생의 자연보호 운동

선생은 우리나라 자연보호 운동의 초창기 선도자이기도 하였다. 특히 그는 현재의 한국자연보존협회의 창시자의 한사람으로서, 1965~1974년의 10년간은 이 민간 기구의 이사장직을 맡아 당시로서는 낯설기만 한 자연보호 운동에 앞장을 섰고, 또 현재의 국립공원의 지정에도 크게 공헌하였다. 우리나라 자연보존 운동의 효시라고도 할 수 있다. 이 운동의 개시에는 미국 학술원의 태평양위원장이자 국제자연보존연맹(IUCN)의 총재인 쿨릿지(Coolidge) 박사의 도움이 컸다. 쿨릿지 총재는 이 사업의 전폭적인 지원 등 우리나라 자연보호 운동에 대한 공헌으로 1965년 서울대학교에서 명예이학박사 학위를 수여받았다. 당시 서울대학교는 전통적으로 국가원수급들에게만 명예학위를 수여하고 있었기 때문에 이것은 이례적인 일이었다.

이 협회는 쿨릿지 박사의 주선으로 미 국무성과 Smithsonian Institution의 재정지원을 받아 우리나라 휴전선(DMZ)의 생태조사 사업도 벌였다. DMZ의 생물상(生物相)을 최초로 밝힌 사업이었다. 이 사업은 1차로 5개년 계획으로 짜여 진행되면서 국내 생물학자 수십 명이 여기에 참여하였다. 5개년 계획이 끝날 무렵에는 사업 규모가 크게 확장되어 우리나라 정부에서도 적지 않은 보조금이 지급되기 시작하였으나, 1968년 1월 21일의 소위 '김신조(金新朝) 사건'으로 일시 중단되었다가, 강력한 후원자였던 쿨릿지 총재와 기술적 자문으로 지대한 공헌을 한 Smithsonian Institution의 부크너(Buchner) 박사의 연이은 별세로 두절되고 말았다. 이 사업은 당시 우리나라 생물학계의 분류학 또는 생태학 전공 인사들이 총망라되어 진행되었었는데, 그 중 핵심적 역할을 담당했던 인사들은 김훈수(金熏洙, 서울대 명예교수), 정영호(鄭英昊, 서울대 명예교수; 작고), 홍순우(洪淳佑, 서울대 명예교수; 작고), 엄규백(嚴圭白, 양정고 이사장) 윤일병(尹一炳, 고려대 명예교수) 등 제씨였다.

자연보존 운동의 일환으로 선생은 국제생물학계획(International Biological Programme, IBP)에도 참여하여 약 10년간 한국에서의 이 사업을 주도하였다. IBP는 국제과학연맹(ICSU)의 주재로 1965~1972년의 8년간에 걸쳐 전세계적으로 추진된 사업으로서, '지구촌의 개발과 환경파괴에 따르는 자연과 인간의 관계, 지속 가능한 환경의 개발 추진 등'을 연구목적으로 하고 있는 국제연구기구이다. ICSU와 국제생물과학연맹(IUBS)에 의해 1959년 거론되기 시작하여 1963년 제10차 ICSU 총회에서 IBP특위(SCIBP)가 결성되어 구체적인 활동에 들어가게 된 것인데, 우리나라에서도 1965년 대한민국학술원 내에 한국위원회가 설치되면서 당시 학술원 회원이었던 선생이 총책을 맡게 되었다. 이 사업의 핵심 인물은 선생과 더불어 이민재, 김준민(金遵敏), 김훈수, 정영호, 최기철(崔基哲), 홍순우(모두 서울대 명예교수; 작고), 엄규백, 윤일병 선생 등이었고, 연구비는 정부로부터 학술원을 경유하여 지급되었다.

이 사업은 7개 분과로 세분되어 진행되었는데, 1967년 제1보고서가 간행되었고, 1972년에 제6보고서의 간행을 끝으로 마감되었다. 이 기간 중

매년 국제학회에서 한국의 사업현황과 총 28편의 논문이 발표되었다.

5. 선생의 말년

선생은 1979년 3월 신생 강릉대학(현 국립강릉대학교)의 초대 학장으로 발령받아, 1945년부터 30여 년간 자신이 몸담고 자신의 손으로 가꾸고 키워온 서울대학교 동물학과를 떠나셨다. 이 해 정부는 강릉교육대학(2년제)을 4년제 강릉대학으로 개편 승격시킨 것이었다. 선생이 이 대학의 초대 학장으로 가신 경위를 당시 강원대학교 총장이었던 이민재 선생은 다음과 같이 서술하고 있다(『霞谷文集』賀詞).

"내가(이민재) 강원대학교 총장 때, 하루는 나의 보금자리였던 자연대 식물학과를 찾았던 김에 하곡 생각이 나서 동물학과의 그의 연구실에 둘렀었다. 연구실에 조용히 앉아있는 그의 모습이 나에게는 퍽 고독해보였다. 이대로 가면 촛불이 다 타서 사르르 꺼지듯, 이 양반도 정년으로 조용히 사라지겠구나 하는 마음과, 이만큼 역량이 있는 분을 그대로 사라지게 하는 것이 아까운 기분이 들었다. 마침 4년제 강릉대학이 생길 때라, 나는 당시 문교부장관인 박찬현(朴讚鉉) 씨에게 이야기해서 하곡을 그 학장으로 모시자고 하니 그도 OK였다. (中略) 다음은 하곡이 움직이느냐가 문제였다. 하곡에게 의향을 물으니, '글쎄, 글쎄'라면서 50% 50%였다. 그래서 박 장관에게 '장관이 직접 부탁하면

강영선 박사 내외분

제3편 자연과학

응낙할 것 같다'고 하니, 박 장관이 직접 그에게 권유하여 그를 강릉대학 초대학장
으로 발령 내는 데 성공하였다."

이렇게 하여 30여 년간 정들였던 연구실을 떠난 선생은 풍광 좋은 강릉
에서 약 3년 반을 지내면서, 강릉대학을 오늘날의 동해안 유일의 국립종
합대학인 강릉대학교로 키우고, 1982년 8월 정년으로 학장직에서 물러났
다. 정년퇴임 후에는 서울에 돌아와서 곧 수원대학교의 초빙교수로 추대
되어 이 대학의 유전공학연구소를 발족시키고 육성하는 데 남은 정열을
다 바쳤다.

이렇듯 한 평생을 학문 연구와 후진 양성에만 온 심혈을 다 바치고 살
아오신 선생도 그러나 말년에 와서는 행복하지만은 않았다. 원래 충청도
부호의 집안에서 태어나신 선생은 유산과 본인의 근검절약으로 가산이
넉넉했었으나, 말년에 큰아드님의 사업관계로 재산을 다 날리시고, 손수
건축하시고 수십 년을 살아오신 세검정의 양옥과 대지 수백 평도 헐값에
남의 손에 넘기는 쓰라림을 당하셨다. 이런 심려의 탓인지, 1997년에는
위암으로 위 절제수술까지 받아 몸이 많이 수척해지셨다가 1999년 2월 3
일, 83세를 일기로 유명을 달리하셨다.

선생은 156편에 이르는 논문, 13권의 저서, 4권의 역서를 펴내시고, 서
울대학교와 일본 북해도대학에서 이학박사 학위를 받으셨다(각각 1953년
과 1960년). 또 대한민국학술원상(著作賞, 1963), 과학기술대통령상(1970), 하
은(霞隱)생물학상(1972) 등을 수상하셨으며, 1971년에는 국민훈장 동백장
을 수훈하셨다. 선생께서는 우리나라 생물학 및 자연보존 관련 여러 학회
의 창립 주역과 회장직을 맡아 활동하시면서 한 평생을 생물학 연구와 후
학 양성에 바치셨다. 실로 한국의 현대생물학의 선구자이시고 또 수십 년
동안의 견인차이셨다.

이민재 _ 한국 식물학의 개척자

이인규 | 서울대학교 명예교수

1. 머릿말

한국과 일본이 국교 정상화를 이룬 직후 1966년 봄에 일본 문부성은 우리나라 외무부에 여비와 생활비까지 지원하는 조건으로 제1회 일본 국비 유학생의 선발을 위탁하였고, 선배 따라 응모한 그 시험에 합격하여 나는 일본으로 유학을 가게 되었다. 당연히 동경대학으로 가겠다고 이민재 선생님께 말씀드렸더니, 북해도대학으로 가라고 명하셨다. 내가 해조류의 계통분류학 분야 논문으로 석사학위를 받고 당시 문리과대학 부설 임해연구소 연구원 신분으로 그 시험에 응시했기 때문에, 무급 직원이었지만 국가 공무원 자격으로 유학을 가는 것이었다. 이 선생님은 당신이 졸업하신 북해도대학의 식물분류학 연구실로 가서 박사학위를 받으라는 말씀이셨다. 내가 일본 사정에 밝지 않아서 가장 먼 북방 오지(?)에 있는 북해도까지 가서 공부하라는 말씀은 영 받아들이기 어려웠지만, 이 선생님은 당

신의 은사이셨던 은퇴하신 세계적인 해
조분류학자 야마다 유키오 교수께 이미
내 추천서를 보내셨기 때문에 그 명령을
거절할 수 없었다. 나는 그렇게 해조류 분
류학자가 되었고, 학위를 받은 후 귀국하
여 선생님을 모시고 모교 교단에서 30년
을 넘게 교수로 봉직하다가 정년을 했다.

　창암(滄巖) 이민재(李敏載, 1917~1990)
선생님은 우리나라 식물학을 일으키신
분이다. 해방 직후 경성제국대학 예과 동물학 교실을 모체로 하여 설립된
서울대학교 문리과대학 생물학과는 당시 북해도대학 동물학과를 졸업하
고 예과 연구실에 부수로 계셨던 강영선 교수를 주축으로 하여 창설되었
고, 강 교수님은 북해도대학 1년 선배였고 식물학과를 졸업한 이민재 교
수를 영입하여 식물학 분야를 담당하게 하였던 것이다. 순수 생물학 분야에
서 대학 졸업 후 해방될 때까지 계속 연구실에서 연구 활동을 하고 계셨던
분은 그리 많지 않아 자연히 서울대학을 중심으로 한 우리나라 생물학 분야
교육과 연구 활동은 이 두 분의 어깨에 짐 지워졌던 것이다.

2. 생애

　창암 선생님은 1917년 함경북도 회령에서 태어났지만 곧 가족이 모두
만주로 이사를 가서 그곳에서 어린 시절을 보냈다. 선친은 서울에서 한성
사범학교를 졸업하고 회령 보통학교 교사로 재직하다가 만주로 이사를
가서 사업으로 크게 성공해 만주 굴지의 재벌이 되신 분이었다. 이 선생
님은 만주 용정에서 보통학교를 다니다가 회령으로 되돌아와 보통학교를

마치고, 그곳 일본인 학교였던 나남중학교를 거쳐서 경성약학전문학교(서울대 약대 전신)를 졸업하였다. 원래 정치학이나 경제학을 공부하고 싶어했지만, 선친의 권유로 약학을 공부하게 되었던 것이다. 그러나 졸업 후 약사로 직업을 갖기보다는 대학에 가서 생명과학 분야의 공부를 더 하고자 하여 북해도제국대학 식물학과로 진학하였다.

이 선생님은 생명현상의 본질에 대한 근본적인 관심으로 인하여 약학을 공부하면서 식물학에 집중하였고, 약전에서 공부한 물리학이나 화학의 학문 기초를 토대로 하여 북해도대학에서 식물생리학을 전공하였다. 졸업 후, 대학 시절에 돌아가신 부친의 사업을 승계하라는 주변의 강권을 뿌리치고 자신의 학문을 심화시키고자 연구자의 길을 걷기로 작정하였다. 그리고 생명현상을 가르는 두 축인 압력과 온도 요소 중 후자를 택하고, 저온 상태에서 일어나는 생명현상에 대한 연구에 관심을 집중시키기로 정하였다. 북해도대학의 지도교수는 대학에 남아 함께 연구하기를 원했지만, 어린 시절을 보낸 곳이기도 하면서 원하는 연구를 잘 할 수 있는 시설이 갖추어진 만주 국립연구소인 대륙과학원 저온실험실에서 고등관 시보라는 직책으로 연구생활을 계속하다가 해방을 맞은 것이다. 해방 후 귀국하여 경성약전을 인수하는 교수 팀의 일원으로 참여하여 서울대학교 약학대학을 설립하는 기초를 확립하는 데 기여하였으며, 일시적으로 부산 수산대학의 겸임교수로도 봉직하였으나, 서울대학교 문리과대학에 생물학과가 만들어지면서 이곳으로 자리를 옮겨 한국식물학의 발전을 위한 기초를 확립하게 된 것이다.

해방 후 6·25동란 전까지 한국생물학의 주요 관심은 조선생물학회의 창립과 동·식물을 포함하는 생물의 우리말 이름을 짓는 일, 그리고 생물학 분야 학술용어의 제정이었다. 당시 생물학 분야의 주요 인사들 중에서는 젊은 층에 속하였지만 이민재 교수는 학회 창립총회에서 '방사능이 인체에 미치는 생물학적 기작'이라는 주제의 특별강연을 하였고, 학회 편집위원장을 맡았다. 이 강연은 히로시마에 떨어진 원자폭탄의 여파로 큰 반향을 일으켰다. 휴전 후 환도한 문리과대학 이학부는 원래 위치하던 청량리의 옛날 경성제대 예과 건물이 불타버려 을지로 6가의 사대부고 자리를 거쳐서 동숭동으로 옮겨 왔으며, 처음 설립된 생물학과는 1955년에 동물학부와 식물학부로 나뉘었고, 1960년부터 동물학과와 식물학과로 분리되었다. 세간에서는 이 학과 분리가 이민재, 강영선 두 분 교수님 간의 불화 때문이라고 흔히 오해하고 있었지만, 두 교수님들이 다니시던 북해도대학은 동물학과와 식물학과가 독립된 학과로 분리되어 서로 학문적인 협력을 원활하게 이루고 있었으므로, 이런 교육 시스템을 본 딴 것으로 생각할 수 있다.

이민재 교수는 문리과대학에서 식물학과를 만들어감에 있어서 서울대학교가 우리나라 식물학 발전의 모체가 되어야 한다는 폭넓은 목표의식을 지니고 있었기 때문에, 당신이 전공하신 생리학 영역뿐만 아니라 식물학의 기초 분야인 분류학, 형태학, 생태학, 그리고 미생물학 등 다양한 분야의 발전을 위하여 후학들을 고루 양성하는 데 큰 힘을 기울였다. 그 일이 구체적으로 드러난 한 가지 보기가 해양학과와 미생물학과의 설립에 기여한 부분이다. 환도 후 식물학과의 연구 방향을 해양으로 눈을 돌리게 된 것도 북해도대학 재학 시절 해조분류학을 전공한 야마다 교수와의 친분이 잠재적으로 작용하였을 것으로 생각된다. 그리하여 문리과대학에 해양생물연구소를 설립하고 당신은 국제해양위원회(IOC) 한국위원으로 활동하셨으며, '한국산 한천원조(寒天原藻)에 관한 연구'를 대형 프로젝트로 하여 집중연구를 수행하고 있었기 때문이다. 때마침 문교부로부터 해양학과를 설립하라는 명이 떨어져서 동물학과의 강영선 교수와 함께 1968년에 그 학과를 창설하게 된 것이다. 미생물학과의 설립 또한 그러하

이민재 교수의 고희 기념 사진
(가운데가 내외분, 오른 편 끝이 홍순우 교수, 두 번째가 정영호 교수)

였다. 당시 식물학과에는 이 선생님이 주도하는 미생물학연구실이 독립
되어 있어서, 각종 미생물의 생리적인 생명현상에 대한 연구를 수행해 왔
는데, 문교부로부터 미생물학과를 설립하라는 명이 떨어졌기 때문이다.
1970년에 설립된 미생물학과는 그때 식물학과 교수였고 대학의 이학부장
이었던 홍순우 교수가 학과장 업무를 대행하며 신입생을 선발까지 했으
나, 학과 독립에 필요한 공간이나 기자재가 없어서 관악산으로 옮기기 전
까지는 식물학과연구실의 한 모퉁이를 차지하면서 지내게 된 것이다.

5·16군사혁명이 일어난 직후 이민재 교수는 뜻밖에 혁명정부의 문교
부 차관으로 발탁되었다. 차관으로 취임하면서 가장 역점을 둔 일은 인사
제도의 개혁, 사회과학을 비롯한 국정 교과서의 개편, 각 부처로 흩어져
있던 교육기관의 통합, 사학법의 개정, 사범대학의 폐지를 통한 2년제 교

제3편 자연과학

육대학의 설립 등이었으며, 야심찬 일들을 수행하고자 하였다. 그러나 이 모든 계획들의 부분적인 성취만 보고 과로에 의한 건강상의 이유를 들어 약 6개월여의 임무를 마치고 사임하셨다. 선생님은 교육부로부터 타 대학 총장으로의 영전 제의도 거절하며 다시 서울대학으로 복귀하셨다. 그리고 문화재청 문화재위원회 부위원장, 서울대학교 교수협의회 회장 등을 역임하셨고, 1976년에는 서울대를 떠나 아주대학교 총장, 그리고 강원대학교 총장을 역임한 후 정년퇴임으로 학문적인 삶을 마무리하셨다.

이 선생님이 우리나라 식물학 분야 학문 발전의 일환으로 역점을 기울인 또 하나의 분야는 자연생태계 보존을 위한 자연보호운동이었다. 1977년 봄 박정희 대통령이 대구 금오산을 다녀온 후 '자연을 보호하도록 하라'는 명령이 떨어지면서 이 운동은 본격적인 전국 운동으로 확산되었다. 새마을운동 이후 내무부가 주도하여 전국적인 환경운동으로 발전된 이 자연보호운동은 실은 육영수 여사를 통하여 박 대통령이 알게 된 생물학 분야 교수들의 진언에 의한 것이었다. 1970년대에 들어와 우리나라가 경제개발을 주도할 때, 이로 인한 자연생태계의 훼손을 염려한 생물학자들은 장차 우리가 힘을 기울여야 할 분야는 자연을 지켜 보존하는 일이고, 이를 대통령께서 주도해달라고 건의한 것이 이렇게 결실된 것이다. 대통령의 이 명령에 의하여 정부 산하에는 국무총리를 수반으로 하는 자연보호위원회가 설립되고, 민간 차원에서는 당시 상공회의소 회장이었던 태완선 씨를 회장으로 하는 자연보호협의회가 구성되었으며, 이 협의회 부회장으로 창립에 참여한 이 선생님은 그 운동의 상징적인 표어인 '자연보호 헌장'의 제작을 주도하였고, 그 후 이숭녕 교수에 이어 제3대 회장직을 역임하면서 이 활동에 헌신하셨다.

3. 학문적 업적

 이처럼 해방 후 한국 식물학계는 이민재 선생님이 길러 낸 제자들이 식물학의 다양한 영역에서 활동하며 우리나라 식물학의 오늘을 있게 하였으며, 선생님은 초기 대한민국학술원 부회장과 생물과학협회 회장으로 생물학 전반의 학술 활동도 주도하였고, 『식물생리학』, 『약용식물학』을 대표로 하는 10여 권의 저서와 『종의 기원』, 『방사선의 생물학적 기작』 등 4권의 역서와 60여 편의 논문을 발표하셨다. 그리고 한천원조에 관한 연구로 1965년에 학술원상을, 알긴산 원조에 관한 지리학적 연구로 1969년에 5·16 민족상을, 미생물에 의한 원유의 탈황에 관한 연구로 1976년에 대한민국 과학상을, 그밖에 하은생물학상, 약학회상, 약의 상 등을 수상하셨다.

 운동을 좋아하셨고, 음악을 즐기시는 낭만적인 삶으로 일생을 마치신 이민재 선생님은 중학교 시절부터 야구, 검도, 럭비 선수셨고, 육상, 농구, 테니스 등 만능 스포츠맨이셨다. 특히 검도는 중학교 3학년 때 나남의 기병연대 창립일 기념 검도대회에 2급으로 출전하여 기라성 같은 상급자들을 다 물리치고 우승까지 해서 나중에 2단으로 승단했으며, 약전 시절 대학 럭비부와 야구부를 이끌고 선수로 활동하며 여러 대회에서 우승한 경력을 지니고 있다. 야구에 대한 뒷이야기는 대학 시절까지 이어진다. 당시 북해도대학의 동물학과와 식물학과는 교수와 재학생이 다 출전해서 매년 학과 대항 야구시합을 하고 있었는데, 식물학과는 한 번도 우승하지 못했지만, 이 선생님이 입학하여 포수를 맡으며 야마다 교수가 던지는 투수공을 마음껏 받아 처리하여 처음으로 동물학과를 이긴 일화가 있다. 야마다 교수는 이런 선생님을 사랑하셔서 해조분류학 연구실로 들어와 공부하라고 권유했지만, 끝내 이 제안을 받아들이지 못하고 식물생리학을 전공하였기 때문에 그 죄송한 마음이 남아 있어서 나를 야마다 교수실로 보낸 것임을 들었다.

우리가 대학 시절에 합동채집으로 야외에 나가 밤을 새울 때면 선생님은 그 18번이신 '아, 세월은 잘 간다, 아이 야이 야-' 하고, 아름다운 가곡들을 멋있게 부르셔서 학생들을 열광시켰다. 3대째 기독교 집안에서 자랐으나 교회에서 집사 직을 맡으라는 목사님의 말씀을 거절하기 위하여 교회 나가기를 중단했다고 말씀하셨지만, 만년에는 기독교로 다시 돌아와 70에 가까운 연세에 장로로 취임하셨고, 자연보호중앙협의회 회장실에서 돋보기를 끼시고 성경을 읽으시며, 창조와 진화에 대한 책을 번역하고 계셨던 것을 기억한다. 내가 북해도대학에 유학 가 있을 때 이 선생님과 대학의 동기동창이셨던 선배를 만나 인사를 드렸더니, 대학 시절 이 선생님의 일화를 여러 가지 들려주었다. 특히 집안이 부유하여 학창시절에도 개인수표를 가지고 다니면서 친구들에게 술을 잘 사주었고, 노래도 잘하는 미남이었으므로, 대학 동창들과 술집 아가씨들에게 큰 인기를 누리면서 지냈다는 이야기가 기억난다. 젊은 날 그렇게 낭만적인 삶을 누렸기 때문에 결혼도 당시로는 아주 늦어서 30대 중반에 하셨고, 강계 미인으로 소문난 사모님을 맞으셨다.

내가 대학원에서 박사학위를 준비하고 있을 때에 동료 대학원생들이 알래스카로 학술탐험을 나갔다가 해조류들을 채집해 왔는데, 그 중 내가 전공하던 분야의 자료들을 주면서 동정(분류하여 학술적인 이름을 확정하는 일)을 부탁하였다. 그 중 홍조류(김, 우뭇가사리 따위 붉은 색깔의 해조류) 한 종이 특이하여 집중 조사했더니 지금까지 전 세계에 알려지지 않은 새로운 종이었다. 분류학자들에게 신종 식물의 발견은 역사에 남을 기쁨이 된다. 그것은 이 새로운 종에게 학명(세계적으로 통용되는 학술적인 이름)을 지어주어야 하고, 그 이름은 사람 이름처럼 성과 이름으로 나뉘는데, 특히 이름으로 지은 학명(이것을 종명이라고 한다)은 이 학문이 존속되는 한 영원히 없어지지 않기 때문이다. 그러므로 새로운 종의 학명을 지을 때는 가장 기념이 될 이름을 찾기 위해 노력한다.

내가 이 홍조식물의 학명을 지으면서 은사이신 선생님을 기리기 위하여 *Halosaccion minjaii*라고 명명하여 선생님의 회갑논문집에 헌정하였다. 그 식물 표본들을 감정하라고 내게 준 일본의 동료들은 일본의 은사들도 있는데, 왜 일본에서 찾아낸 신종에 한국 사람의 이름을 붙였느냐고 심하게 항의했지만, 나는 그들의 항의를 묵살했다. 그 학명을 쓴 이 논문을 후에 국제학술지에 게재하여, 나의 오늘이 있게 한 선생님의 은혜에 조금이라도 보답하고자 하였다.

새삼, 한국 식물학계에 남기신 선생님의 큰 발자취를 돌이켜 보면서, 천국에 계신 선생님의 명복을 두 손 모아 기도드린다.

현신규 _ 산림녹화를 위한 헌신

이경준 | 서울대학교 명예교수

1982년 UN의 FAO(식량농업기구)는 보고서를 통해서 한국은 제2차 세계 대전 이후 산림녹화에 성공한 유일한 개발도상국이라고 한국을 극찬했다. 그만큼 6·25전쟁에 의한 참혹한 파괴와 빈곤을 극복하고 민둥산에서 시작한 한국의 산림녹화는 경제 발전이 지연되고 있는 개발도상국들의 귀감이 되고 있으며, 20세기 환경 분야의 기적으로 알려져 있다.

이 기적은 당시 정부의 강력한 국토녹화 의지에 의해서 가능했다. 그러나 그 배경에는 담당 공무원과 농민들의 적극적인 참여와 학문적 뒷받침이 있었다. 학문적 뒷받침은 서울대학교의 현신규(玄信圭) 교수가 평생토록 혼신의 노력을 다 해서 한국의 기후 풍토에 맞는 새로운 품종의 나무들을 만들어 냄으로써 가능했다.

2003년 과학기술부는 한국의 역사 중에서 과학기술의 발전에 크게 공헌한 14명의 과학자를 선정하여 발표했다. 화약의 제조법을 개발한 최무선, 물시계를 발명한 장영실, 『동의보감』을 쓴 허준, 〈대동여지도〉를 작성

한 김정호, 「종의 합성」이라는 논문으로
진화론을 뒷받침한 우장춘 박사, 그리고
'산림녹화의 학문적 기반 구축 및 실천
자'로 현신규 박사가 포함되어 있다. 이
들은 현재 국립과천과학관 "과학기술인
명예의 전당"에 모셔져 있다.

필자는 이 글을 통해 현신규 박사가 평
생 온몸으로 나라를 사랑하면서 우리에
게 남긴 고귀한 교훈을 더듬어 보는 기
회로 삼고자 한다.

1. 배우는 향산

향산(香山) 현신규는 1912년 1월 27일 평안남도 안주군 안주읍에서 아
버지 현도철(玄道徹)과 어머니 이동일(李東一) 사이의 4남2녀 중 셋째 아들
로 태어났다. 아버지는 대동군(大同郡) 출신으로서 한학자였으며, 대한제
국 말기에 과거에 급제하여 안주군수로 발령받았다. 어머니는 아버지와
는 달리 독실한 기독교 신자였다. 향산이 어려서부터 교회에 나가고, 평생
을 기독교 신앙 속에 살게 된 계기를 어머니가 만들어 준 셈이다.

향산은 만 5세에 서당을 다니면서 한자를 먼저 익히고, 1918년 안주공
립보통학교에 입학했다. 졸업 후 정주(定州)에 있는 남강(南岡) 이승훈(李
承薰) 선생이 설립한 오산중학교(五山中學校)에 진학했다. 당시에는 고당(古
堂) 조만식(曺晩植) 선생이 교장으로 있었다. 이 두 선각자만으로도 오산중
학교는 개화기에 민족사상을 교육한 본산으로 널리 알려져 있다. 향산은
이런 분위기 속에서 애국애족 정신을 깊이 가슴 속에 새겼으며, 향산이

평생 국가를 위해 헌신하겠다는 결심을 하는 계기가 되었다. 향산은 학교 교육에 만족했으나 (일본)정부의 정식 인가가 없는 상황에서 상급학교로 진학할 수 없어 3학년 때 서울에 있는 휘문고보(徽文高普)로 전학했다.

향산은 졸업 후 철학이나 문학을 전공하고 싶었지만 아버지의 지시에 따라 마음에도 없는 임학(林學)을 전공하게 되었다. 향산은 휘문고보에서 수석에 가까운 성적을 유지하고 있어 수원고농(水原高農)에 무시험으로 합격했다. 듣던 대로 교수진은 모두 일본인이었고, 신입생 중에서 임과(林科)에는 한국인 학생이 단 두 명 뿐이었다. 방황하고 있던 향산은 어느 날 『우치무라 전집』을 구입해서 읽게 된다. 우치무라 간조(内村鑑三)는 당시 일본의 유명한 사상가이면서 종교가였다. 이 책 중에 '어떻게 하여 나의 천직(天職)을 알 수 있을까?'라는 제목에서,

"누구든지 자기의 사명이 무엇인가를 알고자 하고, 그리고 그 사명대로 사는 길은 지금 자기가 처해 있는 자리에서 할 수 있는 최선을 다하는 것이다."

라는 구절을 발견한다. 향산은 이 구절을 읽는 순간 고뇌하면서 풀지 못했던 인생에 대한 명쾌한 해답을 얻었다. 지금 공부하고 있는 임학(林學)이 나의 학문이라는 것을 깨닫고, 이때부터 학교 공부에 전념하게 되었다.

향산은 독실한 기독교 신자인 농과의 정희섭(鄭熙燮)을 만나 3년간 특별한 우정을 나누면서 의형제를 맺게 된다. 졸업을 두 달 앞두고 정희섭의 취직이 결정되자 그는 향산에게 학비를 도와줄 터이니 대학으로 진학하라고 제안했다. 향산은 결국 그의 장학금으로 치열한 입학 경쟁을 뚫고 원했던 일본 구주대학 임학과에 진학하게 되었다. 향산의 성실한 삶이 하늘의 보답을 받은 셈이다.

구주대학(九州大學)에서 향산은 식물생리학 전공의 고게츠 교수의 지도

를 받았다. 향산은 졸업논문으로 햇빛과 수분이 수목의 생장에 미치는 영향에 대해서 썼다. 고게츠 교수는 연구계획서부터 논문 마무리까지 단계별로 철저하게 향산을 지도해 주었다. 고게츠 교수가 보여준 마음가짐과 연구 자세는 향산에게 그 이후 연구생활의 철학이 되었으며, 향산이 그의 일생을 통하여 몸소 보여주는 '스승다운 스승'의 본이 되었다.

향산이 성인이 되고 결혼 적령에 가까워지자 고향에 있는 부모는 향산의 결혼을 서둘렀으며, 부모의 중매로 보통학교 동창생이었던 이영수(李永洙)와 졸업을 몇 달 남겨 놓은 1935년 가을에 결혼하게 되었다. 부인은 평생 남편을 보필하면서 향산이 연구에만 몰두할 수 있게 내조를 아끼지 않았다.

1936년 구주대학을 졸업하면서 향산은 서울 홍릉에 있는 조선총독부 임업시험장(林業試驗場)에 연구직으로 취직했다. 헐벗은 조국 강산을 보고 항상 가슴 아파하던 향산은 국토 녹화에 직접 기여할 수 있는 조림과(造林課)를 지원해서 배속을 받았다. 당시 시험장은 대부분 일본인들로 채워져 있었고, 한국인은 향산을 포함해서 4명뿐이었다.

향산이 임업시험장에 근무하는 동안 수행했던 연구사업 중 제일 잊지 못할 것은 백두산에 대한 학술조사였다. 1939년 8월 총 50명으로 결성된 조사대에서 향산은 산림자원조사의 책임자로 참가했다. 향산은 당시 시험장에 3년 밖에 근무하지 않았지만 그의 실력이 이미 인정받고 있었다는 증거였다.

향산은 전시(戰時) 체제에서 변질되어 가는 임업시험장의 연구 분위기에 불만을 품고, 더 공부하기 위해 임업시험장을 사직했다. 집을 팔아 학비를 마련하여 1943년 구주대학의 대학원에 입학했다. 2년 동안 그는 당시 첨단 연구에 해당하는 수목의 혈청학적 유연관계에 대해서 밤낮으로 연구에 몰두했다. 그러나 1945년 4월 전쟁의 막바지에 조선인에 대한 생명의 위협을 느껴 연구를 중단할 수밖에 없었다. 황급히 귀국한 향산은 모교인 수원농림전문학교에서 조교수로 일하게 되었다.

8·15해방을 맞이하자 향산은 군정청(軍政廳)의 요청에 따라서 임업시험장장의 자격으로 시험장을 재건하고 돌아왔으며, 수원농전(水原農專)은 1946년 국립서울대학교의 발족에 따라서 농과대학으로 개편되었다. 향산은 구주대학에서 수행했던 연구 결과를 틈틈이 정돈하여 지도교수였던 사토(佐藤敬二) 교수에게 보냈는데, 구주대학은 이를 학위논문으로 인정하여 1949년 향산에게 박사학위를 수여했다. 이로서 향산은 한국인으로서 임업 분야에서 제1호 박사학위를 취득하게 되었다.

6·25동란이 발생하자 부산에서 피난생활을 하는 중에 향산은 미국 정부의 한국 전후(戰後) 재건계획에 따라서 미국에서 2년간 연구하는 기회를 갖게 되었다. 평소에 영어 공부를 게을리 하지 않았던 향산은 버클리에 있는 캘리포니아대학교와 산림유전연구소를 택했고, 이곳에서 유학생보다 더 열심히 새로운 임목육종(林木育種) 기술을 습득했다. 특히 그는 당시에 가장 첨단 연구에 해당하는 염색체를 조작하는 배수체 연구와 새로운 품종을 만드는 교잡(交雜)육종 기술을 배웠으며, 여러 나라의 육종학자들과 교분을 쌓게 되었다.

2. 향산의 연구 활동

2년간 미국에서 첨단 학문을 접한 향산은 큰 포부를 안고 귀국했다. 귀국 후 향산은 부산 피난 국회를 찾아 가서, 헐벗은 산림을 시급히 녹화해야 하지만 나무를 한 번 심으면 수십 년 동안 교체할 수 없으므로 녹화하는 데 반드시 개량된 종자를 사용해야 한다고 국회의원들을 설득했다. 결국 그는 특별 예산을 지원 받아 서울 농대 구내에 조그만 육종학연구소를

신설하고, 1956년에는 수원시 오
목천동에 독립된 "임목육종연구
소"를 동양에서 최초로 창설하
게 되었다.

이태리포플러

향산이 제일 먼저 착수한 연구
는 포플러의 개량 연구였다. 포
플러는 빨리 자라는 나무로서 헐
벗은 산야를 빠른 시기에 녹화하
는데 적합한 수종이다. 향산은 1954년 이탈리아를 방문하여 당시 큰 인기
를 끌고 있는 "이태리포플러"를 직접 보았다. 그는 이 나무를 즉시 도입하
여 적응시험을 통해 한국의 기후 풍토에 맞는 품종을 찾아내서, 1960년부
터 전국에 보급했다. 이로써 전국의 하천변과 도로변을 녹화하는데 성공
하여 한국은 세계적인 포플러 조림국가가 되었으며, 이태리포플러의 종
주국인 이탈리아를 깜짝 놀라게 했다. 이 나무는 당시 헐벗은 산야를 수
년 만에 녹색으로 바꾸는 획기적인 계기를 마련하였으며, 정부에게는 희
망을 그리고 농민들에게 소득도 안겨주었다.

이어서 그는 소나무의 개량에도 힘써서 미국이 원산지인 리기다소나
무와 테다소나무 사이에서 새로운 잡종인 "리기테다소나무"를 만들어냈
다. 이 잡종소나무는 양친의 장점을 겸비한 기적과도 같은 소나무였으며,
1962년 미국 학회지에 소개되어 전 세계의 과학자들을 깜짝 놀라게 했다.
즉 이 잡종소나무는 척박한 모래땅에서도 빨리 자라고, 곧게 자라며, 추위
에도 강했다. 미국 산림국은 이 잡종소나무 종자를 향산으로부터 얻어 미
국 북부 탄광지역에 심었는데 훌륭한 결과를 얻었다고 발표했다.

향산의 포플러 개량 연구는 한국산 포플러를 이용하여 새로운 품종("현
사시"로 널리 알려져 있음)을 만들어냄으로써 절정에 달했다. 그는 유럽 원산

인 은백양과 한국 원산인 수원사시나무를 교배하여 "은수원사시나무"를 만들어 냈는데, 이 잡종 포플러는 양친보다 우수한 잡종강세(雜種强勢) 현상을 나타냈다. 이 잡종은 일반 포플러와는 달리 산지(山地)에도 심을 수 있다는 장점을 갖추고 있어 이태리포플러의 한계점, 즉 평지 혹은 하천부지에만 심을 수 있다는 단점을 극복한 획기적인 신품종이었다. 이로써 향산은 다시 한번 세계를 놀라게 했다. 한국 정부도 1973년 치산녹화10개년 계획을 수립하면서 이 잡종 포플러를 전국에 대량으로 심었으며, 박정희 대통령에 의해서 이 나무는 "현사시"로 개칭되었다. 현사시는 후에 호주, 뉴질랜드, 유럽에도 보급되어 좋은 반응을 보이고 있다.

그 밖에 임목육종연구소에서는 향산이 미국에서 수행했던 배수체 연구를 김정석(金鼎錫) 박사가 이어 받아 4배체 연구에서 세계적인 연구 성과를 만들어 냈다. 즉 1958년 색깔이 화려한 "4배체 무궁화", 그 후 가시 없는 "민둥아까시나무"와 "넓은잎 아까시나무"의 개발을 들 수 있다. 특히 넓은잎 아까시나무는 잎이 보통 아까시나무보다 두 배 이상 크며, 단백질 함량도 많아서 여러 나라에서 가축용 녹사료(綠飼料)로 사용되고 있다.

현사시

위와 같은 세계적인 연구 결과는 1950년대 초반부터 발표되기 시작했다. 향산은 1954년 프랑스 파리에서 개최된 국제식물협회 총회에 참석하였는데, 당시 한국전쟁으로 국토가 완전히 초토화된 상태에서 향산이 홀연히 나타나 눈부신 연구결과를 발표함으로써 한국에 대한 좋지 않은 선입견을 바꾸어 놓을 수 있었다. 1962년에는 당시 4·19와 5·16으로 정정이 불안정하고 경제 발전이 늦어 미국 의회에서 한국에 대한 원조를 삭감하려 할 때 이를 반대하는 측에서 향산이 개발한 리기테다소나무가 미국의 탄광지대를 녹화시킨다는 보고서를 제출하기도 했다.

향산은 국제 모임에서 여러 차례 분과위원장과 회의의 의장직을 맡았으며, 국제학회의 회장과 부회장에 피선되기도 했다. 향산의 이러한 놀라운 연구 업적과 국제 활동으로 한국의 임목육종은 8·15해방 이후 일본을 앞질러 세계적인 수준에 올라 있었으며, 향산의 명성은 국내보다 임업 선진국에서 더 많이 알려져 있었다. 향산이 설립한 임목육종연구소는 당시 세계에서 이 분야에서 가장 규모가 큰 연구소의 명성을 가지고 있었다.

향산의 이러한 연구 업적은 국가에서도 인정하여 향산에게 1962년 문화훈장 대한민국장, 1964년 3·1문화상 기술본상, 1978년 5·16민족상 학예부 본상, 1982년 국민훈장 무궁화장을 수여했다. 1986년 향산은 74세의 고령에 국제학회에 참석한 후 그 후유증으로 별안간 타계했다. 그의 업적을 기리는 동상이 1988년 광릉 산림박물관 뜰에 세워졌으며, 2001년 4월 정부는 "숲의 명예전당"에 그를 모셔 산림녹화에 공헌한 불멸의 업적을 후세에 길이 남기고자 했다.

3. 향산의 인성

향산은 위와 같은 특출한 연구 업적 이외에도 여러 면에서 국민과 학자들의 존경을 한 몸에 받았으며, 역대 대통령으로부터도 우러름을 받았다. 윤보선 대통령부터 향산 사후 노태우와 김영삼 대통령까지 역대 5명의 모든 대통령들이 그가 창설한 수원시 구석에 있는 임목육종연구소를 방문한 것으로 이를 가늠할 수 있다. 그는 1963년부터 2년간 농촌진흥청 제2대 청장을 역임하면서 직원들의 정신교육을 통해서 직원들이 좀 더 적극적으로 식량 증산에 관한 정열과 사명감을 갖도록 독려했다.

전국에서 참석하는 농업 및 임업직 공무원 연수교육에서도 향산 특유의 우렁찬 강연을 통해서 농촌의 일선을 맡은 일꾼들의 마음속에 굳건한 신념을 심어주었다. 또한 농촌을 돌면서 농민들이 농촌부흥과 산림녹화에 앞장서야 한다고 외국의 사례를 들면서 목청을 높여 강조했다. 향산은 자신의 이러한 애국하는 마음을 평생토록 대학교에서 학생들에게, 육종연구소에서 연구원들에게, 그리고 임업연수원에서 임업직 공무원들에게도 불어넣어 주었다.

향산은 국민들에게 애국의 방법을 가르쳤다. 산림이 바로 국부(國富)의 척도이고 산림의 성쇠가 국가의 성쇠와 비례한다는 '산림부국론(山林富國論)'을 역설한 것이다. 독일이 1, 2차 세계대전에서 패망한 후에도 다시 일어선 것이 바로 애림(愛林)사상 때문임을 상기시키고, 온 국민이 국토를 녹화하는 데 앞장 설 것을 주창함으로써, 도산 안창호(安昌浩) 선생과 비견될 만한 애국자라는 칭송을 받기도 했다. 역대 대통령들은 이러한 향산의 학문적 업적과 나라를 위한 헌신적인 노력에 감복했으며, 그의 산림녹화를 위한 연구를 적극적으로 후원하고 구현해주었던 것이다.

향산은 투철한 '직업철학'을 가진 현인이었다. 향산이 그렇게 심혈을 기울여 학문에 몰두할 수 있었던 것은 자신이 하고 있는 일이 바로 나라를 사랑하는 일이라는 직업철학을 가졌던 까닭이다. 학문에 대한 지칠 줄 모르는 의욕, 직업과 산림녹화에 대한 투철한 사명감, 과묵함과 내 주장을 내세우지 않는 겸손함, 직위의 고하를 막론하고 남의 말을 경청하는 자세, 공과 사를 엄격히 가리는 냉정함, 제자와 직원들을 걱정하고 격려하는 따뜻한 마음, 그리고 근검절약과 청렴함 등 그는 선비가 모름지기 갖추어야 할 덕목을 모두 갖추었을 뿐 아니라, 현대적인 시각에서도 가장 존경받는 학자의 본보기이자 스승의 사표(師表)였다. 그는 결코 사교적이거나 정치적이지 않았지만 많은 사람을 그의 곁에 있게 만들고 많은 사람들이 그에게 마음으로 복종하게 만드는 분이었다.

위와 같은 서술이 과장된 표현이 아니라는 것은 누구라도 향산 앞에서는 스스로 머리를 숙이게 되고 깊이 존경하는 마음을 가지게 되는 것으로 입증할 수 있다. 실제로 향산은 겸손함과 온화한 인품으로 오만한 자를 머리 숙이게 하는 비법을 발휘하는 특이한 사람이었으며, 누구와도 비교할 수 없는 카리스마적인 마법을 가진 이 시대의 위인이었다.

필자는 향산의 서울대학교 임학과 제자다. 필자가 6년 간 임목육종연구소에서 그와 함께 근무하는 동안 향산은 필자에게 학자로서 그리고 인간으로서 가족, 사회, 국가를 위해 어떻게 살아가야 하는지를 몸소 보여주었다. 필자는 향산을 가까이에서 모셨던 것을 인생의 가장 큰 행복으로 간직하고 있으며, 그 고귀한 뜻을 이어가려고 자신을 채찍질했으며, 정년퇴임한 지금도 노력하고 있다.

위의 글 중에서 일부는 필자가 2006년 4월에 발간한 현신규 박사의 전기에 해당하는 『산에 미래를 심다』(서울대학교출판부 발행)에서 발췌한 것임을 밝혀둔다.

윤일선 _ 병리학의 개척자, 학자의 귀감

지제근 | 서울대학교 명예교수(작고)

1. 머리말

윤일선(尹日善)은 구한말 우리나라 근대화에 앞장섰던 명문가인 윤씨 가문에서 출생하여 비교적 선택된 환경에서 교육을 받고 일본에서 병리학을 전공하고 돌아와 조국에 병리학을 싹 틔운 한국인 최초의 병리학자이다. 한국인으로 처음으로 경성제국대학의 조교수 발령을 받았을 뿐 아니라 일제 강점기에 세브란스의전에서 우리나라 병리학의 초석을 닦았다. 광복 후에는 경성대학 의학부장, 서울대학교 대학원장, 서울대학교 제6대 총장 등을 역임하면서 우리나라 고등교육 체제의 구축에 적극 참여하였고, 그 외에도 초대 대한민국학술원장, 원자력원장 등을 역임하면서도 92세로 타계할 때까지 병리학자로서의 자세를 끝까지 유지한 우리나라 지성인의 표상이요 학자의 귀감이다.

2. 출생과 성장배경

윤일선은 1896년 10월 5일 개화기에 일본으로 건너간 부모님의 4남1녀의 장남으로 일본 도쿄에서 태어났으나 본향은 충남 아산군 둔포면 신항리 142번지이다. 윤일선의 본관은 해평(海平)이다. 윤일선의 조부는 6남2녀를 두었는데, 장남인 일선의 아버지가 윤치오(致旿)이며, 차남 윤치소(致昭)는 윤보선 전 대통령의 아버지이다. 백종조 윤치열(致烈)의 장남이 윤치호(致昊)이다. 윤일선의 호는 동호(東湖)이다.

윤일선의 부친은 일찍부터 개화운동에 투신하였는데, 여기에는 일본과 미국을 두루 다녀온 종형 윤치호의 신학문에 대한 영향이 있었다. 윤일선의 부친은 1894년 단신으로 일본에 건너갔고 1년 후 어머니도 도일하였다. 윤일선은 따라서 일본에서 출생하여 그곳에서 소학교를 다녔다. 1914년 한국에 돌아와서 소학교를 마친 후 경성중학교(京城中學校)를 졸업하고 다시 일본에 가서 제6고등학교(岡山)를 거쳐 1919년 교토(京都)제국대학 의학부에 입학하였다.

3. 병리학자의 길을 선택하다

1923년 교토제국대학 의학부를 졸업한 후 윤일선은 바로 동 대학 병리학교실의 부수(副手)로 들어가 후지나미(藤浪 鑑) 교수에게 사사하였으며, 이듬해에는 동 대학원에 진학하였다. 후지나미 교수는 일본에서도 몇 명

안 되는 독일 비르효(Virchow)의 초기 제자로서 비르효 밑에서 수년간 지도를 받고 공동 연구논문을 발표하고 돌아와 우수한 논문과 명강의 그리고 훌륭한 인격 등으로 유명한 일본병리학의 대표적 인물 중 하나이다. 그는 타지에서 온 유학생들을 따로 불러 다과회 등을 자주 열었고, 평소 병리학이야말로 의학의 정수라고 역설하였다. 이러한 점이 윤일선으로 하여금 임상과 기초 중 선택의 기로에서 병리학을 선택하는 데 커다란 영향을 끼쳤다고 회고하였다. 이것은 비록 윤일선이 당시 유럽의 정통 병리학에 직접 영향을 받지는 않았으나, 근대병리학의 근원이고 원로로 추앙받는 비르효의 학문적 전통이 일단 일본(후지나미)을 통하여 한국(윤일선)으로 들어오게 된 사건이라고 할 수 있다.

교토제대의 부수 생활 중 윤일선에게 떨어진 첫 연구과제는 '임상진단과 병리해부학적 진단의 대비'였다. 그는 병리학교실이 생긴 이후의 모든 기록을 뒤져서 상호관계를 조사하였다. 이런 과정이 윤일선에게는 학문하는 즐거움으로 다가왔고, 그 자신이 능동적이고 창의적인 연구의 길을 추구하는 계기가 되었다고 한다. 대학원에 진학한 후에도 후지나미 교수는 윤일선을 각별히 돌보아 주었다. 특히 윤일선은 영, 불, 독, 일어를 마음대로 구사하여 당시 대학원생들 사이에서 단연 독보적이었다.

대학원을 거의 마칠 즈음 한국의 세브란스의전에서 교수 제의가 있었으나 사양하고 연구생활을 계속하던 중 심한 설사로 입원하게 되었고, 잘 치료되지 않아 결국 대학원에 자퇴원을 내고 1925년 9월 귀국하여 1년간 고향에서 투병생활을 하였다.

다음해 윤일선이 회복되었다는 소식을 듣고 후지나미 교수는 윤일선을 경성제국대학 의학부장인 시가 교수에게 추천하였다. 시가 부장은 윤일선을 병리학교실 도쿠미츠 교수에게 소개하였고, 도쿠미츠는 쾌히 수락하고 윤일선은 1926년 경성제국대학 부수로 시작하여 조수를 거쳐 1928

년 3월 조교수 발령을 받게 되었다. 한국인으로는 첫 번째 제국대학의 교수가 된 것이다.

경성제국대학에 일자리를 얻자 윤일선은 1927년 10월 3일 조영숙(趙榮淑)과 결혼하였다. 조영숙은 당시 이화여자전문학교 1학년 재학 중이었다. 이후 60년 이상 해로하며 슬하에 4남1녀를 두었다.

4. 귀국 후 경성제국대학에서의 윤일선

윤일선은 이미 1927년에 『조선의학회잡지(朝鮮醫學會雜誌)』에 「조선에 있어서의 휠라리아에 인한 상피병」과 「호르몬과 아나휠락시와의 관계」라는 두 편의 논문을 발표하였는데 당시 그의 소속이 교토제국대학 병리학교실인 것으로 보아 일본에 있으면서도 한국의 질환에 관심을 갖고, 고국의 학술지에 투고한 사실로 보아 그의 나라를 생각하는 마음을 엿볼 수 있다. 당시 윤일선은 과민증(過敏症)과 내분비선과의 관계를 연구하였는데, 이는 위에 기술한 도쿠미츠 교수의 영향을 받았던 것으로 생각된다. 그는 꾸준히 과민증 즉 아나필락시스와 내분비 특히 호르몬과의 관계를 규명하기 위한 많은 연구를 하고 그 결과를 발표하였는데, 논문은 일어 혹은 영어로 작성하여 일본병리학회지, 일본 미생물학병리학잡지, Acta Medicinalia in Keijo, The China Medical Journal 등에 귀국 이후 1930년 세브란스의전으로 옮기기까지 10편의 연구논문을 발표하였다. 1929년에는 교토제국대학에서 의학박사 학위를 받았다. 그의 학위는 우리나라 사람으로는 여섯 번째였다.

5. 세브란스의학전문학교에서의 윤일선

전술한 바와 같이 윤일선은 일본에 있을
때부터 한국의 질병에 대해 관심이 많았고
따라서 우리나라 학생을 교육하겠다는 마음
이 있었던 것으로 추정된다. 1927년 4월 당
시 세브란스의전의 학감이었던 오긍선이 윤
일선에게 세브란스의전의 병리학교수 자리
를 제의하였고, 그는 귀국 후 경성제대에서
3년간 근무하다가 결국 이 제의를 받아들여
서 1930년 4월 세브란스의전 병리학교수로 옮겼다.

세브란스의전에서의 윤일선의 활동은 가히 개척자의 그것이었다. 처음
에는 윤일선은 우리말로 강의한다는 것에 큰 기쁨을 느꼈고, 곧이어 연구
에 착수하게 되었다. 그러나 세브란스의전은 처음부터 선교를 위한 병원
으로 시작하여 한국인 임상 의사를 양성하는 것이 일차적 교육 목표였기
때문에, 개교 이래 기초의학의 연구에는 관심이 별로 없었다. 윤일선이 기
초의학으로서의 병리학교실의 주임교수가 되었다는 것은 사립학교에서
최초로 우리나라 기초의학이 시작되는 계기가 되었다.

윤일선은 우선 제대로 된 도서관이 있어야겠다고 생각하고 각 과에 흩
어져 있던 책과 잡지를 모아 중앙도서관을 만들었다. 또 당시 세브란스의
전 연구위원장이었던 서양인 외과의사 러들러는 윤일선의 열성과 애교심
에 감복하여 3년간 총 9,000달러의 연구비를 지급하였고 이를 바탕으로
윤일선의 병리학교실은 국문 혹은 영문으로 20여 편의 논문을 일본이나
중국의 국제학술지를 포함한 많은 학술지에 발표하였다. 이것은 우리나
라 자체에서 일본인들의 도움 없이 생산되고 출판된 최초의 논문들이었

고 비록 일제 강점기였지만 일본의 의존에서 벗어나 우리나라 의학이 탄생하였다는 의미를 가진다. 이 시기의 우리나라 과학 분야 즉 의학 외의 과학 전 분야의 실정을 고려할 때 이와 같은 윤일선의 활동은 우리나라 과학의 태동이라고 할 수도 있다.

윤일선이 세브란스의전에서 실험을 하기 위해서는 실험 동물실이 필요하였는데 그는 학교 당국을 설득하여 병리학연구동을 신축하여 그곳에서 마음껏 동물실험을 하였는데 그 밑에서 연구하기를 원하는 조수들이 속속 가세하였다. 그러나 전문학교에서는 대학원 과정을 둘 수 없어 이들에게 학위를 줄 수는 없었다. 따라서 윤일선은 자신의 모교인 교토제국대학에 학위논문을 보내서 그곳에서 학위를 받도록 하였다. 이렇게 하여 세브란스의전에서 윤일선 교수의 지도로 교토제대에서 학위를 받은 사람만도 20명에 달한다.

윤일선의 연구 분야는 크게 과민증과 악성종양으로, 요즘에도 중요한 연구대상이 되고 있는 분야이다. 그와 그의 공동연구자들은 1930년부터 1937년경까지 대단히 강도 높은 연구 활동을 벌였는데, 그 결과 세브란스의전의 병리학교실은 업적 면에서 당시 서울에 있던 일본인이 운영하는 학교인 경성의학전문학교나 경성제국대학 의학부의 병리학교실에 비해 손색이 없을 정도였다. 그것은 윤일선의 학자적 정직성과 열성 그리고 많은 조수로 구성된 교실의 우수하고 풍부한 인적 자원, 동물실을 포함한 연구시설 그리고 연구비의 확보 등이 있었기 때문에 가능하였다. 이러한 연구 활동은 1945년 광복 때까지 계속되었고, 우수한 문하생들이 많이 배출되어 이후 우리나라 의학계의 동량이 되었다. 윤일선이 65세(1961) 정년퇴임 시까지 자신이 직접 연구한 논문이 51편, 연구를 지도한 것이 256편이었다. 배출된 의학박사는 132명이었다.

6. 일제 강점기의 윤일선의 한국인 의사협회를 위한 활동

이러한 학술활동의 와중에서도 윤일선은 경성제대에 근무하는 조선인 학자들과 의논하여 조선인 의사들의 친목단체를 만들기로 하고 1930년 2월 21일 세브란스의전 강당에서 조선의사협회의 발기총회를 가졌다. 매년 학술대회를 개최키로 하고 기관지로 『조선의보(朝鮮醫報)』를 발행하기로 하였다. 협회의 사무실은 세브란스의전 병리학교실로 하였고 『조선의보』의 편집책임도 윤일선이 맡기로 하였다. 창립 당시 한국인 의사는 400여 명이었다고 한다. 『조선의보』는 계간으로 발간하였고 1939년 4월에는 국제학회에 한국대표를 파견하는 등 그 활동이 활발하였다. 학술지의 내용도 다양하여 학술논문 외에도 한국인 의사 및 학자들의 근황을 소개하여 일제 강점기의 우리나라 의사들의 활동에 대한 중요한 자료가 되고 있다. 윤일선은 우리말로 된 논문을 한국 사람으로는 처음으로 『조선의보』에 게재한 사람이기도 하다.

또 1932년 2월 세브란스의전의 학감이 된 윤일선은 새로이 학장이 된 오긍선과 함께 세브란스의전 졸업생이 만주와 일본에서도 의료행위를 할 수 있도록 일본 문부성 인정을 받기 위하여 사립의학전문학교 지정규정에 맞게 학교의 시설과 교수진 그리고 학제를 마련하여 지정을 신청하여 결국 1935년 졸업생부터는 규정에 따라 세브란스의전 졸업생들이 국외에서도 의료행위를 할 수 있도록 하였다.

7. 세계 병리학계를 돌아보며

이와 같이 학술적으로 또 학교 행정과 관계되어 앞만 보고 달려온 윤일선은 1937년 4월부터 11월에 걸쳐 구라파, 미국, 중국 등 선진 외국을 여행하는데 이는 교장 오긍선의 권유에 따른 것이었다. 처음으로 상해에 도착하여 상해의대, 홍콩의대, 싱가포르의대를 보았고, 이태리를 거쳐 스위스 취리히대학, 오스트리아 빈대학을 방문하였다. 오스트리아의 오누바 교수는 그의 알레르기에 대한 저서를 주었는데 그 책에 자신이 지도한 논문이 인용된 것을 보고 감격했다고 하였다. 윤일선은 말로만 듣던 독일을 방문하여 뮌헨대학, 라이프니치대학을 거쳐 알레르기의 대가인 뢰슬러 교수가 있는 베를린대학 병리학교실에 가서 큰 감명을 받았다. 또 프라이브르크대학에 가서 아숍 교수를 만났다. 덴마크의 코펜하겐대학, 스웨덴의 룬트대학, 그리고 프랑스의 파리대학을 거쳐 영국에 가서 런던대학의 카메론 교수를 만났는데, 이것이 인연이 되어 그와는 귀국 후 30여 년에 걸쳐 친분을 맺게 되었다. 또 문하생 이규선이 카메론 교수에게 가서 박사학위를 받고 돌아오는 계기가 되기도 하였다. 1937년 10월 초에 유럽에서 미국으로 간 윤일선은 그의 관심 분야중 하나인 암 연구를 활동적으로 하는 곳을 주로 찾았다. 먼저 콜럼비아 대학을 거쳐 록펠러연구소에서 바이러스 유두종을 발견한 쇼프 박사를 만나 유두종 바이러스를 분양받아 귀국하여 이후 많은 실험을 하였다. 하버드 의대의 월바하 교수를 만났고, 노스웨스턴대학과 버클리 캘리포니아대학 병리학교실을 방문하였다. 그는 여행 중간 중간 유수 과학 연구소와 박물관도 방문하여 견문을 넓혔고, 이러한 그의 견문은 병리학은 물론, 후에 윤일선이 대학원장, 서울대학교 총장 등으로 봉직하는 동안 그의 활동에 크게 도움이 되었다고 회고하였다.

8. 광복 이후의 윤일선

광복이 되고 군정청이 들어서면서 윤일선은 경성제국대학 의학부의 접수를 책임 맡았고 초대 경성대학 의학부장으
로 있으면서, 이른바 국대안(國大案)의 소용돌
이 속에서도 나라의 인재를 길러내는 일에 소
홀히 할 수 없다는 신념에서 시간표 대로 하루
도 빠짐없이 강의를 하였다. 1946년에는 대한
병리학회를 창립하여 초대회장이 되었다. 서울
대학교가 발족하면서 윤일선은 의과대학 병리

학교수로 부임하는 한편, 초대 대학원장으로 임명되어, 광복 전에는 배출
한 바 없는 인문사회학과 이공계의 박사를 우리나라에서 처음 배출하게
하였고, 6·25동란 중에 부산에 피난 가서도 논문을 심사하여 학위를 수여
할 정도로 학교 일에 충실하였다. 1948년 윤일선은 대한의학협회 회장의
임무를 맡아 봉사하였다. 1949년에는 한국인으로는 처음으로 미국의 저
명한 학술지인 『Cancer Research』에 '한국인 종양의 통계적 조사연구'라
는 논문을 발표하였다. 6·25동란 후 1954년에는 대한민국학술원 회장으
로 선출되었다. 1956년에는 서울대학교 제6대 총장으로 선출되어 5년 3
개월 최장수 총장으로서 직무를 수행하였다. 총장 재임 시에도 의과대학
학생 강의를 열심히 하였다. 총장 임기 후 초대 원자력원장을 맡아 하면
서도 학자로서의 자세에 흐트러짐이 없었다. 1987년 6월 22일 92세를 일
기로 타계하였다. 자녀 중 석구(전 미국캘리포니아대학교 물리학 교수), 택구
(전 원자력병원 실험병리학과장 겸 병원장), 종구(전 서울대학교 소아과 교수) 등이
부친을 따라 연구자의 대를 잇고 있다.

9. 맺음말

윤일선은 독일 비르효의 세포병리학을 근간으로 하는 현대 병리학의

입장에서 보아 한국 최초의 병리학자이다. 그는 일제강점기 하에서 병리학 연구와 교육을 통하여 한국 병리학의 탄생과 발전을 주도하였다. 또 조선의사협회 등 의사단체 결성에도 적극적으로 참여하였고, 최초의 우리말 학술지인 『조선의보』의 창간에도 크게 기여하였다. 광복 후 혼란기에 극심한 어려움을 겪었던 서울대학교 통합과정에 경성대학 의학부장으로 역할을 다하였고, 서울대학교 발족 후에는 대학원장과 총장으로서 초창기 서울대학교의 발전을 위해 노력하였다. '인격이 결여된 자는 학문을 할 자격이 없다'고 강조하면서 일생동안 학자의 길을 걸어온 윤일선은 근대의학을 우리나라에 도입하고 기틀을 만든 대학자요, 학식과 인격을 갖춘 대학 행정가이다. 역사적으로 볼 때 윤일선은 일제 강점기에 우리나라 과학을 태동시킨 선구자이다.

박명진 _ 한국 치의학을 위한 헌신

백대일 | 서울대학교 명예교수

1. 머리말

서울대학교 치과대학의 역사를 말할 때 고 박명 진(朴明鎭) 초대학장을 개척자로 꼽는 데 모두 동 의할 것이다. 그는 서울대학교 치과대학뿐만 아 니라 한국의 치의학을 확립하는 데에 헌신적 노 력을 한 학자였으며, 오늘날에도 우리는 그의 은 덕을 입고 있다. 서울대학교 치의학박물관을 찾 는 이들은 모두 그의 노력에 감동을 받는다.

2. 생애

고 박명진 교수는 1903년 7월 3일 서울 관철동 30에서 부친 박기붕(朴

경성치과의학교 부속의원
(조선총독부의원 시료외래건물)

基鵬) 선생과 자친 이씨(李氏) 사이에서 1남4녀 중 장남으로 출생하였다.

1923년 3월 중앙고보를 졸업한 후, 1928년에 경성치과의학교를 제4회로 졸업하면서 치과의사 면허(제180호)를 취득하였다. 그 후 경성치과의학교가 경성치과의학전문학교로 승격되자 4학년에 재편입하여 1930년 4월 26일 경성치과의학전문학교를 제1회로 졸업하였다. 전문학교를 졸업한 후에 그는 모교에서 조수(1930. 4)와 조교수(1937. 12)를 역임하면서 수련연구하였다.

박명진 교수는 1934년부터 경성제국대학 의학부에서 약리학을 전공하여 1943년 일본 교토제국대학에서 의학박사 학위를 취득하였다. 그 후 1945년 9월까지 경성치과의학전문학교 보철부 교수로 근무하면서 1958년 지병으로 퇴직할 때까지 치과약리학 강의를 담당하며 후진 양성에 힘써 왔다.

제3편 자연과학

해방이 되자 박명진 교수는 일본인 경성치과의학전문학교장 스기하라 (柳樂達見) 박사로부터 학교 운영권을 위임받았다. 그 후 교수진의 확보와 재정적인 지원을 위하여 백방으로 노력한 공은 높이 평가되고 있다. 해방 이후에는 경성치과의학전문학교가 미 군정청에 인수되어(1945. 10) 국립서울대학교로 편입될 때까지 교장에 임명되어 이 학교의 운영과 학생들의 강의 및 실습을 원활히 지도하도록 하였다. 그리고 국립 서울대학교로 편입되는 과정에 경성치과의학전문학교 동창을 중심으로 한 반대자들의 국립대학안 반대에 부딪쳤으나, 자신의 의지를 굽히지 않고 정보라, 이유경, 문기옥 교수 등과 함께 끝까지 고군분투하여 유일한 사립학교로서 국립 서울대학교에 편입되게 함으로써, 오늘날의 서울대학교 치과대학이 존립하도록 한 것은 그의 가장 큰 업적 중의 하나이다. 이렇게 서울대학교 치과대학의 국립대학 편입을 성공적으로 성사시켰으며(1949. 9. 30 군정법령 제102호), 초대 서울대학교 치과대학 학장으로 취임하여 1957년 작고 시까지 치과대학의 발전에 혼신의 노력을 경주했다. 1953년 6월부터 1955년까지는 서울대학교 치과병원 병원장을 겸임하며 치과대학과 더불어 치과병원의 발전에도 공헌하였다.

한편, 해방 후 미군정 하에 학교의 운영이 어려워지자 치과계의 정보라, 이유경, 김용전씨 등과 함께 미군 치과계와 협력하여 새로운 치과임상기술을 전수받았으며, 경제적으로도 많은 교육기자재와 치과의료장비 및 기자재 등을 지원을 받았다. 또한 후에 정부로부터도 ICA(International Cooperation Administration of US Department) 원조를 받아 많은 치과기자재를 확보한 바 있고, 이 ICA 원조로 교수진의 미국 유학을 주선하여 많은 교수들이 선진 치의학 교육제도와 학문 및 의료기술을 전수받도록 하였다.

특히 1950년 한국전쟁이 발발하자 박명진 교수는 육군 군의학교에서 훈련을 마치고 육군 소령으로 임관했으나 1951년 부산의 전시연합대학으로 전근되어 어려운 전시 하에서도 교수진과 함께 교육환경을 마련하고, 교육과 진료, 봉사에 노력하는 등의 업적으로 치과대학이 오늘날과 같이 발전하는 데 지대한 영향을 끼쳤다.

박명진 교수는 1957년 12월 27일 55세를 일기로 서울대학교 부총장 공관에서 별세하셨다.

3. 학문세계

박명진 학장은 경성치과의학전문학교 조수를 역임하면서도 1934년 10월 경성제국대학 약리학교실에서 연구하며 1943년 11월 일본 교토제국대학에서 「창연제 및 연제투여 가토의 구강내 기관에 있어서의 창연 및 연 침착에 관한 분광경적 검색」이란 논문으로 의학박사 학위를 취득하였다. 전문학교를 졸업한 후 모교에서 계속 근무하면서 조교수의 경력까지 갖추었으며, 해방 후에는 서울대학교 치과대학의 교수로서 후학의 양성에 모든 정열을 바쳤으며, 서울대학교 치과대학의 학장(1946. 9. 1~1958. 1. 15)으로서 대학의 발전에도 모든 혼신의 노력을 경주하면서, 9편의 논문을 남기기도 하였다. 전시연합대학에서는 대학원 위원으로 참여하면서 한국에서 최초로 학위 수여가 시작되도록 하였다. 그리고 보건사회부 전문위원, 국가시험 심의회 위원 등을 역임했으며, 1954년에는 대한민국학술원 초창기 회원으로 활동하면서 계속적인 학술 발전을 위하여 일했다.

또한 박명진 학장은 한국 치과계의 발전에도 일익을 도모하기 위한 모든 노력을 경주하였다. 일제하에 순수한 한국인으로 구성된 한성치과의사회의 회원과 임원으로 참가하여 이 회의 발전에 크게 기여하였으며, 경성치과의학회의 학술대회에서 "연속주조 석고경화, 구강용적과 치궁 관계 및 보철장치, 아비산의 작용, 국소마취제 등에 관한 학술연구"를 발표하여 개원의의 학술 연마와 발전에 기여하였고, 대한치과의사협회의 전신인 조선치과의사협회 회장을 역임하였고(1946. 4~1947. 5), 1947년 조선치과의학회 회장을 역임하여 치의학의 발전에도 크게 기여하였다.

4. 인간 박명진

박명진 박사는 서울 명문가의 태생으로서, 어려서부터 성격은 유순하면서도 깔끔한 데가 있었다고 한다. 가문의 가르침에 따라서 상봉하율(上奉下率)의 교훈을 항상 받들어 왔으며, 고보 시절에는 스케이트, 전문학교 시절에는 승마 등 운동 외에도 당구, 마작, 바둑, 장기에도 소문난 고수였으며 낚시에도 조예가 깊었다고 한다. 슬하에는 부인 윤옥봉 여사와의 사이에 2남5녀를 두었으며, 딸들에게도 직업을 갖도록 교육을 시키는 등 매우 진취적인 성격을 갖고 있었다.

강직하고 불의와 타협을 하지 않았으며, 일단 치과계의 발전계획을 세우면 사업이 성공할 때까지 포기하지 않는 굳은 신념의 소유자이기도 하였다. 치과계에 대한 애정은 매우 헌신적이어서 은사 유락(柳樂)에게서 받은 저택을 치과의사회에 기증하여 회관을 마련할 수 있도록 하였으며, 혼란기의 치과의사의 양산으로 인해서 자질이 저하되지 않도록 치과대학의 정원이 늘지 않도록 다방면으로 노력을 기울였다. 6년제 치의학교육 제도를 쟁취하기 위한 그의 공로는 오랫동안 치과계가 기억해야 할 것이다.

지병으로 고생하는 중에도 작고 시까지 학교업무에 끝까지 전념하였던 것은 그의 치과계에 대한 사랑과 의욕의 일단을 보여준다고 하겠다. 해방 후 많은 교수들이 생활고와 박봉으로 개인 치과의원을 개설하고 있었으나, 박명진 학장은 전적으로 학교문제에 대한 해결을 위해 매달리면서 치과대학의 발전을 위한 노력에만 혼신의 힘을 쏟으실 뿐이었다.

이처럼 치과대학의 역사와 함께한 그의 일생은 치의학계의 학문적 발전에도 기여하였으며, 서울대학교 치과대학 초창기에 대학 발전에 기여하였고, 대한치과의사협회에 새로운 학문과 기술이 도입될 수 있도록 앞장선 주역 중의 한 사람이었다.

5. 맺는말

이와 같은 업적을 기리기 위하여 서울대학교 치과대학에서는 대학 교정에 1971년 11월 11일 박명진 학장의 동상을 건립하였다. 많은 사람들이 한국 치의학의 개척자의 모습을 가까이 느낄 수 있게 된 것은 다행이고 의의 있는 일이다.

고 박명진 학장 흉상(현 서울대 치의학대학원 본관 앞)

이귀향 _ 간호교육계의 상아탑을 쌓다

최명애 | 서울대학교 명예교수·오세영 | 전 서울여자간호대학교 총장

1. 머리말

이귀향 선생은 해방 이후, 서울대학에서 여
성으로서 30여 년을, 6·25사변 등 난세 속
에서 눈물겨운 희생으로 간호교육에 몸 바
쳐 '의과대학 간호학과'를 탄생시켰고, 드
디어 1992년도에 '서울대학교 간호대학'으
로 승격되는 기반을 다졌다. 혁신적인 행정
능력과 불굴의 의지로 간호대학 초석을 세
우신 분이다.

　필자들은 1966년에 간호학과에 입학하여 졸업할 때까지 이귀향 교수의
가르침에 힘입어 간호대학의 교수직에 평생을 바치게 되는 영광을 입었
다. 우리는 선생님의 숭고한 간호정신을 아우른 간호교육에 대한 열정과

노고로 닦은 길로 올곧게 걸어갈 수 있음에 깊은 감사를 드린다. 마침 대학원동창회에서 '서울대 학문의 개척자들'을 조명하는 좋은 기회를 주셔서 자료를 모으다보니 교수님의 위대한 발자취에 재삼 고개를 숙인다. 실로 이귀향 초대 학과장은 난세의 격동기에 간호교육의 책임을 맡아서 간호학과 승격과 간호대학의 초석을 다진 역사의 산 증인이시다.

2. 생애

이귀향 선생은 1910년 8월 17일 대구에서 아버지 이소석 씨와 어머니 이조동 씨의 3남4녀 중 장녀로 독실한 기독교 가정에서 자랐으며, 1926년에 마산의신여학교와 1929년 세브란스 간호학교를 졸업한 후, 세브란스병원의 간호원, 조교, 사감으로 근무하다가 1936년에 세브란스 간호학교 교원이 되었다. 그해에 서울 태생이고 한글학자인 박희경 선생님과 서울역 앞 세브란스병원 구내에서 색다른 서양식 결혼식을 올렸다. 남편은 박

태환 목사님의 장남으로 일본 유학을 다녀와 교편을 잡고 있는 함경도 회령에서 신혼살림을 차렸다. 이듬해 회령에 있는 캐나다 선교부의 공중위생 지도원으로 활동하였고, 조산원 개업도 하여 지역주민의 수많은 출산을 도왔으며 지역사회의 공중위생보건에 힘썼다. 이 선생은 27세에 결혼을 하였지만 연년생으로 5명의 자녀를 두었고 위생적으로 아이들을 잘 키운다는 소문이 나서 주위 사람들이 배우러 왔다고 한다.

피난지 부산에서 실습지 돌던 모습

남편 박희경 선생은 해방 후 가족과 함께 서울로 이사하였고, 정신여고 교감 15년, 교장 15년을 봉직하고 1976년에 정년퇴임을 하셨다. 부부 금슬은 남달리 좋았으므로 자녀들의 귀감이 되었다. 부부가 교육계에 있어서 서로 이해하고 특히 남편 외조로 지금의 이귀향 학과장으로 우뚝 서게 하였다고 본다. 또한 이 교수도 남편을 호칭할 때 항상 '우리집 양반'이라고 존경과 고마움을 표하는 미덕을 갖추셨다. 슬하에는 3남2녀를 두었다. 두 분 모두 외국 연수나 회의 등으로 세계적 식견이 넓어서 자녀들에게도 글로벌하게 살기를 권하여 모두 미국에서 생활기반을 잡았다. 딸 1명과 며느리 2명이 간호사이고, 큰아들과 사위 2명이 의사이다. 둘째 아들은 수의학, 셋째 아들은 공학을 전공하고 미국에서 일하다가 모두 신학을 공부하여 둘째는 목사, 셋째는 선교사로 조부의 뒤를 따랐다.

이귀향 선생은 1946년에 대한산파시험의 시험관으로 활동하다가, 1948년 6월 서울대학교 간호고등학교 강사로 부임하게 되었다. 6·25동란으로 2대 장기광 교장과 교원이 학교와 연락이 두절되었으므로 이때부터 이귀향 선생은 간호학교의 일을 도맡게 되었고, 북괴의 재남침 시에 부모 잃은 학생 24명을 이끌고 가족과 함께 고향인 대구로 피난하였다. 1951년 부산에 서울대 전시연합대학이 설립되어 이 선생이 또한 책임을 맡아서 간호교육을 송도에서 실시하게 되었다. 1951년 수복 후, 서울로 올라와서 이귀향 선생은 서울대학교 의과대학 간호고등기술학교의 교장서리를 맡아서 간호교육을 재개하였다. 1955년 호주정부 초청으로 멜본간호대학에서 간호교육 및 행정연구를 1년간 수학하였으며, 이어서 미국 미네소타 대학에서 6개월간 연수받고 1957년 2월에 귀국한 후, 서울대학교 의과대학 부속 간호학교 교장에 취임하였다.

이귀향 선생은 대학교수의 자격을 갖추기 위하여 1959년 덕성여자대학 이학부를 졸업하였고, 서울대학교 의과대학 간호학과의 조교수 및 간호학과 주임교수, 1965년 부교수로 승진하였다. 1966년 연세대학교 대학원에서 간호학 석사학위를 취득한 후 1970년에 서울의대 간호학과 교수로 승진하고 1972년에 간호학과 과장이 되었다.

단과대학으로서의 간호대학으로 개편을 위해 노력하시다가 1975년 8월 29년 정년퇴임하시고 자녀들이 있는 미국에서 여생을 보내시다가 2005년 7월 15일 95세를 일기로 휴스턴(Houston)에서 노환으로 소천하셨다.

3. 간호학과 승격과 간호대학 설립의 초석을 다진 공적

한국간호교육 출범은 선교 목적의 서양식 간호학교로, 또 하나는 정치 세력의 일본식 관립간호학교이다. 서울대학교 간호대학은 후자에 속한다. 간호교육은 한국여성의 직업교육으로는 가장 먼저 개척된 것으로 본다. 1907년에 설립한 대한의원에서의 간호교육은 일제시기에는 경성제국대학 의학부와 경성의학전문학교 부속병원의 간호부 양성소로 운영되었다. 그러나 현 대학의 모체는 해방 이후 미 군정기 1946년에 국립 서울대학교가 개교되면서 '국립 서울대학교 의과대학 부속 고등간호학교' 3년 과정으로 시작되었다. 이귀향 선생은 이때부터 서울대학교 간호대학의 기틀을 마련하기까지의 약 30년간 그 중심에서 계셨다.

당시 미 군정 행정부에서 고등간호교육기관 설립 자문위원으로 있던 송인애 선생이 초대 교장(재임 1945~1952)에 부임하였고, 송인애 교장이 미국 밴더빌트대학으로 유학을 떠나자 동경 성 누가 간호전문대학 출신인 장기광이 교장서리(재임 1948~1950)로 취임하였다. 이때 이귀향 선생이 부임하여 송교장 담당과목인 간호윤리를 맡게 되었다. 이귀향 선생은 장기광 교장을 도와서 초급대학 승격 및 교사문제, 행정문제들을 처리하였다. 장 교장은 의대 이갑수 학장의 도움으로 관계당국에 호소하여 병원

정문 옆 낡은 2층 벽돌건물을 교사로 부여받았다. 계속 초급대학 수준으로 승격시키려고 노력하다가 6·25사변을 맞았다. 이때 장 교장과 이 학장은 납북되고, 교원도 행방불명이 되는 수난을 겪게 되었다. 9·28수복 후 이귀향 선생은 조교 1명과 파손되고 소실된 학교자료들을 수습해서 10월에 간호교육을 재개하려 하였으나 전세가 악화되어 24명의 학생만을 인솔하여 피난길에 올랐다. 학생들을 대구 동산간호고등학교 등에 편입시키려 했으나 실패하여서, 복교 후 재회를 약속하고 대구 제일육군병원에 하사관으로 입대시키고 이귀향 선생은 감독관을 하였다.

1951년 서울대는 부산에 전시연합대학을 설치함에 따라 간호학교도 50명의 학생들을 모집하였다. 이듬해 본부의 주선으로 송도해수욕장 기슭에 가교사를 짓고 150명의 학생을 가르쳤고 6회의 가관식을 거행하였다. 대학병원은 임시 간이병원인 관계로 타 병원에 분산시켜 실습교육을 시켰다. 학생실습을 거부하여 수차의 설득으로 허락을 받기까지 말할 수 없는 고충을 겪었다. 이 교장은 아침이면 일찍 각 병원의 학생 실습 상태를 꼭 돌아보고 등교하였다고 한다. "비록 판잣집 가교사이지만 앞에 넘실거리는 푸른 바다의 파도소리에 모든 시름을 씻어버리고 많은 위로를 받았다"고 바다가 준 교훈을 술회하였다.

1953년 9월 15일에 서울대 복귀로 서울로 왔으나 교사는 불타고 병원은 미5공군이 사용하고 있었다. 이귀향 교장은 새로이 교직원을 구성하고 용두동의 사대부고 교사 일부를 교사 겸 기숙사로 쓰면서 간호교육을 재개하였다. 이때 문교부 교육제도 정비로 '간호고등기술학교'라는 고등학교 수준으로 격하되는 비운도 맞았다. 실습의뢰, 강사섭외 등 어려운 문제가 산적해 있어서 이를 위해 밤낮없이 발로 뛰어야 했다. 이 교장은 내유외강의 탁월한 리더십 덕분에 그 어려움을 극복하였으며 드디어 1954년 연건동 의과대학 교사 및 병원을 반환받음에 따라 남은 기숙사를 수리하

1958년 간호대 건물 준공식 전에
Dr. Schnieder, Miss Williams와 함께

고 복교하였다. 대구와 부산에서 헤어졌던 학생들도 돌아와 1954년 3월 29일 54명의 졸업생을 배출하였고, 그해 10월 서울대 강당에서 제9회 가관식을 성대히 치렀다.

서울대와 미네소타 프로젝트라는 원조계획으로 1957년부터 1961년까지 3명의 미네소타대학교 간호대학의 로우(Margery Low), 윌리엄스(Joan Williams), 줄리안(Florence Julian) 교수가 간호고문관으로 차례로 부임하였다. 이귀향 교장은 이들을 보살펴주면서 많은 자문을 받았고 한국의 간호학이 국제적 수준으로 발전하는 계기가 되었다. 이화여대와 연세대학은 이미 대학과정의 간호교육을 실시하고 있었지만, 서울대학교는 문교부 산하기관이므로 정책자들의 고정관념과 이해 부족에 의한 교수진과 교육시설 부족 등이 대학과정 승격에 걸림돌이 되었다. 이 교장은 대학과정으로 승격시키겠다는 집념으로 문교부, 본부, 간호협회 등에 필요성을 역설하면서 동분서주하였고, 로우 교수(1957~1958)와 함께 대학과정의 준비로 교수양성과 교사건축 및 교육과정 정비 등에 심혈을 기울였다. 덕분에 국제협력동맹(ICA) 원조를 받아서 간호학과 교사를 신축하여 1958년 12월

준공식을 갖게 되었다. 국
내에서는 가장 큰 규모의
간호대학 교사였다. 1년 뒤
현대적 시설을 갖춘 기숙사
도 신축하게 되어 최고의
간호대학 면모를 과시하게
되었다.

1989년 간호학과 30주년 만찬 파티에서

드디어 1959년 2월, 대통
령령 '국립대학교 설치령'
개정에 따라 '서울대학교 의과대학 간호학과'가 탄생하였고, 51명의 학생
이 4월에 개강을 맞았다. 교수진 양성의 일환으로 이귀향 학과장이 가장
먼저 미네소타대학에서 간호행정 및 간호교육 연수를 하였고, 뒤를 이어
이송희, 홍여신 선생이 받았으며, 여러 외국 간호고문관의 내교로 서울대
간호학과 발전은 가속화되었다. 1964년도에 간호학과에 석사과정이 개설
되어 7명이 입학하게 되었으며, 졸업생들을 간호대학 교수로 진출시키려
는 의도로 간호교수법과 생활지도 및 간호교육 세미나 등에 초점을 두어
교육하였다. CMB(China Medical Board) 지원으로 이은옥 선생이 인디에나대
학에서 석사학위를 취득하였고, 이를 필두로 홍여신, 홍경자, 이소우 선생
이 미국 유명 대학에서 석사학위를 취득하고 귀국한 후, 질병중심의 간호
교육에서 인간중심의 전인간호교육을 강화하는 교과과정을 개발하고 교
수법을 전폭적으로 개선하였다.

1968년 단과대학 승격문제가 대두되었지만 교수진 부족 등의 이유로
추진을 보류하였다. 이 학과장은 교수들과 머리를 맞대고 단과대학의 개
편안을 만들어, 1971년도에 한심석 총장에게 서울대 종합화 10개년 계획
속에 간호학과를 단과대학으로 승격시키는 문제도 삽입시켜 달라는 건의

문을 제출하였고, 사회적인 공감이나 여론을 조성하기 위해 『대한일보』에 기사로 실었다. 1981년 '간호대학설립추진위원회'를 구성하였고, 학교, 동문, 지인들의 노력으로 1989년 간호학과 창립 30주년 기념행사와 동시에 약정한 발전기금을 본부에 완납하였다. 1990년 11월에 설립추진안이 교수회의에서 통과되어 드디어 1992년 서울대학교 간호대학이 출범되는 영광을 맞았다. 이귀향 학과장을 위시한 교수 및 동문들이 쌓아 올린 상아탑의 결실이라 아니할 수 없다.

3. 간호전문직 확립과 간호학문의 세계

이귀향 교수는 대학행정에만 몰두한 것이 아니라 간호학자로서의 간호학 발전에 큰 영향을 끼쳤다. 전란 중인 1951년 서울시간호원회의 회장으로 피선되어 의료활동을 도왔으며, 1952년에는 타이페이에서 열린 WHO 서태평양 지구 간호교육회와 1961년은 토쿄(東京)의 WHO 서태평양지구 간호행정 세미나에 한국대표로 참석하였다. 1968년 대한간호협회 부회장에 피선되어서 간호전문직 향상을 위한 활동을 전개하였다.

1969년 '백의 파업'으로 사회를 놀라게 한 시기에 맞춰 1970년 간호학과 창설 11주년을 기념하는 제1회 심포지엄을 개최하였다. 타 분야의 교수와 사회 각계 인사를 모시고 '사회 각 분야에서의 간호에 대한 견해'를 주제로 한 강연내용을 언론에 공개하였다. 이귀향 교수는 간호사 대표로 '응분의 사회적 보장'이란 주제발표에서 간호사에게 봉사만 강요하면 또 폭발할 가능성을 제시하였고, 백의 파업에 대하여 반성을 약속하면서 교육의 질을 높이는 것과 사회의 합리적 뒷받침이 병행해야 됨을 강력히 주장하였다. 1971년 제2회 심포지엄으로 '현 간호사 면허제도에 대한 견해'를 각 분야의 인사들이 연사로 발표한 이 강연에서도 이귀향 학과장은 간호사의 권익보장과 간호사 역할인식의 폭을 넓혔다. 이 기사는『대한일보』외에 4개의 주요 일간신문에 실렸으며 간호 전문직 확립에 대한 지름길을 열었다. 1973년에는 국제간호협의회(ICN)에서 주는 나이팅게일기장을 수여받았고, 그해에 대한간호협회로부터 최고 공로상을 수상하였다.

이귀향 교수는 평소 '간호란 돌보는 사명감과 직업적 윤리의식의 중요성'을 강조하여 간호윤리와 간호사(史)의 교육에 주력하였다. 따라서 첫 저서로『간호윤리, 직업적 조정』(1969, 수문사)을 집필하였으며, 대표적 저서로는『간호사회학』(1982, 수문사)가 있는데, 간호전문성을 다룬 이 책은 간호사가 되려면 누구나 필수적으로 읽어야 할 바이블과 같은 입문서였다. 또한 학교행정으로 바쁜 틈에도『대한간호』와『간호학회지』에 한국 간호교육의 문제점 및 임상간호원에 대한 수 편의 논문을 실었다.

이귀향 교수는 1969년 캐나다 몬트리올과 1973년 멕시코에서 열린 국제간호협의회(ICN)에 참석하고 미국의 간호대학을 시찰하여 간호전문성과 간호교육 발전에 대한 통찰력을 키웠다. 1974년에는 동남아의 간호교육을 시찰한 후 CMB 지원에 의한 교원 연수로 미국 유학을 지양하고 동양적 간호교육의 필요성을 인식하여 동남아 교류를 권장하였다.

퇴임사에서 '간호학은 인간학이므로 바람직한 인간을 지향하는 노력이 필요한 학문이며, 간호대학으로의 독립과 한국 간호사의 독립된 역할의 필요성'을 강조하시었다. 이러한 주장을 통해 본인의 간호철학을 피력하였고, "졸업생이 계속 공부하는 것에 뿌듯하고 큰 보람을 느낀다"고 제자 사랑을 보여주셨다. 또한 정년퇴임 강연회에서 '한국 간호의 교육동향' 주제로 당면한 과제는 지난일의 변명과 정당화가 아니라 진정한 의미에서 자기반성과 혁신적인 방향을 모색해야 함을 강조하셨다. 또한 현재 질병중심의 간호에서 건강관리자로서의 자세 확립과 책임을 갖추는 훈련과 준비가 급선무라고 한국간호계의 선도적 미래 비전을 제시하셨다.

이와 같이 간호교육과 간호전문직 향상에 헌신하여 1960년에는 정부로부터 녹조성 훈장을 수여받았고, 1975년 정년퇴임과 함께 대통령으로부터 국민훈장 목련장을 수여받았다.

4. 나이팅게일의 후예 인간 이귀향

이귀향 교수는 통치마의 단정한 한복을 즐겨 입으셨다. 한복에 맞추어 브로치를 달고 품위 있게 머플러로 매치시킨 멋쟁이셨다. 또한 피아노를 잘 치시어, 교회의 피아노 반주를 맡아 치셨고, 미국에서도 구역예배 시에 피아노 반주를 즐겨 맡으셨다고 한다. 90세까지도 손주들에게 노래를 시키고 피아노를 치시며 즐거워 하셨다. 가정에 주부의 손길이 필요하다고 생각하여 바쁜 시간을 쪼개어 가사 일을 직접 하시고 남편을 지극히 보필하시었고, 경상도식 된장찌개 솜씨는 일품으로 식구를 즐겁게 해주셨다는 매력적인 여인이셨다.

나이팅게일은 자발적으로 전쟁 부상자를 간호하고 정규간호교육의 필요성을 절실하게 느껴 간호교육을 위해 1860년에 간호학교를 창립하고 여성을 사회로 진출시킨 선구자이다. 판박이처럼 이귀향 교수 또한 전쟁의 시련 속에서도 간호교육을 실시하여 그 당시 황폐화된 국민보건에 기여할 간호원을 양성하고 전상자 간호에 참여하였다. 나이팅게일이 간호학교를 창립한지 근 100년 뒤이지만 이귀향 선생의 집념과 피나는 노력으로 간호학과로 승격시켰기에 그 누구보다도 감격의 기쁨과 감회의 눈물을 흘리시었다. 온유하면서도 강한 추진력이 서울대 간호학과를 반석 위에 올려놓은 것이다. 이름처럼 귀한 향기를 담으시고 사랑으로 감싸 1,092명의 제자를 훌륭히 사회에 진출시킨 간호대학의 어머니이시다. 선생님의 가장 큰 매력은 밝고 명랑하시며 푸근하게 감싸주시는 따뜻함이었다. 이는 깊은 신앙의 기독교 윤리와 정신이 바탕이 된 것이라 본다. 후배양성을 위해 거금의 이귀향 장학금을 희사하였으며, 뿐만 아니라 교수나 제자들이 들리면 아주 반가이 맞아주시고 연수에 보탬이 되라고 용돈을 챙겨주시는 자상한 분이셨다. 기억력이 총명하시어 몇 십 년 후 만난 제자들의 이름도 불러주셨다.

간호학은 인간됨으로 온몸으로 보여주는 학문이라고 하시며, 사명감과 책임을 가지고 'Tender loving care'를 실천해야 한다는 훈시를 늘 하시었다. 퇴직 후에도 택사스의 Houston과 Washington, DC 근교에서 권사로 활동하시며 한국학교가 없는 곳에 한글을, 노인회가 없는 곳에서 노인회를 만들어 교회와 사회에 봉사 활동을 지속하셨다.

간호대학은 창립 30주년을 맞아 송인애 초대 교장, 이귀향 초대 학과장과 미네소타대학교 로우 교수를 모시어 감사패를 전달하고 간호대학의 발전 면모를 보여드렸다. 간호학과 창립 30주년 만찬 자리에서 지난 일을 회상하며 담소를 나누셨고, 그때 고운 미소의 밝은 선생님의 모습이 교내에서는 마지막이 되었다.

5. 맺는말

이귀향 선생님의 일생은 한 마디로 나이팅게일과 같은 길을 걸으시고 그 정신을 몸소 실천하며 산 간호인의 전형이라 할 수 있다. 가정과 직장생활을 동시에 훌륭하게 이끌어온 선생님은 많은 간호학도들의 존경과 선망의 대상이기도 하며 그 부지런함과 끈기 있는 향학열, 어려움 속에서도 굽힐 줄 모르는 투지력은 깊이 본받을 만하다. 이런 훌륭한 간호교육자이며 간호학자가 서울대 간호학의 초석을 놓았기에 오늘날의 간호대학이 있고, 이런 업적과 공헌은 영원히 이어져 갈 것이다.

스코필드 _ 배려의 삶을 산 우리의 벗

이문한 | 서울대학교 명예교수

저명한 수의학자이며 기독교 선교사였던 Frank W. Schofield 박사는 한일합방과 일제의 무단정치에 항거하여 3·1독립운동을 일으킨 민족대표 33인에 더하여 34인으로 불린다. 이러한 연유로 외국인으로는 처음으로 대한민국 문화훈장과 건국공로훈장(국민장)을 받았고, 지금은 외국인으로는 유일하게 국립현충원 애국지사묘역에 잠들어 있다. 그의 개인적인 삶은 실로 파란만장하였으나 우리나라와 한국인을 더 없이 사랑하였고, 세계 수의학계에 미친 영향은 숭고하고 지대하다.

스코필드는 1889년 3월 15일 영국 워릭셔(Warwickshire)주 럭비(Rugby) 시에서 태어났다. 그의 어머니는 Frank를 낳고 산욕열로 사망하여 아버지 밑에서 자랐다. 그의 아버지는 신약성서와 희랍어를 강의하는 독실한 기독교 신자였다. 집안의 형편이 나빠 스스로 돈을 벌어 대학에 진학할 뜻으로 농장과 목장 등에서 일을 시작한다. 그러나 아무리 열심히 일을 해도 대학에 진학할 만큼의 돈을 벌 수 없었다. 1907년 열여덟의 어린 나이에 혈혈단신 캐나다로 이민을 떠난다. 캐나다의 한 농장에서 반년을 일하자 대학에 들어갈 만큼의 돈을 벌게 되었고, Toronto대학교(현 Guelph대학교) Ontario수의과대학에 입학한다. 방학 중에는 목장에서 일하면서 등록금과 생활비를 조달하였고, 몇 조각의 빵과 말린 물고기만으로 끼니를 때우면서 열심히 공부한다. 그 노력에 힘입어 장학생으로 선정되고, 수석으로 졸업한다. 그러나 음습한 지하실 셋방에서 건강을 돌보지 않고 과로한 탓에 대학 2학년 때 소아마비에 걸린다. 그 후 그는 왼팔과 오른 다리가 마비된 상태로 평생 지팡이에 의지하며 살아야 했다. 졸업 후 Ontario주 보건국 세균학연구소에서 근무하면서 「Toronto 시내에서 판매되는 우유의 세균학적 검토」라는 논문을 발표하고, 이 논문으로 1911년 수의학 박사학위를 취득한다. 그의 나이 24세인 1913년에 Alice와 결혼한다. 그 이듬해에 Ontario수의과대학 세균학 교수로 부임한다.

1914년 발발한 1차 세계대전 때 불편한 몸 때문에 전쟁에 참가하지 못한 것을 항상 죄스럽게 생각하던 중, 세브란스의학전문학교 교장 Avison 박사의 초청으로 1916년 아내와 함께 우리나라에 온다. 세브란스의전에서 세균학과 위생학을 강의하면서 한국어를 배우고 '선교사 자격 획득 한국어 시험'에 합격한다. 그는 먼 이국 땅 조선에서의 부름을 인류의 평화와 행복을 위해 하나님이 자신에게 준 소명이라고 생각하였다. 주위 사람들의 온갖 만류를 뿌리치고, 캐나다에서의 안정적인 삶을 포기한 채 서울에 온 그는 '석호필(石虎弼)'이라는 한국 이름도 지었는데, '石'은 그의 종교적 굳은 의지를 의미하고, '虎'는 호랑이, '弼'은 돕는다는 뜻으로 한국인을 돕겠다는 마음을 표현한 것이다.

　한국 생활에 적응하지 못한 그의 아내는 히스테리 발작을 일으키기 시작하여 1년여 만에 만삭의 몸으로 다시 캐나다로 돌아간다. 그러나 그는 혼자 남아 선교사업에 전념하면서 그 일환으로 영어 성경반을 운영한다. 그는 성경반에 참석한 젊은이에게 성경의 말씀에 따라 의롭고 정직한 삶을 살 것을 가르칠 뿐만 아니라, 외국의 사정을 이야기해주어 다른 성경반보다 인기가 좋았다. 일제 무단정치의 만행과 한국의 후진성을 안타깝게 여기던 그는 기독교청년회(YMCA) 회장이면서 독립운동가인 이상재 선생과 최초의 사설학원 정화학교 설립자인 김정혜 여사를 존경하고 두터운 친분을 쌓는다. 일찍 어머니를 여읜 그는 김정혜 여사를 수양어머니로 삼는다.

　윌슨의 '민족자결주의'에 고무되어 1919년 2월 8일 동경 유학생을 중심으로 한국독립선언이 선포되었다. 이 무렵 그는 3·1독립운동 민족대표 33인 중 한 사람인 이갑성 옹의 부탁으로 독립운동 준비에 동참하게 된다. 그가 맡은 일은 국제사정을 알려주는 일이었다. 3월 1일 파고다공원에서 독립선언서가 낭독된 후 대한 독립 만세를 외치는 민중들의 모습, 그리고 이들 시위자에 대한 일경의 만행을 사진으로 찍고, 글로 적어 해외에 알리는 중요한 역할을 한다. 같은 해 4월 3·1운동에 대한 보복으로 일어난 제암리 양민 학살사건과 민가 방화사건이 발생하자, 사진기와 자전거를 챙겨 열차로 수원역에 당도한다. 이 만행이 해외에 알려지는 것을 막기 위하여 일경의 검문이 강화되자 제암리와는 다른 방향인 원천(병점으로 추정) 방향으로 자전거를 달려 일경을 따돌리고, 논두렁과 비탈길을 따라 정남면 문학리, 발안을 거쳐 제암리에 도착한다. 소아마비로 한쪽 발을 쓸 수 없어 외발로만 자전거를 몰아 100리 길을 갔으니 그 노고를 짐작할 만하다. 그는 불타버린 제암리교회, 제암리와 수촌리 일대의 민가, 그리고 집을 잃고 넋을 잃은 노인네와 어린이의 모습을 촬영한다. 이를 바탕으로 '제암리/수촌리에서의 잔학 행위에 관한 보고서'를 작성한다.

당시 일본인이 운영하는 영자신문 『Seoul Press』지에 서대문형무소를 홍보하는 글이 실렸다. 수감자는 주기적으로 운동과 목욕을 할 수 있고, 성경을 비롯한 책의 반입이 가능하며, 기술을 익혀 출감 후에는 훌륭한 기술자가 될 것이라는 내용이었다. 서대문형무소의 재소자에 대한 잔학 행위에 대하여 잘 알고 있던 그는 곧 바로 이를 면박하는 글을 이 신문에 올리자 『Seoul Press』에서 직접 현장을 확인할 것을 요청한다. 이것이 계기가 되어 그는 서대문형무소를 방문하여 3·1독립운동에 연루되어 수감 중인 노순경, 유관순, 어윤희, 엄영애 등을 면회하여 격려할 수 있는 기회를 얻는다. 일제는 이와 같은 스코필드의 행위를 막고자 세브란스의학전문학교에 압력을 가하자, 학교 당국은 조선 독립에 대한 활동을 자제할 것을 당부한다. 그러나 그는 1919년 9월 일본에서 열린 '극동 지구 파견 기독교 선교사 전체회의'에 참석하여 일경의 제지에도 불구하고 일본의 만행과 한국의 실정을 외국인 선교사들에게 알린다. 그리고 총리 하라와 정계인사를 만나 한국과 한국인에 대한 비인도적 행위를 시정할 것을 촉구한다. 1919년 11월 '대한민국 애국부인회' 사건이 발생하자 일제는 주모자인 간부들을 대구형무소에 수감한다. 수감된 애국부인회 회장 김마리아, 부회장 이혜경, 재무부장 장선희, 그리고 적십자부장 이정숙은 스코필드와 아주 가까운 사이였다. 순박한 한국 여성들의 대담함을 본 그는 대구형무소를 찾아 고문에 시달린 이들을 면회하고, 사이토 총독을 만나 수감자에 대한 고문행위를 힐책하고 처우개선을 요구한다.

세브란스의전과의 4년 계약도 한 학기만 지나면 끝나는 1920년 4월, 암살미수 사건이 발생한다. 마지막 학기 동안 그는 후임 교수를 위하여 강의 교재와 실험기구를 정리한다. 그리고 그동안 사귀던 한국인 친지를 일일이 만나 작별인사를 한다. 사이토 총독과 미즈노 정무총감도 만나 한국 사람을 괴롭히지 말라고 신신 당부한다. 출발을 며칠 앞두고 3·1운동 때 목격한 바를 298매 분량의 영문 타자 원고지에 기록한 '끌 수 없는 불꽃(Unquenchable fire)'의 사본을 만든다. 세브란스병원 지하실 바닥에 이 사본을 묻고, 그 원본과 3·1운동 때 찍은 사진은 일경의 검색을 피해 캐나다로 가지고 간다. 캐나다와 미국의 신문, 잡지 등에 한국의 실상을 소개한다. '끌 수 없는 불꽃'을 출판하기 위하여 영국의 출판사와 접촉한다. 일본과의 관계 악화를 두려워한 출판사들이 출판을 거절한다. 워싱턴의 이승만 박사를 만나 뉴욕의 한 출판사를 소개받는다. 그러나 이 출판사도 일본에서의 선교활동에 방해가 될지 모른다는 이유로 거절한다.

고국으로 돌아간 그는 1921년부터 Toronto병원에서 근무하게 되고 곧 Ontario수의과대학에 복직하여 67세까지 계속 이 대학과 병원에서 근무한다. 그가 한국에 있는 동안 아내 Alice는 실성하여 정상적인 생활이 불가능한 상태였다. 아내의 병원비를 대랴, 네 살 난 아들 Frank Junior를 혼자 양육하면서 매우 힘든 생활을 이어간다. 그럼에도 불구하고 매달 월급의 1/3을 떼어 10년 계획으로 한국에 갈 비용을 마련하기로 한다. 이런 사정을 안 친구들의 도움으로 귀국 6년 만에 한국에 갈 여비를 마련하여 1926

년 5월 23일 서울에 도착한다. 도착 소식과 환영행사 등이 『동아일보』에 상세히 보도된다. 한국에 머무는 동안 이갑성, 이상재, 윤치호, 김성수, 송진우, 장덕수, 오긍선 등을 만난다. 그리고 3·1독립운동과 애국부인회 사건으로 옥살이를 하다 사면된 애국지사들을 만나 위로한다. 그는 서울, 평양, 함흥을 들러 북경을 거쳐 캐나다로 떠난다.

그의 나이 67세 되던 1955년 건강상의 문제로 Ontario수의과대학을 그만두자 대한민국 정부는 국빈으로 그를 초청한다. 1957년 그의 아내가 세상을 떠나고, 아들이 장성하여 민간 항공 조종사로 일하게 되자 1958년 한국으로 갈 뜻을 전한다. 대한민국 정부는 광복 13주년 및 정부수립 10주년 경축식전에 국빈으로 그를 초빙하여 8월 14일 김포국제공항에 도착한다. 8월 15일 이승만 대통령을 예방하고 이어 식전에 참석한다. 일제의 압박에서 해방되어 의젓한 독립국가로 변신한 대한민국이 그리고 목숨을 걸고 싸운 젊은이들의 기상이 대견하고 기뻤다. 8월 17일에는 이기붕 국회의장을 예방한다. 당시 한국은 부정과 부패가 판을 치고 경제는 피폐했으며 거리는 전쟁고아와 상이군인으로 가득 찬 시기였다. 그는 이승만 대통령과 이기붕 의장을 만난 자리에서 부패를 척결하여 민생을 안정시키고, 독재를 중지할 것을 건의한다. 물론 이승만과 이기붕의 반응은 냉랭하였다.

그는 그해 8월 20일 서울대학교 수의과대학을 방문하고 이곳에서 일하고 싶다는 뜻을 전한다. 윤일선 총장은 수의과대학 이영소 교수의 건의를 받아들여 숙소를 주선하고 외국인 교수로 위촉한다. 그는 서울대학교에서 수의병리학을 강의하면서 연세대 의대와 중앙대 약대에 출강한다. 그해 8월말 그는 제자를 만나기 위해 대구를 방문한다. 열차에서 몸이 불편한 그를 돕겠다는 가짜군인의 호의에 가방을 맡겼다가 날치기 당한다. 그 가방 속에는 3·1운동을 기록한 사진 25장이 들어 있었다. 9월 초 그의 옛 친구인 이갑성, 백낙준, 윤일선, 이선근, 임용신, 신봉조 등이 주선한 '스코

필드 박사 환영회'에 참석한다. 이화여자중고등학교 노천극장에서 서울
시내 남녀학생 대표와 정부 고관이 참석한 가운데 열린 환영회 답사에서
그는 한국을 전에 못지않게 사랑할 것을 약속하고 3·1운동의 정신을 계
승하여 한국을 발전시킬 것을 당부한다. 그리고 그해 10월 『경향신문』에
실린 한국 국민의 환대에 감사하는 편지를 통해 정의와 사랑을 바탕으로
대한민국을 발전시키기를 당부한다.

　그는 영어 성경반을 운영하면서 50여 명의 학생에게 장학금을 주어 학
업을 도왔으며, 유학을 희망하는 학생에게는 외국 대학의 장학금을 주선
해준다. 당시 어윤희가 운영하는 유린보육원과 이경지가 운영하는 봉은
보육원에서는 전쟁고아를 돌보고 있었다. 그는 사비로 이들 보육원을 지
원하는데 한계를 느껴 캐나다, 미국, 유럽의 수의사를 비롯한 친구들에게
호소하여 지원을 받는다. 1958년 말 언론탄압에 악용될 소지가 있는 민심
혹란죄 등이 포함된 국가보안법을 무술경관을 동원하여 야당 의원을 의
사당 밖으로 끌어낸 후 3분 만에 통과시킨 '2·4정치파동'이 일어난다. 그
는 이듬해 정초 『한국일보』에 언론 자유의 침해와 강압적인 분위기 속에
서 날치기로 통과된 사실에 대하여 우려하는 글을 써, 이승만 대통령과
여당에 대한 정치적 반대 입장을 분명히 한다.

한국에서 여생을 보내기
로 결심한 그는 1959년 5
월 초 캐나다로 가 가재를
정리하고 9월 다시 한국
으로 돌아온다. 캐나다와
유럽에 있는 그의 친구들
이 '스코필드 기금'을 설립
하고 그 사무실을 미국의

Kansas시에 있는 월간잡지 『Veterinary Medicine』 본사에 둔다. 이 잡지를 통하여 그가 한국에서 벌이는 사업이 소개됨으로써 친구들에게 손수 일일이 편지를 보내는 수고를 덜 수 있었고, 도움도 크게 받을 수 있게 된다. 이 당시 스코필드는 봉은보육원, 유린보육원과 흥국직업소년학교를 후원하고 있었다. 그리고 금요일 저녁에는 서울사대부고 학생, 토요일 저녁에는 숙명여고 학생 그리고 일요일 저녁에는 합동반이라 하여 시내 각 대학생과 고등학생을 대상으로 신약성경반(Bible Class)을 열고 있었다. 그리고 경제적으로 어려운 학생에게는 학비를 지원하고 있었다. 이 당시 경기고등학교에 재학 중이던 김근태(전 복지부장관), 정운찬(전 총리), 이준구(서울대 사회대 교수), 김희준(서울대 자연대 교수) 그리고 서울대 철학과에 재학 중이던 이삼열(전 유네스코 한국위원회 사무총장) 등이 성경반 회원이었다. 특히 정운찬은 경기중학교 시절부터 스코필드의 도움으로 대학 학업을 마칠 수 있었다.

'2·4정치파동' 이후 이승만 정권의 독재를 비판하자, 4월 신학기 강의를 중지시키고 그가 거처하고 있는 외인숙사를 비우라고 통고하기까지 한다. 그러나 1960년 4·19혁명으로 이승만 정권이 물러나고 민주당정권이 들어서자 그해 4월 28일자 『Korean Republic』에 3·1독립운동의 영웅적 정신을 계승한 학생들에 의하여 부패하고 잔인한 전제정치가 종식됨을 환영하는 글을 싣는다. 그는 이 글에서 새 정부는 정의를 구현하고, 정치적인 이익에 앞서 전체 국민의 이익을 우선시할 것, 건전하고 유능한 정부가 들어설 때까지 인내심을 갖고 기다릴 것과 구 정부에 마지못해 동조하였던 사람들에 대하여 복수하지 말 것을 당부한다. 정부는 그해 12월 17일 외국인에게는 처음으로 대한민국 문화훈장을 수여하고, 서울특별시에서는 '서울특별시 행운의 열쇠'를 증정한다. 그는 4·19 목격기 '내가 본 한국혁명'을 1961년 정초에 『한국일보』에 투고한다. 그해 5·16이 일어나자 『Korean Republic』에 5·16은 부정과 부패를 막고, 한국이 번영할 수 있

는 '마지막 희망이자 기회'라는 요지의 글을 투고한다. 그는 또 캐나다의
『Daily Mercury』지에 한국의 군사혁명을 소개한다.

그는 Ontario수의과대학에서 수의병리학교실의 교수로 그리고 1916
년부터 1920년까지 한국에서 선교사 겸 세브란스의학전문학교 교수와
1958년부터 서울대학교 외국인 교수로 재직하는 동안 150여 편의 논문을
발표하였다. 그의 대표적인 연구업적은 북미지역 소에서 발병하던 원인
모를 출혈성 질병이 부패한 Sweet Clover에서 유래함을 밝힌 것이다. 그
는 소의 사료로 쓰이는 Sweet Clover가 부패하면 Coumarin이라는 혈액응
고 방지 물질이 만들어짐을 밝혀내어 미국 수의학회지에 발표한다. 이 질
병은 후에 Sweet Clover Disease로 명명되었고, 수의내과학 교과서에 사
료 유래 질병의 하나로 소개되고 있다. Coumarin은 현재 쥐약 Warfarin과
혈액응고 방지제 Dicoumarol의 원료로 쓰이고 있고, 비타민 K의 작용기
전을 밝히는 데 기여하였다.

세계 제1차 대전 기간 중인 1918년에 발병한 스페인 독감 - 현재 조류
인플루엔자로 추정 - 으로 세계 인구의 3~5%에 해당하는 5천만~1억 명
이 사망하였다. 그는 만주를 통하여 한국에 유입된 경위와 발생 현황을
미국수의사회지와 중국의학회지에 발표하였다. 해방 후 한국은 미국에서
씨돼지를 수입하고 있었다. 미국이나 캐나다에서만 볼 수 있던 돼지 위축
성비염이 한국에서도 발병하여 그는 이에 대한 논문을 미국수의학회지에
발표하였다. 그는 왕성한 연구 활동으로 세계적으로 잘 알려진 수의학자
였다. 이런 연유로 독일 München의 Ludwig Maximilian대학교에서 명예
수의학박사 학위를 받았고, 미국 수의학회 연례회의에서 '국제수의학회
상'을 수상하였으며, Canada의 수의학협회로부터 'The Medal of Saint
Eloi'를 수여받았다. 또 Toronto대학의 개교 기념 100주년 기념식에서
명예법학박사, 서울대학교와 경북대학교에서 명예수의학박사, 고려대학

교에서 명예법학박사 학위를 그리고 경희대학교로부터 대학장을 받았고, 미국 수의과대학 병리학자협의회의 공로회원으로 추대되기도 하였다.

스코필드는 1969년 말부터 기력이 급속도로 약해져 이듬해 2월 20일 국립중앙의료원에 입원하여 1970년 4월 12일 81세의 나이로 영면한다. 장례는 광복회 주최 사회장으로 엄수되었으며 국립묘지 애국지사 묘역에 안장된다. 그는 운명하기 며칠 전 유린보육원에 1,500달러, 서울YMCA에 1,000달러 그리고 나머지는 학생들의 장학금으로 쓰도록 양아들 이영소(당시 서울대 수의대 교수)에게 전하라는 유언장을 전택부(당시 서울YMCA 총무)에게 넘긴다.

스코필드는 돈독한 기독교 신앙을 바탕으로 정의로운 삶, 약자를 배려하는 삶을 살았다. 일제 치하에서 핍박받는 때 묻지 않은 한국 사람을 사랑하였고, 한국동란으로 부모를 잃은 불쌍한 고아와 경제적인 사정으로 학업을 계속할 수 없는 학생들을 지성으로 뒷바라지 하였다. 강압통치를 일삼던 일제와 민생을 제대로 돌보지 않던 독재정권에 대하여는 쓴소리를 아끼지 않았다. 약자에게 비둘기처럼 부드럽게 강자에게는 호랑이처럼 강하게 대했던 것이다. 그의 유언에 따라 묘비명에는 다음과 같이 씌어 있다.

"내가 죽거든 한국 땅에 묻어 주시오. 내가 도와주던 소년, 소녀들과 불쌍한 사람을 맡아주세요."

스코필드의 생애는 그가 생존해 있던 1962년 이장락(당시 서울대 수의대 교수)이 지은 『우리의 벗 스코필드』와 이를 바탕으로 그가 서거할 때까지의 전 생애를 담아 1980년 펴낸 『한국 땅에 묻히리라』에 잘 기록되어 있다. 이 책을 재편집하여 2007년 『프랭크 윌리엄 스코필드 민족대표 34인 석호필』(바람출판사)이 발간되었다. 이 글은 위의 책을 바탕으로 간추린 것

이다. 2006년 3월 1일 EBS는 3·1독립운동 특히 제암리 사건을 다룬 스코
필드 다큐멘터리 '민족대표 34인'을 방영하였고, 2010년 3월 1일에는 이
동영상에 영어 자막을 넣어 아리랑 TV에서 방영하였다. 이 동영상은 스코
필드박사 사이버기념관(http://schofield.snu.ac.kr)에 게재되어 있다. 2001년 3
월 1일 경기도 화성시 향남면 제암리에 '제암리 3·1운동 순국기념관'이
개관되었다. 이 기념관에는 그 당시 스코필드의 행적과 그가 찍은 만행
현장 사진이 전시되어 있다.

　그가 타계하였던 해 9월에 스코필드기념강연회가 개최되었고, 이를 계
기로 성경반 제자들이 중심이 되어 '호랑이스코필드동우회(회장 정운찬)'
가 발족되었다. 2000년에 서울대학교 수의과대학 홈페이지에 스코필드사
이버기념관을 개설하여 전기 『한국 땅에 묻히리라』를 전제하고 각종 사
진자료, 연구업적 등을 올려놓았고, 2010년 이를 보수하였다. 2003년부터
매년 서울대학교 수의과대학에서 서거일을 기하여 묘지를 참배하고 '스
코필드추모심포지엄'을 개최하고 있다. 이를 계기로 '호랑이스코필드동
우회'가 활성화되는 계기가 되었다. 동우회는 2009년 9월에 '사단법인 호
랑이스코필드기념사업회(http://schofield.or.kr, 회장 유진, 명예회장 정운찬)'의
창립을 결의하고, 2010년 7월 보훈처로부터 법인설립 허가를 받았다. 이
로써 사료수집, 추모행사, 장학, 동상건립, 기타 선양사업을 추진하기 위
한 발판을 마련하였다. 한국연식야구연맹은 '스코필드의 배려의 삶'을 그
정신으로 하고 있으며, 김양경(연맹 부회장, 기념사업회 감사)이 주도하여 선
양사업의 일환으로 교회와 초중등학교를 중심으로 스코필드 연식야구단
을 창단하고, 2010년부터 스코필드배 연식야구대회를 개최하고 있다.

　1971년 서울대학교에서 스코필드 장학금이 지급되었으나 이후 중단되
었다가, 서울대학교 수의과대학 교수와 동문, 정운찬 등 호랑이스코필드
동우회 회원이 중심이 되어 (재)서울대학교 발전기금에 스코필드장학기

금을 모금하여 2007년부터 관악 지역의 중학생과 서울대 수의대 재학생을 대상으로 장학금을 지급하고 있다. 현재까지 장학기금은 약 2억 5천여만원이 모금되어 있다. 스코필드 선양사업은 앞으로 서울대학교 수의과대학과 '사단법인 호랑이스코필드기념사업회'를 중심으로 추진될 것이다.

스코필드의 모교인 Ontario수의과대학에서는 매년 추모심포지엄을 개최하고 있고, 병리학교실과 캐나다 교민이 중심이 되어 스코필드 장학사업을 수행하고 있다. 2004년 10월 캐나다 교민을 중심으로 '스코필드박사 동상 및 추모공원건립추진위원회(위원장 강신봉)'를 발족하여 2007년 12월 기공식을 가졌다. Toronto동물원의 약 8에이커 부지에 Korean Garden과 박사의 동상 건립을 추진하여 2010년 2월 동상 제막식을 가졌다. 이 사업을 위하여 한국 정부에서 이미 약 8만 달러를 지원하였고 나머지는 교민 모금과 캐나다 정부의 지원금으로 충당할 것이라 한다.

다음 글은 스코필드의 아버지 Francis William Schofield, Sr.가 항상 자신의 아이들에게 하던 말로 스코필드 박사의 인생관이었다.

"인생에는 두 길이 있다.: 배려의 길과 기도의 길이다.

배려의 생활은 환경의 압력에서 힘을 얻고, 상식을 그 인도자로 삼고,

행로의 불측을 각오하며, 항시 염려를 동반자로 한다.

기도의 생활은 사랑을 힘으로, 하나님을 인도자로, 진리를 행로로,

신의 평화를 무적의 수호로 삼는다."

"There are two ways through life : the way of care and the way of prayer. The way of care has pressure of circumstances for its force, common sense for its guide, uncertainty for its path, fear for its attendant and guard. The way of prayer has love for its force, the Spirit of God for its guide, truth for its path, and the Peace of God for its inviable guard."

한구동 _ 약학교육의 수립자, 약학연구의 선도자

김병각 | 서울대학교 명예교수

녹암 선생은 20세기 한국 약계의 선구적 지도
자일 뿐만 아니라, 한국 근대 약학교육을 수립
한 교수이시며, 약학연구 분야를 대표하는 과
학자이시다.

한구동 교수님은 1908년 10월 18일(음력) 서
울 종로구 예지동에서 한덕원 씨의 장남이자
외아들로 태어나셨다. 1915년부터 1918년까
지 명륜서당에서 한문을 배우셨다. 10세 때인 1918년 4월에 어의동공립
보통학교(효제초등학교 전신)에 입학하셨고 1922년 3월에 어의동보통학교
4학년을 수료한 후, 4월에 경성제2공립고등보통학교(경복고교 전신)에 입
학하셨다. 제2고보에서 성적이 우수하여 일본 미에현에 관비로 유학보내
준다고 하였다. 이것을 아버지에게 말씀드렸더니 어린 외아들을 멀리 외
국에 유학보내기도 어렵고 어머니도 9세 때 돌아가셨기 때문에 가정형편

도 여유가 없었던 처지여서 반대하셨다. 아버지도 그때 회갑을 이미 넘으셨으므로 연로한 아버지를 홀로 남겨두고 일본에 유학간다는것도 어려운 일이었다. 해가 바뀌어 졸업날짜가 얼마 남지 않았을 때, 뜻밖에도 당숙되시는 친척이 찾아와 학비 일체를 부담할테니 전문학교나 대학에 진학하라는 것이었다. 이미 대학이나 전문학교는 모두 원서를 마감한 뒤여서, 조선약학교(경성약학전문학교 전신)의 마감일이 며칠 남아 있어서 원서를 내고 시험을 치렀다.

그 당시 조선약학교는 일본 학생을 주로 뽑았고 우리나라 학생은 4분의 1 정도만 입학시켰다. 한구동 학생이 입학하던 반에도 60명인데 한국인 학생은 15명뿐이었다.

약학에 관한 교재는 모두 독일계 교재들뿐이었다. 그 무렵 일본의 의학은 독일 의학을 직수입하고 있었으므로 약학도 독일 약학을 수입한 것이었다.

잘 모르고 약학을 선택하였지만, 실제로 배워보니 흥미가 있었다. 이를테면 제약실습 시간에 '아스피린'을 직접 만들어 보았고 약물실습에서는 실험용 쥐에다 약물을 주사하기도 하였다.

한교수가 조선약학교에 입학한 후, 이듬해에 '경성약학전문학교'로 승격되었다. 경성약전을 3년 다니는 동안에, 한교수에게 큰 변화가 있었다. 아버지가 별세하셨고 입학 후 이듬해인 1928년에 결혼을 하였다. 집안을 꾸려나가야 하는 세대주가 되어 책임이 무거워졌다.

일본 유학은 포기하였고, 취직하여 살림살이를 책임지는 길 밖에는 별도리가 없었다.

1930년 3월에 조선약학교를 수석으로 졸업하였다. 그 당시 월급도 받을 수 있고 연구도 계속할 수 있는 곳이 조선총독부 위생시험소(국립보건원 전신)였다. 그리하여 이 시험소의 조수로 취직하였다.

1. 위생시험소에서의 연구활동

시험소에 들어가보니 약사가 2명뿐인 빈약한 기관이었다. 그리하여 기구와 조직을 확장해야겠다는 생각이 들었다. 그 당시의 업무란 아편 중독자에게 치료약 '안티모리'를 만들어 주는 것과 나병 치료약 '대풍자유'를 만들어 소록도에 공급하는 일이었다.

일본 가나자와 약대 출신인 가와구치 소장에게 연구사업을 앞세워 예산을 확충하여 보자고 제의하였더니, 기꺼이 받아주어서 기구 확장사업을 한구동 조수가 맡게 되었다. 우선 그 당시 필동에 있었던 시험소를 지금 세종로 종합청사 옆의 큰 건물로 이사하였다. 큰 실험실도 만들고, 필요한 실험기구들을 구입하고 인원도 증원시켰다.

자체적 연구사업도 세워나갔다. 첫째로 '조선 식품에 관한 연구'였는데 일본인 직원들이 반대했었다. 우리나라 식품을 한국에서 연구하지 않으면 아무도 할 사람이 없었기에 가와구치 소장을 설득시켜 허락을 받아 내었다.

두 번째로 '조선 식품의 영양가 조사'를 시작하였다. 우리나라 전통 식품의 영양학적 평가가 전혀 안 되어 있었기 때문이었다.

세 번째가 '조선 온천의 성분조사'였다. 한반도의 43곳 온천을 직접 찾아가, 온천수의 온도, 수소이온농도, 색깔, 청탁도, 냄새, 맛, 유화수소, 화학적 성분, 고형물 정량, 전해질 총량 등을 종합적으로 연구하는 것이었다. 이 연구는 1938년부터 1942년까지 5년간 수행되었다.

네 번째는 '조선의 약용식물 조사'였다. 조선에 자생하는 약용식물 및 재배되고 있는 약초를 연구하는 것이었다.

위생시험소에서 이러한 연구들을 하고 있을 때 들어온 후배들은 채례석, 허금, 고인석, 채동규, 심길순, 백남호 등이다. 이들은 위생시험소에서 근무한 후, 각 약대로 초빙되어 교수로 근무하였다.

1940년 여름에 평안북도에서 대형 식중독 사고가 발생하였다. 혼인 잔치집에서 만든 돼지고기 빈대떡을 먹고 수십 명이 앓았고 사망자까지 발생한 대형 사고였다. 현지에 직접 가서 식중독의 원인을 조사하였다. 무더운 여름이어서 빈대떡에 들어있는 돼지고기가 부패되어 있었다. 동물성 단백질이 썩을 때 생기는 '프토마인' 중독으로 판정하였다. 그 부패된 지지미를 위생시험소로 가지고 와서 검사를 시작하였다. 푸토마인의 정체가 어떤 종류의 아민인지를 알아보기 위해 돼지고기와 쇠고기를 10근씩 구입하여 일부러 썩히기 시작하였다. 시험소가 고기 썩는 냄새로 온통 휩싸였다. 거의 서너 달 동안 썩힌 후, 세균검사소에 가져가서 토끼에 미량을 투여했더니 토끼가 죽어버렸다. 굉장한 독이었다. 그것을 화학적으로 구명하기 위하여 결정을 만드는 과정에서 실패하였다. 첨가한 황산의 농도가 너무 진한 것을 가한 것이 실험 조수의 실수였다. 그러나 이것을 계기로, 생물화학(줄여서, 생화학)에 깊은 관심을 가지게 되었다.

이러한 연구결과를 조선약학회지에 논문으로 발표하였다. 드디어 1936년 10월에 조선약학회로부터 우수 논문상을 수상하였다. 이듬해 1937년 7월에는 우수 연구원으로 추천되어 일본 전국위생기술관 강습회에 참석하여 동경에 있는 동경위생시험소에서 3개월간 수강하였다. 1941년 7월에 만주약학회에 참석하여 연구 논문을 발표하였다. 1942년 10월 조선약학회 창립 30주년 기념총회에서 공로상 및 학술상을 받았다.

2. 광복 후의 활동

2차 대전이 끝나고 조국이 해방되자 일본 관리들이 모두 물러났고, 미군 군정청의 보건후생부가 위생시험소를 국립 화학연구소로 개편한 후,

약학계 원로들과 함께
(오른쪽에서 두번째가 한구동,
왼쪽 끝이 홍문화 교수)

녹암 선생을 1946년 2월에 초대 소
장으로 임명하였다.

해방 후 경성약학전문학교는 4년
제 서울약학대학(사립)으로 승격되
었다. 약학 분야의 유일한 대학에서
녹암 선생을 교수로 초빙하여 1946
년 9월에 취임하였다. 그러나 이 대
학의 재단이사 중에 일본인 약사들
이 여러 명 있었으므로 광복 후에는
재단이 빈약해지고 말았다. 그리하여 녹암 선생은 신설된 국립 서울대학
교로의 편입을 추진하였다. 6·25동란이 일어난 후 1950년 9월에 겨우 서
울대학교로 편입되었고, 녹암 선생이 임시관리책임자로 피임되었으며, 이
듬해 12월에 정식 학장으로 취임하였다.

6·25동란 중 서울대학교는 부산으로 피난하였고 전시 연합대학으로
임시로 개강하였다가 후에 정식으로 판잣집 가교사를 지어서 개강하였
다. 약대는 다행히 대청동에 있었던 제약회사 뒷마당에 판자집 가교사를
지어 실습과 강의를 시작하였다. 한구동 학장은 교수를 여러 명 충원하여
약제학, 위생화학, 분석화학, 유기화학, 유기약품제조화학, 약용식물학, 무
기약품제조화학의 교수들을 새로 충원하였다.

3. 대학약학회 창립

일제 강점기에 일본인 약사들이 주동이 되어 만든 조선약학회가 있었
다. 광복 후에도 이 조선약학회는 미약하나마 활동하고 있었다. 6·25동란
이 터져 조선약학회 회장을 위시하여 그 임원들이 납북 또는 월북하여 조

선약학회의 운영이 중단된 형편에 빠지게 되었다.

그러다가 부산으로 피난온 후, 약학대학이 서울대학교로 편입됨에 따라 약학회의 필요성이 커지게 되었다. 1951년 11월 27일 약학자 17명이 대청동에 있었던 약대 사무실에서 모여 약학회 창립을 결의하여, 마침내 1951년 12월 16일 오전 10시에 부산시청 강당에서 창립총회를 개최하여 녹암 선생이 초대회장으로 선출되었다. 그 후 학술대회를 개최하였고 학술 논문집인 『약학회지』도 발간하였다. 대한약학회의 50주년 대회를 성대하게 기념하였고 50주년 기념 책자도 발간하였다. 그 기념 책자의 편집을 필자가 맡게 되어, 약학회 50년의 역사를 기술하여 실리게 되었다. 금년에 대학약학회가 창립 63주년을 맞이하게 된다.

녹암 선생은 1967년 홍문화 회장에게 인계될 때까지 무려 15년간 학회 발전에 봉사하였다. 1954년 문교부 산하에 학술원이 창설되어 녹암 선생이 창립회원으로 피선되었다. 1957년에 재선출되었고, 1960년에 3선되었으며, 1960년 4선되었다. 그 후 원로회원으로 되었다.

1956년 7월에 사단법인 대학약사회 회장으로 피선되었고 1959년까지 약사회의 발전에 기여하였다.

1963년 2월 서울대학교에 「희첨의 약효성분에 관한 연구」를 제출하여 약학박사 학위를 받았다. 녹암 선생의 박사학위는 홍문화 박사에 이어, 서울대학교 약학박사 제2호이자, 동시에 대한민국 약학박사 2호이기도 하다.

1950~1960년대에 걸쳐 서울대학교 약대에는 3대 명강의가 있었다. 1학년에는 고 이길상 교수의 「정성 분석 화학」이었고, 2학년에 올라와 고 홍문화 교수의 「무기약품제조화학」이었고, 3학년에는 녹암 선생의 「생물화학」이었다. 그 당시에는 강의 시간이 2시간씩으로 되어 있었는데, 왜 2시간이 빨리 지나가는지 모를 정도로 재미있게 강의하시었다. 그 당시 녹암 선생은 애연가이어서 중간에 5분간 휴식시간을 주시고 연단에 선 채

로 담배를 피우신 후, 강의를 계속하였다. 물론 흡연이 건강에 해롭다는 것이 알려지자 금연하였다. 부산 피난 시절에 녹암 선생의 건강이 나빠져 한 학기를 쉬고 요양한 적도 있었다.

1957년에 서울대학교 평의원으로 임명되었고, 1959년에 서울대학교 대학원 위원회 위원으로 임명되었다. 그 당시 대학원에는 박사과정이 없었고, 구식제도인 논문을 제출하는 길밖에 없었다. 논문을 제출하면 대학원 위원회에서 심사하게 되어 있었다.

녹암 선생은 1964년 3월 서울대학교 생약연구소(천연물과학연구소 전신) 소장으로 취임하였다. 그 당시에 생약연구소는 의과대학 부속 연구소였다. 왜냐하면 경성제국대학 의학부 약리학 주임교수(일본인)가 개성에 설립한 인삼을 주로 연구하는 연구소였는데, 6·25동란 후 개성이 휴전선 북쪽으로 넘어가게 되어 연건동의 의과대학으로 이사온 것이었다.

녹암 선생은 1966년에는 생약연구소 교수로 취임하였다. 1974년 정년퇴임할 때까지 생약연구소에서 한약의 약효성분 연구를 계속하였고, 명예교수로 퇴직하였다. 퇴직 후 덕성여자대학에서 교수로 초빙하여 5년을 더 근무하였다.

1954년에 「약사법」이 제정되어 모든 약대 졸업생들이 약사국가시험에 합격해야 약사면허를 받게되었다. 녹암 선생이 약사국가시험 위원으로 위촉되었다. 약의 규격과 기준을 규정하는 「약전」을 약사법에 따라 제정하게 되었고 녹암 선생이 약전편찬위원회 부위원장으로 임명되었다. 그 밖에 서울특별시 문화위원회 위원, 제1회 기술고등고시 위원, 육군급양문제자문위원, 보건사회부 약사심위위원회 부위원장으로 피선되었다.

녹암 선생이 받은 중요한 상과 훈장을 보면, 대학약학회 우수논문상(1956), 황조소성훈장(1962), 동암약의상(1962년), 문화훈장 국민장(1963), 제3회 과학기술상(1968), 대한민국 학술원상(1971년) 등이다.

대한약학회 창립 50주년 기념사업의 일환으로 「녹암학술상」을 제정하였고 첫 번 시상을 2002년에 수행하였다.

이제 한 가지 분명한 것은 한구동 교수님께서는 20세기 한국 역사에서 가장 훌륭한 약학자로 기록되리라는 사실이다.

녹암 선생께서 훈도하신 말씀 중에서 위선최락(爲善最樂)이라는 신념을 아직도 필자는 기억하고 있다.

녹암 선생은 2000년 10월 20일 93세로 별세하시었다.

이승기 _ 남북한에서 업적을 쌓다

김상용 | 서울대학교 명예교수

이승기(李升基) 교수는 1905년 전남 담양에서 태어나서 서울 중앙고등보통학교를 거쳐서 일본으로 건너가 1926년 교토제국대학(京都帝國大學) 공학부 공업화학과에 입학, 1931년 졸업하였다. 졸업 당시 성적은 우수했으나 조선인인 이유로 취업이 어려워 지도교수 기타 겐이치(喜多源逸)의 배려로 오사카(大坂)의 한 회사에서 그

의 전공과 관계없는 아스팔트 강화 연구를 하였는데 그래도 우수한 연구 결과를 내어 도쿄의 동경공업시험소의 지도교수 연구실에서 그의 숙원인 셀룰로오스 연구를 하게 되었다. 그 후 1936년 교토대학에 화학섬유연구소가 설립되자 이번에도 지도교수의 알선으로 이 연구소에 '연구강사'로 합류하게 되었다. '학부강사'는 일본의 공업정책을 토의하는 회의에 참석할 수 있으나 '연구강사'는 참석할 수가 없었다. 그는 연구만 할 수 있었다.

이곳에서는 셀룰로오스 계 인조섬유, 폴리스티롤, 폴리비닐아세테이트, 폴리메틸메타크릴레이트 등 여러 가지 인조섬유의 방사 연구, 성능개선 등의 인조섬유의 제조 연구를 실행하고 있었다.

이때는 이미 미국의 듀퐁사가 나일론을 발명하여 제조, 판매하고 있었다. 그런데 일본은 세계 실크 생산량의 80%를 차지하고 있었고 그 중 80%는 미국으로 수출하여 약 4억 달러를 벌어들였었는데 그 나일론 때문에 실크 수출이 막히게 되자 큰 타격을 받아 일본도 합성섬유 연구, 제조 경쟁에 나섰다.

이승기 강사는 연구소 입소 초기에는 섬유 형성성(形成性) 고분자 물질 용액의 유전성질(誘電性質, dielectric properties)에 관한 연구를 하였다. 즉, 유기 액체 중에서의 셀룰로오스 유도체의 유전성질(1934), 트리아세틸 셀룰로오스 용액의 유전성질(1938), 섬유상 분자용액의 유전성 연구(1939) 등 섬유 형성성 고분자 물질의 유기 용매에서의 유전성질을 연구하다가 연구소 방침대로 그의 전공 분야인 합성섬유 제조에 관한 연구를 하게 되었다.

그러다가 드디어 1939년 10월 일본 교토제국대학 화학섬유연구소의 『화섬강연집(化纖講演集)』에 이승기 강사가 「합성섬유에 관한 연구(제2보)」를 단독연구로 발표하게 되었다. 이것이 PVA(Polyvinyl alcohol) 섬유의 세계적 출현이다. 그 이름은 '합성1호'였다. PVA 섬유의 기초가 되는 실험이 완성된 것이다. 이 연구로 그는 교토대학에서 공학박사 학위를 받았다.

연구실에서의 모습

이승기 북한부수상이 된 물리화학자

이승기 강사의 연구가 이 연구소의 여러 합성섬유 프로젝트 중에서 가장 먼저 성취점에 도달하고 공업화 가능성도 보였다. 이것은 우리 한국인이 이룩한 탁월한 업적으로 일본과 한국의 과학계와 언론에서 크게 다루었으며, 이 연구로 이승기 박사는 한국(그 당시 조선)에서 가장 명망 있는 과학자 중의 한 사람이 되었다. 당시 일본 도쿄의 라디오는 이를 내세워 일본 섬유화학이 세계의 선두를 달리고 있다고 방송하였다. 모든 성과를 일본으로 돌렸다. 물론 독일의 페체섬유(PC Faser)섬유가 1934년에 발명되고 미국의 듀퐁사가 1936년 나일론을 발명하고 1938년에 이미 공업화 하였지만 거의 동시대적으로 생각되어 그렇게 떠들었다.

이는 1936년 베를린 올림픽 마라톤 경기에서 손기정 선수가 한국인이면서 일본의 일장기를 달고 우승하여 경기장에서는 일장기를 게양함으로써 전 한국인을 슬픔에 빠트렸던 것처럼 한국인인 이승기 박사가 세계에 자랑할만한 합성섬유를 발명했으면서도 한국이 아닌 일본 과학계의 쾌거로 알려진 것이 그에게는 비통한 일이었다. 나라를 빼앗긴 슬픔이었다.

그 후 이 연구소에서는 전속연구원 10명, 촉탁연구원 6명이 이 PVA 프로젝트에 합류하게 되고 지도교수(櫻田一郞)도 이 연구에 집중하게 되었다.

1940년에는 「합성섬유와 미래에 있어서 그 진출」, 「합성1호에 관한 그 후의 연구경과」 등의 보고에서 '합성1호'와 미국, 독일 등에서 발명된 합성섬유 및 천연섬유와의 비교연구 실험 결과를 발표하여 나일론, 실크, 에집트면(棉)과 비교해도 손색이 없을 만큼 우수하다고 보고하였다.

한편 일본 육군성에서는 이 PVA 섬유를 군수용으로 활용하기 위하여 이승기 박사에게 특수 군수용 우수섬유를 연구 주문하여 신속히 그들의 요구에 맞게 진행하도록 요구했을 때 그는 항일의 뜻으로 고의적으로 지연시켰기 때문에 오사카(大坂) 형무소에 투옥되기도 했는데 드디어 1945년 8월 15일 일본 패전일을 맞이하게 되었다.

그는 조국 해방의 기쁨을 안고 그 해 11월에 귀국하여 경성대학 이공학부의 교수로 합류하고 연구시설과 지원이 거의 없는 그 어려운 혼란 상황에서도 자기가 하던 연구를 계속 진행하였다. 그러나 일제시의 공업, 광산, 법학, 의학전문학교, 수원농림학교 등의 9개 전문학교와 경성제국대학을 통합하여 국립서울대학교로 흡수하게 하는 '국립대학안' 반대 운동 등의 혼란으로 잠시 자리를 떠났다가 1946년 새로 설립된 서울대학교 공과대학에 교수로 복귀하였다.

그는 연구를 계속하여 화학섬유에 여러 화학적 처리를 하였을 때의 강신도 변화 등에 관한 논문을 발표하였다. 그러다가 1949년 서울대 공대 2대 학장에 취임하였는데 이때에 그 당시 공업 여건과 연구조건이 더 좋은 북한으로부터 여러 차례 월북 권유를 받았으나 응하지 않고 연구만 계속하고 있었다. 그 당시에 북한에는 함남의 흥남 등에 질소비료공장이 있어서 화학공업설비가 남한보다 훨씬 많이 남아 있었고 그 시설을 활용하기 위하여 많은 과학자들을 초치하고 있었다.

이승기 박사는 그 열악한 상황에서도 공대 학장직을 수행하면서 「가황 촉진에 관한 연구」(1949), 「각종 합성섬유를 염산처리 했을 때의 강신도 변화」(1949), 「각종 단백질 섬유 및 인조 섬유소 섬유를 염산 처리했을 때의 강신도 변화」(1949) 등을 연구하여 『대한화학회지』에 발표하였다.

그러나 1950년 6·25 사변이 일어났을 때 미처 피난하지 못하고 있던 그는 북한 측의 권유에 따라 실험실 제자, 연구원들과 같이 월북하게 되었다. 당시 남한에서는 과학자에 대한 우대가 거의 없었으나 북한은 남한에 있는 우수한 학자나 해외에서 귀국한 우수한 과학자를 초빙하여 연구에 전념하도록 지원하였다.

이렇게 월북한 이승기 교수는 제자, 후배들과 같이 그 곳에 있던 연구원들을 합류시켜 PVA 섬유 개발에 집중하게 되었다. 당시 북한의 흥남에는 질소비료공장에서 카바이드, 아세틸렌, 아세트산 등을 생산하였는데 이것들이 모두 PVA 섬유의 생산 원료였으니 연구 환경은 남한에서보다 월등 좋았다. 그리하여 북한의 수풍발전소에 의한 전기와 자체 생산되는 원료로 쉽게 일산 20kg 규모의 시험공장을 건설하고 1957년에는 일산 200kg 생산 공장으로 확대하여 본격 생산하게 되었다. 한편 강신도, 열수에 대한 저항성, 흡습성 등의 물성을 개선하는 연구를 계속 시행하면서 이 섬유는 '비날론(Vinalon)'이란 명칭으로 불리게 되었으며, 면(綿) 대용품인 의류용과 산업자재용으로 개발하였다. 북한에서는 폴리아미드와 폴리아크릴 섬유는 각각 실크와 양모에 가까운 합성섬유라고 생각하여 이것들은 고급 사치 섬유로 규정하여 이의 개발을 거의 하지 않고 비날론 섬유만 집중 연구하였다.

이승기 박사는 1959년 비날론 연구와 그 공업화로 북한의 '인민상'을 수상하였으며 1961년 '2.8 비날론 공장'은 연산 5만 톤 생산 규모로 건설되었는데, 이 준공식에 김일성이 참석하여 이승기 박사에게 '노력영웅'의 칭호를 주었다. 그는 1962년 Lenin 상을 수상하였으며 1980년에는 연산 10만 톤 규모의 '순천 비날론 연합 기업소'를 건설하여 국산(북한) 원료와 자재로 비날론 공업 창설과 인민 생활에 공헌한 공로로 '김일성 상'을 수상하였다.

이와 같이 비날론은 오늘날까지 북한에서는 가장 큰 비중을 차지하고 있는 섬유이다. 이 PVA 섬유는 세계에서 북한에서만 가장 많이 사용되고 있는 합성섬유로 북한에서는 대중성 있는 섬유로 '주체섬유'로 호칭되기도 한다.

그러나 이 비날론 섬유는 카바이드 원료와 전력 에너지 사용을 주로 하는 석탄화학공업의 결과로 만들어진 것인데, 지금은 미국에서 시작된 석유화학공업이 전 세계를 지배하고 있다. 그 까닭은 석유화학으로부터 생산되는 고분자물질 즉 나일론, 폴리에스테르, 폴리아크릴 계 합성섬유의 원자재 생산비와 제조공정비용이 훨씬 저렴하기 때문이다. 비날론은 이들 석유화학계 섬유보다 거의 2배의 생산비가 소요되므로 세계 합성섬유 공업계에서는 차츰 자취가 멀어지게 되었다. 한국에서도 1953년 부산에 미진화학섬유공업사의 PVA 섬유공장이 설립되었었는데 1977년 슬며시 그 자취를 감추었다.

그럼에도 불구하고 이승기 교수는 자기의 전공분야인 섬유화학 중 PVA 계 섬유의 합성과 공업화를 다 이룬 성공한 학자이다. 일제시대 차별대우를 받던 시절부터 연구시설이 거의 없던 한국에서도 계속 실험 연구를 시행하려고 노력하였고 또 월북해서는 그 당시 더 좋은 시설과 북한 당국의 우대로 마음껏 학술연구와 그 공업화를 이룬 크게 성공한 공학자이다. 마치 신라 경덕왕 때 재상 김대성이 특권과 왕의 배려를 받아 불국사, 석굴암 같은 세계적 작품을 만든 것에 비유된다. 현재 한국에서도 우수한 과학자들을 더욱 많이 육성하고 우대해 준다면 더 많은 우수한 명품들이 나타날 것이다. 국가의 흥성은 기술 산업에 있다고 보기 때문이다.

공학자가 자기가 전공하는 분야를 공업화시키는 것은 공학자 모두의 열망이다. 그러나 자기의 전공분야의 공업화가 국가의 장래에 크게 도움이 되지 않을 때에는 또 세계적 전망으로 볼 때 희망적이지 않으면 심사숙고하여 진행해야 하는 것이 아닌가 하는 생각이 든다. 한편 이승기 교수는 1965년 북한의 원자력연구소의 초대소장으로 취임하여 원자력, 핵분야의 전문가 규합과 훈련에 지도와 도움을 주었다. 이것이 우라늄 정련공장 건설, 핵연료 제조공장 건설 등 핵시설 건설을 촉진시킨 것이다. 즉 핵 개발의 주도적 역할을 맡았다고 볼 수 있다. 이것은 현재 우리가 우려하고 있는 소위 '북핵'의 개발에 지도적 역할을 했다는 것이다. 이 점은 대한민국과 자유세계에 위협을 가져다주는 결과가 되었다.

그는 노후에 한국에 한 번 가보았으면 하는 생각을 말했다고 한다. 와 보았다면 과연 어떤 느낌을 받았을까?

그런가 하면 한국에서도 어느 공학자의 전공이 셀룰로오스 계 인조섬 유인 것을 근간으로 하여 비스코스 레이온 공업을 유치해 경기도 일대를 환경공해로 휩싸이게 한 후 중국으로 수출한 경우도 있다. 1950년대 말부터 이미 미국에서는 듀퐁 회사가 셀룰로오스 계 레이온 공업을 공해문 제로 폐쇄하였고 일본도 폐쇄하기 시작할 때 우리는 일본의 그 공업을 도입했던 것이다. 이 사실도 공학자 개인의 전공만 생각하고 세계적 전망을 괘념하지 않고 장래 국익에 영향을 어떻게 미치는지 깊게 고려하지 않은 결과라고 본다.

학자의 학문 연구는 어떤 학문으로 한 분야를 개척하여 새로운 이론을 세우는 것이되 그것이 만일 국가와 사회의 장래에는 도움이 되지 않는다면 신중하게 실행 여부를 고려해야 하는 것이 옳은 것이 아닌가 하는 생각을 하게 되는 아쉬움이 남는다.

윤장섭 _ 건축계의 큰 스승

전봉희 | 서울대학교 교수

윤장섭 교수는 1925년 1월 7일생으로 지난 1월 19일 94세를 일기로 별세하셨다. 여기에 소개되는 다른 분들에 비하여 상대적으로 연소하다. 하지만 우리나라 건축학의 발달과정을 되돌아보며 그 선구자 겸 개척자로 선생을 꼽는데 주저가 없는 것은 건축학의 발달이 다른 학문 분과에 비하여 상대적으로 늦었던 저간의 사정 때문이다. 식민지 시절 한반도

소우 윤장섭 선생

에 있던 유일한 대학이었던 경성제대는 1926년에 법문학부와 의학부를, 그리고 1938년에 이공학부를 설치하였지만 건축학과는 두지 않았다. 그러므로 건축학의 고등교육기관은 1916년에 설치된 관립의 경성고등공업학교가 사실상 유일하였다. 주지하다시피 고등공업학교는 공학사 학위를 수여하는 고등교육기관이었지만, 기술 관료를 양성하기 위한 실무교육에

중점을 두었다.

해방으로 일본인들이 돌아가고 난후 당시 한국에 남은 건축학 분야 공학사 학위자의 수는 불과 50명 남짓이었고, 그 대부분은 3년제의 고등공업학교 혹은 공업전문학교 출신이며, 그나마 절반은 해방 공간의 혼란 속에 월북하였다. 그러므로 1946년 막 개교한 서울대학에 입학하여 4년간의 교육과정을 마치고 1950년 졸업한 윤장섭 교수는 졸업기수로는 서울대학의 4회 졸업생이지만, 정식으로 4년제의 교육을 받은 첫 번째 졸업생이 된다.

따라서 선생은 졸업과 동시에 우리나라 건축학계의 선두 그룹이 되어 이후 등장하는 많은 후배들을 지도하는 스승의 역할을 맡게 된다. 실제로 선생은 대학 졸업과 동시에 한양공대 야간부 건축공학과에서 강의를 시작하였으며, 한국전쟁 중에는 공군 장교로 복무하면서 대구의 청구대학 토건학과에서 강의를 하였고, 1955년 10월 예편된 직후 한양공대의 전임강사로 임용됨과 동시에 서울대학과 육군사관학교에서 강의하였고, 그 다음 해인 1956년 11월부터는 서울대학교의 전임강사가 됨으로써, 사실상 이후 한국 건축계에서 활동하는 모든 세대와 나이차와 관계없이 사제의 관계를 갖게 된다. 심지어 대학 재학 중인 4년간 경기공업고등학교에서 강사로 가르쳤는데, 이곳에서 나중에 한양대학교 총장을 지낸 이해성 교수(1928~2008)나 역시 한양대의 원로교수로 건축가협회장을 지낸 유희준 교수(1934~)를 가르쳤다고 하니 선생의 사회적 나이가 얼마나 빠른지를 짐작할 수 있다.

당시 선생이 담당하였던 과목은, 나중에 선생의 주 전공이 되는 '한국건축사'나 '건축음향학', '주거학'이 아니라, '건축재료', '건축구조', '건축사', '건축계획 및 설계', '시공', '철근콘크리트' 등 건축학의 전 분야를 망라하는 폭 넓은 것이었다. 이러한 사실은 지금의 시점으로 보아서 결코 자랑거리라고 할 수는 없지만, 전문가가 부족한 당시의 상황을 충분히 엿볼 수 있게 해주는 것이고, 또 윤장섭 선생의 개인적 차원으로 보자면 건축학의 다방면에 걸쳐 폭 넓은 소양을 갖출 수 있는 기회를 제공함으로써 향후 깊이 있는 연구로 진행하는 데 큰 도움이 되었을 것이 분명하다.

많은 수는 아니지만, 그래도 수십 명에 이르는 자격자가 있고, 또 대부분 선생보다 선배들이었을 텐데 선생이 이처럼 선두에 서게 된 것은 연유가 있을 것이다. 선생의 초기 이력을 살펴보면 특별히 교육자로서의 경력이 두드러지는 것을 볼 수 있는데, 역시 선생이 보인 학업에서의 수월성이 이후의 경력을 결정지은 것으로 보인다. 선생은 1944년 봄에 징집을 피하여 경성공업전문학교(경성고등공업학교의 후신)에 입학을 하는데, 전시하의 특수 상황이라서 매일 8시간씩 4학기제로 운영하여 2년 과정을 1년에 마치는 압축 수업을 실시하였다고 한다. 선생은 다음 해 봄까지 4개 학기 동안 1, 2학년 합하여 수석의 자리를 한 번도 놓치지 않았고, 이것은 서울대학에 입학하여서도 마찬가지였다. 심지어 1957년 말 USOM의 교육 파견요원으로 선발되어 도미하여 수학한 MIT에서도 첫 학기 세 과목에서 모두 A 학점을 받아 주변을 놀라게 하였고, 이러한 성과를 인정받아 청강생에서 정식의 학생으로 편입되고, 파견 기간도 3개 학기로 연장되어 무사히 건축학 석사학위를 받을 수 있게 되었다. 이것이 한국인으로서는 처음으로 받은 미국의 M. Arch.이다.

선생의 선대인은 성균관 박사이

1959년 MIT 졸업식장에서
동료 우재린 교수와 함께

자 대한제국에서 세운 법관양성소를 2회로 졸업한 윤병순(尹秉純) 박사이고, 선대 부인은 독실한 기독교 신자인 김순희(金順喜) 권사이다. 서울 낙산의 동록 창신동에서 출생하시어 유년 시절을 그곳에서 자라셨다. 창신보통학교를 졸업하고 경성제일고보를 지원하였으나 낙방하였는데, 아마도 이것이 선생에게 유일한 실패의 경험일 것이다. 이후 아버지와도 같았던 백형의 권유로 경성공업학교 건축과로 입학하였으니, 건축으로 전공을 정하게 된 것도 이 때문이다. 만일 이때 제일고보에 진학하였더라면 선대인이나 백형인 윤종섭(尹鐘燮) 전 부장판사를 좇아 법학을 전공하였을지 모른다. 남들보다 체구도 작고 4남1녀의 삼남으로서 특별히 눈에 띄지 않는 평범한 아이였던 소년 윤장섭이 작심 분발하게 된 데에는 열세 살에 맞았던 아버지의 죽음과 열네 살에 창신동예배당에서 세례를 받은 이후 이어진 신앙생활이 계기가 되었다고 자술하고 있다.

특히 17살 때 시작한 새벽기도회의 출석은 선생이 평생에 걸쳐 유지하여 온 새벽 공부로 이어졌다. 전시하 경성공업전문학교를 다닐 때 선생의 일과를 보면, 저녁 8시 반에 취침하여 오전 12시 반에 일어나 공부를 하고, 4시 반 새벽기도회에 참석하고 돌아와 잠시 눈을 붙인 다음 6시 반에 일어나 하루 일과를 시작하였다고 한다. 일찍 자고 일찍 일어나는 습관은 이후로도 계속되는데, 실제로 필자가 대학과 대학원에 재학 중이었던 1980년대에도 선생님은 어떠한 자리에서도 9시 전에 일어나 귀가하시었고 누구보다 일찍 학교에 나오셨으며, 학생들과 함께 가는 고적 답사 길에서도 늘 새벽에 일어나 주변을 다 둘러보신 다음 학생들을 깨우셨다.

학생시절부터 시작한 신앙생활은 꾸준히 이어져서, 서울대학에 재학 중에는 문리대의 신사훈(申四勳, 1911~1998) 교수가 지도하는 학생교회에 출석하여 여러 대학에서 모인 학생들과 함께 성경공부를 하였으며, 교수로 재직 중에도 학과 내에 학생들과 함께 반석회라는 기독학생모임을 만들어 교류하고, 출석 교회인 안동교회에서는 영어 성경 독서회를 조직하는 등 신앙생활을 게을리 하지 않았다. 1941년 경성공업학교 졸업설계 작품으로 '이상의 여학교'라고 하여 예배당이 있는 미션스쿨을 계획하였고, 1950년 서울대학을 졸업할 때는 '학생교회'를 설계한 것도 모두 학업과 신앙의 조화에 기울인 노력의 결과이다.

선생은 사회생활의 대부분을 대학에서 보냈지만, 젊어서는 약간의 실무 경험을 가지고 있다. 경성공업학교를 졸업한 1942년부터 경성공업전문학교에 진학하는 1944년까지의 2년 동안에는 지금의 토지주택공사의 전신이라고 할 수 있는 조선주택영단에 근무하였고, 1945년 1월 경성공업전문학교를 속성으로 마치고 난 후에는 청량리에 있는 철도국 건설사무소에서 근무하다 해방을 맞았다. 선생의 초기 담당과목이 계획 및 설계는 물론 구조에서 시공, 재료까지 다방면에 이를 수 있었던 것은 이러한 현장 경험이 바탕이 되었을 것이다.

또 1970년대 초까지는 건축과의 교수가 설계 등의 현업을 겸업하는 것이 허용되었으므로, 선생 역시 다양한 건축설계 작업에 참여하였다. 초기에는 당시 건축계의 원로라고 할 수 있는 이천승(李天承, 1910~1992), 박동진(朴東鎮, 1899~1981) 선생 등을 도와서 우남회관의 구조계획, 고려대학교 과학관과 남대문교회 등의 설계에 참여하였다. 하지만 본격적인 활동은 1959년 가을 MIT에서 귀국한 이후에 진행된다. MIT에서의 졸업설계 작품은 'A Future Plan for Seoul National University'였는데, 당시 종합화를 구상하고 있던 서울대학교의 캠퍼스 종합 계획으로써, 공대가 있던 태릉 일대를 대상지로 하여 설계한 것이었다. 서울대학의 종합화 구상은 이미 1958년 10월에 종합계획위원회가 구성되어 있었고, 선생은 귀국하면 이 작업에 참여할 것이 예상되는 상태였다. 그러니 졸업설계 작품으로 서울대 종합캠퍼스 계획을 잡은 것은 매우 자연스러운 일이었다. 실제 선생은 1960

년의 종합화 계획은 물론 1970년 봄 관악 컨트리클럽을 대상지로 한 본격적인 종합화 계획이 진행될 때도 주도적으로 참여하게 된다.

1960년 이후 1974년 폐업을 할 때까지 선생은 독자의 사무실을 운영하였지만, 학교와 교회, 공장과 주택 등에 그쳐 그렇게 활발하다고 할 수 없다. 당시 설계한 작품으로 현재도 남아있는 수원 서둔동 성당(1969)은 선생의 대표작이라 할 수 있는데, 한식 기와지붕을 가진 팔각형의 본당 건물을 두고 그 앞에 사각탑형의 높은 종탑을 세워 그 아래를 본당의 출입현관으로 삼은 독특한 조형을 보여준다. 지붕 부분은 철근콘크리트로 만든 보와 슬라브를 노출시키고 벽체는 벽돌로 마감하였다. 또 상임위원의 자격으로 마련한 국회의사당의 초기 설계안은 전면에 12개의 열주가 지붕 슬라브를 받치고 있고, 안으로 조금 물러서 5개 층의 벽면이 올라가는 것이었는데, 열주의 수가 8개로 줄어들긴 하였지만 상부의 돔을 제외하면 현재의 국회의사당 모습과 매우 흡사하다. 여기서도 선생은 기둥의 위를 여러 갈래로 나누어 뻗어서 상부 슬라브의 보가 되도록 하는 전통적인 조형언어를 사용하였는데, 이는 서둔동 성당의 종탑에서 보는 것과 같다.

실제 건축물의 설계 작업은 많지 않지만, 선생은 우리나라 도시계획 및 주거단지 개발의 원조라고 할 수 있는 HURPI의 설립과 운영에 참여한다든지, 여의도에 새롭게 마련한 국회의사당의 상임위원으로 활동하는 등 대규모의 정부 사업에 적극 참여하였다. HURPI는 Asia Foundation의 후원으로 1965년 3월 건설부가 설립한 '주거, 도시 및 지역계획연구소'로서, 미국의 저명한 도시계획가 Oswald Nagler가 자문관으로 부임하고, 한국에서는 선생과 함께 영친왕의 아들이자 MIT 학부를 졸업한 이구(李玖, 1931~2005) 씨, 그리고 홍성철 씨 등이 연구원으로, 우규승, 이상련, 유완, 고주석 등이 연구보조원으로 참여하였으며, 건설부의 황용주 계장이 지원인력을 이끌고 당시 행정서기관이었던 손정목과 서울법대의 권태준 교수 등이 관심을 가지고 출입하였다. 이 기구는 우리나라의 주거 특성에 대한 연구 조사를 바탕으로 급격하게 도시화되어 가는 상황에 대한 계획적 대안을 제시하는 긍정적인 역할을 하였으며, 이때 참가한 인물들은 우리나라 도시계획의 1세대가 되었다.

국회의사당 건립 계획은 한국 현대건축사의 여러 장면에 등장한다. 처음 새로운 의사당을 건립하겠다는 계획은 4·19 이후에 설립된 제2공화국 장면 정부 하에서이고, 종묘와 경복궁 등 많은 후보지들을 놓고 논란을 거듭한 끝에 최종적으로 그 위치를 현재의 남산공원 자리로 정하였고 현상설계를 진행하였다. 이때 1등으로 당선된 것이 김수근이 이끄는 동경 유학생팀의 안이고, 이를 계기로 김수근은 귀국하게 된다. 하지만 남산 국회의사당 안은 곧이어 발발한 5·16군사정변으로 인하여 백지화되고, 다시 의사당 건립 계획이 진행된 것은 1966년으로, 이때 건립 대상지는 여의도로 정해졌다.

국가적으로도 상징성이 큰 사업이었기 때문에 당시 최고 수준의 건축가들이 모두 참여하는 대규모 현상이 진행되었고, 여러 과정을 거쳐 최종적으로 당시 서울대 교수였던 이광노와 안영배, 그리고 연세대학의 교수

국회의사당 설계시안

였던 김정수 등이 합동으로 설계하는 것으로 결정되었다. 윤장섭 선생은 직접 설계자로 참여한 것은 아니지만, 1966년 6월 말 상임위원으로 위촉되어 기본계획기준과 설계시안을 작성하였다. 이때 선생이 만든 초기 설계안(1967)은 최종안에 큰 영향을 미친 것으로 그 아이디어의 많은 부분이 그대로 이어진 것은 앞서 언급한 것과 같다.

이때 한국적 특색을 살리는 점과 국회의사당으로서의 상징적 권위를 드러내야 한다는 점이 요구되어, 한국 전통건축에 대한 폭넓은 조사와 함께 해외의 여러 의사당 건축물들을 견학하는 기회가 마련되었고, 결국 지금과 같이 열주와 돔을 가진 안이 만들어졌다.

윤장섭 선생의 연구와 활동에 큰 변화를 준 작업은 1972년 3월부터 1년간 대만의 성공(成功)대학에 객좌교수로 체류하면서 진행되었다. 1957년 12월부터 1959년 9월까지의 MIT 유학 이후 13년 만에 맞는 두 번째 장기 체류였다. 성공대학은 일제 시기에 설립된 대남(臺南)고등공업학교를 모태로 설립된 공학 중심의 종합대학으로서, 대만에서 가장 좋은 공과대학을 가지고 있다. 선생은 대만 행정원의 초청을 받아 1년간 체류하면서 좋은 환경 속에서 교육과 연구에 전념할 수 있는 기회를 얻었으며, 이 시기에 완성된 것이 선생의 대표작인 『한국건축사』이다.

어려서부터 기술교육을 받고 또 서구에서 전래한 기독교에 몰두한 선생이 한국 건축에 관심을 가지게 된 것은 역설적이게도 미국 유학 중의 일이다. 세계 근대건축의 거장들을 직접 만나고 또 서구의 역사적 건축 명작들을 직접 답사하면서 거꾸로 한국의 전통 건축에 관심을 가지게 된 것이다. 이 장면은 마치 19세기말 일본 제국대학 건축학과의 첫 번째 졸업생인 다쓰노 긴코(辰野金吳, 1854~1919)가 1880년 영국으로 유학하여 지도교수에게서 자극을 받고 귀국하여 일본 건축사를 공부하기 시작하였다는 이야기와 닮아 있어 흥미롭다. 선생은 귀국 직후인 1960년 문화재관리국의 의뢰로 창덕궁 후원에 있는 건축물들의 실측조사를 진행하였으며, 뜻이 맞는 후배 및 제자들과 함께 한국의 고건축물들을 답사하기 시작하였다.

이때 답사한 건축물들로 충청도의 수덕사와 개심사, 경상도의 봉정사, 임청각, 도산서원, 옥산서원, 부석사, 소수서원, 황룡사지와 첨성대, 불국사와 석굴암, 전라도의 화엄사와 선암사 등 삼남지방 일대를 아우르는 것들이었고, 일제 시기 일본인들에 의하여 고적과 고건축물로 지정되어 있던 국가급 문화재들을 망라하는 것들이었다. 이 과정에서 문화재계의 원로라고 할 수 있는 황수영, 홍사준 선생 등을 만날 수 있었다. 후배와 제자들로 구성된 답사회는 점차 확대되어 마곡사와 금산사, 실상사, 송광사, 화순 다탑동 등으로 대상지가 확대되었고, 공주 마곡사, 묘동의 박황씨 가옥, 고창 참당암 등의 고건축을 처음으로 학계에 소개하는 논문을 발표하였다.

한편 1960년대 초는 촉석루 복원공사와 남대문 수리공사가 진행되는 등 우리나라에서 고건축물에 대한 본격적인 복원 사업이 시작되던 시점이었고, 전술하였듯이 국회의사당 건립과 맞물려 전통건축에 대한 사회적 수요가 생기던 시점이기도 하였다. 선생은 당시 복원공사에 참여하였던 대목장들과도 교류하며 전통 기법에 대해 공부하였고, 이때 수집한 고건축물 모형과 톱과 대패 등의 연장은 현재 서울대학에 기증하여 건축과에 전시되어 있다. 또 1963년부터는 서울대학에 소장되어 있는 규장각 장서들을 조사하여 『화성성역의궤』를 비롯한 영건도감 의궤 등을 처음 접하고 관련 내용을 논문으로 발표하였다. 이때 여러 사람들이 관련 작업에 참가하였으나 이후 건축역사학자로 남은 사람은 고려대학의 주남철 교수가 대표적이고, 본격적인 관련 분야의 제자 양성은 서울대학교의 대학원 교육이 활성화되는 1980년대 이후의 일이다.

『한국건축사』 　　　　　　『한국의 건축』

대만 체제 중에 원고를 정리한 한국 건축역사에 대한 논문은, 격월간으로 발간되던 『대한건축학회지』 1972년 8월호부터 1973년 8월호에 걸쳐 모두 7편을 각 시대별로 나누어 연속으로 게재되었으며, 이것을 주 논문으로 하여 윤장섭 선생은 1974년 2월 서울대학교에서 박사학위를 취득하게 된다. 또 이 논문들을 모으고 발전시켜 1973년 10월 동명사에서 『한국건축사』를 단행본으로 출판하고, 이듬해인 1974년 봄 한국일본 출판문화상 저작상을 수상하였다. 『한국건축사』는 이후 20여 회에 걸쳐 재판과 증보판을 거듭하여 현재에 이르고 있고, 1997년에는 일본의 마루젠(丸善)에서 같은 이름으로 일어번역본이 출판되기도 한 우리나라의 대표적인 한국건축사 통사이다.

윤장섭 선생의 『한국건축사』는 한국인에 의해 쓰인 최초의 한국건축사 통사로써, 그 이전 일본인들에 의해 만들어진 한국건축사가 갖는 식민사관을 극복하고 새로운 민족사관에 의해 집필된 역작이다. 식민사관으로 쓰여진 한국건축사의 가장 큰 한계는 통일신라 시대를 극성기로 고려시대를 여성기로 그리고 조선시대를 쇠태기로 보는 진화론적 시각과 정체성론 그리고 한국건축을 중국건축의 한 아류로 보는 종속사관과 타율사관으로 정리할 수 있는데, 윤장섭 선생은 한국건축이 갖는 지역적인 특성을 분명히 하고 조선시대 건축이 갖는 근대적 성격을 밝힘으로써 발전론적 시각을 강화하였다는 점에서 역사적 의미가 크다. 또한 건축사의 대상을 궁궐건축이나 종교건축에 한정하지 않고, 도성과 분묘, 탑, 주거건축과 정원건축으로 확장한 것도 이후로 이어지는 선생의 선구적인 작업이다.

교육에 있어서도, 미국에서 돌아온 다음 해인 1960년 서울대학에 '아시아건축사'를 개설하여 우리의 건축에 대한 교육을 시작하였고, 1970년대에는 이를 확대하여 '한국건축사'를 독립된 과목으로 만들어 현재와 같은 한국건축사학의 독립을 이루었다. 지금에서야 세계 어느 나라의 건축교육에서건 그 지역의 지역적 전통에 대한 교육이 필수교과로 되어 있고, 심지어 미국의 경우라면 동부와 서부, 중부의 지역에 따른 지역적 전통을 구분하여 가르치기도 하지만, 20세기 초 근대를 이끈 모더니스트들에게 과거의 역사는 극복해야 되는 대상으로서 인식되고, 20세기 중반까지는 기술과 재료에 집중한 탈지역적 국제주의적 양식이 득세하였다. 게다가 강대국들의 틈바구니에서 처절한 패배를 경험한 한국인들에게 막강한 힘을 가진 서구의 것은 우월한 것이었고, 우리의 전통과 과거는 오랫동안 외면하거나 부정할 대상이었다.

1950년대 말 미국을 방문하여 현대건축의 거장인 월터 그로피우스, 루이스 칸 등을 만나고, 또 바로 전 해에 작고하여 직접 만나지는 못하였지만 프랑크 로이드 라이트의 기숙형 작업실이 있는 탈리에센을 방문하여 그의 작업 분위기를 직접 경험하였으며, 미국 내의 여러 건축교육 기관을 시찰하고, 귀국길에는 유럽의 여러 나라를 방문하여 역사적인 건축물을 직접 답사하고 돌아오는 등 당시로서 누구도 따라할 수 없는 선진적인 경험을 한 점이 오히려 윤장섭 선생이 한국건축에 눈을 돌리게 만든 계기가 되었으리라 생각된다. 다시 말해 그간 유럽을 경험한 일본인을 통하거나,

혹은 책을 통하여 간접적으로만 보아온 피상적인 서구 근대에 대한 허상을 걷어내고, 직접 현장을 방문하여 인물을 접촉함으로써 국제주의 양식이 득세하는 근대건축의 심장에조차도 고유의 인문학적 전통과 장소에 연결된 영혼이 깃들어있다는 사실을 깨닫게 된 것이다.

1950년대 말에 있었던 선생의 이 폭넓은 경험은 이후 한국건축계에 참으로 다행스러운 영향을 주었고, 그렇게 생각하니 더더욱 이미 19세기말과 20세기 초에 걸쳐서 그러한 경험을 먼저 한 일본의 경우와 비교가 되어 근대 초기 우리의 처지가 안타깝게 여겨진다.

선생이 50대가 되는 1970년대 중반부터는 우리나라의 경제가 크게 성장하는 동시에 1988년 올림픽 대회의 개최를 앞두고 빠르게 국제화되어 가고 있던 시기이다. 건축 분야도 빠르게 규모가 확장되어 가면서 매일같이 전에 경험하지 못하였던 새로운 상황에 접하게 되고, 충분한 검토 없이 새로운 제도를 서둘러 만들어 가던 시기였다. 선생은 1975년 문화재위원이 되어 1985년에는 건축문화재를 담당하는 제1분과위원장, 1987년에는 부위원장으로 봉사하였고, 이 과정에서 현재에도 적용되는 문화재 주변의 건축행위 제한 기준을 만들었다. 또 1980년 4월부터 2년간 대한건축학회장으로 재임하면서 춘추계 학술대회를 분리하여 운영하여 현재에 이르게 하였고, 건축학회 회관 건립을 기획하여 다음 회장의 임기에 완공을 보게 하였다. 1983년 3월부터 2년간 학과장으로 재직하시면서 학과 단위의 스승의 날 행사를 처음으로 만들었는데 악보를 나누어 들고 스승의 날 노래를 다 같이 부르던 모습은 당시의 살벌하였던 캠퍼스의 분위기를 한층 부드럽게 만드는 것으로 기억에 남는다. 또 대학원생이 모두 참여하는 전통건축 답사를 정례화하고 졸업 25주년 기념 홈커밍데이 행사를 시작하여 모두 현재까지 이어오게 하였으며, 건축학과 동창회 명부를 만든 것도 선생님의 공이다. 이 명부는 일제하 경성고등공업학교 시절부터 당시에 이르기까지의 졸업생의 인적사항을 모두 찾아 모은 것으로서 비단 서울대 건축학과의 역사를 넘어 우리나라 건축학 분야의 인물사를 정리하는 데 큰 도움이 되는 자료이다.

1970년대 후반에는 선생의 부전공이라 할 수 있는 '건축음향학'과 '주거학' 관련 교재를 집필하여, 당시 새롭게 늘어나는 관련 주제의 대학교육에 사용하게 되었다. 지금 70대가 된 이 두 분야의 첫 세대들은 모두 윤선생의 교재로 공부를 시작하였다. 1980년대부터는 대학원 교육이 활성화되어, 한국건축사와 건축음향학을 전공으로 하는 전문 인력의 양성에 큰 성과를 내기 시작하였다. 하지만 선생의 정년이 1990년 2월이었으므로 지금과 같이 많은 제자를 길러내지는 못하였고, 단 12명의 박사를 배출하였을 뿐이다. 하지만 그 가운데 훗날 충남대학교와 목포대학교의 총장이 나와 총장의 스승이란 별칭을 얻으시고 총장 취임식에 참석하여 축사를 하시기도 하였다. 필자는 선생님 연구실에서 석사학위를 하고 박사과정 재학 중에 선생님의 정년을 맞이하였는데, 당시 선생님 연구실의 분위기는 과연 학문의 요람과 같은 것이어서, 가장 늦게까지 불이 켜져 있는 연구실이었을 뿐만 아니라 바쁜 선생님을 대신하여 대부분 지방대학의 교수였던 선배들이 지도하는 각종의 세미나가 매일 같이 진행되었다. 여기서 『대학』과 『중용』 등의 고전을 강독하면서 한문의 해독에 조금 접근하고, 경기도의 서원과 향교에 대한 전수 실측조사를 진행하면서 현장조사의 방법을 배운 것이 크게 기억에 남는다.

선생의 활동은 1990년에 맞이한 정년으로 중단되지 않고 오히려 저술활동은 더욱 활발해져서 주변을 놀라게 하였다. 정년 이전에 이미 전술한 『한국건축사』 외에 『한국건축연구』(동명사, 1983), 『건축계획연구』(기문당, 1984), 『서양근대건축사』(보성문화사, 1987) 등의 주요 저작이 있었지만, 정년 이후인 1996년에는 한국건축사의 내용을 한글세대에 맞추어 전체를 한글로 편집하고 그간 나온 연구 성과들을 대폭 반영하여 새롭게 저술한 『한국의 건축』(서울대출판부)을 출간하였고, 이 책 역시 전작과 같이 2003년 일본의 대표적 학술총서 출판사인 주오고론(中央公論)에서 일본어 번역본이 출판되었다. 특히 이 책의 번역은 1980년대 초 선생님 연구실에서 1년간 공부하고 돌아가 한국 건축에 대한 내용으로 박사학위 논문을 작성한 교토대학의 니시가키 야스히코(西垣安比古) 교수에 의해 번역되어 그 의미가 남다르다.

또 이 책은 이후 『중국의 건축』(1999), 『일본의 건축』(2000), 『인도의 건축』(2002)으로 이어지는 아시아 건축사 4부작으로 구성되어 모두 서울대 출판부에서 간행되었으며, 현재 네이버 지식백과를 통하여 온라인으로 공개되어 있다. 이외에도 조금 더 대중적인 도서로 『서양건축문화의 이해』(서울대출판부, 1996)와 『기독교 성지순례』(이석미디어, 2003)를, 본격적인 연구서로 『석불사』(학천, 1998) 등을 출간하였다. 또 선생은 회갑과 정년, 칠순, 팔순, 미수 등을 각각 기념하여, 『건축수기』(태림문화사, 1985), 『소우수록』(발간위원회, 1990), 『삶의 길목에서』(기문당, 1994), 『영원한 동반자들』(학천, 2007), 『대교약졸』(기문당, 2012) 등의 수필집을 내었으니, 인생의 마디를 늘 책과 함께하여 온 것을 알 수 있으며, 최근까지도 매년 유럽과 인도, 중국, 호주 등의 건축답사와 국제학술대회 참가 등을 빠지지 않는 건강과 열정을 보여주어 후배와 제자들을 부끄럽게 만들었다. 선생이 학술원 회원이 되신 것은 1981년의 일인데, 70대와 80대에 들어서도 이처럼 모범적인 활동을 보이신 것이다.

선생님의 아호는 소우(篠愚)이다. 가는 대나무, 조릿대를 뜻하는 소(篠) 자에 어리석을 우(愚) 자를 더하였는데, 선대인인 윤병순 박사의 아호가 우졸(愚拙)이니 그를 좇은 것으로 볼 수 있다. 하지만 단지 선고의 호이니 그대로 따른 것은 아니고, 선생의 공부 즉, 한국 건축에 대한 선생의 생각과 관계가 깊다. 그리고 보면 생각나는 장면이 학부시절 한국건축사의 첫 수업이다. 선생은 칠판 가득 큰 글씨로 '대교약졸(大巧若拙)'이라 쓰시고 그 뜻에 대하여 예의 낭랑한 목소리로 풀이하셨다. 이것이 노자의 『도덕경』에 나오는 구절이라는 것은 나중에 알았고, 논리적으로 모순인 듯 보이지만 궁리를 거듭하게 만드는 참선의 화두와 같다는 것은 살면서 계속 느끼는 바이다. 선생은 이 구절을 가지고서 한국건축의 미학을 풀이하셨다. 다소 서툰 듯한 갈무리, 획일적이고 곧바론 직선이 아닌 자연스럽고 다 조금씩 다른 곡선, 투박한 조형과 거친 질감 등 한국의 전통 건축이 가지고 있는 편안함과 친근함을 큰 기술로 보신 것이다. 사실 대교와 약졸은 서로 모순되지 않으며, 교와 졸이 모순되는 것은 소교(小巧)일 때의 일인 것이다. 지금 생각해도 한국건축의 아름다움을 이보다 더 잘 설명한 어귀는 없다.

선생님 집안의 가훈은 여럿이 있으나 우졸옹의 가훈인 "호덕지인 자구다복(好德之人 自求多福), 적선지가 필유여경(積善之家 必有餘慶)"을 선생께서는 깊이 새겨 따랐다. 자구다복은 『시경(詩經)』의 '대아(大雅)' '문왕편(文王篇)'에 나오는 '영언배명 자구다복(永言配命 自求多福)'의 구절에서 유래한 것으로, 천명에 부합하면 스스로 많은 복을 구한다는 의미이다. 이 구절은 만사에 자기 책임을 강조하는 말로서, 『맹자(孟子)』 '공손축 상(公孫丑 上)'에는 '화복무불 자기구지자(禍福無不 自己求之者)'라 하여 화와 복이 모두 자기 하기 나름이라는 의미를 분명히 하고 있다. 선생은 어려서 이 구절이 교회에서 배운 '하늘은 스스로 돕는 자를 돕는다!'는 말씀과 일치함을 깨닫고, 평생을 '열심히, 열심히' 사셨다.

사실 이 '열심히, 열심히'는 개인적으로 가장 기억에 남는 선생님의 육성이기도 하다. 살면서 겪는 여러 번의 고비 때마다 즉, 공부가 하기 싫을 때, 지금 하고 있는 일이 보잘 것 없어 보일 때, 주변으로부터 부당한 대우를 받을 때, 그럴 때마다 선생은 좌절하지 않고 더욱 '열심히, 열심히' 하여 그 위기를 극복하였다고 하셨다. 지금도 그 독특한 억양으로 꼭 두 번 강조하여 말씀하시는 목소리가 생생하다.

가훈의 두 번째 구절인 '적선지가 필유여경' 역시 온전하게 이루셨다. 슬하에 2남2녀를 두셨는데, 그들의 배우자까지를 포함하여 8명 모두가 박사학위 소유자이며, 7명이 대학 교수로 있어 온전한 학자 집안을 이루었다. 큰 딸 내외인 윤재옥 교수와 강철구 동우건축 회장, 그리고 큰아들인 윤재신 이화여대 교수, 손녀 사위 권용찬 박사는 건축학을 전공하여 가업을 이었다 할 수 있고, 둘째 사위인 황병국 고려대 교수는 2005년 학술원 회원으로 피선되어 옹서가 함께 학술원에 몸담고 있는 드문 경우가 된다. 둘째 며느리인 최진영 교수가 2000년 성신여대에서 서울대로 옮기자 서울대 교수를 이었다고 참 기뻐하셨다. 둘째 딸인 윤재영 교수는 식품학, 첫째 며느리인 이경림 이대 학장은 약학, 그리고 둘째 아들인 윤재욱 외대 교수는 산업공학을 전공하였으니 최 교수를 제외한 7명이 이공계 출신인 점도 흥미롭다. 5살 아래인 사모님인 신경희 권사님과는 1952년 9월 피난지 대구에서 결혼하셨는데, 당시 윤 선생님은 공군대위로 복무 중이

금혼식 기념 직계가족 사진

었고, 사모님은 이화여대 약대를 졸업하고 적십자병원 약제사로 근무 중이셨다. 두 분은 2002년 금혼, 2012년에는 회혼을 맞이하셨다. 2002년 9월 8일 하이얏트 호텔에서 열린 금혼식은 정년 이후에 배우기 시작한 볼룸댄스파티를 겸한 행사로 치러져 건축계에 큰 화제가 되기도 하였다.

노익장을 과시하던 선생의 활동이 약화된 것은 2009년 1월 뇌출혈로 인해 쓰러지신 이후이다. 다행히 응급조치가 빠르게 취해져서 큰 부작용 없이 회복하시었지만, 이후 대외적인 활동과 저술 작업이 위축된 것은 사실이다. 선생은 병중에서도 끊임없이 재활운동을 계속하여 발병 초기에 있었던 일부의 마비 증세를 완치하셨는데, 이 역시 의사는 물론 주변 사람들을 놀라게 한 사건이었다. 마지막까지도 아파트 앞의 복도를 매일 같이 백 바퀴씩 도셨다고 하시니 무언가 목표를 정하면 쉬지 않고 '열심히, 열심히' 정진하는 그 집념과 의지를 볼 수 있다.

선생의 지난 생애는 자신에 대한 사랑, 가족에 대한 사랑, 서울대학에 대한 사랑, 그리고 건축학계에 대한 사랑으로 몸 가까이에서부터 동심원으로 그리며 확장되는 사랑의 실천 과정으로 어느 하나 이지러짐이 없는 것이었다. 최근에는 평생 수집하신 주요 도서와 전통 건축 연장들을 학과에 기부하였을 뿐 아니라, 2억 원 이상의 사재를 선뜻 출연하시어 학과 도서관과 다목적 홀의 개관을 준비하고 있다. 일찍 스승이 되어 '선생들의 선생'이 된 소우 윤장섭 선생은 우리나라 건축학 학문의 개척자였을 뿐 아니라 건축학 교육의 전통을 세운 분으로 오래오래 기억될 것이다.

– 이 원고를 정리하고 개고를 하고 있던 도중에 선생님의 부고를 받았다. 참으로 애통한 마음으로 흐르는 눈물을 주체 못하며 '아직 건재하시다'는 첫 문장을 고쳐 지었다. 선생님께 바치는 마지막 문장이 될 줄을 꿈엔들 알았을까. 부디 영면하시길 빈다.

제4편

예술

현제명(음악)

장 발(미술)

현제명 _ 음악으로 건국의 기초를 다지다

서우석 | 서울대학교 명예교수

1. 현제명이 태어난 시대

지금 우리는 1900년대 초의 한국이 어떤 상황에 있었는가에 대해 잘 모르고 있다. 설령 좀 안다고 하더라도 당시의 상황을 영화로 보거나 소설로 읽은 직후에 느끼는 정감적인 이해밖에 가지지 못하고 있다. 1910년 8월 일본이 한국을 강점한다. 고종은 10여 년 앞선 1897년 국호를 대한제국으로 바꾸고 자신이 황제임을 선포한다. 광무개혁을 실시한 것이다. 중국을 상전으로 모시는 족쇄에서 벗어나 떳떳한 독립국이 되려고 했지만, 동아시아의 역사적 흐름은 이를 용납하지 않는다. 1907년 헤이그 만국평화회의에 밀사를 파견하여 일본의 조선 침략에 대한 부당성을 세계에 호소하고자 했으나, 이 사건으로 그는 폐위되고 1919년 서거한다. 당시 소문에는 고종 황제가 독살된 것으로 회자된다. 고종의 서거는 3·1운동 봉기의 계기가 된다. 3·1운동 시 현제명(1902~0960)은 17세였다. 1910년 이후 10년은 일본의 무단 통치기였고, 1920년 이후 일본은 3·1운동의 후유증을 무마하기 위한 정책을 편다. 역사가들은 1931년 이후 1945년 까지를 민족 분열 통치기로 명명한다.

"무단 통치"라는 명칭은 1910년 9월에 창설된 헌병경찰 제도에 기인한다. 헌병이 일반 경찰행정까지 담당하면서, 언론·집회·출판·결사의 자유를 박탈하고, 즉결 처분권 등을 갖는다. 조선총독은 일본군 현역 대장 중에서 임명되었고, 천황에 직속되어 한반도 내의 입법, 사법, 행정 및 군대 통솔권을 장악한다. 일본인 2만여 명이 조선에 입국하여 헌병경찰과 헌병 보조원 역할을 맡게 되고 한반도 곳곳에 배치된다. 헌병경찰은 치안, 독립 운동가 색출과 기타 민생 관련 전반에 관여한다. 조선인의 각종 단체는 이 시기에 해산된다. 1910년 안창호가 설립한 신민회의 회원 안명근의 총독 데라우치 마사타케(寺內正毅) 암살이 실패한 이듬해 신민회는 강제 해산된다. 그 후 일본은 조선의 언론, 출판, 집회, 결사의 자유를 제한한다.

일본은 제1차 교육령을 통해, 수업 년도를 줄여 조선인의 교육 기회를 크게 약화시킨다. 보통학교 4년, 남자 고등보통학교 4년(여자는 3년)으로 개편되었다. 학제는 보통학교, 전문학교, 실업학교만 인정하고 대학교육을 불허했다. 근대 시기부터 존재한 개량서당이나 애국계몽세력이 설립한 사립학교를 서당 규칙과 사립학교 규칙을 통해 통제하였다. 이 시기에 교사는 제복을 입고 칼을 차고 수업하였다. 이 정도의 서술로도 당시의 분위기를 짐작할 수 있을 것이다. 많은 법을 만들어 토지, 광산물, 농산물, 임산물을 수탈했다. 이때의 서민들의 정서는 희망가에 잘 나타나 있다.

이 풍진 세상을 만났으니 너의 희망이 무엇이냐?

부귀와 영화를 누렸으면 희망이 족할까?

푸른 하늘 맑은 달 아래 곰곰이 생각하니

세상만사가 춘몽 중에 또 다시 꿈 같도다

이 풍진 세상을 만났으니 너의 희망이 무엇이냐?

부귀와 영화를 누렸으면 희망이 족할까?

담소 화락에 엄벙덤벙 주색잡기에 침몰하랴

세상만사를 잊었으면 희망이 족할까

이 노래는 나라를 잃은 당시의 청년들의 암울한 심정을 노래한 것이다. 현제명은 이 시절 10대의 삶을 살았다. 한국 유행가의 시작이라고 알려진 '사의 찬미'를 불렀던 윤심덕과 김우진은 현해탄에서 바다로 뛰어들어 자결한다. 그 가사 역시 당시의 지식인들의 심정을 드러낸다. 1926년 8월 4일이었다.

광막한 황야에 달리는 인생아

너의 가는 곳 그 어데냐

쓸쓸한 세상 험악한 고해(苦海)에

너는 무엇을 찾으러 가느냐

(후렴) 눈물로 된 이 세상에 나 죽으면 그만일까

행복 찾는 인생들아 너 찾는 것, 설움

현해탄 사건 한 해 전인 1925년 현제명은 미국으로 유학을 떠난다. 당시 스물셋이었다. 시카고 성경학교에 입학한 후, 음악학교로 옮겨 1년간 수학한 뒤 귀국하여 연희전문학교에서 영어 강사로 교편을 잡는다. 현제명의 유학은 3·1운동의 여파를 무마하기 위해 펼쳤던 문화 통치기 (1919~1931)의 혜택을 본 것이다. 이 정책은 강압적 통치에서 회유적 통치로 그 방향을 선회한 것이다. 그 결과 일부 단체 활동 및 언론 활동이 허가되었고, 기초적인 초등 교육과 농업 교육이 확대되었다. 실질적으로는 친일파 양성을 통한 조선 민족 분열이 정책의 목적이었다. 민족 분열 정책을 은폐하고 가혹한 식민 통치를 천사의 얼굴로 가린 것이었다. 쉽게 말해 한 수 높은 수를 둔 것이었다. 지식인들과 문화계 인사들은 이 수에 넘어가게 된다.

이 정책의 핵심은 당시 사이토 총독의 대책문에 나타난다. 그 핵심은 다음과 같다. (1)핵심적 친일 인물을 유림, 부호를 포함하는 귀족층, 교육계, 종교계에 침투시켜 친일 단체를 조직한다. (2)종교 단체를 중앙 집권화해서 그 최고 지도자에 친일파를 앉히고 고문을 두어 어용화한다. (3)친일 민간인에게 편의와 원조를 주어 수재 교육의 이름 아래 친일 지식인을 키운다. (4)양반 유생 가운데 직업이 없는 자에게 생활 방도를 주는 대가로 이들을 민정 염탐에 이용한다. (5)농민 통제를 위해 민간 유지가 이끄는 친일 단체를 만들고, 국유림의 일부를 불하해 주어 회유한다.

문화 활동 전반에 눈에 띄지 않는 덫을 설치한 것이다. 현제명은 미국 유학에서 귀국한 후 1929년 귀국독창회를 갖고, 1930년대에 주도적인 성악가로 활동하며 빅타와 컬럼비아 레코드 등에서 자작 가곡과 이탈리아 가곡 등을 취입한다. 그가 본격적인 활동을 시작한 것은 바로 이 민족 분열 통치기(1931~1945)에 해당된다.

이 통치는 1930년 만주사변을 계기로 일본이 중국 침략을 시작하면서 시작된다. 한반도의 병참기지화 정책이었다. 1937년에 중일전쟁을 기점으로 조선인 지원병제가 실시되고, 1940년 태평양전쟁이 시작되면서 한

반도는 수탈 대상으로 전락한다. 황국신민 선서 암기와 신사 참배가 강요되었고, 학교에서 일본어를 사용하지 않으면 처벌되었다. 한글 교육과 한국사 교육은 중단되고, 이름을 일본 이름으로 바꾸는 창씨개명이 강요된다. 현제명의 창씨개명은 현산제명(玄山濟明)이었다. '산(山)'이란 글자를 하나 더 넣었다('쿠로야마 사이아키'로 발음했을 것이다). 당시 민족성이 강한 전문학교는 폐교된다. 10만에서 20만 명에 이르는 젊은 여성들을 강제 징발하여 정신대(挺身隊)라는 이름으로 군수 공장에서 혹사시켰으며, 그 중 대부분을 중국과 남양지방의 최전선에 투입하여 군인 상대의 일본군 위안부로 투입하였다.

이 시기에 현제명은 미국에서 공부하고 온 지식을 바탕으로 음악 활동을 해야만 했다.

2. 현제명의 활동

현제명은 기독교도로서 사업을 하던 부호 집안의 아들로 태어났다. 대구에서 출생했으며, 호는 현석(玄石), 대구 계성학교를 졸업하고 평양 숭실학교에서 선교사에게 피아노, 바이올린을 배우고, 합창단의 테너로 활동했다. 1923년 동교를 졸업하고, 전주 신흥학교에서 교사로 취업하던 중, 숭실전문학교에서 알게 된 레인보우  레코드회사 사장인 R. 하버의 추천으로 도미하여 무디(Moody) 성경학교에 입학해 성서와 음악을 공부했다. 1928년에 시카고 건(Gunn) 음악학교에서 석사학위를 받고 귀국하여 연희전문(현 연세대학교)에 영어 교수로 근무하

친일음악

며 합창부, 관현악부를 조직하여 숭실학교 음악부와 견줄만한 음악 활동을 전개한다. 그 밖에 남녀 중학 음악 콩쿠르, 하계 음악 강습회 등을 열어 음악 보급에 힘쓴다.

1929년 2월 27일 첫 독창회(반주 : 高鳳京)를 연다. 자작의 가곡, 〈석양〉, 〈집으로 돌아오라〉와 오페라 〈아프리카나〉 중 〈오 낙원이여〉, 오페라 〈트로바토레〉 중 〈마리놀라〉 외에 독일 이탈리아의 가곡을 불렀다. 1930년 8월 5일에서 11일까지 연희전문에서 하기 음악 강습을 실시했다. 지도 강사로는 베커, 김원복, 채동선, 현제명 등이었다.

1932년 조선음악가협회가 결성되고, 초대 이사장에 현제명이 선임된다. 이 해 컬럼비아 청반(靑盤)으로 독창곡 〈아이 아이 아이〉, 〈세레나데(토셀리)〉, 〈니나〉, 〈나물 캐는 처녀〉, 〈산들바람〉을 취입한다. 이에 앞서 1931년 〈고향 생각〉이 포함된 작곡집 제1집(1931, 동광사)을 발간한다. 그 후 현제명 작곡집 제2집(1933)이 발간된다.

그는 1934년 경성음악학교를 창립하고 같은 해에 교향악단인 후생악단을 결성한 뒤, 후에 단장을 맡게 된다. 경성음악학교는 1947년 서울대학교에 흡수되어 서울대 음대가 되고 현제명이 초대 학장이 된다. 1937년 시카고음악대학에서 박사학위(명예 박사학위 여부 미상)를 수여하고 그 뒤 유럽을 순회 연주한다. 1944년 일제의 어용음악가 조직인 조선음악가협회와 경성후생악단에서 주도적인 역할을 한 바가 지적되어 최근 친일파 708인 명단에 수록된다.

해방 후 1950년에 한국 최초의 가극 〈춘향전〉(1949)을 작곡 지휘하여 발표하고 1958년에는 가극 〈왕자호동〉을 발표했다. 1954년에는 고려교향악단을 조직한다. 1955년 마닐라 음악회의에 참석하고, 1958년 국제연합 교육과학문화기구(UNESCO) 국제음악회의에 참석한다. 1955년 예술원상을 받는다. 주요 작품으로는 오페라 〈춘향전〉, 〈왕자호동〉, 가곡 〈오라〉, 〈고향

생각〉, 〈니나〉, 〈나물 캐는 처녀〉, 〈희망의 나라로〉, 〈가는 비〉(최남선 작사), 〈서울〉(최남선 작사), 〈장성의 파수〉(최남선 작사), 〈조선의 노래〉 등이 있다.

1950년대의 한국의 상황으로 보아 당시 오페라를 작곡해 공연한 사실은 현제명의 생애가 보여주듯 현실 타파의 놀라운 용기와 힘의 결과다. 그가 시카고에서 한 교향악단을 지휘할 때의 사진이 보여주듯 지휘봉을 칼 잡는 모양으로 잡고 지휘한 것과 같은 돌파의 의지를 보여주는 것이라고 할 수 있을 것이다.

3. 현제명이 떠난 50년 후인 지금

현제명이 살던 시대의 한국 민족은 두 가지의 염원을 지니고 있었다. 하나는 일본 지배에서 벗어나는 일이고 다른 하나는 서구의 문화를 수용하는 일이었다. 일본 지배에서 벗어나는 직접적 방법은 독립투사가 되는 길이었고, 간접적 방법은 서구의 문명을 배워 일본과 같은 강한 나라를 만드는 길이었다. 투사와 지식인 사이에 공유되는 부분은 아마도 독립투사들이 애국적인 시를 쓰는 일이었을 것이다. 그러나 문인들이 애국투사가 되기 어려웠던 것은 그들이 일본의 문화 정책의 덫 안에서 활동해야 했기 때문이었다. 아마도 독립투사가 시를 쓰는 일만이 투사/지식인의 교집합이었을 것이다. 음악, 미술, 무용 등의 활동은 독립투사의 활동과 공유영역을 지니기 어려웠다. 그것이 일본의 정책이었다.

당시 지식인 또는 선구자들에게 서구의 문화는 진리였다. 이때 진리란 말은 "틀린 것이 아닌 옳은 것"이란 뜻이다. 서구 문명을 "진리"로 받아들인 데에는 모순이 내재되어 있었다. 수학, 물리학, 화학 등은 진리였다. 그러나 음악, 미술, 연극 등의 예술은 수학과 물리학과 같은 뜻의 진리가 아니다. 예술은 그 사회의 민중에 뿌리를 내릴 수 있어야 튼튼한 나무가 될

울돋음편지

수 있다는 점에서 학문적 진리와는 구별된다. 양의학(醫學)과 한의술(醫術)의 갈등은 아직도 남아 있는 과학계에서 유일한 갈등일 것이다. 당시 서구의 음악이 진리라는 착각을 주게 된 원인은 하이든, 모차르트, 베토벤이 활동하던 18세기 후반의 이상적 음악이 누구나 들어도 좋아할 수 있는 국제적 통용성을 지닌 것이어야 한다는 음악의 시대적 이데올로기 때문이었다. 그 이념은 아직도 유효하다.

1945년까지 아니, 문화적 습성의 지연성으로 보자면 1980년까지도, 이러한 서구 예술의 진리성이 우리를 지배하고 있었다고 보아야 할 것이다. 현제명 시대에 서양 노래는 진리였다. 그것만이 옳은 것이라고 생각하고 작곡했고 대중은 그렇게 받아들였다. 2000년 이후 우리는 서구의 예술이 우리가 즐길 수 있는 예술의 한 부분이지만, 그것만이 진리라고 생각하는 사고에서 벗어난다. 극명하게 말하자면, 1950년 이전과 2000년 이후의 이러한 문화적 시각의 변화는 1950년 이전의 청중과 2000년 이후의 청중의 변질에 있다고 보아야 한다. 개화기의 시대적 이념은 독립국가-지도자 추종적이었고 일원화 지향적이었다. 21세기의 시대적 이념은 자유, 평등, 개인적 가치를 우위에 두는 다원화 지향적이다. 현제명이 〈고향생각〉을 작곡할 때에 또는 〈왕자호동〉을 공연할 때에, 그와 청중의 이념은 모두 개화기적이었다. 그 오페라가 아무리 미숙하더라도 그것은 애국적이고 진리를 향하는 길이었다. 서구 음악사에서 보자면 체코 등의 유럽 소수민족이 고개를 드는 민족주의적 음악의 현상과 유사하다고 할 것이다. 유럽의 경우 그 민족주의적 음악 운동은 유럽 문화권 내에서 틀을 잡을 수밖에 없었지만, 우리의 경우 그 상황이 달랐다.

러시아는 음악을 서구화하는 가장 큰 민족주의를 겪는다. 1700년 이후, 150년 넘게 유럽 예술을 수용하고 방송, 음반 등 새로운 매체가 없었던 이 시간 동안 문학을 포함한 음악, 무용, 미술 등 모든 서구의 예술들을 육성

시킨 반면, 우리의 경우는 러시아와 달리 시간도 짧았고, 그 시기는 음반 방송 등의 새로운 매체가 등장한 후였다. 더욱이 조선조의 뛰어난 음악이 유산으로 남아 있었다. 앞으로 현제명이 심혈을 기울였던 작곡은 그 열매가 지속되기 어려울 것이다. 이에 비해 그가 힘을 쏟은 연주는 많은 발전을 이루었으며 앞으로도 더욱 발전할 것이다.

현재 한국의 문화적 상태는 다원적 상황이다. 다원적 상황의 강점은 예술 수용에 자유가 주어져 있다는 점일 것이다. 약점은 갈등을 숨기고 있다는 점이다. 잠시 국악을 생각해 보자. 지금 우리는 국악이 보편화되어 가고 있다고 생각한다. 그러나 정악(正樂, Korean Classical Music)은 전혀 보급되지 않고 있다. 국악과 교수였던 동료에 의하면 국악과 대학원 학생조차 거의 전부가 보허자, 여민락 등의 정악을 들어본 적이 없다고 고백한다는 것이다. 정악은 그렇듯 어려운 음악이다. 이 음악을 이해하기 위해서는 조선 시대의 이념, 다시 말해 이데올로기를 이해해야 하기 때문이다. 조선조의 이념을 이해하기 위해서는 수련회가 가장 효과적일 것이다. 태국의 초등학교 학생들이 1년간 승려의 생활을 체험하듯, 우리도 조선조의 이념을 체험하는 그런 수련 생활을 제도화 해도 좋을 것이다. 소규모의 그런 수련회는 지금도 있다. 그러나 이를 초등학교 교육 전반에 도입하려고 한다면, 그 반대가 극심할 것이다. 기독교 이념을 지닌 사람들이 반대할 것이기 때문이다. 이것이 다원화된 문화의 약점이다. 그런 점에서 아직도 우리에게는 종교적 진리에 대한 개화기적 이념이 남아 있다고 보아야 할 것이다.

현제명이 미국 유학을 마치고 와서 발표한 노래들은 민중의 환영을 받았다. 그것은 우리 모두가 지향하는 단일한 꿈이었기 때문이다. 지금은 어떠한가? 얼마 전 독일에서 작곡을 공부하고 박사학위를 받고 온 후배의 발표회가 있었다. 독일에서 상당한 평가를 받았다는 독일 신문의 평이 프로그램에 인쇄되어 있었다. 발표된 음악은 보통 사람들이 상상하기 어려운 소리들이었다. 거의 소음 수준이라고 해야 할 것이다. 대부분의 청중들은 아마도 끔찍한 소음을 들었다고 생각했을 것이다.

내가 하고 싶은 말은 다음과 같다. "이 음악을 독일 신문이 높이 평가했다면, 힘든 일이지만, 그곳에서 노력하여 대성해야 할 것이다. 한국에 올 필요가 없다. 만일 박사학위의 학력으로 한국에서 대학에 취직하고 싶으면 자리를 얻을 수 있을 것이다. 취직하고 나면, 이런 음악을 더 쓸 필요가 없을 것이다. 내가 말하지 않아도 안 쓸 것이다. 아무 의미가 없기 때문이다." 음악은 박지성의 축구와는 다르다. 축구가 이해할 수 없는 외국어로 된 언어 게임이라고 한다면 박지성을 축하해야 하지만, 그는 그곳에서 평생 살아야 할 사람이 된다. 혈연 외에는 우리와 관계가 없기 때문이다. 음악에서 그런 예가 윤이상인 셈이다. 그런 점에서 현제명의 시대와 윤이상의 시대는 다르다. 원래 작곡을 지향했던 백남준이 청각을 포기하고 시각으로 돌아선 것이 바로 이런 점을 극복하고 싶었던 그의 현명함이라고 할 것이다. 시각은 청각과 달리 공유부분이 훨씬 크기 때문이다.

4. 친일에 대한 평가

친일 인사를 조사해 밝히려는 단체는 현제명을 음악계의 대표적 친일 인물로 평가한다. 그러나 학술지 『한국사 시민강좌』 하반기호(43호)는 대한민국 건국 60주년 기념 특집 〈대한민국을 세운 사람들〉에서 정치, 외교,

군사, 법률, 경제, 학술 등 각 분야에서 건국의 기초를 다진 32명을 선정했다. 현제명은 이 32인에 선정되어 있다. 현제명이 당시 활동하지 않았으면 그의 노래는 물론, 그의 큰 공적인 서양음악 연주는 큰 타격을 입었을 것이다. 지금 친일파 인물을 찾아내어 인명사전을 만든 사람들이, 현제명 시대에 태어나 한반도 안에 살았다면 그들은 누군가를 찾아내어 차별화하려고 했을지도 모른다. 그 차별화의 대상은 아마도 일본 통치를 반대했던 조선조 유림들이었을 것이다.

장발 _ 미술교육의 개척자

유근준 | 서울대학교 명예교수

"장발"을 아십니까? "장발"은 어떤 미
술가입니까? 라는 물음에 시원한 대답
을 하지 못하는 우리 미술계의 기성 작
가들이 많은 것은 물론 서울대학교 미
술대학 학생들마저 "초대 학장?" 이상
으로 아는 것이 거의 없어 보이는 "장
발", 그는 우리 미술계에서 과연 어떤
존재인가? "장발"을 창작에 전념하는
작가로서보다는 미술교육자나 미술행
정가로, 그리고 순수한 화가로서보다는 성화를 주로 그린 이른바 성화가
로 알고 있는 사람이 더 많은 이유는 무엇인가?

장발 _ 미술교육의 개척자

1. 선구자의 삶

우석 장발(雨石 張勃, Louis Pal Chang, 1901~2001)은 1901년 4월 3일 인천의 이름난 가톨릭 집안인 장기빈의 3남4녀 중 둘째로 태어났다. 그의 큰 형은 1960년대 민주당 정부의 초대 내각수반(총리/부통령)을 역임한 장면 박사이고, 막내는 항공공학계의 세계적 석학으로 알려진 장극 박사일 만큼 그는 성공한 집안 출신일 뿐만 아니라 후세들 역시 성직과 교직의 여러 전문 분야에서 걸출한 인재를 많이 배출한 명문가 출신일 만큼 태생적으로 가톨릭교회와 일찍 인연을 맺고 이를 통해 서양 사상과 미술에 접촉할 기회를 가질 수 있었던 선구자의 삶을 개척해 갔다.

일찍부터 그림에 남다른 재능을 보인 장발은 가족을 따라 서울로 이사하면서 휘문고등보통학교에 입학하여 고희동 선생의 미술지도를 받았으며 스승이 조직한 "고려회화"의 창립회원으로 활동하기도 하였다. 1919년 9월 그는 동경미술학교 서양화과에 입학하여 일본의 근대미술과 일본을 통한 서구미술을 접촉한 "1세대 동경미술 유학생" 대열에 앞장섰고, 1922년 중퇴하고 그 해 11월 도미하여 뉴욕의 국립디자인학교(National Academy of Design)에 입학하여 1923년 7월까지 수강함으로써 한국인 최초의 미국미술 유학생이 되는 기록을 남겼다. 나아가 1923년 9월부터 1925년 6월까지 당시 컬럼비아대학교 사범대학에 개설된 실용미술학부(School of Practical Arts)의 여러 미술실기(회화, 드로잉, 소조, 디자인 등)와 이론(19세기 역사 등)을 수강함으로써 추상미술이 지배하던 미국미술의 격동기에 정규 미술대학 교육의 특성과 체계를 경험한 최초의 한국인 미술가가 되었다.

1925년 6월 그는 컬럼비아대학에서의 학업을 중단하고 로마 바티칸으로 형 장면과 함께 떠났다. 교황청이 그 해 6월 거행하기로 한 "순교복자 76위 시복식"에 조선천주교단이 파견한 신자 대표로 참석하기 위해서였

다. 세계 가톨릭 교회미술의 중심
이자 실체 자체인 바티칸 순례에
서 목격하고 체험한 가톨릭 교회
미술의 규범과 정통성은 너무나
큰 감동이었고, 귀국 후 그의 성
화 제작과 미술을 통한 사목활동
에 큰 영향을 미치게 된다.

장발 학장과 이선근 문교부 장관의
교내전 관람(1954)

영광의 바티칸 여행을 마치고
귀국한 그는 휘문고보, 동성상업
학교, 계성여고에서 교편생활을
하였고, 해방을 맞이한 1945년 12월 경성부 학무과장에 임명되면서 그는
격동기의 해방 공간에서 교육행정에 직접 관여하게 된다. 1946년 10월에
국립서울대학교 예술대학 미술부 교수로 임명되면서 미술부장에 취임하
였다. 6·25전란으로 서울대학교가 부산으로 피난 가 전시연합대학 체제
를 구축하기 전 장발은 1950년 말 미 국무성 초청 미네소타대학 교환교수
자격으로 방미하였고, 1952년 말 귀국하였다. 1953년 4월 예술대학 미술
부가 미술대학으로 승격되면서 미술대학의 초대학장으로 취임하였다. 그
리고 그는 1961년 5월 9일 교수직과 학장직을 퇴임할 때까지 미술대학 교
육의 성격과 체계를 확립하는 기초 작업에 헌신하였다.

1960년 4·19혁명이 일어나고 장면이 새 정권의 실세로 등장하자 장
발의 정치적 영향력도 커져 윤보선 대통령과 장면 국무총리가 미술대학
을 방문할 만큼 서울대학교 안에서의 미술대학의 위상 역시 막강하였다.
1961년 4월 미술대학 주최 "장발회갑기념전"이 성대하게 열렸고, 뒤이어
장발은 정부로부터 주 이탈리아 대한민국 특별전권대사로 임명되었고,
같은 해 5월 9일자로 서울대학에서 의원면직되었다. 그러나 이탈리아로

발령 받기 전에 터진 5·16군사정권이 공표한 정치활동금지법에 따라 장발 형제는 행동의 자유를 빼앗기는 불행을 맞았다. 그러나 장발은 1962년 미국으로 건너가 2001년 세상을 떠날 때까지 세인트빈센트대학 명예교수로서 강의와 창작생활을 계속하였다.

그의 유화 작품들은 서화미술가협회전(1929), 해방기념미술전(1945), 학국군대미술60년전(1972), 현대종교미술전(1984), 한국현대미술에 있어서의 흑과 백전(1987), 원로작가 회화전(1992) 등에 널리 초대 전시되었고, 특히 1976년 서울의 신세계 미술관에서 열린 초대 전시회에서는 도미 이후 노화가의 전혀 새로운 창작 세계를 보여주어 사람들을 놀라게 하였다.

그는 우리 미술계에 끼친 선구자적 공적을 인정받아 서울시문화상, 예술원상, 은관문화 훈장 등 수많은 공로상을 수상하였고, 1996년 서울대학교 개교 50주년 기념행사 때는 "자랑스런 서울대인"으로 선정되어 교내에 그의 흉상이 세워졌고, 뒤이어 건립된 서울대학교 미술관에는 그의 업적을 기리는 기념관이 마련되었다.

한편 뉴욕 맨해튼에서 사목활동 중인 장흔 신부에 따르면 "미국 인기 TV프로그램인 NBC 투데이 쇼에서 세계적으로 보기 드문 100세 현역 화가의 생애와 예술을 소개하고 기념하는 한국인 최초의 특별 프로그램을 마련"하였고, 100세 기념미사는 맨해튼의 유엔본당인 홀리 페밀리 처치에서 유엔교황청 대사와 장신부의 공동 집전으로 열렸다. 2001년 4월 3일로 만 100세를 맞은 서울대학교 미술대학의 영원한 "학장" 장발은 8일 오전 4시 미국 피츠버그 자택에서 타계하였다.

"장발"은 참으로 특별한 성격(또는 카리스마)의 소유자였다. 어느 경우에도 넥타이(흔히 나비타이)를 한 정장차림의 영국신사 모습으로 나타났으며, 다른 기관장들이 개조한 검은 지프차를 타고 다닐 때 스카이 블루 컬러의 날씬한 세단을 타고 다닌 서울대학의 멋쟁이 신사였으며, 안팎의 어떤

회의에서도 그의 의견과 동의를 구하지 않을 수 없는 막강한 존재였으며, 오직 믿음과 순수함으로 세속의 유혹과 도전을 정면 돌파하려 한 지성인의 본보기였으며, 스스로 반성하고 고해하는 진정한 가톨릭 신앙인으로 남기를 기도하였다.

2. 미술대학 교육의 개척자

왜 많은 사람들이 "장발"을 미술교육자 또는 미술행정가라 말하는가? 그가 창립 당시 국립서울대학교 예술대학 미술부 교수로 임명되면서 미술부장에 취임하였고, 1953년 4월 예술대학 미술부가 미술대학으로 승격하면서 미술대학 초대학장으로 취임한 이래 1961년 미술대학 교수직과 학장직을 퇴임할 때까지 학장 보직을 지키면서 서울대학교 미술대학을 자기식의 폐쇄적인 미술대학으로 만들었다고 생각하기 때문인가? 아니면, 오늘의 우리나라 미술대학 교육 현장에서 "작가가 되려면 홍대 가고, 교수가 되려면 미대 가라"거나 "창작생활 계속 하려면 홍대 가고 교직생활 계속 하려면 미대 가라"는 오해를 잉태시킨 배경이 그에게서 비롯되었다고 믿기 때문인가?

장발의 "미술대학"(Art College, College of Fine Arts) 교육관은 다음의 몇 가지로 살펴볼 수 있다.

첫째는 "미술대학" 교육의 목표와 조직의 특성을 가장 잘 나타낸 미술 전공 교육기관의 명칭을 누가, 어떻게 결정할 것인가의 문제이다. 일본식의 "미술학교", 프랑스식의 "아카데미", 독일식의 "호흐슐레", 영국식의 "아카데미" 또는 "스쿨" 등 여러 가지 제안이 가능하였을 것이다. 그러나 장발은 "미술대학"(College of Fine Arts)을 선택했고 주장하였다. 서울대학교에 개설되는 "미술대학"이 서울대학교라는 종합대학(university)의 한 단과

장발 학장과 미대 교수진(1955)

대학(college)으로 존립하려 하는 한 미술대학은 출발부터 학위과정(degree course)을 목표로 한 자율적인 미술 전공 교육기관이어야 한다는 주장이었다. 다시 말해서 서울대학교의 한 단과대학으로 설립될 "미술대학"은 어디까지나 "미술학사"(B.F.A) 학위과정과 최소한 "미술석사"(M.F.A) 학위 과정을 개설 운영하는 독립된 미술전공 교육기관이 되어야 한다는 주장이었다.

지금은 당연한 듯이 받아들여지는 이런 주장이 "미술대학" 설립의 초창기부터 쉽게 받아들여진 것은 결코 아니었다. 해방과 함께 국내에 미술전공 고등교육기관으로 "미술대학"이 창설되어야 한다는 당시 미술계 지도자들의 주장 속에는 오로지 미술창작만을 본업으로 하는 "작가"(artist) 또는 "전업 작가"(professional artist)를 지도 육성하는 미술가 전문 교육기관으로 일본식 미술 학교(art school)나 유럽식 아카데미(academy)의 필요성을 요구하고 주장하는 것이 대세이었기 때문이다. 이런 격동기의 지적 상황 속에서 만일 일본, 미국, 그리고 유럽의 미술전문 교육기관들을 현장에서 관찰하고 체험한 장발의 거의 독단적일 만큼 강력한 주장이 없었더라면 그 후의 "미술대학" 교육이 어떤 모습으로 변하여 갔을까를 예상하기는 어렵지 않다. 장발로 인해 한국의 미술계 대학들은 미술(fine arts)전공 영역 안에 드로잉, 회화, 조각, 판화, 사진, 공예 등 조형예술의 모든 특수 분야뿐만 아니라 신소재 예술, 복합매체예술, 영상예술 등 시각예술의 모든 특수 분야를 교육의 현장에서 수용할 수 있었고, 나아가 미술학, 미술사, 미술교육, 미술비평, 미술행정, 미술경영, 미술치료 등의 다양한 학술연구 분야까지 포괄적으로 개설, 운영할 수 있는 길이 열리게 되었다 해도 결코 지나치지 않는다.

둘째는 교육체계의 문제이다. 신설될 서울대학교 미술대학의 교육체계는 어떻게 조직할 것인가? 4년의 학부과정과 2년의 석사과정, 3년의 박사과정을 기본으로 창설된 국립서울대학교 단과대학으로서 미술대학의 교육조직은 어떻게 체계화할 것인가? 장발의 선택은 단호하였다. 4년제 학부과정과 2년제 석사과정을 근간으로 한 학위과정을 설치 운영하는 3개 전공영역의 학과(회화과, 조소과, 응용미술과)를 개설하면, 각 학과별로 1학년의 기초과정, 2학년의 연계과정, 3학년의 전공과정, 4학년의 심화과정을 운영하고, 그 위에 2년제의 특수 전공과정인 석사학위 과정을 운영한다는 구상이었다. 그의 이런 구상은 그것이 새롭고 충격적이었던 만큼 많은 비판과 반대를 겪었던 것으로 전한다. 우선 교수와 학생의 관계를 스승과 제자의 관계로 받아들이는 데 익숙하고 미술대학은 어디까지나 회화과, 그것도 동양화과(또는 한국화)를 중심으로 운영되어야 한다고 주장하고 순수미술 전공과 응용미술 전공이 한 대학에 같이 있을 수 없다는 미술계 지도자들, 특히 작가 출신 교수들에 의해, 그리고 창작교육은 본질적으로 학년별 지도나 학점별 평가가 불가능한 창작교육인 만큼 교습(teaching)과 훈련(training)에 의한 전업 작가(professional artist) 양성이 아니라 실기(창작)와 이론(학술) 교육을 통해 균형을 갖춘 미술 전문가(fine artist)를 지도 육성

장발 미술교육의 개척자

하겠다는 장발의 교육과정 설계는 출발부터 안팎의 비판을 겪지 않을 수 없었을 것이다.

장발은 생전에 전혀 다른 목표와 위상을 가지고 설립된 서울대학교 미술대학과 가령 홍익대학교 미술대학이 서로 갈등하면서 대립하고 교수, 동문, 학생들까지 동원되어 미술계의 주도권 싸움을 해야 하는 현실을 매우 안타까워했고 이런 대립이 날로 강화되고 확산되는 현실을 매우 슬퍼하였다. 또한 서울대학교 미술대학이 국립 미술대학으로서 연구하고 제시해야 할 "국가 미술 표준"(National Standard of Art)과 "국가디자인 표준"(National Standard of Design) 그리고 "국립 미술 문화유산"(National Heritage of Art and Culture) 연구의 중심이 되지 못하는 상황을 매우 슬퍼하시었다.

3. 한국 가톨릭 교회미술의 개척자

장발은 흔히 "성화가", "종교화가"로 알려질 만큼 한국 가톨릭 교회미술의 선구적 작가이며 "한국인에 의한 한국의 가톨릭 교회미술"의 전형을 확립하는 데 앞장선 개척자이다. 그는 가령 의뢰 받은 제단화를 제작함에 있어 교회 건축 공간의 시각적 연출효과를 최대한 살려 그 작품만으로 하나의 살아 있는 "말씀"이 되고 "기도"가 되게 하려고 최선을 다하였다. 그는 또 "갓 쓰고 두루마기 입은" 한국형 성인, 성녀 상을 그리는 데 앞장서 많은 성화를 남겼다.

사람들은 그의 성화에서 탁월한 소재 설정과 양식 해석의 능력을 발견하고 예찬한다. 그는 가톨릭 교회미술의 엄격한 전례와 전통의 규범을 충실하게 지키려고 노력한 진정한 가톨릭 교회미술의 실행자이었다. 그는 가톨릭 교회미술과 종교미술의 차이를 이해하고 실행한 진정한 성화가이었다. 그는 왜 20세기의 위대한 종교화가 루오의 작품이 가톨릭교회가 받

아들일 수 있는 교회미술이 아닌지 설명하였
고, 고갱의 〈노란 그리스도〉가 화가의 절박
한 신앙고백을 표출한 위대한 종교미술이 될
수 있으며, 같은 이유에서 마네시에서의 추
상화 〈수난〉이 20세기의 위대한 종교화가 될
수 있는지를 이해하고 설명하였다.

그는 현대의 미술가들이 종교미술과 교회
미술의 구별 없이 "성화"라는 이름으로 제작
하고 유통시키는 현실을 지적하면서 안타까
워했고, 특히 가톨릭 교회미술의 엄격한 전
례와 전통의 규범을 지키지 않고 종교미술이
란 명분으로 확산되어 가는 현실을 매우 슬

성인 김대건 안드리아
(캔버스에 유채)

퍼하였다. 그는 "성모의 겉옷은 평화의 파란색, 안옷은 수난의 붉은색"이
란 간단한 규범을 지키지 않은 크리스마스 카드를 받을 때, 생명의 근원
이며 우주의 중심 자체인 아기 예수를 품은 성모가 딴 곳을 바라보는 "성
모상" 조각품을 바라볼 때, 차라리 슬픈 생각이 든다 하였다.

상아탑을 쌓아라
서울대 학문의 개척자들

초판 1쇄 인쇄 2019년 8월 28일
초판 1쇄 발행 2019년 9월 06일

기   획 서울대학교 대학원동창회
지 은 이 최종고 외

발 행 인 한정희
발 행 처 경인문화사
편   집 유지혜 김지선 한명진
마 케 팅 전병관 하재일 유인순
출 판 번 호 제10-18호(1973년 11월 8일)
주   소 경기도 파주시 회동길 445-1 경인빌딩 B동 4층
전   화 031-955-9300   팩   스 031-955-9310
홈 페 이 지 www.kyunginp.co.kr
이 메 일 kyungin@kyunginp.co.kr

ISBN 978-89-499-4826-3 03810
값 30,000원